华丽 著

情润天山雪

中国文史出版社

图书在版编目（ＣＩＰ）数据

情润天山雪 / 华丽著 . -- 北京：中国文史出版社，
2025. 1. -- (跨度新美文书系). -- ISBN 978-7-5205
-4926-4

Ⅰ . I267

中国国家版本馆 CIP 数据核字第 2024NX2731 号

责任编辑：牛梦岳

出版发行： 中国文史出版社
社　　址： 北京市海淀区西八里庄路 69 号院　邮编：100142
电　　话： 010-81136651　81136602　81136603（发行部）
传　　真： 010-81136655
印　　装： 北京联兴盛业印刷股份有限公司
开　　本： 787mm × 1092mm　1/16
印　　张： 21.75　　　　字数：307 千字
版　　次： 2025 年 2 月第 1 版
印　　次： 2025 年 2 月第 1 次印刷
定　　价： 68.00 元

序一　华丽转身是朴实

——华丽散文集《情润天山雪》

阁雪君

在一个春光明媚的日子里，我收到了华丽即将付梓的散文集《情润天山雪》。20 余万字的书稿，是她近十年来的散文佳作合集，也是她心血凝成的结晶。我想，华丽终于转身，化茧成蝶，却依旧朴实。

通过聊天，我得知，华丽出生在一个物质贫乏但精神富有的知识分子家庭。受父亲影响，她自幼喜爱读书，尤其对于文学作品，可谓一见钟情。从小人书到《安徒生童话》，从《儿童文学》到《少年文艺》，从《青春之歌》到《静静的顿河》……她在父亲构筑的文学花园里畅游、成长。书香的熏染，文字的浸润，赋予了她文学的灵气与敏锐的才思。她把画几何图形的笔移到了方格稿纸上，并将那些誉写得整整齐齐、干干净净的文稿装进牛皮纸信封，按照杂志上的地址悄悄投进了邮政信箱。令她开心的是，《玉镯几时圆》《巴音布鲁克剪影》《青青幽兰》《莲花》这些初次尝试的文字竟然都有了回音，都变成了铅字。这给了她莫大的喜悦与鼓励。尤其是首次练笔的短篇小说《枝子》一经出笼，便得到《孔雀河》杂志主编杜芳清的高度赞赏。一年后，小说又发表在由新疆人民出版社出版

的 1986 年第 3 期《边塞》文学季刊上，并荣登封面。

这样的幸运，如果能一直坚持下来该有多好。

然而，生活总是伴随着许多的纷扰与无奈，让人不能兼顾左右。离开校园走入社会后，华丽要承担工作的压力，适应新的环境；作为家中的长女，还要尽力分担父母肩上的重负；尤其有了家庭、有了孩子后，便没有此前单纯的心境，再无暇顾及文学了。

虽然沉寂了 20 多年，但文学的火种并未熄灭，只是隐匿在内心的某个角落，一旦时机成熟，便会复燃。2014 年，在送走了父母、爱人之后，这个貌似柔弱实则坚强的女子，擦干眼泪，平复心情，重新捧起那些被束之高阁的文学书籍。文学在治愈伤痛的同时，也给了她重新振作的力量。社会的历练，生活的积淀，大漠的风土人情，以及逝去的岁月，伴随着一夜夜或璀璨或暗淡的星光，被融入一篇篇有温度、有质地、有内涵的文字中。《情润天山雪》便是她后来创作并甄选出来的一部分精品力作，描绘和勾勒出以天山为背景的美妙景观和意境。

景观之一：温馨岁月

岁月是一个永恒的话题，家庭与亲情更是人生眷恋与难忘的焦点。华丽自然也不例外。在全书的开篇她这样写道：清丽的月光透过老槐树的枝杈，从窗户洒进卧室，屋内恍如白昼。这是我的家。躺在临近窗户的床上，在家的怀抱里，我静静沐浴着柔和的月光，不禁想起那首《家》的诗句，"家是昨夜辗转难眠的严父，家是今晨忙碌不休的慈母。家是夕阳下相爱人的默默依偎，家是日子里手足情的彼此爱护……"华丽握一支蘸着月光的笔，用极其安静的文字带读者走进她《温暖的家》，走进她逝去但充满温馨的岁月。

在这一辑里，她从往日的生活中提炼出与家人在一起的多个片段和瞬间。那里有快乐，有温暖，也有艰辛。那些难以割舍的往事，那些既辛酸又美好的时光，像一坛老酒，滋养着世间至纯至美的情感。她用温润细腻的笔触，描绘出生活中的点点滴滴，每一页都写满了亲情与感动，每一刻都弥漫着岁月的馨香，呈现出对往事的无限怀念与留恋之情。

如《过年往事》：打扫完房屋，紧跟着就是准备年货。除了用大铁锅炒些葵花子、花生，去街上的食品门市部购买些水果糖、江米条以外，母亲每年都会买一沓花手绢，初一早晨，给我们一人发一块。那印有红红绿绿小碎花的手绢，着实给我的童年带来了不少的欢喜，以至于年都过完了，我还舍不得拿出来用。父亲则会东拼西凑弄些钱，买回一些二指膘三指膘的猪肉。三十晚上的年夜饭和初一早晨的饭桌上，必定有他亲自剁馅儿、揉得溜圆、我和弟妹最爱吃的丸子汤。

轻抚时光的痕迹，品咂岁月的味道，感受岁月的温婉。她的文字散发着岁月的芬芳，宛若盛开的花朵绽放在纸页之间，为读者献上一份珍贵的情感之礼。这些饱含真情、富有画面感和想象力的文字，或讴歌平淡生活中的真挚情感，或述说日常琐碎里的无尽温暖，每一篇都是对生活的真诚倾诉，都是对岁月的深情回望。阅读这样的文字，仿佛置身于那些真实的场景，在品味生活、感受亲情的同时，不由得想起自己生活中的那些点点滴滴，那些深藏的温暖与感动，并串联起一段久远的往事。像这样生活味儿十足的描写，贯穿于这一辑的每一篇作品中，犹如一缕春风、一湖秋水、一段婉转的琴音，轻轻拂去我们内心的尘埃，填满我们生活中的遗憾，激起我们内心的涟漪，引领我们重温生活的美好。

华丽用细腻的笔触和生动的描述，将上个世纪久违的家庭琐事、亲人间的关爱、岁月沉淀下的智慧与感悟、生活所赋予的深刻启迪，都一一呈现在读者面前。那些看似平淡的陈年往事、生活细节，却蕴含着浓浓的亲情，让人感受到家的温暖、家的力量。在深情的回望中，她愈发觉得当时不曾留意的每个瞬间都是那么的美好，那么的让人心生暖意。她还巧妙运用多种修辞手法，将文字幻化成一幅幅生动的画面，使文章更具趣味性和感染力，读来令人唏嘘不已，感慨万千。

景观之二：天山风物

一提起天山，人们首先想到的就是那高耸入云、横贯新疆大地、有着独特风景的壮美山脉。唐代大诗人李白有诗云："明月出天山，苍茫云海间。"诗句以广阔的空间和时间做背景，展开了更为深远的意境，于是乎云月苍茫的景象与雄浑磅礴的天山组合在一起，显得无比壮观。这是古典诗歌展现的天山景象、天山风物，而今天山南北已发生了翻天覆地的变化，描写者尽可以从不同的角度来领略天山之美。他们可以从容走过天山，可以站在天山之巅，也可以在晨曦或日落中远眺天山，在震撼与惊叹中审视天山的雄奇与瑰丽，倾听来自历史风云的深沉回响。华丽正是这样一位描述者。常年生活在天山怀抱中的她，对这片苍茫而悠远、古老而神奇的土地，充满了无限的眷恋与敬畏之情。她用敏锐的直觉、柔软的触角、饱满的情思，捕捉天山深处的风云变幻、时代脉络，一路行走，一路歌吟，留下了一篇篇散发着芬芳与意蕴的文字，令人回味无穷。

如《天山深处》：在深山峡谷间，在奇峰峻岭上，一座由无数根钢索牵拉着的大桥，如巨龙般腾空而起，蜿蜒数百米，穿山而过。那种壮观，那种奇美，令人震撼，也堪称一道绝世风景。这就是著名的果子沟大桥，也是国内第一座公路双塔双索面钢桁梁斜拉桥。……映入眼帘的是一湾明镜似的蓝色湖泊，那么纯净，那么深邃，那么透彻，那么悠远，又那么浩荡无边。对岸是连绵起伏泛着银光的皑皑雪山，几朵白云绕着山巅正缓缓移动。蓝莹莹的湖水在蔚蓝的天空与白雪的辉映下，深浅交替，明暗变幻，好似一幅流动着的水墨丹青。这是天山山脉最大的湖泊，也是新疆最美的高山湖泊之一。此刻，湖面风平浪静，波光粼粼。赛里木湖宛若一颗璀璨的蓝宝石，就那么安静地依偎在天山的怀抱里。……赛里木湖不愧为"净海"。湖水清澈透明，湖面一尘不染。你休想见到一根草尖，一片碎叶，一个泳者。这里没有海边的人声鼎沸，拥挤与喧哗，也没有游船快艇的你来我往，热闹非凡。这里只有净与静，美与幽。……凝视这一片汪洋，这一湖幽蓝，我的心中竟升腾起一缕情愫：难道这是一湖佛化的圣水吗？

华丽不仅描写了天山的雄奇与壮美，还书写了这片土地上的新鲜故事和历史巨变。阅读这些优美的文字，宛若坠入天山的怀抱，近距离感受大自然的神奇与魅力，感受生命的蓬勃与兴旺，聆听身处的这个时代的脉搏跳动。其实天山之美，不仅有山的雄奇险峻、湖的清幽浩荡、草原的秀美壮阔，更有栖居在这片广袤大地上的人的生存状态。在《天山风物》这一辑里，我们看到了那份来自心灵深处的喜悦与宁静心境的抒发，我们看到了在这片辽阔的土地上，不同民族、不同文化的交融与包容，并由此构成的多元风情和独特魅力。哈萨克族的婚礼，维吾尔族的干馕，罗布人的红柳烤鱼……华丽用一双慧眼观察生活，提炼生活，为我们描绘出一幅幅浓郁的具有少数民族习俗风情的生活场景，既有现实的，也有历史的。

在这里，我们享受到了一场精神盛宴。不仅感受到了来自山村夏夜的清凉与静谧，还品味到了新疆冬雪的美妙与神韵。清风明月，对诗饮酒，踏雪寻幽，放飞思绪。这是无数人向往的诗与远方。那笔精墨妙的文字成为我们追求美好、向往自然、返璞归真的精神依托，成为我们沐浴心灵、净化心灵、陶冶心灵的精神音符。随着华丽的娓娓道来，跟她一起品味这里的风土人情，感受这里的生活意蕴。她的每一篇散文，都是细心观察和深刻思考的产物，都是一幅充满诗意的画卷。在她的笔下，无论是巍峨的雪山、辽阔的草原，还是清澈的湖泊，都被赋予了鲜活的生命力，都显得生机勃勃，引人入胜，展示了新疆地区丰富的物产和独特的人文风情。

景观之三：四季流韵

四季更替，生命律动，每一个季节都有着独特的风景。春来花香，夏至

炎热，秋临稻实，冬遇寒冷，每一个季节都有属于自己的音符和节律，每一个季节都循环往复谱写着生命的交响乐章。在这一辑里，华丽用文字述说着四季的变迁，描绘着生命的轨迹，让读者感受到时光流转中的韵律之美。

如《咬春祈福春可期》：记得有一年立春，母亲让我去菜窖挖些萝卜上来。我从沙土里挖出几根黄萝卜，又挖了几个红心萝卜，一同提回家。母亲将其洗净后，切成一根根手指粗细的萝卜条端上桌，喊大家都来吃，说是"咬春"。盘里的萝卜黄灿灿、红艳艳的，还汪着一层细密的汁液，看着就想吃。咬一口，清甜可口，脆生生的。……《明宫史·饮食好尚》中有记："立春之时，无贵贱皆嚼萝卜，名曰'咬春'。"清乾隆时期《上书房消寒诗录》中还收录了叶国观的《咬春诗》"暖律潜催腊底春，登筵生菜记芳辰；灵根属土含冰脆，细缕堆盘切玉匀。佐酒暗香生匕箸，加餐清响动牙唇；帝城节物乡园味，取次关心白发新。"一根萝卜，在立春这一日，不论帝王贵族还是平民百姓，都嚼得津津有味，都嚼得嘎嘣脆响。

在这一辑里，华丽描绘了春天万物复苏、生机勃勃的景象，赞美了生命的不屈与希望的美好。无论是迎春播种，天街小雨，三月桃花，还是纸鸢、春茶，都充分展现了春之活力、春之盎然。散文以独特的视角、灵动的笔触，捕捉着"一场春雨，几个暖阳，娇艳的花朵便悄然绽放在了枝头"的春之美韵，用诗意的语言将那一幕幕细腻而真挚的情感呈现在读者面前，让人如置身于立春、雨水、惊蛰、春分、清明、谷雨的自然节令中，感受春的律动以及生命的美好。

夏天是一个炎热的季节，也是一个生长的季节，承接着春的热情与浪漫、蕴积与蓄势，一切都向着繁茂进军，一切都向着成熟进发。在这组写夏的散文中，华丽为读者呈上了一个兴旺兴盛、万物并秀、蓬勃明艳的夏。这里有水晶帘动与满架蔷薇；有开镰的喜悦与桑葚的甜蜜；有清火的绿豆和消暑的西瓜；有莲之清雅与熠耀宵行；有"东边日出西边雨"的美妙，也有"绿树阴前逐晚凉"的悠闲与惬意。炎炎夏日里，华丽将日常生活、物候特征、植物生长、鸟雀欢喜以及气象变化，巧妙地融汇在一起，并辅以诗的意境。读来意味无穷，兴味无穷。

《管子》曰："秋者阴气始下，故万物收。"经过暑热的催生，秋季后的田野，呈现出一派繁荣的景象。秋的丰饶富足，秋的缤纷色彩，一览无余，令人欣喜。在秋的这组文章里，我们看到，经过了春的勃发、夏的生长，大自然终于迎来了最美的秋天。沉甸甸的稻子、金黄的玉米、膨胀的棉桃、圆圆的石榴、红艳艳的苹果、绿油油的韭薹、棚架上的南瓜、翘首盼望的红薯，还有博斯腾湖的鱼、虾、蟹，一切的一切，都到了最肥美的时候。云淡风轻的苍穹下，人们忙着晒秋，啃秋，贴秋膘；鸟雀们忙着品尝秋的滋味、秋的喜悦。天空明澈、白云疏朗的秋天，是收集清露煮白露茶的时节，是丹桂飘香、胡杨金黄、芦花飞舞的时节；是"碧云天，黄叶地，秋色连波，波上寒烟翠"的时节；是"晴空一鹤排云上，便引诗情到碧霄"的时节。华丽将秋天的自然物象、季节特征和古人的礼仪、古诗词的美韵巧妙地糅合贯通在一起。在领略秋之丰盈、秋之斑斓、秋之意蕴的同时，如同品尝了一道秋天的盛宴。

冬天是寒冷的、难挨的。但是在华丽的笔下，这四野凋敝、天寒地冻的季节同样有欢喜，有风景，有韵味。何况，严寒也不是一蹴而就，而是慢慢形成的。在冬的循序渐进中，华丽一边感受气候由暖到冷的细微变化，一边静享冬的素雅、冬的沉静、冬的乐趣、冬的美韵。她在文字的丛林里徜徉，在季节的风景中逗留，在岁月的轮回间憧憬。尽管冰天雪地，尽管寒气袭人，但每段文字都洋溢着热情，都是一种情感的抒发、一段生命的回响、一场与冬季交融的旅程。

遵循大自然的规律，探究大自然的美妙，尽享大自然的精彩。《四季流韵》将读者带入四季变换的韵律之中，演绎出一曲春夏秋冬的时序变奏，描摹了一幅色彩明艳的季节画卷，更多了一回生命之歌的深邃体验。阅读二十四节气生活美文，犹如漫步在一条漫漫长路之中，清风扑面，鸟语花香，温情脉脉，诗意绵绵。华丽用灵动的笔触，揭示了四季流转中的自然变化、风土人情

和万物生机，引领读者踏上一段浪漫而富有哲理的心灵之旅。她的语言清新自然，清婉朴实，如天山雪水清冽，又酣畅淋漓。她笔下的春夏秋冬，四季分明，韵味十足，成为我们认识自然、品味岁月、感受生命、回归内心的精神驿站。

<h3 style="text-align:center">景观之四：边塞纪事</h3>

边塞，是历史的印记，是昔日战火狼烟的源头，但在纪晓岚的眼里，天山脚下是"到处歌楼到处花，塞垣此地擅繁华"的地方；在翻译家郭俊亮的眼里，这是成长、圆梦、重获新生的地方；在鸟类的眼里，这是繁衍生息的家园和乐园；在新疆各族儿女的眼里，这是一个奋斗、生活、相依相守的魅力之所。

如《天山脚下多相亲》：几个小孙子围在他的身旁，一会儿给他捶捶背，一会儿给他挠挠痒。老人家乐呵呵地笑着，爬满皱纹的脸上堆积着慈爱与和善。他慢悠悠地讲着什么，虽然我听不懂，但从孩子们听得津津有味的神情上猜测，他一定是在讲有趣的故事。……多少年过去了，我仍不能忘记，在那个幽静的小县城，在一次文友聚会上，他自弹自唱《慈祥的母亲》，那是他自己作词谱曲的一首歌，优美、动人的旋律至今还萦绕在我的脑海，那天的一切，也像一幅画，永远定格在了我同样青葱的岁月与心灵深处。……当初，塔克拉玛干的狂风没有将他卷走，大沙漠的荒凉与戈壁也没有把他吓跑。他像一枝骆驼刺，更像一棵胡杨树，顽强地扎根在了这片土地上。他更像一只深明大义的羔羊，为了感恩这片培养了他、锻炼了他、给他爱情和幸福、给他荣耀与新生的土地，他将这片土地视为自己的第二故乡，将这片土地上的各族人民视为自己的亲人，并发誓要为这片土地奉献自己的一切。

《边塞纪事》以边疆地区为背景，记录和描述了发生在这片土地上的人和事。这里有年近半百才开始学习维吾尔语的翻译家郭俊亮，有用爱书写人生的付秀清，有优秀的社区工作者马艳琴，有盛唐时期边塞诗派的代表人物岑参，有清代著名学者纪晓岚，更有王震将军和几十万屯垦官兵的创业史。这里还有集高山湖泊、大草原、天籁之村于一体的塞外江南伊犁，有生命的乐园玛纳斯国家湿地公园，有作者相依相守了 30 年之久的魅力之城乌鲁木齐，有南北疆的风光，也有自家阳台的葱茏。华丽通过多视角、多方位、多侧面的描述，力图把边疆的独特风貌、历史遗迹和军旅情怀一一展现出来。阅读这一辑散文，犹如穿行在一条悠长的河岸，一边聆听历史的涛声，一边感悟时代的进程，一边欣赏山川的美丽，一边品味生命的磅礴与厚重。尤其是《王震将军与新疆屯垦》这一篇，虽没有勾勒战马嘶鸣、战鼓激扬的铁血场面，但那一行行铿锵又柔软的文字却似穿越时光的甲骨刻刀，在电子纸页上跳跃舞动。你看，在苍茫辽远的戈壁大漠，将军的英雄气概、军垦战士的忠勇豪迈以及家国情怀都被活灵活现地刻画了出来，阅读时不由得心生敬仰与感动。此外，该篇气势恢宏，情感饱满，也可成为人们铭记历史、珍视和平的心灵史料。

景观之五：情由景生

综观华丽的文字，除了清婉朴实、清新灵动、细腻真挚以外，还有以下几个特点。

——带入感强。"或许世间的一切都是有灵性、有感知的吧，要不，好好的天，怎么忽然就阴沉起来了呢？你看，细雨裹着冷风，不断抽打在行人的脸上、身上。仔细听，呼呼的风声里似带着呜咽。淅淅沥沥的雨，每一滴都落在人的心上，落在悲悯与伤痛的按钮上，落在内心最敏感、最细微的地方，并激起一片汪洋。"（《清明哀思》）"也许是见多了荒芜的戈壁和光秃秃的沙漠，也许是遗留在血脉里洞庭湖的清波仍在奔涌，因此，对于水，对于湖泊河流，对于由水而蔓延引申出的湿地以及湿地上所有的生命，我都有着难以言说的亲切和喜爱。"（《生命的乐园》）

读了这样的开头，相信继续阅读下去的愿望便会油然而生。

——触动情思。"多少次，伴随着夜晚闪烁的星光，我提起笔，想写写我的父亲，将这些年堆积在心底的思念诉诸笔端。然而，每每尚未落笔，泪已先行，摩挲着湿漉漉的稿纸，只能作罢。"（《怀念父亲》）"我和弟妹来到田埂边的白杨树下躲阴凉。一阵微风吹过，树叶哗啦啦作响，立刻感到凉爽、舒畅了许多，头也没那么闷了。空旷的田野上，只有母亲一个人弯腰捡着麦穗，瘦小的身影，被热浪包裹着，蒸腾着……"（《那些捡拾岁月》）"医院给父亲开了糖浆，说输血后要增加营养。然而，每天早晨，他自己舍不得喝一口，却将那黏稠的、甜甜的糖浆，一人一勺，喂进了我们几个的嘴巴里……"（《清明哀思》）

像这样饱含情感的文字，怎能不触动人的情思？

——想象丰富。"看着那一个个龙飞凤舞的大字，我仿佛看见了一群叽叽喳喳的小鸟，在空中飞扑过来，顷刻间落满了一棵棵枫树的枝杈。"（《红红的年》）"每每望之，总感觉在浩瀚的天宇间，有一双奇妙之手，每日握着一支银色的素笔，在那空缺处昼夜不停地描摹着、勾勒着。于是，月儿渐渐丰盈起来，圆润起来……"（《中秋望月》）"每当看到被两个太阳裹挟着的'暑'字，我就仿佛看到了一个个头顶着烈日，脚踩着火轮，怀揣着满腔热忱飞驰而来的暑天，看到了一个个翻腾着热浪的滚烫日子。"（《暑气蒸腾绿如茵》）"我常常想，将来的职场人，是不是坐在自家后院，闻着花香，享受着浓荫，或者遨游太空时，就可以轻轻松松地处理公务、办理业务了呢？"（《走过的时光》）此外，文中偶尔也会冒出一两句幽默风趣的句子："每次我差家人去买馕，回到家时，总见一个馕缺了一大块儿。不等我发问，人家自己便不好意思地笑笑，指指圆鼓鼓的肚子，我明白，那缺失的馕已经和他融为一体，难解难分了。"（《圆圆的馕，不朽的馕》）

《情润天山雪》是一部融艺术性、自然美和人生哲理于一体的散文集，它以清新优美的语言、丰富的内涵和独特的视角，带领读者回望温馨岁月、观赏天山风物、领略四季流韵、阅览边塞纪事，感悟生活的诗意，唤起人们对自然、历史和人生的思考。作者在描绘新疆自然风光、人文风情的精彩瞬间时，还巧妙地融入了自己的所思所感，将自己的情感体验与风景描写融为一体，使读者仿佛置身其中，不仅感受到这片土地的呼吸与脉动，看到了一个美好、宁静的世界，也感受到作者对自然、对生命、对文化的那份敬重与挚爱。在这个快节奏、喧嚣躁动的现代社会中，我们需要阅读这样一部作品，让心灵得到滋养与净化，让身体得到轻松与愉悦。

华丽是一个成功的作家，因为在华丽的背后，我读懂了她的真诚和朴实。

是为序。

2024 年 5 月 26 日于北京

阎雪君，山西大同人，中国作家协会全国委员会委员、中国金融文联金融作协主席、国家一级作家，兼任团中央青年志愿者协会宣传工作委员会副主任。18 岁开始发表文学作品，已在中央、省部级报刊发表作品 430 多万字，其中发表和出版长篇小说《今年村里唱大戏》《天是爹来地是娘》等 6 部；同时发表各种金融类调研作品 200 多万字。主编《中国金融文学》杂志、《中国金融文学奖获奖作品集》（一、二、三卷）、《当代金融文学精选》丛书（12卷）等，作品多次获得全国性奖项。多次在中共中央党校、北京师范大学、全国金融系统等单位举办文学创作讲座。

序二　天山雪水哺养的散文田园

——读华丽散文集《情润天山雪》

郝贵平

洞庭湖孕化的奶水哺育了她的幼小，天山的融雪水滋养着她后来的人生。阅读付梓前的散文书稿《情润天山雪》，一位温和美丽的女作家身姿仿佛站立眼前，娓娓叙说她行走新疆的步履，她执着追求的散文创作。她是华丽，一位进入新疆作家协会、中国金融作家协会和新疆诗词学会会员行列的后起之秀。

与华丽交往十多年，常常怀想着她的写作。最初结识时只知道她是文学爱好者，以后多年，她居乌鲁木齐，我住南疆库尔勒，天山相隔，信息并不是太多，有时会看到她有作品发表在报刊。而今，有幸读到她集编的20余万字散文书稿，我不能不感到意外，原来她勤奋耕耘着自己的文学土地，采撷着自己培植的文学之花。忆及与她有限的来往交谈，我佩服于心，慨然在怀，不禁生出几多感慨，春节假期读完了书稿中的80余篇作品。结集的《情润天山雪》是华丽近十年辛勤探寻运笔的结晶，是天山雪水哺养的散文田园。

华丽走过的岁月，携带着新疆阳光的鲜亮气息，广袤大地的多重色彩。她的散文田园木叶葱茂，花果美丽。

　　这是《戈壁红柳》中的文句:"对于久居新疆的人来说,红柳是再熟悉不过的植物了。只要你行走在这片广袤的土地上,那一簇簇、一丛丛盛开在荒漠、盐碱地、沟渠旁的红柳花,是茫茫戈壁最美丽的塞外景致。""见到了闻名遐迩的罗布人烤鱼。只见一条劈开的大鱼,由一根削尖的红柳枝从鱼头穿至鱼尾,另有三根红柳在鱼的身上横穿而过。远看,鱼像张开了翅膀要飞似的;近看,外皮焦黄流油、内里鱼肉白嫩。香喷喷的味道直扑鼻子,刺激得人垂涎欲滴。这种用红柳炭火烤制的风味,已成为尉犁县一道名馔佳肴。"华丽涉笔的红柳,氤氲着罗布人浓郁的生活风情。

　　描摹乌鲁木齐雅玛里克山的久久世纪厅,她写道:"从这里俯瞰山下,整个雅山,峰峦叠嶂,沟梁交错,浓荫蔽日。对面山上,坐落着两幢红顶别墅,在绿茵缭绕的树丛里半隐半现,引人遐思,令人神往。""再向市区眺望,乌鲁木齐市貌尽收眼底。你看,一栋栋楼宇大厦鳞次栉比,一座座高架桥雄伟壮观,一条条道路纵横交错……如果是在夏日星光璀璨的傍晚,从这里纵览乌鲁木齐华灯初上、霓虹闪烁的夜景,那该是何等神奇,何等迷人,又何等美丽啊。"对雅玛里克山林木景致的描述,透露出她对自个儿生活的城市的殷殷之情。

　　她写泽普的梧桐:"街道两边高大魁梧的梧桐树,像一把把撑开的巨伞,枝干交错,树冠相连,叶片密集,把整条街道笼罩在了一个弧形的隧道内。"写伊犁的水莲花:"一眼望过去,几乎看不见水面,只看到一张硕大的绣着白花的碧绿色毯子,清雅至极,漂亮至极。凝目注视,每一张阔大的叶子都被一根手指粗细且笔直的枝干支撑着,仿佛一只只翻转的绿伞,密密实实地遮盖了整个池塘。那些或含苞或绽放的莲花,凌空于莲叶之上,袅袅婷婷,美若天仙。"还有吐鲁番的葡萄沟:"葡萄沟里除了凉爽,还有赏心悦目、无以计数的葡萄。行走在这条南北长约8公里、东西宽约2公里的葡萄长廊里,头顶上是葡萄,左右两侧是葡萄,回眸之间还是葡萄。那悬挂着的、垂吊着的,那红的、黑的、紫的、青的,那珍珠一样、玛瑙一般一嘟噜一嘟噜的葡萄,在阳光的照射下，玲珑剔透，清新明丽。"

写山，写树，写卡瓦瓜，写罗布麻，甚至写白菜、冰凌，华丽写下新疆多样多色的自然物事，散文细腻真切，鲜活如画，充溢浓厚的情味。她的散文还水乳般融合包含多民族人们淳厚的生活情境与和善的美好心灵。

参加玛依拉的婚礼，华丽写道："英俊的哈萨克小伙拿出小刀，熟练地在盘中将大块马肉切成小块，分给每一位宾客。又拿出塑料桶，将自制的马奶酒满满地倒入我们的酒杯中……哈萨克族的婚礼，是在歌浪舞海中进行的。""灯光由白色变成了五颜六色，彩灯在我们的头顶四面八方旋转着、闪耀着，一会儿明，一会儿暗。大家不由自主加入舞蹈者的行列，人人脸上洋溢着灿烂的笑容，陶醉在眼前的幸福和欢乐里。这样的时刻，这样的氛围，激动的情绪像一波波滚滚的暖流，在我的身心蔓延、膨胀，我仿佛被一张巨大的欢乐之网、歌舞之网严严实实地罩住了，内心萌发出前所未有的情愫。从不跳舞的我，拉起同事的手，闪电般卷入歌舞的海洋，黑走马的狂欢里……"（《玛依拉的婚礼》）

她记写拜访伊犁王蒙书屋时的随想："在这个被王蒙视为第二故乡，视为家的地方，他不惜汗水，不遗余力，充分燃烧着自己的体力和人生。他与大家一道，植树修路，除草施肥，掰玉米碾麦子，装卸车扛麻袋，挖沙石修水渠，赶着毛驴车甩着皮鞭子……""他时常想起每天清晨赫里其汗老妈妈那一碗始终最先端给他的奶茶，那一句递给他苞谷馕时说出的简洁而生硬的汉语：'老王，泡'；想起房东阿卜都拉合曼与他对坐炕头的劝慰与鼓励：'老王，不要发愁。你早晚要回到你的文学岗位上去。'"（《拜访王蒙书屋》）

在新疆，司空见惯的馕，华丽写得香气四溢："在我生活的那个地方，维吾尔族老乡几乎家家户户门前都有一个馕坑，一个用羊毛和黏土砌筑的馕坑。高约一米，肚大口小，像极了倒扣的大水缸。馕坑四周用土坯垒成方形台面，用于操作和盛放打好的热馕。我家邻居艾尼莎汗大婶家就有一个这样的馕坑。每过十天半月，就见她将一大堆干柴放进坑底点燃，等柴火烧尽只剩火星时，

馕坑内壁已炽热滚烫。这时，她用雕花模子在擀好的面胚上扎出一圈一圈的花纹，再抹上清油，撒些芝麻、洋葱丁，然后贴在坑壁上。不多时，热热的馕便烤好了。大婶手拿铁钩子，熟练地将馕一个一个钩出来，扔到馕坑旁边的台面上散热。刚烤熟的馕带着一股浓浓的香味儿，远远就能闻到。""的确，这种以发面为原料，不放碱但放盐，经过干柴烘烤的面食，这种被古人称为'胡饼'的馕，有麦子的清香，有芝麻、牛奶等多种食物混合的香味，还有炭火的独特味道。""馕俘获了无数人的肠胃。那刚从馕坑中取出的热馕，那金黄四溢的色泽，那经历过炭火淬炼后的阵阵麦香，不知诱惑了多少人的嗅觉，绊住了多少双匆忙的脚步。"（《圆圆的馕，不朽的馕》）

在《情润天山雪》里，一辑"边塞纪事"的作品，有的写值得钦佩的普通人物，有的写王震将军率领下的农垦开发，有的写乌鲁木齐的建设巨变，有的写金融行业的时代发展，还有游历时的风光观感、疫情中的生活展现，华丽纪实性的文字，读来都十分感人。

《王震将军与新疆屯垦》篇幅较长，分量厚重。将军领导的新疆屯垦，大业恢宏，世人敬仰。作品开篇，华丽写道："一架载有王震将军骨灰的专机从首府机场腾空而起，朝着巍峨挺拔、银装素裹的天山山脉一路飞去。12时整，王震将军的子女及其身边工作人员，手捧骨灰，骨灰伴着玫瑰、月季和黄菊的鲜嫩花瓣，从5000多米的高空徐徐撒落……"以下叙写十万将士进军新疆，发扬南泥湾精神，开垦荒地，广植粮棉，修建乌鲁木齐和平大渠，组织八千湘女参军赴疆组建家庭，缔造生产建设兵团，兴办塔里木大学、八一农学院等辉煌历史，都颇具动人的精神力量。这辑纪实作品记叙普通人的卓越建树，同样感人至深。部队转业的邻居郭俊亮，与维吾尔语言文字从未有过交集，同维吾尔族同胞交往中的多次语言障碍，激发了他学习维语的热情，终于成为优秀的翻译家，翻译发表了40余万字的维吾尔文中短篇小说、人物介绍和文学评论，还得到新疆文学原创和民汉互译作品工程的重点扶持，出版了两部中短篇小说集译作。知性温婉、与自己名字一样美丽的付秀清，放弃收益不菲的汽车配件生意，在乌鲁木齐米东区通过借贷兴办福乐园老年公寓，从开始时的简单护理，提升到护生养老、日间照料、文化娱乐、精神慰藉、残疾托管、医疗康养、临终关怀一体化的综合养老服务，"乌鲁木齐市福寿养老护理中心"名闻四方。"80后"包户干部马燕琴，疫情封控时期在小区空地支起仅容一人躺卧的小帐篷，为住户订购生活物资，肩扛手提爬楼梯，一家一家递送菜蔬面油，连购送姜蒜调料这类小事也一丝不苟，还身背喷雾器给每条楼道定时消杀，用微信图片为各家示范防毒消毒。微信里看到大家的称赞，她只发一张害羞的小图，以示回应。这些作品，用纪实文笔记录时代风貌，反映多彩生活，人物、事件都折射了一个散文作家高格的生活情味和人生情怀。

阅读《情润天山雪》，我还看到华丽营造自己散文花苑的文学挚爱和创作追求。作品第三辑"四季流韵"中的24篇作品，从立春、谷雨写到小寒、大寒，贯穿了对一个年份节气时令的感触、对自然物景与普通生活的体悟，写情叙怀多有滋味，都逸散着新疆的地域色彩。我注意到，这辑作品写于2020—2021年间，均在《乌鲁木齐晚报》发表，从作品的发表和辑集，我生出这样一个关乎创作的问题，就是散文作家创作作品痴情于心、凝结在怀的题材择取和成文构想。我猜想，创作这组涵盖一整年节气时令的散文作品，华丽是否有一个引发这重意识的因由？有过怎样的由此而生的创作构划？她是怎样梳理相应的生活体验，一篇一篇设题立意、谋篇运笔，最终获得可称为"系列作品"的组合式文本？可以说，这样的情境是一种创作的激情触发，一种执着的文学追求。我与华丽电话联系得知，这辑作品原来是《乌鲁木齐晚报》专题约稿催生的产物。无论怎么说，"系列式"散文的出产，确是作家创作同类题材不同作品的意识激发。对于华丽"四季流韵"中的篇什，我不再择而详论，只是强调一番这样的创作经验，对于成就一个作家、一部作品，确实具有引动心灵、调动情思、引发笔墨的意义。

生活经历、社会见识和阅历体验，一旦与文学创作结缘，往往催发作者的心灵悸动和写作冲动，催发与作者情愫和情思抒发相互关联的文学作品。阅

读华丽这本书稿，我说"一位温和美丽的女作家身姿仿佛站立眼前，娓娓叙说她行走新疆的步履、她执着追求的散文创作"，还有一重别样的含义。华丽的人生境遇有过不幸，不幸际遇中她以超常的坚强和韧性，隐去突如其来的命运苦涩，焕发久藏心怀的文学之梦，并非完美的生活又打开一片新的天地。不幸与坎坷往往催生文学之果，文学之果的甜美滋养生活，也滋养成功的人生。这个集子的开篇《温暖的家》是悲痛与温暖交织的深情之文，一句一段品读下来，悲痛同样捶击我的心扉，温暖又同样融化我的块垒。继而一篇篇读完书稿，意志坚强的华丽、重拾文学的华丽、朴实朴厚的华丽、真切真实的华丽，就坚牢地伫立在我的心中。《温暖的家》之后18篇散文，多是对家亲往事的书写，情中记事，事中写人，记事写人中显露作者真实的情怀，满含浓厚的生活况味；往后的几十篇作品，写物写景叙事，所闻所想所感，内容都厚满盈实，灌注相应的文化质感和诗意分量。华丽行走在阳光灿烂的高处，开朗面对生活，成就散文梦想，她是生活和命运的强者，是立身散文大地的辛勤耕耘者。

我说天山雪水哺养了华丽的散文田园，正是因为这丰盈之水是新疆大地的乳汁，又是华丽的散文田园茂盛葱绿的生活之源和情感之源。

2024 年 2 月 18 日

郝贵平，陕西咸阳市长武县人。中国作家协会、中国散文学会会员。散文集《大荒漠眺望》获第三届中华铁人文学奖，散文集《我的绿洲河》获首届中华之魂优秀文学作品一等奖。

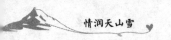

第一辑 · 温馨岁月

温暖的家

清丽的月光透过老槐树的枝权，从窗户洒进卧室，屋内恍如白昼。这是我的家。躺在临近窗户的床上，在家的怀抱里，我静静沐浴着柔和的月光，不禁想起那首《家》的诗句："家是昨夜辗转难眠的严父，家是今晨忙碌不休的慈母。家是夕阳下相爱人的默默依偎，家是日子里手足情的彼此爱护……"

我的心又一次颤动起来——我的严父呢？我的慈母呢？我的爱人呢？十多年了，他们先后都离我而去，失去亲人的悲痛时不时回环在我的心灵深处。

泪水洇湿了我的脸颊……

那年麦子抽穗时节，我从另一个单位调到了中国农业发展银行，成为农发行新疆分行营业部的一名员工。能够做我喜欢的金融工作，营业部又是一个和谐、向上的集体，我开心极了。我全身心投入工作，全力和兄弟姐妹们一起，互相照应，互相配合，工作、生活顺顺当当，充满活力。我爱我的工作和同事们，我爱我身在其中的这个可心的大集体。

可是不久，我的家接连遭遇不幸，我失去了家庭的温暖。在我一次次受到意外打击，家庭一次次遭逢破碎的时候，是营业部、是中国农业发展银行给了我另一重集体的温暖。这种至为宝贵的集体情和集体爱，十多年来，一直氤氲着我的生活，像亲情一样充溢在我的心中，伴随我走过一天又一天，一年又一年……

那年夏季的一天，远在库尔勒的弟弟打来电话说："大姐，你赶快回来，爸爸住院了，情况不好！"我惊呆了。早先几个月，父亲查出了肺癌，医生说还有半年时间。我们并没有告诉父亲真实的病情，商量着由弟弟接父亲过去，陪他再去看看工作和生活过的地方，会会以前的老同事、老朋友。父亲才去一个星期，怎么情况就不好了呢？我连夜乘车赶往库尔勒。

病床上的父亲，身上插着好几根管子，做白蛋白和血浆输液，床边放置着数支连接着胶线的监测血压和心脏状况的仪器。弟弟说，父亲已经完全不能进食了。看着父亲消瘦变形的面庞，我眼含泪水，难过极了。见我来了，父亲茫然地望着我，嘴唇抽搐着，想和我说话，可是却说不出声来。他太虚弱了，我没能够听清他想说的一个字、一句话。我心如刀绞，忍不住失声痛哭起来。两天后，父亲就永远离开了我，离开了他不忍舍离的儿女们、亲人们。我从小生活在父母的怜爱和庇护中，父亲竟这么快地离我们而去，我无法接受这样的骤变，一时不知所措，哭得泣不成声。

就在我们一家悲痛欲绝的时候，营业部领导带领我所在科室的领导和同事，驱车近 500 公里，从乌鲁木齐连夜赶来库尔勒。他们走进家门的一瞬间，我一愣，继而扑倒在同事的怀里大哭起来。我没有想到他们会来，更没有想到他们来得这么快，一股暖流立时涌遍了我的全身。库尔勒农发行的领导和朋友们也在当晚赶到家里。大家带着慰问品，带着单位的问候和关怀，亲切地劝慰我，安抚我，我冷凄凄的家，冷凄凄的心，顿然充满了热乎乎的暖意。

料理父亲后事的几天里，营业部和库尔勒农发行的领导和同事们，忙忙碌碌安排车辆及人员，跑前跑后办这办那，联系殡仪馆，筹办追悼会，父亲后事办得很圆满。单位和同事们的真诚关怀，让我们一家感动万分，我更是由衷感激，从中感受到单位大家庭火一般的关爱和温暖。

天有不测风云，人有旦夕祸福。几年后，生活的不幸第二次突降到我的身上。那天早上，跟往常一样，我和爱人一起出门上班。他送我到单位门口以后，就自个儿驾车办事去了。可我哪里会知道，这和平常一样的一次分手，竟然成了我们今生的永别……

那天上班不久，我正在办公室忙碌，突然接到一个意外的电话："你赶紧到建工医院来啊，你爱人正在急救！"我被这料想不到的电话打蒙了，迅速赶往医院。晚了，一切都晚了！急救室里，抢救的仪器已经撤下，爱人一个人静

静地躺在那张病床上，千呼万唤再也没有了声息！霹雳击顶，天塌地陷，我悲天抢地地放声哭喊，眼前一黑，软软地瘫倒在地。

当我从极度悲痛中醒过来的时候，看到科室的领导和同事们围坐在我的身边，一张张熟悉的面庞，都好像刚刚哭过，个个眼睛红红的，都是一脸悲痛的神情。医生告诉我，爱人是心源性猝死，他们已经尽力了。同事们有的抚摸着我的肩膀，有的紧握着我的双手，有的端来热水，送到我嘴边。我缓过神来，不可抑止地号啕大哭。姐妹们都一脸悲怆，哽咽着劝我："这个时候，大家都懂你的痛苦，都会替你分担，你一定要坚强，要挺过去。""你看，我们都在你身边，大家都是你的亲人，你千万千万要保重身体，千万千万要节哀啊！"

出事后的第二天早晨，营业部党委班子成员全都来到我家，询问事情的经过，商量后事的安排。党委书记递给我一个厚厚的信封，亲切地说："这是营业部全体同志的一点心意。"我又禁不住失声痛哭起来。领导们一再嘱咐我："营业部就是你的家，有什么困难一定要说出来，大家为你排忧解难。"营业部各科室的领导和同事、新疆分行的领导和同事，也都纷纷来到家里，看望我，安慰我，鼓励我。出殡那天，单位的领导和同事全都放下手头的工作，来给我的爱人送行。在领导和同事们的关切照料中，我和大家一起送了爱人最后一程。

爱人走了，我的心似乎被一种悲凉的魔手掏空了。我头晕目眩，不能自已，难以言说的悲伤，沉沉地压迫着我，我竟一病不起，连续几天瘫在床上，爬不起来。这突如其来的生离死别，彻底击垮了我。那段时间，科室的领导和同事每天轮流来家里陪伴我，照料我，宽慰我。大家看我吃不下饭，就给我煮米汤，榨果汁。在我人生最灰暗、最颓丧的时候，同事们无微不至地开导我，照顾我，帮助我。这种如亲情一样热乎乎的殷殷关爱，温暖着我，感动着我，激励我慢慢走出了命运和人生的低谷。

爱人离去数月，我的母亲因患脑梗又撒手人寰。母亲的离去，使我这个本就残破不全的家彻底破碎了，一种说不出的空虚感包围着我，我的心又一次掉进了冰窟。在家庭的再一次变故中，又是营业部的领导和同事们，给了我同样的关怀和帮助，再一次帮扶我消解了心灵和感情上的哀痛。父亲的病逝、爱人的亡故、母亲的离去，对我来说都是最悲伤的事情，而这些家事，一次次得到单位和同事们的倾心关照，我的心灵与情感一次次受到单位和同事们的悉心呵护，我难以忘怀在失去亲人的悲痛中，领导、同事抚慰我的一幕幕情景，难以忘怀大家劝慰、帮助我的一句句暖心的话语，难以忘怀单位集体对我暖阳般的关怀、亲人般的关爱。血缘亲情是一个人最为可贵的家庭温暖，而党委和集体的关怀，又是人间另一重十分难得、至为宝贵的爱。这些年来，我不免为家庭的不幸，为自己生活和情感的遭遇而伤心，但同时也更为自己拥有春天般温暖的中国农业发展银行之家而庆幸……

此刻，月光洒在屋内，是那么明媚，那么柔和。我起身站在窗前远望，月色中的世界一片明朗，晴空下的城市灯火辉煌。仰望辽阔的夜空，观赏美丽的城市，我感到身心里一股轻柔的暖流在涌动。

我又想起那首《家》中的诗句："家是风雨中的相互搀扶，家是集体温暖的彼此互助。家是人生奋斗的精神支柱，家是大爱大情的永久归宿……"

哦，多么美好的夜晚，多么温暖的中国农业发展银行之家……

本文原载于 2014 年第 3 期《新疆银行业》

那些捡拾岁月

进入夏季，天气一天比一天热了起来。炎炎夏日里，我仿佛又看到了田野里滚滚的麦浪和一望无际的金黄，似乎又嗅到了氤氲着麦香的气息和味道。

20 世纪六七十年代，在我生活的那个地方，粮食是按人口、年龄、性别定量供应的，粗粮百分之八十，细粮百分之二十，基本见不到大米。全家一个月的定量，常常只能维持半个月左右。记忆中，吃得最多的就是用苞谷面做的馍馍、饼子或糊糊。偶尔，也会吃到用三分之二的苞谷面掺入三分之一的白面蒸的二转子馒头。在那个艰苦的年代，饿肚子是常事儿。所以，二转子馒头算得上是不错的食物了。由于常年吃粗粮，又没有多少油水，胃里经常泛酸，就巴望着能吃上一顿纯白面的馒头。

夏天，我们最盼望的，就是地里的麦子快点成熟，快点收割。那时候还没有收割机，大片大片的麦子，全靠人们用镰刀一把一把地割下来，再一捆一捆地系上草绳，运回麦场，翻晒晾干，很是辛苦。

麦收过后，是最忙碌的时刻。一大早，母亲就领着我和弟妹来到田边。远远望去，裸露的麦田一下子空旷起来，褐色的土地上，只有被割过的麦茬在明晃晃的太阳下一根根直立着，显得有些苍凉，有些落寞。几天前，这里还是麦浪翻滚、波涛汹涌的丰收景象。此刻，全都归于平静和寂寥。

我们每人戴一顶草帽，提一个柳条编的筐子，弯下腰，开始捡麦穗。人工收割后的麦田，有不少被遗漏的麦穗，或单个，或三三两两，横躺在地里，斜靠在麦秸上。我们的目光聚焦在褐色的土地上，前后左右仔细搜寻。此时，那一根根金黄的被遗忘的麦穗，就是我们的希望所在。

捡麦穗也不是一个轻松活。清晨的阳光略显温柔，过不了多久，就热辣辣地铺卷开来。我们被炽热的太阳烘烤着，暴晒着，汗水顺着脖子一个劲儿地往下淌。由于身体弯曲得时间久了，腰部开始不适，酸胀，疼痛，直不起来。手不是被钢针似的麦秸秆戳一下，就是被尖利的麦芒扎一下。还不到一个晌午，我们的手就被扎出了血，腿上脚上也划出了血痕，受伤的地方被汗水一浸，就像被蜜蜂蜇了一样，火辣辣地疼。母亲的脸，在刺目的阳光下泛着黑红油亮的光泽。她用手背抹一下额头和脖子上的汗水，迅速从口袋里掏出纱布为我们包扎，然后拿出水壶和干粮，嘱咐我们，到树荫下歇一会儿，喝点水，吃点东西。

我和弟妹来到田埂边的白杨树下躲阴凉。一阵微风吹过，树叶哗啦啦作响，立刻感到凉爽、舒畅了许多，头也没那么闷了。空旷的田野上，只有母亲一个人弯腰捡着麦穗，瘦小的身影，被热浪包裹着，蒸腾着……

太阳下山后，母亲将一天的战果归拢到一个大面袋里，背到肩上。我们则跟在后面，拎着各自的筐子。夕阳下，我们像一群凯旋的战士，沐浴着熊熊燃烧的霞光，返回家去。

那段时间，我们每天的任务就是捡麦穗。在田野里劳累了一天，傍晚回到家，母亲第一件事儿就是将麦穗摊到房前的空地上晾晒，以防被捂发霉。几天后，麦穗儿堆得像一座小山了。这时，母亲找来长长的木棒和擀面棍儿，让我们在麦穗上一顿敲打，去除秸秆，然后，母亲把仍没有脱粒的麦子，归拢到一个袋子里，再次捶打，最后用竹簸箕反复扬筛，直到筛出干干净净的麦子，再拿去磨坊磨面。

那些天，我和弟妹天天盼着吃白面馒头。终于，母亲将磨好的面粉用酵头发了一大盆，又在案板上揉成一个个拳头大小的面团。水烧开后，放到笼屉上，盖上锅盖，沿锅边再围上一圈蒸布。随着咕咚咕咚的声音，蒸汽弥漫了整个屋子，空气里飘散的尽是新面粉特有的香味儿。我们眼巴巴地望着、等着。母亲笑着说，别急，半个时辰就好了，可饥肠辘辘的我们，总觉得那半个时辰太长太长，就像盼望过年一样……

锅盖在我们望眼欲穿的等待中终于揭开了。掀开的一刹那，一团巨大的水蒸气冲了出来，继而，一个个暄腾腾的热馒头，宛若一个个仙女端坐在云雾中，那么洁白，那么诱人。母亲一边将热乎乎的馒头递到我们手中，一边摩挲着我们的脑袋。我看见，一滴晶莹的泪珠在母亲的眼眶里打转……

不光捡麦穗，我们还捡豆子。记得也是一个炙热的夏天，母亲说，小渠前面的那片花豆已经收割了，你们想不想去捡豆子？当然想了！我们异口同声地回答，然后欢呼雀跃地来到那片地里。跟捡麦穗不一样，这次我们拿的是瓷缸子和瓷碗。只见，地沟里撒下了一些花色的豆子，那是豆荚爆裂时散落出来的。我们蹲下身子，眼睛和脚步被地里的花豆牵引着，一粒粒捡着，一点点往前挪动着。寂静的田野，除了渠水的流动声，就只能听到豆子落到容器里那一声声清脆的当当声……

当晚，母亲将捡来的半盆花豆洗了一部分，放锅里用清水煮了，然后，放少许食盐，给我们一人盛了一碗。说实话，那是我至今吃过的最香的豆子饭。咬一口，面面的，沙沙的，略带咸味儿，唇齿之间流溢的那个香，那个美味儿，至今难忘。

母亲还领我们捡过西瓜。等西瓜拉秧时，我和弟妹又像小鸟一样，扑向了瓜地。不过这一次，要快活得多，愉悦得多。我们在瓜地里，蹦过来跳过去，那些被遗弃的小西瓜，是我们追逐的目标。我们拉开瓜秧，掀起瓜藤，把那些藏在下面，掩在叶片里，像拳头一样大小的西瓜找出来，揪下来。没有工具，就用拳头砸，或放在地上磕。兴许是季节的缘故，瓜虽然小，但里面的瓤都已鲜红，运气好的话，还能碰上几个沙瓤瓜。顺手掰成几块儿，吃饱了再说。西瓜汁涂得满脸都是，这个时候，谁还顾得了那么多，直到把肚皮撑圆溜了，一个个也变成了"西瓜"……

不远处，母亲在忙着掏西瓜子儿。地里有许多摔碎的西瓜，也有坏了被扔掉的西瓜。母亲就用手把西瓜瓤挖出来，挤出汁，把瓜子留下。等两个水桶都装满了，就挑起扁担，一颤一悠地回家去。

晚上，母亲把西瓜子炒熟了，一家人围坐在炕上，就着煤油灯，一边嗑瓜子，一边听父亲讲薛仁贵东征的故事……那个情景，那幅画面，那种温馨，永远镌刻在我童年的记忆中。

我们还随母亲去地里捡过花生，捡过白菜，捡过萝卜，捡过土豆，捡过葫芦……那些捡拾岁月，有艰辛，有泪水，也有欢笑。

感谢那些被遗弃又被捡拾的生灵，感谢大地的馈赠，让一个跟跄在贫困边缘的家庭得到了暂时的温饱，让一群面黄肌瘦的孩子脸上露出了红润，让我们一家老小度过了最艰难、最苦涩的岁月，也让我小小年纪就领悟了"粒粒皆辛苦"的深刻含义，更让我的童年留下了一段难忘的记忆。

本文原载于 2017 年 7 月 29 日《粮油市场报》

那渠那田那记忆

依稀记得，在我上小学的时候，我们全家从县城搬到了一个偏远的小乡村。这个村子不大，住着二十来户人家，八九栋平房整齐地坐落在一片沙包上。房前不远处是一条小渠，渠宽四五米，两边长满了芦苇、红柳、芨芨草和一些不知名的杂草。渠水清澈，可以看见小鱼和小蝌蚪在水里欢快地畅游。我不知道流经这里的渠水，它的源头在哪里，又将流向哪里去，但我却清晰地记得，它留给我儿时的欢乐，是这辈子最深最美的记忆。

20世纪70年代的乡村，物资极度匮乏，生活普遍困难。为了给正在长身体的我们增加营养，母亲常常带我们去门前的小渠捕鱼。在渠水翻涌的闸口，有许多小鱼拥挤在那里戏水，母亲悄悄放下柳条编的筐子，静置一会儿，然后猛地提起，往往一筐上来，就可以打上几条甚至十几条小鲫鱼、大头鱼，还有叫不上名儿的鱼儿。有的时候，母亲和我们一起，将裤腿高高地挽起下到渠里去捉鱼。母亲拿一只竹编的簸箕，站在离我们十几米远的对面，我和弟妹则站成一排，手脚并用把小鱼齐齐地赶过去。母亲弯下腰，把竹编的簸箕沉进水里，迎着鱼群，等鱼差不多游过来后，迅速端起簸箕，运气好的时候，能捞上几条巴掌大的鲫鱼，更多的时候是一些碎鱼，也有竹篮打水一场空的时候。还有的时候，我们下到渠里，故意搅动淤泥，把水搅浑，然后双手在水里摸鱼。不仅手能摸到鱼，脚也会踩到鱼，被踩到的鱼在脚下松软的泥沙里挣扎，脚心便一阵阵发痒，此时的我们，心在窃喜，手则快速伸下去……

小渠的前面是一片稻田。秋天，稻子快要成熟的时候，田里基本没水了。但是，低洼处会有少量积水，积水里会有很多小鱼。此时，母亲的柳条筐又派上了用场。她拎起筐子，带着我们向稻田奔去。记得有一次，我和母亲走在夕阳下的稻田里，母女俩一前一后默默地走着。四周安静极了，听不到一点声音，只有西天上的那轮落日，像个熊熊的火球，把半个天空烧得一片通红。晚霞的红晕落下来，落在沉甸甸的稻穗上，落在泥泞的田埂上，也映在我们渴望的脸庞上。我与母亲顾不上欣赏这燃烧的天空和绚丽的霞光。我们一边走着，一边在稻田里扫视着，两双眼睛就像四只探照灯般凝神搜寻着，生怕漏掉了一顿美餐。忽然，我看到几米开外的田埂下有一个凹陷的小坑，坑里的水几乎快干了，一窝小鱼挤在里面啪啪地乱跳。"妈，快看呀，小鱼，小鱼！"我兴奋地大叫起来，叫声划破了四野的寂静，草丛中，被惊起的几只水鸟扑腾着翅膀向远处飞去。母亲顺着我手指的方向走过去。呵呵，20多条两指粗的鲫鱼正活蹦乱跳着。我欣喜极了，撸起袖子，伸手去捡鱼……

每年快入冬的时候，小渠要断流。那几天是母亲最忙最累的时候。她早早就领着我们来到小渠边，给渠水分段儿拦坝。只见瘦小的母亲，穿着黑色的长筒水鞋，在水里挥舞着坎土曼、铁锹，把泥土挖起、铲起，填埋出一条埂子，小渠的两端被埂子扎住了，我们再把中间多余的水一盆盆舀出去。小鱼就在被拦截的渠水里成了瓮中之鳖。这会儿的鱼儿可真多啊！我们把家里洗衣服用的大铁盆、洗脸盆、水桶，统统拿来盛鱼。那几天，母亲是全家最忙碌的一个，白天在渠里捞鱼，晚上就在月光下刮鱼鳞、去内脏，把一条条小鱼清洗干净后，再拿到房顶上去晾晒。每年的这个时候，母亲都要忙活十来天，尽可能为全家人多捕捞一些鲜美的小鱼，好度过一个寒冷荒芜的冬天。房顶上的小鱼晾干以后，母亲用麻袋把鱼干装起来，每每都能装上一两麻袋。此时，母亲紧锁的眉头舒展开来，脸上绽放出久违的笑容。

每次捞鱼回到家，母亲都顾不上梳理凌乱的头发，来不及脱去沾满泥点的衣裤。她快速收拾、清洗出一部分小鱼，撒上盐，裹上面粉，一条条放进抹了油的铁锅里。听着吱吱作响的煎鱼声，闻着满屋子飘荡的鱼香味儿，我和弟妹齐刷刷地围到锅边，盯着锅里的鱼直咂嘴巴、咽口水。母亲拍拍我们的脑袋，把火挑旺一些，把小一点的鱼用筷子夹到锅底，并不停地翻动，等熟了，

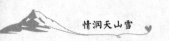

赶紧盛到碗里端给我们。这时的我们，早已迫不及待，早已心花怒放，哪里还顾得上烫？抓起香喷喷的小鱼就往嘴里送，尽管一个个被烫得龇牙咧嘴，但只觉得香，太香了……

曾听说，吃鱼的人聪明。或许是应了这句老话，我们姐弟几个在学校学习成绩都是数一数二的。后来，我升了初中，寄宿在离家十几公里远的公社中学。每个周末返校，母亲都会用晒干的小鱼，放一些辣子葱蒜，炒一大罐儿让我带到学校去吃。同学们都很羡慕，每次我拿出罐头瓶子，她们就一哄而上，还没等我给大家分，就被一抢而空。

岁月如梭，几十年过去了。算一算，我离开那个小乡村已经30多年了。

去年国庆节，我专程回了趟故地，回到了我日思夜想的地方。我想再看一看给过我欢乐、给过我希望的那条小渠，那片稻田。遗憾的是，渠水干枯了，渠两边杂草丛生，只有芦苇在风中摇曳着白絮，似乎在诉说着往日的一切。稻田也不见了，村子被推成了平地，村民们都已搬离了沙包。

哦，那渠、那田——我儿时美好的记忆，在这片土地上永远消失了，消失了……

本文原载于 2017 年 4 月 8 日《粮油市场报》

母亲的巧手

连日来，在下班回家的路上，都能看到一个 70 多岁摆地摊的老奶奶。地上铺一块蓝布方巾，上面摆放着大大小小一摞摞的鞋垫，还有针头线脑等小物件。老奶奶坐在地摊前的小板凳上，佝偻着腰，低着头，用剪刀仔细地修剪着鞋垫的毛边，脸上的老花镜滑落到了鼻梁上。她只顾埋头做活，并不像别的小商贩那样大呼小叫地吆喝，以招揽过往的行人。见到这种情形，我的双脚似乎被一根无形的绳子牵引着，不由自主地走上前去。

她的鞋垫全是用纯色的棉布缝制，有红、蓝、黑、白几种。可能是老奶奶眼睛花了的缘故吧，鞋垫上那一圈一圈的针脚不是很匀称，有些地方甚至跑歪了。说实话，这些鞋垫不仅手工粗糙，而且还十分土气。但是，看着老奶奶那安静、慈祥、沟壑纵横的面庞，那青筋暴突的手背和干柴一样的手指，那被微风吹起的一缕缕银发，我仿佛又看到了自己的母亲，心不由得战栗了几下，嗓子眼哽咽起来……

母亲有一双巧手，尤其在针线活方面，是方圆几百里公认的能人。从扯布、量体、裁剪、锁边、缝合到钉纽扣，样样都行。我参加工作之前所穿的衣服、鞋子，都是母亲一针一线缝制的。那些年经济拮据，一家老小的冷暖让母亲操碎了心。而我们，最开心的时候是每年的春节，不仅有糖吃，有肉吃，还有新衣服穿。生活再困难，每年的大年初一，母亲一定会想方设法让我们兄弟姊妹穿上新衣服后再去给邻里乡亲拜大年。否则，用母亲的话来说就不算过年。为这，父亲常常调侃母亲是叫花子打领带——穷讲究。

印象最深的是我升入初中的那一年。离春节还有两个多月，母亲就开始为一家人过年的新衣服而奔波忙碌了。她带着挖甘草、卖鸡蛋攒下的钱，一趟

趟赶往县城的百货门市部，看布料，选花色，按照每个人的尺寸估算着扯布。母亲扯回来的布常常是紧巴巴的，从没有多余的料。她还利用套裁的方法尽量节省布料，将本来只能做两条裤子的料，巧妙地裁剪成三条。布料扯回来后，母亲就开始为大家量体裁衣。她先用皮尺给我们量领口、肩宽、胸围、腰围、身长、袖长、大腿、小腿、裤长以及袖口、裤口的尺寸，量一下，嘴里念叨着，在纸上记下数字。等都量完了，便把饭桌拖到窗子跟前，擦干净，摊开布料。这会儿，皮尺换成了木尺。只见她左手拿木尺，右手拿彩色画粉，在布料上边量边画。母亲说，裁上衣，要先紧前片、后片和袖子；裁裤子，则要先紧前后裤腿。衣领、袖口、腰等部位，可以用剩下的小块布料或边角料拼接。为了节省出一块布，经常见她绞尽脑汁，在布料上左量量，右画画。待布料上画满了横、竖、斜、十字、弧形等色彩分明的线条和标记后，才开始用剪刀沿着画线裁剪。听到"咔嚓咔嚓"的裁布声，我们都跟吃了蜜似的，美滋滋、甜丝丝的。衣服全部裁剪好后，母亲用一块头巾包裹起来，让我跟她一起去李阿姨家。因为穷，家里没有缝纫机，每年春节穿的新衣服，都是去要好的几个老乡家缝制。

李阿姨家在十几公里外的清水河农场。我们拎着包袱，沿着凹凸不平、空荡荡的北干渠一步一步走着去。渠里的水早已结成了厚厚的冰，几个顽童在冰面上骑着自行车相互追逐、玩耍，并在驰过的地方，撂下一串嘻嘻哈哈的欢笑声，笑声划破了寂静、辽远的天空。头顶上，一群鸽子呼啸着飞过。冬日里，寒风吹在脸上如同刀割般疼痛。我抬起头，仰望远去的白鸽，心里暗自羡慕它们有一双能够自由飞翔的翅膀……

在李阿姨家的那几日，母亲如一枚旋转不停的陀螺，夜以继日地忙碌着。我不知道她每天何时睡下，又何时起床，只看见她昼夜不停地趴在缝纫机上的瘦削身影，只看见缝纫机的踏板随着她双脚的舞动而有节奏地上下翻飞，只听见从缝纫机的针头上发出的一声声清脆的"嗒嗒"声……看着一块块裁剪好的半成品，在母亲的手中变成一件件漂亮的新衣服时，李阿姨和前来围观的邻居们都纷纷拿来布料，请母亲帮忙做衣服。陀螺似的母亲更忙更累了，原本计划一个星期做完的活，硬生生拖延了半个多月……

母亲不仅衣服做得漂亮，鞋也做得好。趁夏天太阳大，光照时间长，母亲便用碎布头和边角料打布壳。她先在铁锅里搅出一碗白面糨糊，然后把饭桌和案板挪到院子里，用毛刷沾上糨糊刷在饭桌或案板上，将碎布一片一片铺在上面，再刷一层糨糊，再铺一层碎布，有个四五层的样子时，就放到太阳底下去晒。记忆中，母亲每年都要打十几张这样的布壳，每年都要给我们做几双鞋，冬天的、夏天的，似乎永远有纳不完的鞋底，上不完的鞋帮，做不完的鞋。

有一年，母亲说，今年换个样式，给你们做跑鞋穿。现在回想起来，母亲说的跑鞋，外观其实跟旅游鞋差不多。鞋底跟以前一样，但是鞋面有了变化。母亲用布壳裁剪出新式鞋面，两层中间絮一层棉花，再在最外层包上黑色的条绒布，用锥子在脚背对称的地方钻两排气眼，再安上铝制的气眼扣，系上一根黑色鞋带，一双款式新颖的跑鞋就做好了。在那个物资匮乏、贫穷落后的年代，我和弟妹穿上暖和、舒适、漂亮的跑鞋去上学，惹得一帮同学羡慕的眼珠子都快要蹦出来了。

改革开放的春风吹来，商店里、市场上出售的成衣、成品鞋越来越多。光是女鞋就有皮鞋、布鞋、旅游鞋，高跟鞋、坡跟鞋、平底鞋等，货架上新颖别致、美观时髦的衣服和鞋子应接不暇。与此同时，母亲的背一年比一年驼，眼睛一年比一年花，我们身上的衣服、脚上的鞋子也渐渐被货架上的商品所替代。

操劳了一辈子的母亲，不再为一家人的冷暖发愁奔忙了。然而，忙惯了的母亲根本闲不住，她又开始为我们做起了鞋垫。母亲把我们不穿的旧衣服清洗干净，裁剪成鞋垫的雏形，再用大小不等的布片拼接成一个个漂亮的图案，最后用缝纫机轧成一个个菱形的小方格，再沿鞋垫的边缘包一圈白色布边。一件件旧衣服，在母亲的巧手中躲避了被淘汰、被丢弃的命运，也为我们带来了便利和温暖。时至今日，母亲做的鞋垫是我见过的针脚最匀称、做工最精致，最耐磨、最漂亮的鞋垫。

　　"你要鞋垫吗？"一句轻声的问话打断了我的思绪，把我从遥远的回忆中拖回到现实。我抬头看过去，老奶奶一脸的慈祥，目光里流露出一种渴望。

　　"噢，是的。"我拿起几双鞋垫比画起来。虽然我的鞋柜里还存有几双母亲在最后的时日里缝制的、我一直舍不得拿出来穿的鞋垫，可我还是毫不犹豫地买了几双。我想，这一针一线里，一定也包含了她老人家的千般情、万般爱……

　　　　　　　　　　　　　本文原载于 2016 年 12 月 1 日《乌鲁木齐晚报》

过年往事

随着冬季的渐行渐深，年的脚步声已愈来愈清晰。每当此时，那些遥远的、蛰伏在记忆深处的陈年往事，便如潮水般涌来，在我的脑海里跌宕盘旋，挥之不去。

小时候，在大西北的县城和乡村，还没有楼房，家家户户住的都是极其简易的平房：先用土块砌墙，四面墙体砌好后，用一根粗壮的白杨木横在中间做房梁，两边放置数根碗口粗的椽子，椽子上铺草席或苇把，上面盖一层牛毛毡，毡上铺厚厚的房泥，房顶完工后，再给四面墙壁刷一层白石灰。至此，一排排、一栋栋简易而规整的平房就建好了。

临近年关，母亲首先要做的是打扫房屋，以迎新年。一大早，就见母亲将被褥、锅碗瓢盆以及桌椅板凳，一件件搬运到屋外的空地上。然后，穿一件蓝色大褂，包上头巾，戴上口罩，拿起大扫帚，开始打扫屋子。房顶的苇把和墙的四角，经历了春夏秋冬的洗礼，早已落满了灰尘，织成一缕一缕的吊吊灰，蛛丝般悬挂着，扫帚一碰，尘土飞扬。母亲就在这纷纷扬扬的灰尘中，挥舞双臂，左右开弓……

有一年，母亲打扫完房子，父亲找来石灰，按比例兑上水，装在容器中，就像给田里的庄稼打农药那样，往墙上喷洒白色的石灰水，连喷三遍后，伤痕累累的旧墙焕然一新。看着雪白的墙面，我忍不住伸出手，在墙上摸了一下又一下，那凉冰冰、滑溜溜、喜滋滋的感觉，虽已过去了十几年，仍记忆犹新。父亲又找来细铁丝，爬上梯子，在距离房顶大约 20 厘米的地方拉上一道一道的铁丝，再往铁丝上糊旧报纸。经过父亲的一番整修，平平展展的顶棚，把那些粗糙的裸露在外的房梁、椽子、苇把，统统遮掩了起来。洁白的墙壁再挂上

四五幅诸如"年年有余""吉星高照"之类的年画，门框两边再贴上父亲亲手写的大红对联，简陋的房屋，一下子敞亮、喜庆、美观了许多。

打扫完房屋，紧跟着就是准备年货。除了用大铁锅炒些葵花子、花生，去街上的食品门市部购买水果糖、江米条以外，母亲每年都会买一沓花手绢，初一早晨，给我们一人发一块。那印有红红绿绿小碎花的手绢，着实给我的童年带来了不少的欢喜，以至于年都过完了，我还舍不得拿出来用。父亲则会东拼西凑弄些钱，买回一些二指膘三指膘的猪肉。三十晚上的年夜饭和初一早晨的饭桌上，必定有他亲自剁馅儿、揉得溜圆、我和弟妹最爱吃的丸子汤。如果猪肉还有多余的话，母亲则会用一部分来制作腊肉和香肠。如果是那样的话，这个年过得就很有滋味儿，很满足了。

母亲制作腊肉，通常是把带皮的猪肉切成五指宽的条，放在盆里，均匀地抹上盐，盖上盖，腌制七到十天。待肉里的血水被盐完全挤出去后，再把腌透的肉，用铁丝或线绳一条条穿起来，挂到阴凉通风的地方，慢慢晾干。我也见过母亲用松树枝、稻糠熏肉。晾也好，熏也罢，只要闻到它的香味儿，就会让人满口生津。过年那几天，父亲将腊肉切成薄片，配以辣椒蒜苗，旺火快炒，腊肉特有的香味，实在是一种让人难以抗拒的诱惑。

记忆中，母亲还做过香肠。她先把猪肉洗干净，切去皮，将肥瘦相间的猪肉切成小块，淋白酒，撒上盐、辣椒面和花椒面，拌匀。猪小肠提前用小苏打反复洗净，吹得鼓胀起来，扎口，晾干备用。灌肠的时候，要把备好的肠衣，用热水浸泡，解开口，原本长气球似的猪肠，立刻泄了气，变得软和了。母亲又找来一个塑料瓶，剪下瓶口，将肠衣的一端用线绳扎牢在瓶口上，这时，就可以往肠衣里灌猪肉了。灌好的香肠用牙签扎几个眼放出空气，然后悬挂到阴凉通风处，大概十来天，肠衣的表皮变蔫变皱了，美味的香肠也就大功告成了。食用时，取下两节，放到锅里添水煮熟，切成小段儿。往往等不到上桌，我和弟妹就伸出手，猴急猴急地从案板上抓起一块，塞进嘴里咀嚼起来。香肠的美味，瞬间溢满口舌，在唇齿之间回旋翻卷。满足之感、幸福之情，在一张张稚嫩的小脸上荡漾开来。

除了美食，我和弟妹最盼望的，就是能在过年时穿上一身漂亮的新衣服。要知道，在那个"新三年，旧三年，缝缝补补又三年"的困难时期，能拥有一身新衣服，也不是一件容易的事。不过，打我记事起，无论生活多么困难，母亲都会在大年初一的早晨，让我们穿上她一针一线缝制的新衣服、新鞋子，去给邻里的爷爷奶奶、大伯大婶们拜年。看到我们一个个穿着崭新、漂亮的花布衫，乡邻们总免不了啧啧几声，夸母亲心灵手巧，顺便再抓一把瓜子、糖，塞进我们的口袋里。

那些年，父亲母亲为了让我们能过个像样的年，真是绞尽了脑汁，忙得团团转。记得有一年，为了让我们能在大年初一一起床就穿上新衣服，母亲熬了一个通宵，又是锁扣眼儿，又是钉纽扣，又是上鞋帮。父亲则为了全家人的一顿"盛宴"，同样忙得一整晚没有合眼……等我们几个手拉着手，兴高采烈地出去拜年时，父母双亲终于筋疲力尽，瘫倒在炕头……

又到年关。不过，我们早已住上了宽敞舒适的楼房，不用再像母亲那样在尘土飞扬的土坯房里做大扫除；吃的、穿的、用的，超市、商场里应有尽有，甚至足不出户，点点鼠标或在手机上划拉几下，就有快递员送货上门；年夜饭也不用再像父亲那样辛苦和忙碌，一家人轻轻松松到酒店团聚，享用丰盛的美食。只是，随着年岁的增长，父母的相继离世，小时候那种对年的渴盼与喜悦，却与我越来越远。这样的日子越久，我越发感到年的寡淡和索然无味。倒是在年一次又一次急促的脚步声里，我常常想起父母双亲在世时，为了我们几个能过上像样的、舒心的年而奔波忙碌的身影，似乎也只有在那熟悉的、远去的身影里，我才能寻找到一点点年的味道、年的乐趣……

本文原载于 2018 第 1 期《西北文学》

吃亏是福

母亲常挂在嘴边的一句话是：吃亏是福。多年以前，我不理解，甚至怀疑。吃亏，意味着损失，受到伤害，怎么能是福呢？然而，随着年岁的增长，阅历的丰厚，我慢慢理解了其中蕴含的意味，并认同了这个观点。

老子曾说过："福兮，祸之所伏；祸兮，福之所倚。"古人早已明白并告诫后人，凡事都有其正反、好坏两个方面的属性。只是，当事人在特定的环境下是感悟不到的。

记得在我上小学的时候，有一天放学后，我和几个同学背着书包蹦蹦跳跳地回家吃午饭。路过生产队的菜地，见一片香菜鲜嫩水灵，长势正旺。夏日正午的阳光艳艳地照着，每一根叶片都蓬蓬勃勃，透着清新、晶亮的光泽，生动极了。一时间，所有的目光都被这片绿色吸引过去。正当我们呆愣愣地看得过瘾时，黄小二率先跑了过去，弯下腰，三下两下揪了一把香菜扬在手中，那得意的神情，那喜滋滋的模样，分明是在向我们炫耀。接着，我们几个也按捺不住跟了过去……

回到家，见母亲腰上系着围裙，袖子高高地挽着，正在灶前忙碌。大铁锅里煮着手擀面条，不见一丝青菜，清汤寡水在锅里翻腾着，激起一圈圈白色的浪花。我急忙把手里的一小把香菜递过去，以为能得到母亲的几句夸奖。

"香菜？哪里来的？"母亲有点惊讶。

"我和黄小二他们，在地里拔的。"

"什么？在地里拔的？你开始学着偷菜了？！"只顾忙着做饭的母亲，一下子变了脸，声音也提高了八度。

从未见母亲这般严厉过。一向温文尔雅，说话轻言细语的母亲，此刻，那张清秀的脸被气得变了形。我吓得低下头，不敢看她冒火的眼睛，两条腿像筛糠似的打起哆嗦，人不知不觉退到了墙角，眼泪也跟着流了出来。

"去！赶紧把它扔到屋后的河里去，洗干净你的手再回来。"母亲板着脸对我说。

晚上，我像做错了事的猫一样，早早缩进被窝，不敢言语。不知过了多久，母亲撂下手里的针线活走了过来，坐在炕头，轻轻地抚摸着我的头，语重心长地说："玲儿，人要活得有骨气，再穷，也不能去偷东西啊。不要以为，别人拿了你没拿就是吃亏，要记住，吃亏是福。"小小的我，眼里含着泪，似懂非懂地点点头。

从那以后，我再也没有伸手拿过任何不义之财，哪怕它近在咫尺，哪怕它非常诱人。我在心里默默记住了母亲告诫的"吃亏是福"这句话，尽管很长时间我都没明白它的真实含义。

30年前的冬天，人们取暖大多都是用铁皮制作的火炉。刚参加工作的那几年，心气儿挺高的我，事事处处都表现得积极又热情。我每天第一个赶到办公室，劈柴火，生炉子，添煤块，把火烧得旺旺的。然后，擦桌子，抹椅子，拖地，烧开水……等同事们一个个冻得鼻子、脸蛋通红，跺着脚、搓着手进来时，办公室里已经温暖如春，洁净一新。

工作中，我虚心好学，苦活累活抢着干，加班加点从无怨言，很快就独当一面了。生活中，不论谁请我帮忙，也不论是公事还是私事，只要言语一声，我都乐意去帮。时间长了，领导向我投来了赞赏的目光，同事们也时不时夸我几句。我感到美滋滋的，心里像吃了糖一样甜蜜，眼里到处是明媚的阳光，工作起来更卖劲儿了。

然而，年底评先评优却没有我。那个平日里蔫不拉叽、工作平平、表现一般还有点结巴的小伙子，竟出乎意料地得到了大红奖状。我愤愤不平，郁闷极了。母亲知道后，笑了，并安慰我说："这么点小事儿就耿耿于怀？你刚参加工作，多干点儿是应该的。不要以为自己付出了就应该得到，得不到就像吃

了多大亏、受了多大委屈似的。你想想，那些比你年长的老同志，哪个不比你干的时间长，付出的比你多？他们亏不亏呢？记住吧，吃亏是福。"母亲又一次告诫我，吃亏是福，但我依然不理解。虽然不理解，但遇到的多了，我慢慢学着接受，学着释然，学着用平和的心态对待生活中的诸多不公。

几年前，我去了一趟小时候住过的那个村子，与几个儿时的伙伴聚了聚。聊天中得知，黄小二因为偷窃，初中没毕业就被学校开除了。他这里打打零工，那里摆摆地摊，生活穷困潦倒，终因改不了恶习，进了铁网围筑的高墙，成了一名失去自由的囚犯……我禁不住唏嘘，为黄小二惋惜。要知道，那个时候，他可是我们全班脑子最灵光、读书最好的一个。我想，黄小二如果也像我一样有一个明智明理的妈妈，他的前途可能会是另一番境况。反之，如果当时母亲没有及时遏止我，教育我，将我贪婪的欲望消灭在萌芽之初，我的人生又会是怎样一番情景呢？我感到不寒而栗。

生活，不会亏待任何一个善良的人。前一阵子，单位搞竞聘，有人私底下拉票、请客送礼。也有好心人提醒我，要"活动活动"。不谙此道甚至对此一向排斥的我，在心里暗暗对自己说，顺其自然吧。没想到，结果竟天遂人愿。是多年的努力和付出，终于有了回报呢，还是生活本身就是公平的，我不得而知。

几十年的生涯里，我遵从母亲的教诲，老老实实做人，踏踏实实做事，生活虽磕磕绊绊，倒也安然无恙。我不敢妄断，吃亏一定是福，但我却要感谢母亲，是母亲教育我迷途知返，淡泊名利，勇敢面对生活。这期间，我虽然没有遇到多少福运恩泽，但至少远离了一些不可预估的祸事的纠缠与困扰，这也许就是"吃亏是福"的另一种表现与诠释吧。

本文原载于 2017 年 2 月 24 日《乌鲁木齐晚报》

清明哀思

　　或许世间的一切都是有灵性、有感知的吧，要不，好好的天，怎么忽然就阴沉起来了呢？你看，细雨裹着冷风，不断抽打在行人的脸上、身上。仔细听，"呼呼"的风声里似乎带着呜咽。淅淅沥沥的雨，每一滴都落在人的心上，落在悲悯与伤痛的按钮上，落在内心最敏感、最细微的地方，并激起一片汪洋。

　　每一次清明来临，都预示着父母离这个世界越来越远，离我们越来越远。只是，对父母的思念与怀恋，并没有因此而淡忘。相反，随着时间的久远，亲情的离散，这份情感日渐浓烈，日渐深厚，日渐绵长。

　　时间过得飞快。真不敢想，父亲辞世已 17 个年头，母亲也已离开我们整整 6 年了。这些年里，我常常在梦里与父母相见——还是生前的样子，还是慈祥的面容，还是处处关心，还是时时叮咛……每一次醒来，都泪流满面，都感慨万分：世间永远割舍不下的，就是父母对儿女的那片真情，那份牵挂与关爱！

　　小时候，我们家孩子多，家境贫寒，生活困难。父母为了一家人的温饱，为了我们的健康与学业，起早贪黑，没日没夜，真是榨干了血，操碎了心。

　　记得有一年，大弟放学回家，在过排碱渠的时候，由于渠道太宽，小小的他纵身一跃，重重地摔在了渠坝上，崴伤了脚。他忍着痛，一瘸一拐地回到家，怕给父母添麻烦，没敢吭声。当时父母都在大会战的第一线，早出晚归，披星戴月，根本顾不上家。等发现时，弟弟的腿已经肿得像面包，疼痛难忍。父亲急急慌慌背着他去了县医院，经过两个月的诊治，终因医疗水平和设备落后，不但没能止住病情的恶化，最后还因感染变成了骨髓炎。看着弟弟脚腕上那张着大嘴、脓血不止的伤口，看着一筹莫展的大夫，父亲捶胸顿足，母亲涕

23

泪交流。万般无奈之下，父母背起弟弟，带上干粮，辗转到了解放军第546医院。在得知只有截肢才能保全生命的时候，一辈子不低头、不求人的父亲"扑通"一声跪倒在医生面前，苦苦哀求一定要保住弟弟的腿……现在想来，真要感谢父亲绝不放弃的那股子韧劲儿与恒心，感谢母亲的细心呵护与照料，更感谢部队医院救死扶伤的人道主义精神和全心全意为患者服务的高尚医德。经过半年的精心治疗，弟弟竟奇迹般地站了起来。

还有我的二弟，几个月大的时候，竟然患上了肺炎，不仅要住院，还必须输血。父亲连想都没想，撸起袖子，伸出并不粗壮的胳膊，一次就输了200ml的血，一个月的时间里，连续输血两次。医院给父亲开了糖浆，说输血后要增加营养，还要注意休息。然而，每天早晨，他自己舍不得喝一口，却将那黏稠的、甜甜的糖浆，一人一勺，喂进了我们几个的嘴巴里……出院后，母亲抱着弟弟继续去医院打针。五六公里的路程，每天步行往返两趟。几个月下来，弟弟痊愈了，而我的父母，却累得黄皮寡瘦，虚弱不堪……

不光是两个弟弟，好像我们几个小时候都没少让父母操心。看着贫病交加的一家人，心力交瘁的一对父母，有好心人出主意，送两个给别人，就不至于这么累、这么苦了……父母摇摇头，不容置疑地说，再苦再难，一家人也要守在一起。

升入初中后，我开始住校。学校离家十几公里，路上全是戈壁荒滩，渺无人烟。所谓路，就是毛驴车轧出的一条车辙印，两边生长着漫无边际的麻黄草、芨芨草和红柳。一路上，偶尔能看见一两个赶着羊群吃草的牧羊人，或是几只突然蹿出来的野兔子、四脚蛇（蜥蜴）。每个星期六的下午，我还能与邻村的几个同学搭伴一起回家，可是星期天返校，就凑不到一块儿了。父母不放心一个十二三岁的女孩子独自走在荒郊野外的戈壁滩上，更何况途中还横着一条十几米宽的北干渠，渠上没有桥，连一根木头也没有，要想过去就只能蹚水。渠水虽不汹涌，但渠中心的水位常常没过我的脖子。所以，每个周末，父母都要护送我回学校。

往往是吃过午饭，叮嘱过弟妹，带上一周的干粮，我和父母就得出发了。蹚过那条北干渠，偌大的、死一般寂静的戈壁滩上，只能听见三双布鞋摩擦地面发出的"沙沙"声。斜阳里，那条窄窄的小道，越拉越长，总也走不到头。等远远地望见学校的土围墙时，已是星光闪烁的傍晚。那一对怎么也不能与高大画上等号，甚至可以说是瘦小的身影，又掉转头，钻进了沉沉夜幕……这样的场景，在我三年的初中生涯里，每周都在循环上演着。

我时常想，在那个艰苦的年代，在那些不堪回首的岁月，我和弟妹能够活下来，能够健健康康地长大，能够坐在不算宽敞但却遮风避雨的教室里，尽管坎坎坷坷，尽管时断时续，但最终都通过读书改变了各自的命运，过上了幸福的生活，这里面，倾尽了父母多少的爱、多少的心血啊！

如今，风雨过后尽现彩虹，而操劳、辛苦了一辈子的父母，我至亲至爱的父母，却永远离开了我们。那种回望一次便心痛一次，那种"子欲养而亲不待"的苦楚与无奈，时常折磨着我，蹂躏着我，让我欲哭无泪，欲悲无声……

本文原载于 2018 年 4 月 3 日《乌鲁木齐晚报》

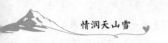

母亲的涵养

母亲说话一向轻言细语，涵养极好。与她一起生活的几十年里，我几乎没见她对谁吼叫过，记忆中也搜寻不到她对我们大声呵斥或发脾气的情景。

小时候，我特别贪玩儿，跳皮筋，踢毽子，丢沙包，一个不落且样样拔尖。为了做一个漂亮的毽子，我还养过鸡——一只芦花鸡，那是隔壁张阿姨送给我的。张阿姨从她家刚孵化的一窝小鸡里，左挑右选了两只个头最大、跳得最欢、花色最漂亮的送给了我。摸着鸡仔们毛茸茸的小身体，看着那两双圆溜溜的小眼睛，我乐得合不拢嘴。

从那以后，我每天都要早起半个小时。起床后做的第一件事，就是去看养在纸箱里的两只小鸡，给它们端水送米，换干净的稻草。可惜的是，没出半个月，就死了一只。我用手捧着死去的鸡仔，哭得惊天动地。剩下的那只，我更加精心呵护。几个月后，它终于没有辜负我的期望，长成了一只半大公鸡。屁股上那几根色彩斑斓的羽毛，一闪一闪，亮晶晶的，尤其在阳光的照射下，更显黑的高贵，红的艳丽，黄的柔和。五颜六色的羽毛，高高翘起，走起路来一摇一摆，骄傲得简直像个绅士。好几次，我都动了用它做只毽子的念头，却又舍不得拔那几根羽毛。我实在是下不了手。要知道，那可是我亲手养大的第一只鸡呀。为了它，我付出了多少童真的爱，少做了多少美梦，耽误了多少和小伙伴一起捉迷藏、丢手绢的游戏。尽管它也回报给我许多欢乐，但我还是不忍心让鸡毛离别鸡身。

然而有一天，那几根高高翘起的漂亮羽毛不见了。我急得一屁股坐在地上哇哇大哭。"怦怦"乱跳的心，仿佛三伏天火焰山上的石头顷刻间掉进了冰窟窿，"唰"地一下凉透了。等搞清楚事情的原委后，憋足了劲儿的我，向那个偷拔鸡毛的二妮挥出了重重的拳头，并将她摁倒在地，一顿猛揍……

当我仍愤愤不平，难掩心中燃烧的怒火时，双手捂着鼻血的二妮和她妈找上门来兴师问罪了。霸道惯了的二妮妈，活脱脱一个蛮妇、悍妇，人还未进门，骂骂咧咧的声音已穿过院子飘进屋里。不明就里的母亲连忙迎上去，一看情形，便大致猜出了几分。她一边赔礼道歉，端茶让座，一边给二妮清洗鼻血和那张脏兮兮的脸蛋。二妮妈则是一副得理不饶人的架势，当着母亲的面，狠狠地打了我一巴掌不说，还在屋里转着圈地大呼小叫、吐沫星子乱飞……在她出言不逊、咄咄逼人的指责声中，母亲始终赔着笑脸，说着软话，安抚着她们母女……

事后，我感到憋屈，对着母亲大声嚷嚷：是二妮偷拔了我的鸡毛，她不对在先，你为什么不说？她妈打了我，你还对人家笑！那一刻，我有点儿瞧不起母亲，也有点怨恨母亲，在是非曲直面前，她竟然如此懦弱，如此没有骨气。母亲却微笑着，没有责怪我一句。她搂着我，一边摩挲着我的头发，一边柔声说道："二妮是有错，她妈也不冷静，但你打人也不对啊。你为解一时之气就大打出手，万一把人家打坏了、打残了，怎么办？再说了，人总比鸡毛重要吧。记住了玲儿，有话要好好说，拳头是解决不了问题的，只会把事情搞得更糟糕，有理不在声高。"虽然我仍不能原谅和理解母亲，但那句"有理不在声高"的话语，却像一粒初春的种子，从此埋进了我幼小的心田。

一日，我们姐弟几个相聚在一起，说起母亲。弟弟感慨道："我这辈子见过的女人，没有哪一个能比得上我们妈妈的耐心和涵养。"随后，他讲述了一件至今令他记忆犹新的事情。

那是一个闷热的夏天，弟弟当时也就三四岁吧。有一天，他正在家门口捉蚂蚁玩，邻居家的小男孩，手里捏着几个花花绿绿的水果糖走过来，在他眼前晃来晃去，小男孩剥开一颗糖送进嘴里，由于人小糖块大，一边的腮帮子被那颗糖鼓得高高的。"真甜，真好吃。"小男孩一边含混不清地说着，一边流着口水。弟弟伸出手想要一颗，他却一转身跑掉了。此时，妈妈拿着一个白瓷

盆从房间里走出来，她要去东头的人家借面粉。她在前面走，弟弟就在后面跟着，边走边嘟囔："我要吃糖，我要吃糖。"刚开始，妈妈不吭声，也不说话。娘俩儿就这样一前一后地走着。太阳好毒，晒得弟弟头上、脸上火辣辣的。妈妈走一路，弟弟跟一路，喊一路。后来，妈妈只好蹲下来将弟弟揽入怀中，并轻轻拭去他眼角的泪水，耐心地哄着他说："等过年的时候，就给你买糖吃。"现在想想，妈妈当时正为一家人的温饱发愁，心里不知有多烦呢。面对弟弟的纠缠不休，她又该有多无奈、多难过啊。但即使是这样，妈妈也没有对弟弟吼半句……

听着弟弟的讲述，看着他潮湿的一双眼睛，我在心里想，弟弟是这样，我又何尝不是呢？

曾经，在岁月的长河里，我挖空心思打捞过无数遍，想找到被母亲打骂的经历，却全都化作枉然。不仅我如此，弟妹们均如此。

一个人独处的时候，我常常回忆过去，回忆那段远去的、不堪回首的日子。我想不明白，一个洞庭湖水养育的南方小女人，曾经的大家闺秀，千里迢迢来到新疆，在艰苦的年代里，不仅每天要下地劳动，要参加大会战，要跟男人一样出苦力，还要操持家务，忙活一日三餐，做永远也做不完的针线活；更难的是，在时不时就会断粮的情况下，还要绞尽脑汁填饱我们的肚子……那样的日子，那样的境况，面对尚不懂事的一群孩子，面对外人的责难，母亲怎么还能有那么好的涵养和耐心？她的腹中究竟藏着怎样一副柔软的心肠呢？

或许你会说，那是性格使然，是从小受到的良好教育，是耳濡目染大家庭的熏陶。不过我想，最主要的可能还是源于她的仁厚与善良，爱心与宽容。

由于一辈子好性情、好涵养的浸润、滋养，晚年的母亲，脸上愈加是一副慈眉善目的表情。说起话来，不急不躁，不紧不慢，让人更觉出她的亲切与和蔼，温良与谦恭。

本文原载于 2022 年 5 月 14 日《粮油市场报》

清爽的母亲

生活上，母亲不是太讲究，但却爱干净。她常说：穿好穿坏不打紧，但一定要干净、整洁。从小到大，无论是风和日丽的好日子，还是阴雨绵绵的苦日子，她从不邋邋遢遢过日子，总是让自己和一家人，清清爽爽活在人间，立于人前。

小时候住过的清水河农场，大多为狭窄的土路，记忆中只有一条通往场部的路是铺了黑色沥青的柏油路。即使是这么一条像样点的马路，它的命运也好不到哪里去。每到春天，路面就翻浆，路上到处是凹陷的泥坑，人走在上面，不是东摇西晃，就是一脚陷进冰冷黏稠的软泥之中。住房周围，尽是清一色的黄土地面。平日里，就算不刮风，落脚稍微重点，也会扬起一层尘土。

然而，小孩子是不会管这些的。无忧无虑、不知酸甜苦辣为何味的我们，每天除了吃饭睡觉就是在外面疯跑疯玩——捉迷藏，跳皮筋，踢毽子，打嘎嘎……童年的时光真是快乐无比。每当夜幕降临，星光闪烁，我们姐弟几个在外面跑累了，疯够了，一个个像土猴似的回到家时，母亲都会拿一个高粱穗子做成的扫把，让我们站在院子里，挨个从头到脚、从前到后拍打得干干净净才准进门。进屋后，还不忘叮嘱我们脱去外衣外裤，将一个个脏兮兮的手、脸洗干净，刷了牙洗了脚后，才允许上炕睡觉。

待我们都躺下了，消停了，母亲端起大铁盆，拿上全家人换下的脏衣服，去门前的小渠边洗衣服。此时，月明星稀，夜阑人静，劳作了一天的人们大多已进入梦乡。小渠边，母亲蹲下瘦小的身体，将脏衣服浸泡在水里，然后，抡起棒槌，"嘭嘭嘭"地开始清洗衣物。四周静悄悄的，只有一轮明月高悬在头顶，将它如水般的清辉抛洒在渠面上。偶尔，从渠边的芦苇或水中的杂草丛里

会发出一阵"呱呱呱"的叫声，那是癞蛤蟆的声音。或许它落单了，正在寻找同伴；又或许，母亲的捣衣声惊扰了它们的酣梦，它们正一起抗议呢。渠水哗哗地流淌着，不停地流淌着。母亲孤单的身影与明月一起，倒映在渠水中，随着水流的方向一起漂荡。"嘭嘭嘭""嘭嘭嘭"的棒槌声似一支沉重的乐曲，回响在无边无际的夜空中……偶尔，远处传来几声犬吠，山村的夜晚更加寂静，更加幽深……

由于母亲的勤劳，从小到大，我们姐妹兄弟几个虽然穿着打了补丁的衣裤去上学，却从未被人指指点点或嫌弃过。

母亲钟爱蓝色。在我的记忆里，她一生只穿天蓝色凡士林棉布对襟上衣。一件穿烂了，再扯块同样颜色的布料，自己裁剪，自己缝纫。清爽的蓝色，披在她的身上，好似蓝格莹莹的天裁下的一角，把她清秀的脸庞衬得愈加清秀。即使衣服穿旧了，表面已经泛白，两个胳膊肘也都打上了补丁，但永远是洗得干干净净，抻得平平展展的。

母亲在做人方面，尤其在教育子女上，一如她的穿衣风格，也是清清爽爽、明明白白，绝不允许沾染任何污垢与恶习。

有一次，我和妹妹放学路过生产队的菜地，看到地里的香菜长得郁郁葱葱，想着母亲整日为一家人的吃穿发愁，想着餐桌上缺油少菜的光景，看着眼前诱人的一片绿色，便顺手揪了几根。我们唱着歌，蹦蹦跳跳回到家，以为会得到几句奖赏，没想到，迎来的却是母亲一顿严厉的呵斥。那几根碧绿的香菜，没有如我俩所愿，给一锅白花花的面条增添色彩，反而被责令丢进了屋后的北干渠……

现在的人，恐怕很难想象 20 世纪六七十年代生活的艰辛。那时，我们常常为能吃到一个鸡蛋而高兴好半天呢。一次，弟弟和几个小伙伴玩捉迷藏的游戏，玩着玩着，突然发现茅草丛里躺着一个鸡蛋，弟弟欣喜若狂，小心翼翼把那枚鸡蛋取出来，捧在手心。这时，邻居家的孩子冲过来，说那是他家的鸡下的蛋。那个年代，确实有家鸡在外面下野蛋的情况，我们家的一只母鸡就曾在外面下过一阵子野蛋。母亲知道后，对弟弟说："不管是谁家的鸡下的蛋，只要不是在我们自己的窝里，就不能拿。"当即，她让弟弟把那枚鸡蛋还给了邻居。

往事已成追忆，但路不拾遗的古训，却在我们家成了传统，并一代一代往下接力着。

晚年的母亲，依然爱干净。即使重病在身，也尽量让自己以清爽的面目示人。常听小护士们夸母亲：好漂亮的奶奶啊，皮肤细细的、白白的，头发梳得光光的。

其实，母亲的干净、清爽是埋在骨子里的，是从内心溢出来的。

本文原载于 2018 年 5 月 28 日《都市消费晨报》

记忆中的消暑佳品

进入伏天，骄阳似火。大地被持续的热浪炙烤得吱吱冒烟，仿佛有一星火光便会啪啪燃烧起来。听不见一声鸟鸣，也不见一丝云彩。鸟儿、云朵似乎也怕这酷热，早躲得不见了踪影。人待在屋子里，即使啥事不做，也会被一阵阵冒出的汗水折磨得坐卧不宁。这样的时候，就想念一支冰棒，想念一块被凉水浸过的西瓜。

很多时候，伴随人一生的记忆往往是童年或少小时的那些经历，不仅深刻，而且历久弥新。

穿过时光隧道，我来到多年以前的一个夏日。临出门，母亲把一个暖水瓶递给我，然后挑起两捆甘草，对我说："到县城卖了甘草，给你们买冰棒吃。"冰棒？听到这两个字，我忍不住偷偷舔了舔嘴唇，咽了下口水。虽然还没吃过，但我想那一定是冰冰甜甜的，是酷热难耐的夏季里最能俘获小孩子味蕾的好东西。

还是上午，太阳就显示出了它的威力。我们顶着火辣辣的日头，走在去往县城的路上。那时的南疆，少有雨水。路边的野花杂草，因干旱和烈日的暴晒都耷拉下脑袋，显得无精打采。一条望不到尽头的土路上，渺无人烟，只有我和母亲相伴而行。母亲弯着腰，两手紧紧抓住担子两头的绳索，脚像捣蒜似的走得飞快。扁担压在她柔弱的肩膀上，一会儿左一会儿右地来回挪动着，实在累得不行了，她才会停下来歇歇脚。我跟在后面跌跌撞撞一路小跑。不知过了多久，我早已汗流浃背，浑身燥热。看看母亲，脸颊红扑扑的，汗珠正顺着她的腮边往下滚。一路上，只有寥寥几棵白杨树，稀稀拉拉立在两旁。随着太阳的升高，树叶投在地上的阴影越来越小。

进了县城，我随母亲先去了收购站，卖了甘草，拿上钱，然后来到冷饮橱窗。橱窗周围站了一圈人，有人举着玻璃瓶在喝汽水，有人拿着冰棒一下一下在嘴里嘬，那样子，看起来挺享受、挺惬意的。母亲掏出五分钱递过去，售货员麻利地掀起盖有厚厚棉被的箱子，从里面取出一根冰棒。母亲接过来转身给了我："吃吧。"

冰棒！这就是一个几岁的小女孩忍着酷暑坚持步行十多公里不叫苦不喊累的动力。撕开简易包装纸，轻轻抿一口，冰冰的，还带着淡淡的甜味。一股清凉滑进肚子，燥热的身体立刻感觉凉爽了许多。

母亲看着我美滋滋地吃完，问道："好吃吗？""嗯，好吃！"我点点头，舔舔嘴巴，一副意犹未尽的馋猫样。母亲笑笑，返回橱窗。不一会儿，她双手捧着好几根冰棒过来。母亲递给我一根，将剩下的几根小心放进暖水瓶，对我说："带回去让你弟弟妹妹也尝尝。"

现在想起来，真是问心有愧。在那样暑气袭人的伏天，瘦小的母亲挑着担子进城，买了冰棒，自己舍不得尝一口，却让我连吃了两根。我倒是过了瘾，解了馋，可母亲呢？难道她不知道热，不知道渴，不知道冰棒好吃吗？那时候的她，也才三十出头的年纪啊。

冰棒在当时算是新生事物，对我们这样的家庭来说属于奢侈品。不管怎样，果腹总是第一位的。而已经延续了上千年的西瓜则不同，同样几分钱，却既能解渴又能填饱肚子。在我的记忆中，西瓜是那个年代最常见、最廉价、最受欢迎的夏季果品。

每到西瓜成熟时，生产队都会派拖拉机去地里拉西瓜，按家庭进行分配。此时，父亲会翻出几条麻袋，我们则跟在后面，蹦蹦跳跳去车上卸瓜。那场景，不亚于过节。

看着屋角堆了一地的绿皮西瓜，感觉生活像掺了蜜。那些日子，父母脸上的皱纹舒展了许多，我们更是乐得一蹦三尺高。每天早晨，父亲会将一两个西瓜浸泡在凉水里，等我和弟妹放学回到家，一刀剖开。浸过凉水的西瓜冰冰

的、甜甜的，真是夏日里最好的消暑佳品。有的时候，我们抱半个西瓜，就块干馍，就是一顿不错的午餐。

西瓜甜，但最甜最好吃的还是瓜心。每次吃西瓜，父母都会把中间最红的瓜瓤用勺子挖出来，放在我和弟妹的碗里。而他们，则啃几口瓜皮了事。有次弟弟瞪着好奇的眼睛问父亲："爸，您怎么不吃西瓜，老啃瓜皮？"父亲摸摸弟弟的小脑袋，慈爱地说："爸爸不喜欢吃太甜的东西，瓜皮带点酸，正好合胃口。"

吃过的瓜皮，母亲会削去瓜衣，切成薄片，入锅清炒。一盘盘并不美味却能下饭充饥的菜肴，注入了我们正在发育的身体、血液和骨骼。在那个物资奇缺的年代，多亏了聪慧勤劳的母亲，她总能废物利用，让生活充满乐趣。每次吃完西瓜，母亲还会把西瓜子收集起来，洗净晾干。闲暇的夜晚，母亲早早将瓜子炒熟。一家人围坐在炕上，一边嗑着香喷喷的瓜子，一边听父亲讲故事，扯白话。那其乐融融的场景，那温馨的氛围，每每想起，都让我心生感念，怀恋不已。

那时的暑天，西瓜消解了酷热，增补了我们寡淡的味觉，更丰富了生活的内涵，给我的记忆留下了诸多美好，诸多难忘之事。

我的父母，亏欠了自己一辈子的父母，就像两棵并蒂树，虽不高大，虽不葳蕤，但他们穷其一生，尽可能让树冠伸展，树叶阔大，给我们更多的呵护，更多的庇佑。

父母在的夏季，没有酷暑；有爱的伏天，清凉依旧。

本文原载于 2021 年 7 月 14 日《乌鲁木齐晚报》

凉粉滋味长

夏天，女人们大多喜食凉皮凉面，我却更青睐凉粉。那羊脂玉般洁白细腻又滑溜的凉粉，别说吃，看一眼就令人垂涎，让人心醉。尤其是热浪滚滚、暑气蒸腾的三伏天，来一碗酸酸辣辣的凉粉，既开胃又解馋，那感觉真是爽到了极点。

说曹操，曹操就到。星期天一大早，妹妹就拎着保温桶来敲门，一进门就说："知道你爱吃凉粉，这是我昨天特意打的，给你送一些。"说着，她走进厨房，又切又拌，片刻工夫，一碗点缀着香菜末、蒜末、油泼辣子、黄瓜丝和花生碎，加了盐和醋，又点了几滴花椒油的凉粉就端上了桌。

这些天，连续的高温折腾得我烦躁不安。食不香，夜不寐，人像晒蔫了的花草一样无精打采。此时，看见那一碗晶莹剔透、白嫩爽滑、红红绿绿的凉粉，立马感觉口舌生津，食欲大增。挖一勺送进嘴里，又酸又辣又香。真开胃！"嗯，好手艺，堪比酒店的大厨了。"我忍不住夸奖起来。妹妹笑笑说："哪里呀，是你馋这一口了。"说得不错，我还真是馋这口凉粉了。顾不得矜持，端起碗，呼哧呼哧一阵下肚，抹抹嘴角，竟舒坦得如同喝饱了水的花草树木，一下子支棱精神起来。

虽然我爱吃凉粉，但最早接触的却是漏鱼儿。头一回从母亲嘴里听到这三个字时，以为能吃到荤腥，没承想原来是一种用苞谷面做成的食物。

过去几十年，物资奇缺，人们生活普遍贫困。那时候我还小，不知道有没有做凉粉用的粉面。记得一个炎热的中午，我放学回到家，放下书包便去帮母亲烧火。母亲正在给盆里的苞谷面加水，一会儿，干面就被调成了稀糊状。这时，锅里的水也沸腾了。掀开锅盖，母亲将苞谷糊徐徐倒进锅里，一边倒一

边用筷子搅拌。待锅里咕嘟咕嘟冒起大小不一的气泡时，玉米粥就做好了。

我以为中午又是这让人生厌的饭。不料，母亲却变戏法似的，将煮熟的玉米粥用漏勺挤压进另一个盆里。只见两头尖细，中间圆鼓，宛若一个个小蝌蚪样的东西从小孔漏进了凉水盆里。真是太神奇、太有趣了。母亲扫一眼我惊异的目光，得意地说："这就是漏鱼儿，咱们换个吃法。"

当母亲将调制好的漏鱼儿端上桌，我和弟妹呼啦一下子全都围了上去。那浸泡在醋、辣椒与香菜的汁液里，浑身金黄的食物，再也不是让人见了就头痛皱眉的苞谷糊糊，它摇身一变成了无数个会游动的小蝌蚪，游进嘴里，留在心里……

后来，条件好一些了。想吃漏鱼儿时，母亲就改用白面做。尽管味道还是一样，但口感要细腻、滑润得多。再后来，随着生产的进步，科技的发展，有了豌豆粉、绿豆粉、红薯粉、山芋粉等。不仅做漏鱼儿的料有了质的飞跃，凉粉在我们家也越来越走俏。

在南疆工作的时候，每到古尔邦节，单位里的同事或朋友会请大家去家里吃粉汤。那一锅热气腾腾混合着羊肉、胡萝卜、凉粉、木耳、青菜、西红柿的粉汤，我们吃得津津有味，酣畅淋漓。

今年的古尔邦节，我的初中同学、旧时好友梅，邀请我去她家吃粉汤，因当时有事脱不开身就没去。谁想，第二天一早，她竟提着做粉汤的所有原料来到我家，说是只要她在，年年的粉汤都有我一份，我去不了，她就送上门。那天，她亲自下厨，为我现场做了一回粉汤。说实话，那碗粉汤，让我吃得滋味横生，心存感念。

世上的事情，可谓千奇百怪。只有你不敢想，没有人做不到。一次朋友聚会，竟然在席间吃到了炒凉粉。在我有限的人生阅历和见识里，以为凉粉除了切成条拌着吃，最多也只能切成块做汤吃了。正疑惑时，有学识渊博之人笑着解释道："炒凉粉不是今人所创，早在宋朝时期就有了。彼时，它还是首都开封一道很有名的特色小吃呢。因其色泽洁白，晶莹剔透，嫩滑爽口，有诗赞曰：冰镇刮条漏鱼穿，晶莹沁齿有余寒。味调浓淡随君意，只管凉来不管酸。"看大家听得认真，他又讲了一则故事：相传北宋时期，苏东坡任凤翔府（今陕西凤翔县）签书判官时，于某日至凤翔东湖避暑。天气炎热，又无清凉爽口之物下肚。对有名的美食家苏轼来说，这怎么可以？于是他命人取小扁豆研磨成粉，熬制成糊状，盛入石头器皿中，待其冷却后，切成条状，配以盐、醋、辣椒等拌匀，食后甚感爽滑与美味，后流传于凤翔民间。人们为纪念这位大文豪，称其为"东坡凉粉"。末了，停顿一会儿，又加一句："夏季吃凉粉消暑解渴，冬季吃热凉粉多调辣椒还可祛寒。"听完，倍感受益。想不到小小凉粉，竟蕴藏着如此渊源和知识。

在物质极为丰富的今天，凉粉实在算不上什么稀罕物。论营养，它比不过海参、鲍鱼；论实惠，它顶不上一盘拌面。我之所以青睐它，之所以念念不忘，不仅因为它爽口爽心，更因为它蕴含了母亲的味道、手足的情分和同学的友谊在其中。

于我而言，凉粉是一份实实在在的牵挂，是此生永远的怀想。

本文原载于 2018 年 7 月 19 日《乌鲁木齐晚报》

怀念父亲

多少次，伴随着夜晚闪烁的星光，我提起笔，想写写我的父亲，将这些年堆积在心底的思念诉诸笔端。然而，每每尚未落笔，泪已先行，摩挲着湿漉漉的稿纸，只能作罢。

时间，真是一列飞驰的火车。一晃父亲离开我们已经18个年头了。在这一年又一年春去秋来的日子里，父亲无数次与我在梦里不期而遇。那慈祥的面容，那亲切的叮咛，依然清晰，依然温暖。我想，父亲一定是放心不下他的儿女们，才时不时回来看一看、问一问吧。

今年的父亲节一天天临近。在这个每每提及便令我心痛的节日前夕，我再一次提起笔，沾着泪水，回忆与父亲一起度过的那些既辛酸又甜蜜的日子。

20世纪60年代初，头顶大学生光环的父亲支边来到新疆，先是分配在自治区某厅级单位工作，没过几年，因地主成分被下放到南疆的一个农场。尽管事业上遭遇挫折，但对于一贯乐天派的父亲来说，似乎影响并不大。他依旧笑呵呵地面对每一天，依旧对生活充满了热情，充满了希望。

家里的墙上，挂着一把破旧的二胡，看上去有些年头了，那是父亲的宝贝，支边的时候从湖南老家带过来的。在那个除了几台样板戏、几部黑白电影再就没有什么娱乐可言的年代，父亲的二胡给我的童年留下了许多美好的回忆。

记得有一年春节，我和弟妹去给乡邻们拜完年，兴冲冲地回到家时，父亲正坐在家里拉二胡。二胡支在他的左腿上，他左手握弦，右手操弓，优美深情的音乐，从他上下滑动的手指间，从那根来回推拉的弓弦上缓缓流出。听上去，宛若幽谷中汩汩流淌的山泉，又好似森林里婉转悠扬的鸟鸣，好听极了。我们几个像被磁铁吸住了一样，全都围在父亲身边，竖起耳朵聆听那蜿蜒曲折、跌宕起伏、潮起潮落的醉人胡音。父亲说，那就是著名的"二泉映月"，它讲述了一个凄美动人、催人奋进的励志故事。现在想来，那混合着低吟浅唱、高山流水、忧伤悲悯、慷慨激昂的乐曲，又何尝不是父亲内心的情感流露呢？

父亲不仅二胡拉得好，还喜欢作词谱曲。可惜那些手稿，在动荡的岁月里，在一次次的搬迁中，全都遗失了。他还喜欢唱歌，唱得最多的是《智取威虎山》里杨子荣的唱段《甘洒热血写春秋》《迎来春色换人间》，还听他唱过蒋大为的《敢问路在何方》，唱得也是有板有眼，声情并茂。听母亲说，在我很小的时候，父亲还是场部宣传队的骨干。宣传队排节目，父亲不仅要担任策划导演，还要登台表演。谁都不愿意扮演反面角色，父亲就自己顶上去。有一年夏天，宣传队在农场内部巡回演出样板戏《红灯记》片段，父亲饰演日本宪兵队长鸠山，由于表演入木三分，引得台下的观众群情激奋，真把他当鸠山了，纷纷往台上扔西瓜皮，扔鞋子。说到这里，母亲哈哈大笑，神情里满是自豪和喜悦。

在我的人生曲库里，会唱的第一支歌，是父亲教的《小鸭子》，虽然已遥远得恍若隔世，但仍记忆犹新。那是一个寒冬的夜晚，窗外飘着雪花，我们一家人，偎在炕上的棉被里。父亲拿出一本集子，随手翻到一页，说要教我们唱歌。他先是打着拍子哼了几遍谱子，然后就开始唱，他唱一句，我们跟着学一句："生产队里养了一群小鸭子，我天天早晨赶着它们到池塘里去，小鸭子见了我嘎嘎嘎地叫，再见吧小鸭子，我要去上学。"简单优美的旋律让几颗童心感到无比快乐，以至于每天早晨去上学，我和弟妹都要哼着这首歌，一路蹦蹦跳跳地去学校。

父亲一生酷爱读书，他说读书是人生的一大乐趣和享受，还说书里不仅有黄金，更有人生。在那个连饭都吃不饱的年代，我们家最富有的就是两个占据了一面墙的大书柜，里面挤满了大大小小各种各样的图书。科普的、童话的、文学的，应有尽有。有一次，母亲让父亲和我去县城卖甘草，然后再买一

些粮油带回家。出了收购站，父亲捏着那几张破旧的票子，拉上我就去了新华书店。一进书店，父亲的眼睛就放光，这本书翻翻，那本书看看，全都舍不得放下，结果，《十月》《当代》《花城》等杂志挑了几十本，《鸡毛信》《红楼梦》《西游记》等小人书也买了一大摞。当我们父女俩兴致勃勃满载精神食粮而归时，早把母亲千叮咛万嘱咐的事情抛到了九霄云外……

除了读书，父亲还喜欢舞文弄墨。读他的旧作，不仅能感悟到字里行间深厚的文学功底和素养，还能享受到犀利文字带来的痛快。只是迫于生计，迫于一家老小的温饱，他不得不将心爱的笔墨束之高阁。我时常想，如果父亲不用为填饱一家人的肚子而四处奔波，如果他能多活 20 年的话，他一定会给我们留下一笔丰厚的精神财富。

信息时代、网络时代，无纸化办公使得许多人忘记了方块字的魅力。这不禁让我想起了父亲那一手漂亮洒脱、飘逸俊秀的毛笔字。每当春节临近，左邻右舍都会向父亲讨要对联。而此时的父亲，就像英雄有了用武之地，雅兴大发。他摊开桌子，拿出笔墨，裁剪红纸，稍作沉吟，便笔走龙蛇。片刻工夫，那一个个龙飞凤舞的大字，那一副副对仗工稳、吉祥喜庆的对联，就从他的心里，从他的笔端，飞泻到了各家各户的大门上。而此时，意犹未尽的父亲就会得意地对我们说：天生我材必有用！谁说知识无用？这简直是谬论！

父亲肚子里的那点墨水，虽然没有为他带来锦绣前程，却在民间发挥了不小的作用。记得与父亲一起来支边的魏叔叔，多年前他的儿子被人诬陷盗窃了单位的公款，在面临开除公职准备坐牢的情况下，一筹莫展、愁眉苦脸的魏叔叔，带着他那被吓得语无伦次的儿子，登门请求父亲帮忙写状子，打官司。在得知了事情的原委和真相后，父亲二话没说，连夜伏在煤油灯下撰写申诉材料，并陪着他们一道去法院申辩。最终，为他们鸣了冤，雪了耻。父亲的一生，像这样义务为民伸张正义的事情，不胜枚举。多年以后，那些老人，见了我还会竖起大拇指，说父亲是一个热心肠的好人，不管谁找到他，也不论是替人写家书，还是写诉状，都尽心尽力无偿帮助……

父亲是一个读书人。他对读书之人，尤其是离家在外的读书人，更加看重，更加呵护。记得初中三年，我寄宿在离家十几公里外的公社学校。为了让我能吃饱肚子安心学习，每个周末，父亲都要给我烙十几张白面饼子。他先把发好的面兑上少许苏打水揉匀，再放到案板上，擀成巴掌大的面饼。然后，架起铁锅，灶里添柴，文火慢慢地烙，直到把一个个饼子烙得两面金黄。每当此时，弟妹们都会眼巴巴地围在锅灶边。父亲便会说，这是给你们大姐带去学校的干粮，她读书辛苦，不能饿着肚子……

回忆与父亲在一起的日子，虽然艰辛，虽然困苦，但我却感到无比温馨和快乐。正是因为父亲的言传身教，我和弟妹全都通过读书改变了自己的命运，过上了令儿时伙伴羡慕的好日子。然而，受尽磨难，没有享过一天清福的父亲却早早离开了我们。每每想起，我的心便如刀绞般疼痛。

又一个父亲节即将来临。在这个特殊的日子里，父亲，女儿更加想念您。真的好想好想再回到从前，回到一家人聚守在一起的岁月，听您拉《二泉映月》，听您唱《迎来春色换人间》，看您写对联，烙饼子……

本文原载于 2022 年 4 月 2 日《粮油市场报》

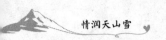

红红的年

　　我喜欢红色，尤其喜欢用红色托举出来的年。那火一样燃烧的色彩，那抑制不住的喜庆气氛，让凛冽的冬收敛起往日的威风，也让千百年来穿行在数九寒天里的年有了温度，有了经久不衰的魅力。

　　在我的印象里，年总是伴随着最先响起的那几声零星的鞭炮声到来的。通常是，我正伏案在办公桌前的琐事里，或奔走在暮色苍茫的马路上，忽然，半空中传来几声爆炸声。侧耳聆听，砰的一声，又砰的一声。听起来，不像是震耳欲聋的"麻雷子"的声音，也不像是几百响几千响一串的"大地红"的声音，而是像极了我小时候放过的、裹着一层外衣的"甩炮"或"窜天猴"发出的声音。含蓄的、略带一点矜持的声音，无来由地让我想起春节拜年时那躲在奶奶背后，却又忍不住好奇窥觑来客的邻家小妹；也让我想起又一个崭新的年、火红的年，正随着几声闪着红光的鞭炮声，向我们微笑着走来。

　　听到了不是很响亮，还带着点稀稀拉拉的鞭炮声，我的父母开始忙碌起来。在他们听来，那猛然奏响的声音不亚于年的集结号、冲锋号。母亲整日扑在缝纫机上，给一家老小赶制过年穿的新衣服。望着厚厚一摞衣料中专为我量身裁剪的红条绒衣裤，我的心里乐开了花。

　　父亲则买来红纸，按照门楣、门框的高低宽窄，把它们裁成大小对称的条幅。做这件事的时候，父亲是极其认真的。他用一条洗得发白的毛巾把八仙桌来回擦上好几遍，然后把墨汁倒在小碗里，再取出搁置了很久不用的毛笔。每当此时，我都会静静地肃立在一旁，眼睛一眨不眨地盯着父亲写对联。只见他略微沉思一番，将毛笔伸向碗里，接着将吸饱了墨汁的笔在碗边儿沾几下，去掉多余的墨汁，然后挥舞起来。笔尖随着他手腕的一上一下、一起一落，一个个漂亮的毛笔字便落在了一副副红对联上。看着那一个个龙飞凤舞的大字，我仿佛看见了一群叽叽喳喳的小鸟，在空中飞扑过来，顷刻间落满了一棵棵枫树的枝杈。这些充满活力的"鸟儿"，给冬天里的"枫树"带来了鲜活的气息，也让我的心里充满了好奇与钦佩。

我的父母乐善好施，尽管自己很清贫。每年父亲写对联，不是一副两副，而是几十副。他小心地把写好的对联一副一副摆在自家的炕头上，让它们自然晾干。等完全干透了，就派我和弟妹去给左邻右舍的父老乡亲送对联。那时各家各户春节贴的对联基本上都是手写，不像现在满大街都是一个模子印出来的成品，虽然精美，却总觉得少了点什么。收到对联的人家，自是喜不自禁，夸父亲的字写得好，不愧是喝过墨水的文化人。那些会剪纸的阿姨大婶们，也会把自己亲手剪的大红窗花回馈几张给我们，以示谢意。

除夕那天，一家人早早吃过了饭，就着手准备贴对联。父亲先在锅里烧点水，搅点面糊，等稍凉些，就开始贴对联。他把对联翻过来放到桌上，用刷子蘸上糨糊均匀地涂抹一层，然后踩到凳子上开始往门框两边贴，一边贴一边喊我和弟妹帮着看看贴歪了没有，如果歪了，便要反复校正，直到贴得端端正正为止。两边的对联贴完了，最后才在门楣上贴上四个字的横批。

贴好了对联，再贴福字。这"福"字也是父亲的杰作。一个个"福"字，遒劲洒脱，厚重中透着飘逸。它们虽卧在各自菱形的红纸内，安静得没有半点儿声息，但在我的目光中，总觉得它们会动，会笑，还会唱。要不，父母年年望着这些"福"字，脸上怎么都会洋溢起少有的、生动的笑容呢？真不知这简单架构的笔画间，蕴藏了多少人的寄托和祈愿。贴"福"字的时候心绝对是虔诚的，不能有半点儿马虎。大门外的要正着贴，寓意迎福纳福；房间里的则要倒着贴。起初，看着屋内倒贴的"福"字，我大声喊道：贴倒了，贴倒了。父亲却不以为然，笑嘻嘻地对我说："没错，屋里的福字就是要倒着贴，这叫作福到福到。"我挠挠头，没想到，贴个"福"字，还有这么多讲究。

对联贴了，"福"字贴了，漂亮的窗花也被我们一一请到了窗户玻璃上。

此时，房间里宛若涂抹上一层红红的色彩，温暖鲜亮起来。父亲又忙着挂灯笼。灯笼是父亲用几根细铁丝、细竹条外加几张硬纸壳粘上红纸做的。其实，父亲也没有学过做灯笼，只是按照自己的想象揣摩着做的。刚开始，确实费了不少工夫，但他却乐此不疲。做的次数多了，渐渐顺畅起来。早些年，灯笼里燃的是一根蜡烛，后来改成了灯泡。尽管父亲做的灯笼显得粗糙，也不漂亮，更比不上街上卖的美观玲珑，但在我的眼里，那灯笼里散发出的一团柔和的光亮，比一炉子的旺火还要温暖呢。

至此，屋里屋外，门上窗上，甚至犄角旮旯儿都被这些跳动着的火苗映衬得红彤彤、暖洋洋的了。我看到，每个人的眼里都充盈着欢喜和笑意。心里就想，过年真好！恨不得一年 365 个日子都变成年才好呢。

吃过了一年当中最盼望、最丰盛的年夜饭，我和弟妹心满意足地去外面放鞭炮。没有彩珠筒，没有花炮，只是一小盒擦炮而已，但那微弱的火光以及清脆的砰砰声，流淌出的却是我们最开心的欢笑。这笑声好似附了磁铁，吸引了更多的孩子加入。随着鞭炮声越来越稠密，大人们也不约而同地走出了家门，好像事先约好了似的，各家各户的鞭炮在凌晨零时这一刻同时点燃。噼噼啪啪的声音响彻夜空，如同一锅爆炒的豆子，你追我赶，此起彼落，好不热闹。在一片闪烁的光焰中，在笑声划破的夜空里，一个红红的年跳跃着来到了人们面前……

鞭炮、对联、福字、窗花，以及由它们鲜红的色彩衬托出的一个个年，给我的童年、少年以及青年都留下了太深太浓的记忆。随着时光的飞逝、岁月的变迁，父亲的对联、灯笼以及母亲做的新衣服，早已成为梦中的奢望。但是，那美好的景致，那浓浓的年味，却温暖了我一年又一年。

时至今日，我依然保持着年的风俗。每到大年三十，吃过早饭，我都如双亲在世时一样，恭恭敬敬地将手写的散发着墨香的红春联贴在自家的大门上，福字、窗花也一样不少；然后穿上红色的毛衣或外套；当春节联欢晚会的主持人大声喊出"五、四、三、二、一"新年钟声的倒计时，我便冲出门外，将 2000 响一挂的"大地红"鞭炮点燃，让那噼噼啪啪的响声，让那红红的火光，点燃一份年的心情，点燃无数个温暖的回望……

本文原载于 2021 年 2 月 20 日《粮油市场报》

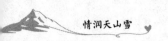

一段刻骨铭心的记忆

那是一段刻骨铭心的记忆。每当家人围坐在一起，或是驱车路过那一段山路时，埋藏在心底的记忆就会喷涌而出，难以遏制。

记得是 20 世纪 70 年代放暑假的时候，父亲破例来学校接我，说是搬家了，怕我找不到地方。我心想，在这个弹丸大的小县城都住了十几年了，还有找不到的地方？

一路跟着父亲走到公路边，搭了一辆汽车我才明白，看样子家搬远了，已不在县城附近了。

汽车沿着公路前行。刚开始，两边的房屋和白杨树还很密集，走着走着就越来越稀少，越来越荒芜，直到一片戈壁出现，几座山峰横在前方。

汽车驶进了大山。对于一直生活在平原的我来说，猛然看见连绵起伏的大山，心里竟涌起一股别样的兴奋。这里看看，那里望望，满是新奇与惊喜。然而，没过多久，先前的欣喜便荡然无存。蜿蜒的山路、陡峭的山石、高耸的悬崖，没有一丝生命的绿色，更听不到一声清脆的鸟鸣，扑入眼帘的除了灰褐色的土地和山石，就是一路的荒凉与寂寞。

记不清走了多久，终于，在群山环绕的大山深处，出现了一片开阔地——榆树沟。父亲说，到家了。

我看到，这个叫榆树沟的地方，没有草，没有绿色，更没有一棵树。真不知道这个名字是怎么来的，也许是一种希望、一种寄托吧。

紧邻公路的右边，是一座座相连的悬崖峭壁和陡直的山峰，伴随公路向前延伸。左边有几间低矮的房屋，里面传出"轰隆轰隆"的机器声。不远处巍峨的山脚下矗立着一栋平房，简陋破旧，看上去已有好多年了。小小的榆树沟，就环绕在重峦叠嶂、绵延无尽的崇山峻岭之间。

我随父亲朝那栋平房走去。快到跟前时，看到一个嵌在地下的篱笆门。推门进去，是一个斜伸下去的甬道，上面搭了些木棒、树枝、铁皮，像农户人家的小院。原来这是个通向地窝子的过道。过道左侧有一间"房"，大概七八平米，过道尽头另有一间"房"，也不过十几平米。房顶由几根裸露的木头和苇把组成；没有窗户，只在屋顶开了一个小小的天窗；粗糙的土墙没有刷石灰，保留着泥土的本色。这就是我们的新家。

我从来没有见过这样的"房子"。在我的印象里，房子都是盖在地面上的，这个钻到地下的"窝"也叫房子吗？也能住人吗？父亲说，这叫"地窝子"，别看它简陋，却是个冬暖夏凉的好居所。我的父亲，就是这样一个乐天派。无论怎样艰苦的环境，他总能发现美好的一面。

不过，父亲说得没错，地窝子确实冬暖夏凉。这在以后的日子里得到了验证。暑假的时候，我和弟妹钻进大山深处，在那些被太阳晒得发烫的山沟沟和石头堆里玩够了，一个个汗流浃背、气喘吁吁地走进地窝子时，就感觉一股凉爽的气息扑面而来，过不了多久，一身的暑气便烟消云散；而在寒冷的冬天，裹着一身雪花从外面走进地窝子，脱去冰冷外套的那一刻，就会有融融的暖意袭来。

因为没有窗户，地窝子里总是显得很暗，即使是阳光普照的大晴天，屋里也不怎么亮堂。太阳刚一落山，就得把电灯拉亮。这里和外界唯一相同的地方，就是有电灯照明。

晚上，四周漆黑静默，山里更是死寂一片，只有远处石棉加工房里亮着几盏昏黄的灯光。睡在木板搭成的床铺上，时常能听到屋顶有脚步声跑过，有时是兔子，有时是山羊，也许还有别的动物。在它们经过的时候，就会有泥土落下来，不是落在被子上、灶台边、水桶里，就是落在我们的脸上或身上。动物毕竟分量轻，蹿得快，还好一些。最可怕的是有人不小心踩在了上面，房顶就会随着脚步震颤起来，这时候，不仅泥土沙粒会"唰唰"地往下掉，还会把

里面和外面的人同时吓一跳。

这里的地窝子，没有一定的秩序，都是沿着山脚盖在地底下。这里一间那里一处。如果站在地面上往远处看，根本分不清哪里是"地"，哪里是"房"。白天还好一点，如果到了夜晚，一个个天窗的灯光熄灭以后，摸黑去山坳和背阴处上厕所的人，很容易误踩到和地面齐平的"房顶"。

这里是石棉矿，是农场刚刚组建的新单位。我的父母在房建队盖过房子，在园林队种过果树，在菜队种过蔬菜，现在，又被抽调到这里来采矿。频繁的调动，虽然给生活带来了许多麻烦，却从没听他们抱怨过一句，总是哪里需要就到哪里去。

住得简陋倒没什么，山里最缺的是水和蔬菜。

拉水车一个星期去山外拉一次水。水一拉回来，人们大桶小桶早已排成了长队。每户人家的水桶、钢筋锅、脸盆，只要稍稍大一点的容器，都会用来盛水。小小的地窝子里，靠墙的一边，摆着一溜盛水的盆盆罐罐。即使这样，如果不省着点用，根本熬不到下次拉水。我们都是用淘过米的水洗菜，洗完菜的水抹桌子，抹过桌子的水再用来泼洒地面。十天半月，一条毛巾打湿了擦擦背抹抹汗，就算洗澡了。

山里只有石头戈壁，种不出菜，因而吃菜也要到山外去买。几十公里的山路，母亲每次趁工休，挑一个担子，到公路边搭顺路的便车，顺利的话，来回一趟也得一天。经常有搭不上车的时候，就只能啃馒头就咸菜了。记得最长的一次，两个月没有见过一根新鲜蔬菜。山里干燥，又没有蔬菜吃，人就会流鼻血。一股一股鲜红的血，不是把衣服弄脏了，就是把床单污染了。

每天早晨，天不亮父母就要起床。吃过简单的早餐，扛上铁锹、镐头、戴上防尘口罩，就去上工。采矿的地点还要往山里走，听母亲说，还有两三公里崎岖不平的山路呢。采好的矿石，要用手推车一车车推到加工房，经机器加工成用来制造石棉板、保温管、防热、绝缘、隔音等材料的石棉粉或石棉纤维。

采矿不仅辛苦，而且有一定的危险性。工人们首先要对经过测绘的山体进行爆破，然后再从爆破后的石头里采掘有石棉的石料。爆破和采掘时扬起的灰尘吸进肺里，导致很多工友都患上了尘肺等职业病。

有一天，实施爆破时，有一管炸药迟迟没有引爆，等了20多分钟还是没有动静，大家以为是个哑炮，就有人上去检查雷管的引信和引线。没想到，快走到跟前时，一声巨响，瞬间，炸飞的碎石连同血肉被抛到空中，又落到地上……那一天，四条年轻的生命随着那一声巨响戛然而止，四个洋溢着青春的身影从此随风飘逝。

埋葬了工友的尸骨，一群采矿工人，擦干血迹，擦干眼泪，又扛起炸药，拿起镐头，向大山深处进发……

每当忆起这些，我就在想：什么是英雄？那些冲锋陷阵、保家卫国的战士是英雄，这些普通的采矿工人呢？他们拿着微薄的薪酬，长年累月默默地奉献，把最美的青春和生命交给了大山，交给了这片不毛之地，交给了艰辛而且危险的作业，他们的付出和牺牲又算什么？

在这个群山环绕的地方，唯一高出地面的那栋破旧平房，一间是办公室兼会议室，一间是小卖部（出售些糖、烟、酒、酱油、醋等日常用品），剩下一间用作教室。整个矿山学校，只有两名刚刚踏出校门的年轻女教师和十几个孩子。一个老师负责教数学，另一个老师负责教语文。上课时，一间教室里同时坐着一至五年级的学生。上一年级课时，其他年级的孩子温习功课；上三年级课时，其他学生或做作业，或温习功课……不管是语文还是数学，每天的课程就是这样轮换着来。我最小的弟弟和妹妹，就是在这样的教室里，接受着最初的启蒙教育；就是在这样的环境里，度过了他们最天真、最烂漫的童年……

用今天的眼光回望这段历史，我真的不知道，那十多年，那3600多个日日夜夜，我的父母和那些矿工们是怎么熬过来的。也许我用"熬"这个字眼不太恰当。因为他们那一代人好像吃苦受累惯了，并不以为意，还常常苦中作乐，充满情趣。这或许就是父辈们高尚之所在，令人崇敬之所在吧。

那个时候，我常年住校，只有几个假期待在家里，财校毕业参加工作后，

就更没时间回矿上了。偶尔回去几天，从没听父母诉过苦，叫过累。许多事情，也都是后来和弟妹们聊天时，一点一点得知的。

记得每次回去，吃过晚饭，我们就早早洗漱上床。没有电视，没有娱乐，大家围坐在父亲身边，听他谈古论今，听他天南海北地神侃。听到开心处，一家人哈哈大笑，欢快的笑声从头顶那扇天窗飞向寂静的大山。这个时候，小小的地窝子里，满是幸福与温馨，哪里还有苦和累的踪影？地窝子留给我们的不全是苦难，其中有乐，也有暖，更有一代人的豪迈与情怀。

在这个寸草不生的地方，在这样的地窝子里，我们一家和石棉矿的工人们一住就是十多年，直到采不出石棉，直到单位撤离，才搬出了这座大山。

如今，石棉矿早已废弃，地窝子早已坍塌。然而，每次路过榆树沟，望着那片荒无人烟、乱石堆积的地方，我就会想起那段铭刻于心的岁月，想起离世多年的父母，想起那些可敬可爱的矿工们，内心便生出无限的感慨与感叹。

地窝子见证了一段历史，见证了父辈们的艰辛和奉献，也见证了一代人的伟大与无私。

本文获 2020 年 "'额河杯'我和地窝子的故事" 征文大赛优秀奖并收入《印象地窝子》一书

中秋望月

临近中秋，天空的那轮蟾月越发地大了，圆了，亮了。每每望之，总感觉在浩瀚的天宇间，有一双奇妙之手，每日握着一支银色的素笔，在那空缺处昼夜不停地描摹着、勾勒着。于是，月儿渐渐丰盈起来，圆润起来，硕大的玉盘像镜子一样悬在了八月十五的苍穹，悬在了世人期盼的目光中。

这样的夜晚，我会放下一切琐事，一个人静静地伫立窗前，抬头仰望那轮明月。此时的月亮，宛若一艘载满银光的小船，一会儿穿梭在云海中，一会儿又遨游在银河里，那般轻盈，那般飘逸，那般自在，那般令人神往。整个太空，仿佛只剩下了这一轮明月，这一轮散发着灼灼光华的桂魄。

长久地凝视那轮皓月，我不由得想起了李白"花间一壶酒，独酌无相亲。举杯邀明月，对影成三人"的奇思妙想；想起了苏轼"人有悲欢离合，月有阴晴圆缺，此事古难全"的无尽感叹；也想起了埋藏在心底的那些遥远的时光，那些温馨的过往。

记得儿时，每到中秋，母亲便会搜罗一番，找出一切可食之材，做几块月饼，炒几个好菜。父亲则在院子里摆上八仙桌，泡上一壶茉莉花茶。在他们的眼里，中秋仅次于春节，即使生活再困难，也要竭尽全力让我们感受到佳节的快乐、团圆的乐趣。

暮色降临，一家人团团围坐在小桌旁，开始享受这难得的美好时光。我们一边吃着香喷喷的菜肴，品尝着母亲那印有"中秋快乐"字样的月饼，喝着父亲泡的茉莉花茶，一边观赏着那轮越升越高、越走越近的明月，别提多开心了。这个时候，父亲还会拎出一瓶高粱大曲，自斟自饮，慢慢品咂。看着他一杯一杯呷着小酒，很享受、很自得的样子，我忍不住抢过酒杯也喝了一口。没

想到，看起来绵柔醇厚、清冽纯净的透明液体，到了我这儿就变得暴烈起来，又苦又涩又冲的滋味儿不仅难以下咽，还呛得我大声咳嗽起来，脸也涨得通红。父亲在我的脸上爱抚地捏了一把，轻声说，喝酒要细品慢咽，不能像喝水那样一口气往下灌，母亲则赶紧为我端来一杯清茶……

饭后，母亲炒了一盘西瓜子，父亲开始摆龙门阵。父亲是一个饱读诗书的人，在我少时的心目中，他渊博的知识，比得上一部百科全书。父亲还是一个幽默风趣的人，每当一家人围聚在一起的时候，他都会给我们讲故事。那也是我们最开心、最快乐的时候。我不知道父亲的肚子里究竟藏了多少有趣的故事，好像永远也讲不完、道不尽。每当听着他津津有味、娓娓动听的叙述时，我都会忘却周遭的一切，甚至忘却自己，完全沉浸在故事里。多少年过去了，那样的时刻、那样的氛围，成了我一生当中最美好、最难忘的记忆。

那晚的月亮真圆真大啊！沐浴着融融的月色，我们一个个瞪着大眼，聚精会神地听父亲讲中秋节的来历；听他讲嫦娥奔月、吴刚伐桂、玉兔捣药的故事；听他讲末代皇帝溥仪赏给总管内务大臣绍英那个"径约二尺许，重约二十斤"的大月饼……不知是父亲绘声绘色的讲述太具吸引力，还是天上那个可爱的玉兔也想听一听这些有趣的故事，总之，她优哉游哉地来到我家院门外那棵高大的树上就停下不走了。我想，此时如果有个梯子，攀上去，一定能看得清她美丽的容颜，够得着她银色的衣袖。

那晚的圆月真明真亮啊！皎洁的月光一点不漏地全部倾泻下来，那么慷慨，那么无私，把整个小院照得如同白昼一样清清楚楚。父亲的目光、母亲的笑容，悉数收进我的眼眸，刻进我的心底。月色笼罩下的世界，那一份朦胧、那一份迷人、那一份温馨，同样收进了我的记忆深处。

一年又一年，每逢"江天一色无纤尘，皎皎空中孤月轮"的夜晚，我们一家便会聚集在小院的月光下，吃着母亲亲手制作的红糖馅儿的月饼，陶醉在父亲那一个个饶有兴味的故事中。在尽享佳节的美好和团圆中，我和弟妹渐渐长大。在这样的成长过程中，我知道了中秋节起源于上古、普及于汉代、盛行于宋朝的历史；知道了古时就有"秋暮夕月"这一说；知道了在中秋节这一天人们要赏月、吃月饼、玩花灯、饮桂花酒；知道了中秋节又叫拜月节、团圆节等习俗和文化……

月光如水，流泻一地。今夜，房间里依旧不需要任何照明，却一样清晰，一样可见。沉浸在温暖悠长的回忆里，在与那轮圆月的两相对望中，我痴痴地想，她是否还记得当年的那些中秋之夜，那一户人家，还有院子里不时飘出的欢声笑语？

多少年过去了，那月下的情景，月下的一切，好似一部发黄的老电影，时不时就会在我的脑海里回放。重温逝去的一幕幕，那永远也不可能再现的一幕幕，内心便似雨水打湿了一般，湿淋淋一片。

对于国人来说，中秋的确是一个重要的节日，一个团圆的节日，一个注满亲情和乡愁的节日。从古至今，从南到北，从未改变。对于我，却又多了一些感慨与感伤、无奈与喟叹。

时光匆匆，岁月无声。又到了"中庭地白树栖鸦，冷露无声湿桂花"的时刻，又到了"天涯共此时""千里共婵娟"的时刻。每年的这一天，我都要伫立窗前，抬头仰望那轮皎皎之月，虽猜不透"天上宫阙，今夕是何年"，也不知偌大的天穹里今夜是否也有"小饼如嚼月，中有酥与饴"的美食，但仍然会长久地凝望、凝望……

本文原载于 2021 年 9 月 18 日《粮油市场报》

忙　年

　　一个星期前，妹妹打来电话，说是从北园春购买了 30 多公斤大肉，一部分灌了香肠，一部分做了酱肉和腊肉，还留了一部分，预备过年的时候包饺子和炒菜用。另外，还买了几只鸡、几条鱼和一些海鲜类产品。过两天就开始卤牛肉和鸡爪，炸江米条和麻叶子，还要准备春联和窗花……最后，特意叮嘱我，让我和弟弟什么都别弄，过年都到她那里去，一家人凑在一起热闹。听着她絮絮叨叨、满是兴奋与喜悦的话语，我似乎闻到了浓浓的年味，听到了十二生肖里那只活泼可爱的小兔子欢快的脚步声。

　　其实妹妹不说，我也知道是这样的。十几年了，每年的春节都是她和妹夫两人在忙活，在张罗。以前是因为母亲和她们生活在一起，后来便演变成了习惯。作为家中的长女，我常常为此感到愧疚和自责。妹妹却说，过年就是要忙，在忙忙碌碌的过程中才能充分体验到年的快乐和气氛。她还说，要能一直这样忙下去才好呢，这有吃有喝的日子多幸福、多舒坦啊。再说了，和老一辈比起来，这点忙根本算不上什么。

　　也是，如果倒回去几十年的话，父母早就忙开了。往往离年还有一个多月的时间呢，母亲就盘算起来，要扯多少花布，多少条绒布，多少深蓝色卡其布料，才能给全家每个人都裁剪上一套新衣服。看看四周被柴草、煤烟熏得黯然失色的房顶和墙壁，嘴里又念叨着，得赶紧把屋子打扫了，粉刷了，再贴上几张漂亮的年画。还要抽空去买点儿水果糖，炸点儿油果子，炒点儿瓜子、花生。父亲则想着去哪里能挣点外快，以充实年夜饭餐桌上的食物内容，安慰我们期盼已久的眼神。离年越近，我感觉父母越忙。尤其到了年跟前那几天，他们简直就是在和时间赛跑。母亲整日趴在缝纫机上，一手压着衣料的边角往前送，一手不时转动几下机头右边的轮子，双脚有节奏地在踏板上踩出一串"嗒嗒嗒"的声音。那声音，从早响到晚，萦绕在屋子的角角落落，萦绕在我的记忆深处。为了赶时间，母亲不怎么喝水，吃饭也是匆匆扒拉几口了事。大年三十灶台上的重头戏，自然就由父亲来唱主角了。简单用过早餐，就见父亲挽起袖子忙活起来。生火烧水，泡粉条，炖豆腐，煎鱼煮肉，剁丸子，忙得叮叮咚咚，忙得不亦乐乎，忙得满面春风。我在一旁，帮着往灶膛里添柴火，帮着择菜剥蒜，帮着端盘递碗。一家人乐乐呵呵吃过了除夕的年夜饭后，母亲又拉开了战线。她要赶在黎明之前，给所有缝制出来的新衣服锁扣眼儿、钉纽扣，她要让我们穿得漂漂亮亮地过新年，体体面面地去给街坊四邻拜大年。

有妹妹操心过年的美食，我不必劳神费力了，但打扫除尘、洗洗涮涮等事宜却不能省。

我开始拆洗被套、床单、枕巾，拆洗沙发套和窗帘，所有该清洗的衣物，一件不落。在洗衣机"哗——哗——"转动的同时，我戴上橡胶手套，拉出折叠人字梯，爬上窗台，动手擦玻璃，擦油烟机……

比起母亲，我真是轻松多了。比起过去的土坯房，楼房不知要好上多少倍。以前，每到过年，母亲都要把家里的东西一一搬空，把几间平房彻底打扫一遍。那尘土飞扬的场面，至今想起来仍令人畏惧，令人头疼。而我居住的楼房，十年过去了，刷过的乳胶漆墙面，依然光洁一新。

我只是拆拆洗洗，简单擦拭一番，房间便又明亮生辉了。

虽然不用煎炸烹煮了，该买的还是要买，该置办的还是要置办，毕竟是大年，毕竟是一年里最重要的一段日子。

我来到街上，看到街道两边的门面房、商铺已经挂起了大红的灯笼，一排排红彤彤的灯笼，在阳光的照射下格外喜庆。大街小巷人来人往，车水马龙，一片繁忙热闹的景象。人们手里提着的，车里拉着的，后备厢里装着的，全是大包小包一箱一箱的年货。鸡鸭鱼肉、糖果烟酒、炒货、水果、鞭炮、礼盒、花卉，应有尽有。置身于此，浓郁的节日气氛何止扑面而来，已然将我

紧紧包裹。

　　此前，经常路过的那条巷道安静冷清，今天却异常火爆。路两边，一个挨一个的摊位，吃的、喝的、用的、玩的，琳琅满目，一应俱全。摊位间，是来来往往穿梭的人群，男的、女的、老的、少的，络绎不绝。买的、卖的，全是一脸的喜气，一脸的满足。

　　一圈逛下来，我的手里已是满满当当，不堪重负。然而，购买的欲望仍似那燃烧的火焰，不肯熄灭。

　　回到家，顾不上喘口气，先把窗花取出来，一对一对仔仔细细贴在了所有的窗户玻璃上。红红的窗花，镂空的剪纸，活灵活现的玉兔，在冬日暖阳的映衬下，渲染出一片淡淡的光晕，让人一下子便有了喜从中来的美妙感觉，整个房间也好似笼罩在了节日的氛围中。

　　福字和对联，按照父辈的习俗，暂且留几日，等到了年三十再贴不晚。

　　一阵忙碌后，花花绿绿的糖果，红枣、核桃、巴旦木、苹果、橘子、火龙果、瓜子、花生等美食占据了整个茶几。

　　至此，我完全理解了妹妹所说的话。忙年忙年，不光是辛苦与劳累，在忙碌的过程中，还有开心与快乐，幸福与甜蜜。

本文原载于2024年第2期《金融博览》

酒香越千年

国人与酒，可谓渊源深矣。

自从中间一个酒瓶、旁边三点水的"酒"字出现在甲骨文中，这种用粮食、水果等物质发酵制成的含乙醇的饮料就伴随在人们的生活之中了。那悠悠的酒香，那醇厚的味道，穿越千山万水，绵延了数千年。

从古至今，酒与人类就息息相关，密不可分。开心时要举杯畅饮，痛苦时要借酒浇愁，临别时要"劝君更尽一杯酒"，思念时要"酒入愁肠，化作相思泪"，得意时"莫使金樽空对月"，沮丧时"且当痛饮读离骚"，天晴时"开琼筵以坐花，飞羽觞而醉月"，下雪时"晚来天欲雪，能饮一杯无"，婚丧嫁娶，岁令节庆，哪一种场合能离开酒的助兴与陪伴呢？

最早看到喝酒的场面，是在自家简陋的平房里。

我的父亲也钟情于酒。平日里，但凡看见餐桌上有两个好菜，他就会乐颠颠地拿出酒盅，独自小酌几杯。他自斟自饮的样子，我至今仍记得。入座后，他不是先夹一口菜来尝尝，而是先倒上一杯酒，端起来轻轻呷一口，待那透明的液体滑入喉咙后，嘴里还会发出一串很响的咂摸声，听那"啧啧"的声音，好似在品味酒的浓烈，又好像在回味酒的甘醇。那神情，让一旁的我觉得喝酒是一件很美妙、很享受的事情。但父亲却告诫我，小娃娃不能喝酒，女孩家更不能。

逢年过节，面对一桌子的美味佳肴，父亲更是欢喜。他不仅自己喝，还给母亲也倒上一杯，劝母亲也喝点儿。他说："酒是个好东西，能解乏，能祛除寒气，还能润泽肌肤。"在他们对饮的过程中，我听到了酒杯碰撞发出的清脆声响，看到了父亲满是笑容的面庞，也看到了母亲脸上的喜悦和红润的光泽。

那个时候，我尚处在懵懂的年岁，还不知晓酒的魅力，但那别有情趣的画面，那温馨的时刻，却深深印在了我的脑海里。

回想起来，父亲喝的只不过是最普通的散装白酒，但他神情里流露出的愉悦与兴奋，让我很早就知道了——酒是个好东西！

后来，在《水浒传》里读到武松打虎那段文字时，我对酒又多了一分认知。晶莹剔透、如水一般绵柔稀薄的酒，能给人带来无尽的快乐，还能给人增添无穷的勇气。不是吗？在明知猛虎已连续伤及数人的情况下，倘若没有那十八碗酒壮胆的话，武松还有勇气独自前往景阳冈吗？他还能凭一己之力，赤手空拳就将那吊睛白额大虫打得七窍流血，一命呜呼吗？我想应该不能。是酒给了他勇气和力量，是酒为世人成就了一段美谈佳话。

琼浆一样的酒，能给武士以勇气，也能给文人以诗思。

我国古代文人大多能喝善饮，且以诗人为甚。唐朝伟大的浪漫主义诗人李白更是被众人奉为"酒仙"，他自己也以酒仙自居。出自杜甫之手的《饮中八仙歌》就是一个明证："李白斗酒诗百篇，长安市上酒家眠。天子呼来不上船，自称臣是酒中仙。"他一生痴迷于酒，酒至酣处，文思泉涌。《蜀道难》《将进酒》《客中行》《把酒问月》，一篇篇名诗佳作便是趁着酒兴喷薄而出的。综观李白留存于世的一千多首诗篇，字里行间，酒香四溢，豪气磅礴。

最喜欢李白的《月下独酌》：在一个明亮的夜晚，谪仙人准备了一壶美酒，摆在花丛之间，因为身边没有一个亲朋好友，他只能独自啜饮。按说，当时的气氛应该是十分孤独、寂寞且冷清的。然而，诗仙就是诗仙，他的思维岂是常人所能想象和比拟的？他起身仰头，举杯邀月，对影共酌。喝着喝着，渐渐有了醉意。醉眼迷离的他，边歌边舞。歌时，感觉月亮在俯视徘徊；舞时，又仿佛影子在与自己一起共舞。皎洁的月光下，银盘、影子和他"三人"好不热闹，好不开怀。他用传神的笔墨，把本来落寞寂寥的场景渲染得极富诗情，极富画意，浪漫且有趣。不仅如此，他还要与它们"永结无情游，相期邈云汉"。这样的场景，这样的时刻，哪里还能看得见丁点儿的烦恼、愁闷与悲苦呢？

邀月对饮，千古绝唱。多么美好的意境，多么旷达的胸怀！

豪放不羁的李白，一生嗜酒如命，为我们留下不朽诗篇。宋代婉约派代表词人，有"天下第一才女"之称的李清照，也同样热衷于饮酒赋诗。读她的诗词，能嗅到浓郁的酒香，能感受到绵绵的柔情和深重的忧患意识。

无忧无虑的少女时代，一次驾舟游赏，玩得开心，喝得尽兴，她说"常记溪亭日暮，沉醉不知归路"。

夫妻一同到郊外赏梅品酒，共享幸福时刻，她道"共赏金樽沉绿蚁，莫辞醉，此花不与群花比"。

丈夫"负笈远游"，深闺寂寞，又逢重阳佳节，她云"东篱把酒黄昏后，有暗香盈袖"。

金兵南下，举家逃离，心情怅惘，她言"夜来沉醉卸妆迟，梅萼插残枝。酒醒熏破春睡，梦远不成归"。

难捺忧国情怀，感慨人生悲凉，她谓"醉莫插花花莫笑，可怜春似人将老"。

从年少到终老，这位才情满腹的杰出女词人，与酒相伴了一生，缠绵了一生。从"浓睡不消残酒"，到"酒醒时往事愁肠"，再到"酒阑歌罢玉樽空，青缸暗明灭"，这顿酒，让她直喝到油尽灯枯，地老天荒。

还有陶渊明、杜甫、白居易，还有鲁迅、老舍、巴金……从古至今，这些诗人文豪，个个都爱酒，个个都文辞出众。

看来，酒确实是个好东西。不仅能愉悦人的身心，还能激发人的创作灵感。

走出校门，踏入社会以后，我与酒慢慢地有了交集。

然而，当澄澈、透亮的液体进入腹中之后，我却没有感受到父亲饮酒时那般美妙，更体会不到诗仙和女词人的陶醉心境。只觉得，看起来清纯绵柔的酒，却有着火烈的性子，不仅辣嗓子，还沿着食道一路烧到了胃里。初尝，就让我对它望而却步、敬而远之了。

刚开始，我只喜欢香槟酒，喜欢它带有果香的酸甜味儿和清爽的口感，

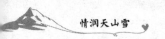

跟饮料一样好喝。后来,又品尝到了葡萄酒,感觉那红色的液体也没有白酒冲,要温顺柔和得多。

可是,父亲每次喝酒,眼神里流露出的愉悦与兴奋,的确是我亲眼见过的啊。是我不会品吗?还是我没有遇到真正的好酒?我这样浅尝辄止,一概而论,是否失之偏颇,有失公允呢?

后来的一次聚会,让我对酒又有了新的审视和体验。

那天,一个同事举办生日宴会。他邀请了我们一帮人到一家酒楼为他庆生。待大家都入座后,他拿出随身带来的两瓶酒,得意地晃了晃,然后高声宣布:"今天我们喝习酒。"随着他的话音,所有的目光都聚集到了那两个绿色的酒瓶上。说实话,当时我的眼睛就猛地一亮,心里好像被什么东西触碰了一下。这种代表春天、象征生命的颜色,是我平素最青睐、最喜爱的颜色。我端起酒杯,一股好闻的香气直冲鼻腔,抿上一口,竟然不觉得冲,也不觉得辣喉咙,不仅如此,我还品味到了绵柔和丝滑的质地。看来,今天是遇到好酒了。

也许我与习酒有缘。后来,我又有幸见识、品尝到了"习酒·窖藏1988"的独特外观与甘美醇厚。

比起那个绿色的圆酒瓶,黑色的"窖藏1988"显得更加高端大气。扁圆形的瓶身,古朴、庄重而典雅。我想,这样精美的包装,它的内里一定也是上档次的。果不其然,用舌尖稍稍沾一点酒液,便能感觉到它的细腻、纯正和圆润。品尝过后,咂咂嘴唇,口腔中还留有一股酱香味,让人回味悠长。

喜欢上一个东西,就会去关注,去探寻。随着对习酒的进一步了解,我终于知道了这款高品质白酒的根源所在。

原来,生产习酒的镇子位于贵州省北部边缘的赤水河一带,那里山清水秀,气候温润,空气流动缓慢,为酿酒微生物的繁衍提供了良好的生长环境。赤水河又是一条未被污染的河流,水质透明、无异味、微甜爽口,是天赐的酿酒资源。此外,习酒以本地优质糯高粱、小麦、水为原料,严格采用传统工艺进行酿造。正是有了这些得天独厚的自然条件,再经过一次次投料、蒸煮、发酵等环节的提炼，才有了习酒独特的品质和风格。

赤水河流域的酿酒历史由来已久。早在秦汉时期，当地的汉、彝、苗等民族就有家酿坛坛酒、呷酒、醪糟酒的风俗。据《史记·西南夷列传》记载，公元前 135 年，汉使唐蒙出使南越，特绕道古鳛部品尝蒟酱酒，并携归长安献与汉武帝，汉武帝饮后盛赞其"甘美之"。这里的蒟酱酒，就是赤水河一带用水果加入粮食经发酵酿制的酒。《旧唐书·南蛮西南蛮传》曰："东谢蛮婚姻之礼，以牛、酒为聘……宴聚则击铜鼓。"宋代张能臣所撰的《名酒记》中亦有"风曲法酒"的记载。元、明时期，具有一定规模的酿酒作坊就已经在此地形成。从秦汉至今，几千年盛行的酿酒之风，让这里的空气中都溢满了浓郁的酒香。赤水河更是被人们称为"美酒河"。

自从品尝过习酒，了解了习酒的制作工艺和品性后，我对这琼浆仙露便有了别样的情感。至此，我也完全理解了父亲所说的"酒是个好东西"的深刻含义，理解了从古至今众多的诗酒人生、惬意人生。

只是，父亲却没有品尝到这甘美芬芳、香飘千年的美酒。这也成了我多年的遗憾。

去年清明节，我专门提了一瓶习酒，去祭拜已别离 20 多年的父亲。面对青色的墓碑，我郑重地点燃三炷香，并倒满一杯酒。我说："父亲，您一生爱酒，却从未品尝过真正的好酒。今天，我给您带来了习酒，您喝喝看，是不是不一样？"看着晶莹的液体在阳光下慢慢升腾，我想，父亲一定喝到了，也感受到了这款白酒的甘醇与芳香。

一滴泪，从我的眼角轻轻滑落。

2023 年 2 月 12 日完稿

味蕾上的家乡情怀

今年暑假，弟弟妹妹又一次从内地回到新疆。与往年一样，一下飞机，两人就高兴地大叫，总算到家了，总算可以一饱口福了。

"说吧，抓饭、烤包子、拌面、大盘鸡、野蘑菇汤饭，先吃哪一样？"看着他们一脸兴奋的样子，我问道。

"当然是拌面了。"妹妹说。

"如果有托克逊拌面就更好了。"弟弟笑着补充。

"算你们有口福，离家不远的地方就新开了一家托克逊拌面馆，现在就带你们去。"

说走就走，半个多小时的车程，我们就来到了一家悬挂着"托克逊拌面"几个红色大字的饭馆门前。

进得店来，就闻到一股拌面馆特有的香味。几位食客正津津有味地吃着拌面，他们低着头，无所顾忌地发出一片"哧溜哧溜"的声响。我偷偷瞄了一眼弟妹，估计他俩肚子里的馋虫随着这极具诱惑力的声音已经蠢蠢欲动了。

我们各要了一盘过油肉拌面。然后，一边喝茶一边等待。趁此闲暇，弟弟拿过桌上的大蒜剥起来。不一会儿，拌面就上桌了。看着满满当当一碗既有青红椒和白洋葱又汪着汤汁的过油肉和一盘粗细均匀泛着淡黄色的拉面，二人相视一笑，端起碗来将过油肉全部倒在了拉面上，接着用筷子搅拌几下，尽量让每一根面都浸润上香喷喷的汤汁，让面和菜完美融合在一起，这才挑起一筷子送进嘴里咀嚼起来。妹妹吃了几口之后忍不住发出一声感叹："唉，还是新疆的拌面好吃，尤其是这托克逊拌面，味道正宗。"

"就是，拉面筋道爽滑，羊肉鲜香细嫩，汤汁浓淡适宜。"弟弟附和道。

谁说不是呢？

在天山脚下，拌面虽然是一种普通的面食，却是新疆人日常生活中不可或缺的一道美食，无论走到哪里，都能看到以各种名字命名的拌面馆。但是，在浩如烟海的拌面世界里，只有托克逊拌面以其独特的魅力，赢得了大众的青睐，赢得了"新疆第一面"的美誉。

这得益于托克逊独特的地理位置。这座位于天山南麓、吐鲁番盆地西部的小县城，有着丰富的地下之泉——坎儿井，它汇集的天山雪水，不仅甘甜可口，还富含人体所需的多种矿物质；这里的土地肥沃，少盐碱，盛产的优质小麦粉，洁白细腻，糖分高，韧性好；这里还有300多万亩的黑山草场，有海拔3500米的天然牧场，一茬茬的小黑羊在这片水草丰茂的地方，吃着鲜嫩的青草，喝着纯净的雪水，其肉质自然鲜美无比。有了如此上好的原料，再加上厨师们"一揉、两盘、三拉、四炒"的严格工序和精湛技艺，制作出来的拌面怎能不赢得世人的青睐和口碑呢？

这样的一道美食，别说是远在内地思乡心切的新疆游子了，就是我们这些常年生活在本地，隔三岔五就能让味蕾得到拌面慰藉的人，也一样心心念念，一样被它独特的风味所迷恋、所牵绊。

记得有一次，我和几个同事从乌鲁木齐去南疆出差，路过一个服务区时，还没到午饭时间呢，大家就被一家家"托克逊拌面馆"的招牌，被那一溜枣红木的长条桌吸引。停车，歇脚，享受美食，然后才心满意足地继续赶路。

返回的时候，尽管长途跋涉疲惫不堪，尽管肚子早已饿得咕咕乱叫，但大家一路隐忍着，直到车子开进托克逊县城，直到找到一家老牌拌面馆，一个个才露出了会心的微笑。

那一天，我们把所有拌面的菜都点了个遍，过油肉、辣子肉、芹菜肉、蒜薹肉、茄子肉、韭菜肉、木耳肉、土豆丝、西辣蛋……十几碗颜色各异的菜

上齐后，几乎占据了桌子的一大半。一样菜拨上一点，一盘子晶莹圆润的拌面就被各种各样的菜完全覆盖了起来。多种菜肴多种口味一起品尝，味道丰富，口感绝佳。

那一天，大家吃得酣畅淋漓，吃得忘乎所以，饥饿了多时的肠胃得到了极大的满足和安慰。

酷爱拌面的，还有我的父亲。

出生在鱼米之乡，从小喝着湘江水、闻着稻花香长大的父亲，支边来到新疆后，竟然很快爱上了这里的面食，尤其是拌面。

然而，那是一个物资极其匮乏的年代，粗粮占据了每个月人均定量的80%，想要吃到一盘拌面并不容易。平日里，不是苞谷面糊糊就是玉米面饼子，只有当小孩子生病了或是家里来了贵客时，母亲才舍得拿出一点白面擀成薄薄的面条改善一下生活。

后来，母亲跟隔壁的维吾尔族大婶儿学会了做拌面。面拉得相当有水平，粗细均匀，软硬适度。只是配拌面的菜既少油又缺荤腥，基本上是素炒时令蔬菜，最多再来个西红柿炒鸡蛋。即便是这样再普通不过的家庭拌面，父亲也吃得饶有兴味。

那个时候，父亲多想去拌面馆开个洋荤啊。可是，捉襟见肘的现实不允许他有如此贪欲。

2001年夏天，父亲大病初愈。出院的那天，弟弟专程从孔雀河畔赶来军区总医院接父亲。他说，他要带父亲故地重游，让父亲去看看自己曾经工作、生活过的地方，去会会过去的老朋友、老同事。路过托克逊的时候，弟弟特意绕道进了县城，找了一家最有名的拌面馆，给父亲点了一盘过油肉拌面。听弟弟说，父亲虽然刚刚出院，身体还很虚弱，但兴致却非常高，不仅吃完了那盘拌面，还外加了两串烤羊肉。父亲一边吃一边对弟弟说，这是他这辈子吃到的最正宗、最好吃的拌面。

只是，我们谁也没有料到，那一次南疆之行，父亲竟然再也没有回来……

20 多年过去了，每当想念父亲的时候，我就会想起那一盘拌面，那一盘
父亲吃到的最正宗、最好吃的托克逊拌面……

本文原载于 2024 年 7 月 26 日《兵团日报》

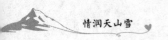

我的弟弟

我的弟弟小名叫龙龙。他小的时候，长得像个女孩儿，小脸儿白白净净，身体文文弱弱，说话细声细气，特别可爱，也特别聪明。记得他两三岁的时候，听我们几个背诵唐诗，他也能咿咿呀呀地说出来。比如："床前明月钢（光），一（疑）是地上霜。举头望明月，低头思故乡。"还有"两个黄泥（鹂）鸣翠忸（柳），一行白怒（鹭）桑（上）青天"……虽然口齿不太清楚，但我们还是听明白了。有时，听到我们唱歌，他也呜里哇啦地跟着哼，"一闪一闪酿（亮）晶晶，满天都四（是）小星星……"稚嫩的童音，常常逗得一家人哈哈大笑。

还记得龙龙第一天上学时的情景。那是一个风和日丽的清晨，当妈妈把新做好的花书包挎到弟弟肩上时，他举着双手在地上又蹦又跳，"我上学了，我上学了。"那兴奋的模样，比过年吃了一个大鸡腿，穿了一件新衣服还要高兴。从小学到初中，无论语文还是数学，化学还是物理，弟弟一直都是年级里的尖子生，是老师眼里的好学生，爸妈掌心里的宝贝，也是我们引以为豪的骄傲。到现在，二弟还经常说，那时候许多同学见了他都说，"这就是那个学习样样拔尖的华龙的哥哥……"确实，那时的龙龙，在学校里很风光，像个小明星。优秀作业展评有他，年级竞赛获奖有他，三好学生有他，广播里也经常能听到他的名字……对龙龙来说，读书、上学是一件非常开心、非常快乐的事情。

如果能一直这样顺顺利利地读下去该有多好。然而，天有不测风云，人有旦夕祸福。初中快毕业的时候，他的眼睛生病了。刚开始，医生给了几管眼药水和眼药膏，但点了半个月后，病情不但没有好转，反而加重了，两个眼睛不仅通红、疼痛，视力也越来越模糊。尽管他忍受着痛苦考上了县里的重点高中班，但没法继续学业了。爸爸带着他先是到乌鲁木齐空军医院治疗，几个月后又转院到北京……由于耽误了最佳治疗时间，虽然折腾了一年多，眼睛还是没能治好，医生最后的结论是：双眼视网膜萎缩，左眼视力 0.1，右眼视力 0.5，今后再不能用眼过度，不能看书，如果不注意，过不了几年，眼睛可能就什么都看不见了。面对这样的结局，一家人欲哭无泪。

怎么办？只能休学了。没有了学上，就像要了弟弟的命。他每天蹲在家门口，远远地望着别人家的孩子，背着书包上学放学，形单影只的他只能偷偷地抹眼泪。这样的日子过了大概半年，弟弟对妈妈说，他要去上学，只要眼睛还能看到一丝光亮，他就要去读书。

于是，弟弟进入了库车二中重读初三。懂事的弟弟知道这两年为了给他治病，收入微薄的父母已经债台高筑，负债累累，也考虑到自己眼睛的承受能力，他放弃了考高中，放弃了心中的大学梦，毕业时只报考了中专。虽然考试成绩远远超过录取分数线，但因为体检视力不过关，还是被刷了下来。

弟弟不认命。他打听到巴州二中是周边教学质量最好的学校，便将被子和冬天穿的衣服塞进麻袋，扛在瘦削的肩上，独自去了陌生的库尔勒，直接找到教务主任办公室，说：我要转学来二中上学。望着这个身材瘦小、穿着补丁裤子的男孩，教务主任一口回绝：我们学校没有名额，也没座位。弟弟不罢休：我不要座位，在教室最后面给我一个板凳就行，我不占你们的名额和桌子，我当旁听生。还有一个月就要期中考试了，如果我成绩不好，我自己走。看着这个瘦瘦弱弱又一脸坚决的小男孩，不知教务主任是动了恻隐之心，还是要测测弟弟到底有几斤几两，竟破天荒地开了先例。就这样，弟弟走进了巴州二中初三一班当了一名旁听生。期中考试，他的分数排在全年级 7 个班第二名，与第一名只有 3 分之差。学校不仅正式收下了他，还免了他的学费和住宿费……

任何光鲜亮丽的背后，都有着常人不能承受的艰辛与汗水，弟弟也一样。他小小年纪就给自己定下了座右铭：学生没有星期天！学生的天职就是学习！

当时的巴州二中，全校只有一个男生宿舍，所有住校的男生（从初中到高中大概有六七十人）只能挤在一个大宿舍里。晚上大家自习完后回到宿舍，都会叽叽喳喳说会儿话、聊会儿天。弟弟从不和别人拉呱，他快速洗漱完，就爬上自己的铺位，继续看书。他总是最后一个睡下，最早一个醒来。少男少女都瞌睡多，为了能够早起，他用皮带把自己的手拴在床头，只要翻身就可以惊醒。每天，他只让自己睡5个小时，早上起床时，同学们都还在酣睡。不能拉灯，他就到外面的路灯下看书，背课文。那时的冬天冷得出奇，尤其是早晨。弟弟就一层套一层，穿上厚厚的衣服走出宿舍。迎接他的，是寒冷，是寂静，是尚未破晓的黎明。等他搓着冰冷的手，看了好一会儿书了，远处才响起清扫马路的声音……就这样，弟弟最终以巴州二中第一名的成绩考入了自治区一所重点学校。

往事不堪回首。每次谈到那段艰苦的日子时，我们姐弟几个都抑制不住自己的眼泪。那时家里穷，弟弟眼睛本来就不好，还得不到营养，为了省钱，他每天的伙食就只有一碗菜汤和两个馍馍。有钱的同学吃鱼吃肉吃好的，弟弟不吃也不看。有一次，在巴州财校上学的小妹去看他，买了一只烤鸡带过去。妹妹舍不得吃，只说吃过了，这是专门带给你的。弟弟也舍不得一次吃完，妹妹就把剩下的包起来，留到下周再带给弟弟吃……

尽管贫穷，但弟弟很有骨气。有一次，班里的生活委员走到弟弟面前，递上一个信封说："这是班里给你和巴特（另一位蒙古族同学）组织的捐款，请你收下。"弟弟望着那个信封，眼睛有点儿湿润，但还是回绝了："感谢大家的一份心意。但钱，我不能要。同学之间是平等的，你们没有义务为我捐款，穷是我自己的事情。都给巴特吧，要不就充作班费。"

中专毕业，弟弟在自治区首府有了稳定的工作、稳定的收入，按说，可以轻松一些了。可是，不甘平庸的他，又决定走法律这条路。司法考试规定，必须是本科毕业生才有资格参加考试。他就从大学专科开始学起。从决定自学的那天起，每天下班后，他就独自骑着自行车到离单位不远的树林里去看书。

天黑了，回宿舍简单弄些饭吃，又一头扎进了书堆里。单位里的年轻人多，晚上不是聚在一起喝酒，就是打牌。人不够的时候就去敲他的门，他不开。有人从门缝往里瞄，然后在外面大声喊："装什么装，快出来打牌，我们三缺一，就等你呢。"弟弟从不受他们的诱惑，只一味读他的书……新疆的三伏天也挺难熬的，由于他住在顶楼，看书时间长了，屁股上经常湿漉漉的，还起了痱子，即使这样，他都不肯歇一会儿……

功夫不负有心人，经过几年的努力，弟弟一路过关斩将，终于通过专科考试、本科考试，又以高分通过了难度极高的司法考试，取得了律师执业资格证书，成了一名专职律师。这些年，他经手办理的案件胜诉率在99%以上。渐渐地，在律师行业，弟弟不仅站稳了脚跟，还有了小小的名气。

快过国庆节了，我们几个姊妹相约，过节时大家聚一聚。弟弟却说："抱歉，我可能又要缺席了。因为最近要加紧学习新的行政法和行政诉讼法，为一个案子做准备。"我提醒他要注意休息，不要老熬夜，否则眼睛受不了。他却轻松幽默地对我说：我知道，别担心。当初医生说，我的眼睛只有几年的光明。这么多年过来了，或许是老天爷怜悯我，让我还能看得见。我不能辜负眼前的大好时光啊！

这就是我的弟弟华龙，一个酷爱学习，视读书为生命的人；一个坚韧不拔，让家人引以为傲的人；一个善良、诚信，富有正义感的律师。

2016 年 9 月 22 日完稿

第二辑 · 天山风物

麻雀叽喳

我家门前与前楼之间有一片不大的空地，空地上种植了一些树木，有榆树、柳树，还有两棵树冠好似蘑菇云般的高大茂盛的馒头树；树木间，穿插了几行太阳花、牵牛花；靠路边的一侧，还种了一排一人高的丁香花。密密麻麻的树木，高高低低，错落有致，俨然成了一片小树林。

夏天，树木苍翠，树冠遮阳。地上有绿色的草儿、粉色的花儿，随风摇曳。闲来无事，我喜欢坐在这片小树林里，或观花，或赏叶，或看书，或发呆，或欣赏树影被风吹得摇来晃去的样子，或透过枝叶的缝隙，看蓝天，看白云……

俗话说，没有梧桐树，招不来金凤凰。我家门前这片小树林，因为没有梧桐树，所以，只招来了一群灰色的麻雀。不过，这些小小的麻雀，也着实有它们的可爱之处。

清晨，天还没亮，借着朦朦胧胧的晨辉，麻雀们就叽叽喳喳地叫开了。最先听到的只有一只麻雀的叫声——声音清亮、圆润、悠长，与其他麻雀低沉、刺耳、短促的尖叫声完全不同。每天早晨我都能听到这第一声鸟鸣，久而久之，我记住了它有别于其他麻雀的独特音色。我想，它一定是它们的头领，或者是它们这个家族中最有威望的长者。

每天，天色微明，待头领叫了两三声后，部分麻雀开始跟着叫起来。刚开始，叫声不大，稀稀拉拉，柔柔弱弱，时断时续。兴许是，早起的那几只麻雀附和着他们的头领，用柔声唤醒还在酣睡的同伴；又或许是，几只勤快的麻雀父母们在轻声唤醒它们的儿女。片刻工夫，好像麻雀们都起床了，叽叽喳喳的叫声，由稀疏变得稠密，由柔弱变得高亢，并且越来越密集，越来越响亮，在天空中连成了一片，把寂静的早晨从沉睡中唤了起来。

我早已被它们连绵不绝的聒噪声吵醒，但一点儿也不恼怒，反而有一种回归大自然的惬意。我只是在想：麻雀们在叫什么、吵什么呢？难道是为整理羽毛，清洁鸟窝，还是为吃什么早餐而争辩吗？我不懂鸟语，实在猜不透。小区里还在梦中的大人小孩，估计都被它们吵醒了。孩子们背着书包上学去了，大人们拎着公文包也赶着上班去了，它们还在树枝间叽叽喳喳，喋喋不休。

正午的阳光照过来，当人们吃过午饭，困倦袭来进入午休时，这群不知疲倦的鸟儿，还在树林间、枝杈上穿梭，喧哗。总之，从清晨的第一声鸟鸣开始，麻雀们就啁啾个不停，一直鸣叫到太阳落山，星星闪烁。我纳闷，小小的鸟儿，怎么会有如此大的精气神儿，能喧闹一整天呢？！

闲来无事，我经常会趴在窗台上，看这片郁郁葱葱的小树林，看树木间追逐嬉戏的麻雀。你瞧，一只麻雀，扇动着小小的翅膀，从高高的树梢，一个漂亮的俯冲落到了旁边一棵树的枝丫上。细细的枝条，在它的猛然撞击下，轻轻地颤动起来。另一只麻雀紧跟其后，以同样优美的动作，在空中划了一道弧线，落在了同一根树枝上。在茂密树叶的掩映下，两只麻雀紧紧地挨在一起，互相啄着对方的羽毛，那般柔情，那般深情。看着看着，我禁不住扑哧一笑。噢，原来他们是一对热恋中的情侣，找了一个僻静的地方，互诉衷肠呢。

还有几只麻雀，不停地扇动着翅膀在空中飞来飞去，一会儿飞到树枝尖尖上，一会儿飞到对面人家的护栏上，一会儿又飞到我家窗台上的花盆里来觅食。见此情景，我赶忙端一碗清水，抓一把米，悄悄地放出去，然后，躲在窗户后面偷偷地窥探。如此近距离地观赏麻雀的一举一动，真是一种享受啊！你瞧，它们那一对小眼睛又圆又亮，骨碌碌不停地转动着，透着机灵和警觉。梳理得整整齐齐的羽毛，像绸缎一样，光滑柔软。这不，它们的尖嘴巴刚才还在这个花盆里捣捣，那个花盆里啄啄，一旦亮晶晶的小眼睛瞅到了米，立刻放弃花盆，蹦蹦跳跳直接向米扑过去。它们啄一会儿米，又跳到碗边上，低头去碗里喝水。一不小心，其中一只麻雀被另外几只麻雀挤到了碗下面，它"噗"的

一声飞走了,落到旁边的电线上。可能是还没有吃饱喝好吧,过了一会儿,它又折回来,挤到碗边上继续喝水。麻雀们不停地挪动着双脚,在花盆上、水碗上、米粒边跳跃着,飞舞着,一刻也不安宁、也不闲着的样子,像极了一群俏皮、好动的顽童,真是太可爱了。

冬天到了。雪,飘飘洒洒地落下来,一下就是好几天,地面上的一切,都被厚厚的雪严严实实地覆盖起来。那一年的冬天好冷啊,零下28摄氏度的气温,持续了近半个月。彻骨的严寒包裹了世界。人们窝在有暖气的屋子里,不愿出门。我不知道在这草木凋零的季节,在这滴水成冰的寒冬里,麻雀们是怎么过冬的。它们那小小的身体,能抵御得住冬天的严寒吗?

或许是我过于杞人忧天了。这不,大雪过后,麻雀们又扑棱着翅膀,从树枝上飞到了雪地上,蹦蹦跳跳地在寻找食物。见此情景,我欣喜地返身上楼,从家里端出热米饭、馒头渣和热水,放到雪地上……真是一群小精灵,它们太聪明、太敏捷了,不一会儿,便呼啦啦地向食物围过去。我远远地望着,生怕惊扰了它们。麻雀们啄一会儿米饭、馒头渣,喝一会儿热水,又啄一会儿米饭、馒头渣,喝一会儿热水……看着它们依然健康美丽、活泼可爱的样子,藏在我心里的担忧,顿时全消散了。

候鸟天冷了要迁徙到南方去过冬,可是这群麻雀,自从它们来到这片小树林安家后,就再也没有离开过。虽然这里只是一片小小的树林,一块片瓦之地,但不管是绿意盈盈、枝繁叶茂的夏季,还是雪花飘飘、冰霜酷寒的冬天,它们都一直生活、守候在这片小树林里,这片土地上。一代又一代,在这里繁衍,在这里生息。

我爱门前的这片小树林,更爱小树林里的这群麻雀。噢,不,在我的眼里,它们已不再是一群不起眼的灰色麻雀,而是上天赐予人类的可爱的小精灵。

本文原载于2015年11月19日《乌鲁木齐晚报》

玛依拉的婚礼

参加过许多婚礼，只有哈萨克族女孩玛依拉的婚礼，始终萦绕在我的脑海，让我久久难以忘怀。虽然已经过去了一年有余，但是婚礼的许多场景、画面，依然清晰，依然历历在目。

去年金秋的一天，我正在办公室里忙碌，随着几声轻轻的敲门声，玛依拉推门而入。只见她恭恭敬敬地双手呈上请柬，细声细气地对我说："华丽姐，后天是我的婚礼，请你一定来参加啊！"看着她略带羞涩但又溢满甜蜜和幸福的笑脸，我接过请柬，爽快地答应了。

玛依拉，这个来自阿勒泰布尔津县的哈萨克族女孩，白白净净的圆脸上，闪烁着一双水灵灵的大眼睛，不仅柔情似水，还透着几分睿智。2010年，她取得了新疆大学管理学硕士学位，继而在我们单位组织的招聘考试中，以优异的成绩从几百名考生中脱颖而出，成了我的新同事。光阴似箭，转眼几年过去了，玛依拉这个既聪慧又善良的女孩，即将披上婚纱，告别梦幻般的少女时代，步入她人生最重要的婚姻殿堂。

玛依拉的婚礼，定在晚上八点钟举行。那天下班以后，我和几个同事一起去龙泉街的伊丽莎酒店参加她的婚礼。走进婚礼大厅，映入眼帘的是别样的场景。只见玛依拉身着雪白的婚纱，头顶上戴着一个月牙似的漂亮头饰，化了精致的妆容，细白的肤色衬着她发自内心的微笑，比平时更显得妩媚与俏丽。新郎穿了一身笔挺的蓝色西服，与手捧鲜花的新娘，并排站在大厅门口的一侧，显得那样精神、那样般配。在他们的身后，靠墙的椅子上，坐着几位哈萨克族老人。我们刚迈进大门，他们就站起来与新郎新娘一起迎接我们。在与几位老人握手问好后，我得知他们是双方的父母和爷爷奶奶时，内心一颤，感叹

哈萨克族人对来宾的礼节竟然如此周到。

　　第一次参加哈萨克族的婚礼，我很好奇，也很兴奋。环顾四周，礼台正面墙壁上的画，立刻吸引了我的眼球。那是一只鹰，一只奋力张开翅膀在天空中翱翔的鹰。我纳闷，为什么将这样一幅画放在婚礼大厅的正中央。同桌的哈萨克族朋友笑了笑说，鹰是哈萨克族崇拜的图腾，也是吉祥和幸福的象征。它能在空中长时间盘旋，从高空俯冲捕食时的快捷、迅猛，是其他飞禽所不能比拟的。它是唯一能直视太阳而不被灼伤的神鸟，是人神之间的使者。噢，原来是这样。我抬起头，细观画里鹰的形态——它睁着一对圆圆亮亮的大眼睛，从眼睛里我读到了敏锐、机智和凶悍，两只鹰爪，像两只锋利的钢叉。望着眼前这只鹰，我暗暗思忖，什么样的猎物才能逃脱得了它的眼神？这样一只象征着力量与勇气的鹰，又有哪个民族不崇拜？

　　礼台左侧的墙面上挂了一张大大的壁毯，壁毯上绣满了红的花、绿的叶，非常喜庆，也非常具有民族特色。壁毯旁边是一张长长的、宽宽的餐桌，与来宾就座的圆桌截然不同。那是新郎新娘、伴郎伴娘们用餐的地方。再看看四周的来宾，个个穿戴整齐，盛装出席，尤其是哈萨克族女子，几乎一律身着各种花色的大喇叭长裙。一些年轻的女孩儿，挽着高高的发髻，穿着漂亮的晚礼服，把一个个小蛮腰衬托得婀娜多姿，风情万种。桌上摆放着十几盘干果和点心，有奶酪、黄油、果酱、巴旦木、无花果、杏仁、巴哈力……但没有婚礼上常见的烟和酒。哈萨克族是一个非常尊敬老人的民族，有老人的场合，是不允许抽烟的，而喝酒，则只喝自己酿制的马奶酒。

　　晚上八点，婚礼准时开始。给我留下印象最深，也让我最为感动的一幕是，在婚礼进行当中，主持人将两位头发花白的长者请上了台中央。同桌的哈萨克族朋友告诉我，这是新郎新娘家的长辈。两位慈祥的老人，用哈萨克语祝福站在身边的一对新人，婚姻美满幸福，天长地久。随后，十几个哈萨克族小伙子，双手端着大盘马肉，鱼贯而入，走上台去，他们分两队站在老人的两侧。这时，两位老人双手合十放在胸前，对来宾表示了一番衷心的祝福和诚挚的谢意后，婚宴正式开始了。

小伙子们走下台，把手中的马肉端向各个餐桌。只见年轻英俊的哈萨克族小伙拿出小刀，熟练地在盘中将大块马肉切成小块，分给每一位宾客。接着，又拿出塑料桶，将自制的马奶酒满满地倒入我们的酒杯……

曾听人说，哈萨克族的婚礼，是在歌声和舞蹈中进行的。这不，婚宴刚刚开始，就有人上台献歌了。有独唱，有对唱，还有边弹冬不拉边唱歌的，也有边唱边跳的，不一会儿，场面渐渐热闹起来，欢腾起来。

黑走马的乐曲响了起来。在序曲声中，新郎新娘、伴郎伴娘，还有几对年轻的哈萨克族男女，手挽着手，踏着节奏，率先走上台舞起来。随后，我们桌上的几个哈萨克族女孩笑着站起来，大大方方地转了几个圈，随着乐曲的节奏，轻盈地旋到了舞台中央，跟着一起跳起来。

灯光由白色变成了五颜六色，彩灯在我们的头顶四面八方旋转着、闪耀着，一会儿明，一会儿暗。音乐也由舒缓变得强劲起来，"咚咚咚"的节奏敲击着人们的神经，震撼着人们的心灵。许多年轻人情不自禁地舞起来，跳起来……

渐渐地，台下的宾客一个个按捺不住，纷纷走上台去。在闪烁的彩光灯下，在激情的氛围里，在欢声笑语里，新郎新娘与来宾，挥舞双臂，扭动腰肢，随着强劲的音乐节奏和旋律，一同舞蹈着、旋转着、跳跃着……我扭头看看，偌大的婚礼大厅，座位上的人已寥寥无几。在音乐和现场气氛的感染下，大家不由自主地加入舞蹈者的行列，人人脸上洋溢着灿烂的笑容，陶醉在幸福的欢乐里。这样的时刻，这样的氛围，激动的情绪像一波波滚烫的暖流，在我的身心蔓延、膨胀，我仿佛被一张巨大的欢乐之网、歌舞之网严严实实地罩住了，内心萌发出前所未有的情愫。从不跳舞的我，拉起同事的手，闪电般卷入歌舞的海洋和黑走马的狂欢里……

舞蹈中，我感受到从未有过的生命运动的美妙，婚姻的意义，婚礼的重要。人，都要长大，都要与相爱的另一半走入婚姻的殿堂，婚礼不仅意味着又一轮生命即将开启，也是人类生命延续最隆重、最有尊严的序曲。我喜欢玛依

拉这种淳朴、热烈、别致而又具有民族风情的婚礼，喜欢这种敬重长辈、尊重宾客的礼仪，喜欢这种将歌舞酣畅淋漓的欢乐尽情融入、贯穿婚礼始终的美好场景与画面。

我不知道婚礼进行到夜里几点才结束，只记得那天晚上，我走在回家的路上，整个身心还徜徉在黑走马的乐曲和舞蹈的世界里，还徜徉在热烈欢腾的世界里，那般美好，那般留恋，那般难忘……

本文原载于 2015 年 12 月 17 日《乌鲁木齐晚报》

戈壁红柳

对于久居新疆的人来说，红柳是再熟悉不过的植物了。当你行走在这片广袤的土地上，那一簇簇、一丛丛盛开在荒漠、盐碱地、沟渠旁的红柳花，便是茫茫戈壁最美丽的塞外景致。

红柳，古称柽柳。"启之辟之，其柽其椐。攘之剔之，其檿其柘。"此语出自《诗经·大雅·文王之什·皇矣》。其中的"柽"指的就是柽柳。可见，柽柳早在距今两千多年的《诗经》中就作为植物的名称出现了。民间所谓的红柳，其实与柳树毫无瓜葛。称其为"柳"是因其果实成熟飘出飞絮，与柳絮颇相似；"红"则是因其枝茎带红褐色。南宋《尔雅翼》中言："天之将雨，柽先起气以应之，故一名'雨师'。"意思是说雨季到来前，柽柳会散发出"红色烟幕"。这"烟幕"实则是柽柳的花朵，虽然每朵花都很细小，但聚集起来，却犹如红烟环绕在枝条之间。由于能预告雨水到来，柽柳在民间又称观音柳，相传观音洒水，用的就是柽柳树枝。

红柳主要生长在荒漠和戈壁之中，耐盐碱、耐干旱、耐潮湿，适应各种恶劣的自然环境。它们在新疆塔里木盆地、准噶尔盆地和吐鲁番盆地到处生根、开花、结果。枝杈杂乱的红柳，形象可谓不高大，身躯更与伟岸不沾边，但就是这永远也无法成为栋梁之材的小小红柳，在数千年狂风沙尘的肆虐中，从未胆怯过，也丝毫没有退却过。它们始终站在防风固沙、防止水土流失、保护生态环境的最前沿。好似一代代艰苦卓绝的军垦战士，守护着天山脚下这片荒凉的土地，守望着新疆的历代变迁。

怪不得有人把红柳与胡杨相提并论，称它们都是戈壁荒漠的英雄。其实，红柳比胡杨更耐干旱。胡杨逐水而居，一旦离开水就会枯死；红柳则不同，它

的根系非常发达，能把触须伸得很长，最长的可达 30 多米，以汲取水分。不仅如此，红柳还与向日葵一样，渴望阳光的抚慰。炎炎夏日，在热气升腾的荒滩漠野，在被烈日熔化的柏油公路两旁，它依然高昂着不屈的头颅，用它那鳞片状的叶子铸起一身铠甲，尽力吸纳阳光的热量，并减少水分的丧失。

记得小时候，我与弟妹一起到戈壁滩捡柴火。那些干枯的树皮、树枝是我们的首选。由于家家户户都靠它做饭取暖，因此，近处能捡到的柴火越来越少。我们便去远处挖红柳疙瘩。我们拿着坎土曼、铁锹，来到野外。小的红柳还好对付，那些稍大些的红柳，因为根系发达，根茎粗壮，往往要连挖带铲，几个人又拽又扯，才能挖出来。不过，比起那些树皮树枝，红柳疙瘩要耐烧得多。在那些艰苦的时日里，红柳疙瘩在灶膛里"噼噼啪啪"燃烧的声音，以及它红红火火的光亮，给了我们莫大的温暖与幸福。

夏日的傍晚，常见母亲坐在房门前，用枝条编制筐子、筛子。只见她将三根红柳枝作为一束，呈十字形放置，然后将枝条均匀散开，插入一根盘绕，再续插一根盘绕，直到筐子的底座成形。之后，将枝干向中央弯曲成弧形，再一根根编制出柳筐的形状。母亲的双手在枝条间穿梭飞舞。她一边编着，一边告诉我们，新生的红柳枝柔软，有韧性，不易折断。用它编制筐子、筛子、背篓结实耐用，红柳枝还可以编制盖房子用的房席、炕席……此时晚霞正映着母亲弯曲的背影。那一个个红柳编制的筐子、筛子，最后都变成了我们姐弟几个的学费和书本费。

红柳的茎秆，光滑坚硬，维吾尔族常用它来制作马鞭杆把子。逛巴扎的时候，坐在敞篷的马车上，那戴着花帽、蓄着山羊胡子的老汉，举起鞭子在空中猛地一甩，随着清脆悦耳的一声鞭响，一家老小的欢声笑语瞬间飞到了九霄云外……

红柳还具有一定的药用价值，能疏风散寒，解表止咳，升散透疹，祛风除湿，消痞解酒。其叶子还是很好的畜牧饲料，含有粗纤维和蛋白质，牲畜食用后耐饥、蓄膘。

几年前，我去南疆出差，吃到了至今难忘的"红柳烤肉"。正宗的南疆烤羊肉不用铁签子，而是用新鲜的红柳枝。炼炭的木头以胡杨木为好，一是胡杨木结实，火力均匀耐烧；二是胡杨本身带有特殊的坚果与木质香气，用它熏烤的羊肉，除了块头大，还有浓郁的香气。那焦脆的外皮、细嫩的肉质、鲜香诱人的味道，令人食欲大振，食后久久难忘。

生活在新疆叶尔羌河流域的维吾尔族，历史上曾以渔猎为生。他们仅凭一叶"卡盆"（维吾尔语，独木舟的意思）便可在海子间自由穿梭，捕鱼打猎。2015 年夏季，应朋友之邀，我有幸来到尉犁县。席间，见到了闻名遐迩的罗布人烤鱼。只见一条劈开的大鱼，由一根削尖的红柳枝从鱼头穿至鱼尾，另有三根红柳在鱼的身上横穿而过。远看，鱼像张开了翅膀要飞似的；近看，外皮焦黄流油、内里鱼肉白嫩。香喷喷的味道直扑鼻子，刺激得人垂涎欲滴。这种用红柳炭火烤制的风味，已成了尉犁县一道名馔佳肴。

戈壁红柳一生朴实无华，可它那灿若云霞的花朵却引人注目。每年 5 月下旬，红柳初绽，七八月间达到繁盛，花期一直可延续至 10 月上旬。行走在一望无际的沙漠公路上，那一片片、一簇簇火红的花朵能慰藉你疲惫的身体和心灵。

红柳还有许多好听的别名，比如垂丝柳、西河柳、三春柳、赤桎木、蜀柳、赤树柳、山桎柳等，但作为一个新疆人，我更愿意称它为红柳。每当走在前不着村、后不着店的大戈壁滩上，看见那一缕红，就仿佛看到了希望，看到了未来……

本文原载于 2018 年第 3 期《西北文学》

天山深处

如果说，不到伊犁不知道新疆之美，那么，不到赛里木湖便不知道新疆的纯净与湛蓝，博大与深情。

6月中下旬，正是伊犁绿草如茵、山花烂漫、牛肥马壮的时候。我们一行驱车从伊宁前往赛里木湖（蒙古语意为"山脊梁上的湖"）。一路上，松柏茂密，野花簇簇。翻过几道山梁，一座天桥横空出世。在深山峡谷间，在奇峰峻岭上，一座由无数根钢索牵拉着的大桥，如巨龙般腾空而起，蜿蜒数百米，穿山而过。那种壮观，那种奇美，令人震撼，堪称一道绝世风景。这就是著名的果子沟大桥，也是国内第一座公路双塔双索面钢桁梁斜拉桥。

过了果子沟大桥，一股凉意随风飘来，空气中明显有了湿润的潮气，使人感觉舒服多了。不一会儿，前方出现了一大片明晃晃的亮光，像镜子在不停地反射着。不知谁喊了一声："快看，那就是赛里木湖！"一个个脑袋随即探出窗外。映入眼帘的是一湾明镜似的蓝色湖泊，那么纯净，那么深邃，那么透彻，那么悠远，又那么浩荡无边。对岸是连绵起伏泛着银光的皑皑雪山，几朵白云绕着山巅正缓缓移动。蓝莹莹的湖水在蔚蓝的天空与白雪的辉映下，深浅交替，明暗变幻，好似一幅流动着的水墨丹青画。这是天山山脉最大的湖泊，也是新疆最美的高山湖泊之一。此刻，湖面风平浪静，波光粼粼。赛里木湖宛若一颗璀璨的蓝宝石，就那么安静地依偎在天山的怀抱中。

人类对水的喜爱或许与生俱来，没有地域差别，对美的钟爱更是相通的，不可抗拒的。不论是我这个基因里蕴藏着洞庭湖水的南方后裔，还是世居边关大漠的老新疆人，在见到赛里木湖那一片幽蓝、那一湖净水的时刻，无不欢欣鼓舞，喜笑颜开，振臂呐喊。一群过了而立，过了不惑，已知天命的男女，竟像小孩子一样，蹦着跳着笑着叫着，奔向湖边……

赛里木湖不愧为"净海"。湖水清澈透明，湖面一尘不染。你休想见到一根草尖，一片碎叶，一个泳者。这里没有海边的人声鼎沸，拥挤与喧哗，也没有游船快艇的你来我往，热闹非凡。这里只有净与静，美与幽。湖水就像滤过的阳光那样干净透彻。刚才还笑着跳着的我们，一来到湖边，立刻安静了下来。面对波澜不惊、浩瀚无垠、明澈如镜的湖水，一个个不由自主降低了分贝，放轻了脚步。凝视这一片汪洋，这一湖幽蓝，我的心中竟升腾起一缕情愫：难道这是一湖佛化的圣水吗？如此洁净，如此凝重，如此肃穆。它不仅洗去了我浑身的燥热与疲惫，还荡涤着我心灵的尘埃。

别以为这里只是独有一湖水，有着"西来之异景，世外之灵壤"美誉的赛里木湖，除了头顶蓝天白云，背靠冰川雪峰外，还有一望无际的森林和草原，毡房和牛羊，鲜花和翠柏，不仅林中有马鹿、雪鸡、金雕、啄木鸟，湖中更有天鹅、斑头雁、白眉鸭等珍禽。赛里木湖是一个镶嵌在天山深处风景秀丽的高山湖泊。

我们沿着岸边缓缓行走。夹在山水之间的，是一片辽阔丰饶的草场。依山势，傍水边，逶迤不绝，蔓延而去，最后融进了天际。正值夏季，芳草萋萋，野花灿灿。绿茵茵的草地上，盛开着金莲花、蔷薇、勿忘我、珠芽蓼和火绒草，以及许多不知名的野花。一眼望去，如同一条巨大的不规则地毯，绿色基调上绣着五彩斑斓的花朵，十分诱人。有同伴忍不住诱惑，伸手摘下两朵，斜插在发髻上，对着镜头，摄下了那美丽的瞬间。

山上生长着雪岭云杉，四季青翠。从山脚一直攀坡而上，犹如一道依山而筑的绿色长城。风吹林海，松涛阵阵，绿波起伏，其势如潮。那苍翠挺拔的身姿，那整齐排列的队形，又好似一个个刚强的战士，昂首挺胸，列队接受着天山的检阅。同伴中有人说，雪岭云杉根系十分发达，它不择土壤，不论是岩石还是山脊，只需一点点雨水，就能沿缝隙扎根生长。每株成材的云杉都像一座微型水库。或许正因如此，赛里木湖西海草原才如此丰美，如此茂盛，如此

美不胜收吧。

远处传来歌声，优美、动听、无拘无束。那是只有在草原上才能听到的完全松弛的声音，是没有任何羁绊的心曲的流泻，是一颗纯净的心灵发出的天籁之音。"蓝蓝的天上白云飘，白云下面马儿跑……"悠扬的歌声在赛里木湖的天空缭绕、飞旋。我们被迷人的歌声绊住了脚步，立在原地屏声静气侧耳聆听，陶醉其中。歌声从森林深处传来，只闻其声，不见其人，更增添了一分神秘和美妙。

幸福的时光总是跑得飞快，不知不觉已近黄昏。雪峰被落日映红，如云霞般灿烂；霞光又给草原涂抹上一层迷人的橘红色。一时间，我们如置身于一个金碧辉煌的世界，真有点恍惚的感觉。一顶顶白色的毡房升起了炊烟，勤劳的哈萨克族女人烧起铜壶准备晚餐。那袅袅的炊烟，让大山深处的牧民无比温暖。他们挥动牧鞭，策马驰骋，大声吆喝着将吃得膘肥体壮、毛色光亮、肚皮滚圆的牛群、马群、羊群收拢到一起。混杂着马蹄的"嘚嘚"、牛羊的"哞哞""咩咩"的合奏曲响彻起来，草原沸腾了。这充满烟火味的景致也让赛里木湖多了另一番温情与滋味。

赛里木湖是沉静的，也是博大的、丰厚的。千百年来，它用一双慧眼，注视着这里的晨起夕落与风云变幻，从不为外界的繁华喧闹而动，只默默将一腔赤诚与热血，一湖清流与深情，毫无保留地奉献给这片土地，奉献给这片土地上的各族儿女。

赛里木湖，你是一颗璀璨的蓝宝石，你是天山的眷恋，你是新疆的名片，你是我们的骄傲。

本文原载于 2019 年第 3 期《中国金融文学》

北庭夏夜

每个人的一生，都会与无数个夜晚相伴。那些日复一日，如流水般逝去的夜晚，有多少能让我们铭记终生，留恋终生呢？不过，在我的印记里，却打捞出了几个清凉的山村夏夜。在这酷暑的日子里，它们如习习清风，吹过我燥热、烦闷的心田。

去年盛夏，我与几个诗友一起到天山北麓的吉木萨尔县采风。一大早，我们在野马集团门前会合，然后驱车前往。在县城，我们首先瞻仰了北庭西大寺：在一个高大空旷的建筑内，隆起一座高高的土丘，那就是当年高昌回鹘王国的皇家寺院。站在静默肃穆的王室御用佛寺前，从它残存的遗迹中，我似乎能窥见它曾经的繁荣与辉煌、庄严与悠远。虽然历经沧桑，虽然破败不堪，但世界文化遗产的光环，终将赋予它新的活力、新的底蕴与新的气魄。

参观完西大寺，我们直奔北庭故城。顶着火一样的烈日，迎着 38 摄氏度的高温，在吉木萨尔县的北破城子，我们见到了这座被列入世界文化遗产名录的故城，它也是新疆最古老的城池之一。放眼望去，废墟上，矗立着一个个残垣断壁，似城墙，若堡垒。尽管毁损，尽管残破，尽管荒凉，但威仪犹在。谁能想到，这里曾是大唐北庭都护府的所在地。随着时光的流逝、朝代的更迭，喧声散尽，繁华落幕，一切归零。这个曾经红极一时、热闹非凡的地方，不仅淡出了人们的视野，更消失在一片寂寥的农田草木中。

一千多年的岁月就这样成苍凉，成过往，凝成历史的碎片，只留给后人诸多怀想，诸多追忆，诸多思索。

带着无以言说的沉重，带着浑身的燥热与汗水，我们离开这座历史文化名城，向山里进发。

大凡通往成功之路都充满荆棘，是否去往幸福的彼岸也必经艰难？不一会儿，汽车拐上了一条正在修建的石子路。路面崎岖不平，车与人一起摇摆不定。不过，也有惊喜。在去花儿沟的途中，半人高的草挤挤挨挨，流泻着浓浓的夏季风光。庄稼地里的蚕豆花、油菜花、红花与各种野花争奇斗艳，竞相开放。斜阳铺展开来，给花儿、草儿以及苍茫的大地镀上了一层耀眼的光辉。就这样摇晃、迷醉了几个小时后，终因封路，只好折回头驶上了另一条去往山里的小路。在浩荡的原野上，在夕阳的追逐下，我们前行着，体验着另一种轻松愉悦的美妙与乐趣。当金黄的落日将整个西天燃成一片火海时，我们终于到达了宿营地渭户沟。

汽车驶进路边一户农家。跳下车来，一股凉风扑面而来，恼人的暑气立刻逃散得无影无踪。环视四周，发现这是一个隐在大山里的村庄。坡上坡下错落排列着农舍，像银河里散开的星座。周边有河谷，有云杉，有野花，有青草，还有牛哞羊咩。好一个清幽、古朴的小山村。

劳累了一整天，我已疲惫不堪。在这凉爽舒适的大山中，本想歇息一会儿。然而，司机小刘一句"采椒蒿去了，有想去的，跟俺走啦"的高呼声，让我们一个个忘了困顿，忘了倦意，都随他而去。

出门左拐，就是无边无际的麦田。此刻，山下的小麦都已归仓，而山里由于气温低，麦穗还泛着青黄色。怪不得呢，套上外衣，山风吹来，仍觉得有点凉。我是第一次采椒蒿，难以分辨出这种草的近亲。小刘拨开草叶，指着其中几棵碧绿的半灌木状草本植物告诉大家，那就是椒蒿，喜欢长在山坡、田埂及路旁。经小刘指点，我发现这里的椒蒿特别多，长得又壮又嫩，一窝一窝混杂在草丛里。暮色中，我们沿着麦田一路采下去，不一会儿，就采得盆满钵满。

回到住处，主人已将饭菜烧好。在没有围墙的院子里，大家围坐一桌，沐浴着皎洁的月色，享受着清凉的山风，品尝着香喷喷的农家菜，还有新鲜翠嫩的椒蒿，别提有多惬意了。

或许是幽静的环境，或许是清新的空气，或许是宜人的气候，总之，大家都不觉得累，反而精神倍增，兴致高涨。我们吃着菜，喝着酒，不时望一眼月明星稀的夜空，听一阵山泉激荡的回声。此情此景，人间？仙界？酒至酣处，大家开始你一言我一语出句、对诗。诗友们妙语连珠，诗兴大发。受到感染，不胜酒力的我，竟也频频举杯，借着微醺，斗胆吟出几句：

洗净嚣尘赴北庭，农家夜宿倍身轻。

香风徐送温馨语，柔水频传惬意情。

山迤逦，月婷婷，鸥朋把酒意盈盈。

天明闻得雄鸡唱，携手田园共赏青。

那晚，躺在农家的土炕上，盖着厚厚的棉被，听着松涛阵阵，溪流淙淙，失眠的毛病不治自愈。不仅沉沉睡去，还做了一个香甜的梦。

多年前的暑天，月挂柳梢。一个梳着两条麻花辫的小女孩，独自坐在自家门前的小板凳上，出神地望着天上那轮明月。想象着嫦娥奔月，想象着吴刚伐桂，想象着那只可爱的玉兔……月光如水，凉风习习。偶尔传来的几声犬吠，让寂静的山村陷入更深的寂静。这样的夜晚，哪里还有酷暑，哪里还有烦闷？整个夏天，不，还有秋季，小女孩经常一个人坐在门前，静静地看月亮，享清风，让思绪越过村里的那棵百年老树，飞上太空，飞上月球……

时光飞逝，无论是渭户沟之夜，还是多年前的望月之夜，都如北庭的西大寺、都护府一样，成了永远的过往，永远的追忆。随着时日的更迭，它们会离得更遥远，更模糊。然而，每当想起，它们又如一缕清风，一丝细雨，拂去暑天难耐的心绪，抹平季节带来的不适，给我一夏的清凉，一夏的欢喜。

本文原载于 2019 年第 1 期《回族文学》

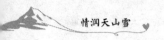

踏雪寻幽

新疆的雪，下起来格外酣畅。

一场大雪，可以飘洒一天一夜。漫天飞舞的"点点杨花，片片鹅毛"像极了李白诗里"应是天仙狂醉，乱把白云揉碎"的美妙情景。厚厚的积雪让天地焕然一新，也让我的心情焕然一新。

这样的时刻，有人喜欢围炉煮雪，有人喜欢"坐看青竹变琼枝"。我却不然，更愿意将自己融入大自然的怀抱去踏雪寻幽，寻一块幽静处所，寻一块能安放心灵的净土。

踏着暮色，我独自来到位于黄河路立交桥附近的西公园。这个我上下班最爱穿行的公园，此时完全变成了另一副模样。晶莹的雪花，不用巧妇编织，自己就汇聚成了一张硕大的地毯，把园中所有裸露的地方都均匀地铺上了一层白色。大地松松软软，像一张温床，真想躺上去打几个滚。园中的松树、柳树以及白杨等树木，也被毛茸茸的雪花包裹成玉树琼枝，可爱极了。那些始终不愿离去的枯叶，在枝上热情地迎接着一个个精灵的到来，并将它们集结成大小不一、形状各异的雪团，远远望去，仿佛是一朵朵洁白如云的棉絮，又好似一簇簇盛开的梨花。若不是看到路两边堆积着高高的雪堆，我还以为自己闯进了秋天的棉田或是四月的梨园呢。公园里到处是雪，那些亭台楼阁、雕梁画栋、廊桥栈道，全都覆盖了一层厚厚的白雪。在这个雪的王国，你休想看到一寸裸露的土地和旧貌。举目望去，整个公园焕然一新，洁净得如同梦幻里的童话世界，令人沉醉，令人流连忘返。

平时人来人往的公园，雪后格外静谧。偶尔遇见几个漫步的人，估计也跟我一样，是公园里这份宁静气氛的青睐者。

天色渐渐暗下来。中心塔附近三岔路口的几根灯柱已经点亮，并闪烁起赤橙蓝绿的迷人色彩。不停变幻的霓虹，柔和朦胧的灯光，给寒冷的公园笼罩上一层神秘的面纱，也给我这个踏雪寻幽的人，带来些许暖意和温情。

路灯也亮起来了。无论是大路旁，还是曲径通幽处，隔几十米，便矗立着一根细长的铁柱子，柱子顶端，一左一右、一高一低挂着两个长方形灯罩，每个夜晚，都会从灯罩里散发出橘黄色的灯光。幽幽暗暗的园子里，这里一盏，那里一盏，星星点点，闪闪烁烁，像一朵朵盛开的金菊花。每每走在这些透着温暖、透着古色古香意蕴的灯光下，我都会停下脚步注目一会儿。这一盏盏的灯光，这一团团的暖色，不仅给晚归的人带来光明，它散发出的光晕又多么像母亲柔和的目光啊。即使寒冬腊月，即使月黑风高，只要看一眼，心里就觉得暖意融融。

那一刻，公园里一片宁静。树木、楼台亭榭，似乎都睡去了。麻雀、斑鸠早已躲进鸟巢，去安享它们的天伦之乐了。健身场的高低杠、蹬力器、双人大转轮、俯卧架等健身器械，在冰冷的地面上，默默对望着，似乎在等待着常来健身的人们。这些寻常的器械，因为覆着落雪，好似画中的静物，平添了几分诗意。公园里的一切，都好像进入了梦乡。

在这静谧的夜晚，我的思绪却好像插上了翅膀，开始自由飞翔——慢慢地，我看见自己的身体正一点一点幻化成公园里的一株小草、一片叶子、一棵白杨、一只小鸟、一片瓦砾……它们都大张着嘴巴，贪婪地吸吮着被雪滤过的纯净空气。丝丝缕缕的清凉甘甜，与雪的味道一模一样，顺着口腔沿着脉络渗透肌肤，使人清新舒爽。渐渐地，喝饱了空气的身体与公园、与大自然融为了一体。我有些痴人说梦了。不过，若真是那样，一介凡人的我，岂不是天天都可以享受这清洌甘醇的空气，享受这冬夜赐予的宁静？

心思兀自辗转着，却见迎面走过来几个中年女性，一边轻声聊着什么，一边步履匆匆地行走着。片刻之后，一高一矮两个男子擦肩而过。那矮个儿男子，突然放开喉咙，对着夜幕吼了几声，远处有人，也跟着回应了几声。欢快

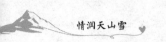

的声音划过空旷、辽远的夜空后，迅速归于沉寂，使得寒夜里的公园更静了。

从未享受过如此的安静，从未端详过一朵雪花的模样。我索性停下脚步，走近一棵树。刚落下的雪，没有经过挤压，一层一层松软地附着在枝条上，每一朵都完好地保留着六棱形状。它们长得一模一样，根本分不清谁是谁。一朵朵雪花，就这样你牵着我，我拥着你，安安静静栖息在公园的某个地方。随着夜色的深入，原本暗淡朦胧的公园反而越来越亮堂了，都因铺天盖地洁白晶莹的雪反射出的皎洁之光，照亮了这个苍茫的夜晚，照亮了公园里的角角落落。夜空中，看不到月亮，也不见星星。我突然悟到，在这个雪的世界里，月亮和星星一定自愧不如，早就知趣地躲到天宫里去了吧。

夜色越来越重，我独自行走在公园冷清、幽深的路径上。当我把步履按照阅读的节奏放慢下来时，感觉那颗心也慢慢沉静下来。我听到了鞋子与地面摩擦的嗒嗒声，听到了自己心跳的怦怦声。雪夜的公园冰冷寒彻，但散发出来的，却是一种直达心底的通透与舒爽。这种清澈的冷，纯净，不含一丝杂质，能让一颗被世俗扰乱的心快速平复下来。

不知不觉，走到了"丹凤朝阳阁"西侧的李白雕塑前。塑像昂首挺胸，迎风而立，一副风流倜傥的才子模样，腰间还挂着个酒葫芦。怪不得人们都说李白诗风豪放、飘逸洒脱，看来与酒有着很深的渊源。这位唐朝伟大的浪漫主义诗人，一生著作颇丰，仅留存于世的诗歌就有990多首，被后人称为"诗仙"，与杜甫并称为"李杜"。其脍炙人口的《静夜思》，上到耄耋老人，下到三岁孩童，几乎人人都能倒背如流。追溯起来，李白的故乡还是我们新疆呢。公元701年，李白出生于碎叶城，当时的碎叶城是唐朝的一个重镇，也是中国历代王朝在西部最远的一座边陲城市，与龟兹、疏勒、于阗并称为"安西四镇"。

我不知道此后的李白重返过这片故土没有，但从他的"五月天山雪，无花只有寒。笛中闻折柳，春色未曾看。晓战随金鼓，宵眠抱玉鞍。愿将腰下剑，直为斩楼兰"（《塞下曲》）和"明月出天山，苍茫云海间。长风几万里，吹度玉门关"(《关山月》)以及《战城南》等诗作可以看出,他对西域的关注和情感还是颇为感人的。

斯人已去。"诗仙"若有知,能否感受到1200多年之后的这个雪夜,在他的故乡,有一个酷爱他诗歌的女子,独自站立在他的雕塑前,仰望,膜拜,沉思。

怀着一腔无法排遣的心思,默默来到鉴湖。夏天,这里是一池碧水,依傍在郁郁葱葱的树木和古朴的楼阁边。湖水泛出青绿色,明净清澈。成群的草鱼,红色的锦鲤,还有几只野鸭,一对黑天鹅,在水里自由自在地游弋,引得来来往往的游客和路人驻足围观,也吸引了许多垂钓爱好者在湖边消磨时光。傍晚时分,常有人在湖里泛舟。小船悠悠荡荡,那船那人,好似要晃悠到一片云霞中去。冬天,湖水凝结成厚厚的冰,成为冰雪爱好者的乐园。孩子们蜂拥而来,像一只只快乐的小鸟,在冰场上展翅飞翔……此刻,这里没有一个人。如镜的冰面上,只有路灯的光影在晃动,只有几十面五颜六色的彩旗,在静静的夜空里,在雪光的映衬下,随着微风轻轻飘扬……

转过身,一眼看见刻着"岚园"的那块碑石。这座占地4000平方米,有门亭水榭连廊碑林的"阅微草堂",是1921年为纪念清代著名学者纪晓岚而建造的。只要提起这位大名鼎鼎的清代文学家,人们自然就会想起《阅微草堂笔记》。这部笔记小说,劝善惩恶,也表露出他对普通民众的悲悯情怀。

纪晓岚性格豁达,诙谐坦率。在新疆期间,他积极投身于当地民众之中,游览新疆山水,考察历史遗迹,了解民俗风情,并写出了闻名遐迩的《乌鲁木齐杂诗》160首,记述了清朝中期新疆地区的社会状况和风土人情,如"到处歌楼到处花,塞垣此地擅繁华。军邮岁岁飞官牒,只为游人不忆家""山围草木翠烟平,迤递新城接旧城。行到丛祠歌舞处,绿氍毹上看棋枰"就生动地描述了当时乌鲁木齐和伊犁的实际情况。这位受人尊敬的大学士,虽然在新疆只停留了两年时间,但是他的到来和他做出的贡献,推进了新疆当时的经济文化建设,至今令新疆人民怀念。

　　一个人在公园流连了许久，最后驻足在烈士纪念碑前。此时，纪念碑上落了一层洁白的雪花，显得更加肃穆庄严。陈潭秋、毛泽民、杜重远、林基路、乔国桢、吴茂林等一个个烈士的名字浮出脑海，一张张年轻的面孔闪现在眼前。这些为了后人的幸福，为了新疆各族人民能够过上和平安定生活而奋斗牺牲的先驱者们，早已把自己的生命和热血融入了这片土地。在新中国成立70周年之际，在国富民强的新时代，享受着安宁祥和与美好的我们，更应该牢记历史，缅怀英雄，珍惜和维护来之不易的幸福生活。

　　夜，越来越深，越来越静，仿佛能听到雪的呓语。独自漫步在这个历史悠久、文化氛围浓郁的市中心公园，目光一遍遍触摸平日里熟悉的景物，感受着雪夜清冷幽静的美妙时光，我的身心宛若被洗礼了一遍，思想也好似得到了升华。那种渴望心灵宁静，渴望精神愉悦的幸福感，与这雪后的夜色一样，愈来愈浓郁，愈来愈深重。

本文原载于 2020 年第 3 期《金融文坛》

走过乌鲁木齐的街巷间

岁末，几场落雪，银装素裹间，不觉寒冷，城市反倒显得格外温暖。

起身来到窗前，看到刚刚被雪洗礼过的天空，蓝得明净，蓝得清丽。一束阳光从玻璃窗射进来，屋内的家具、墙壁都涂抹上一层亮亮的白光。

走出房间，漫步在这雪后的阳光下。不知不觉，来到了西大桥。宽阔平稳的大桥上，行驶着各种车辆，那壮观的景象，不亚于一道迷人的风景。

流动的车辆是一道风景，两边的景观带更是一道风景。

每到夏秋两季，西大桥人行道两侧，就会摆满造型独特的花堆和五颜六色的花朵。非洲茉莉、红铁、三角梅、月季、松树等几十个品种的花卉和绿植，芬芳娇艳，青翠欲滴，扮靓了西大桥的同时，也扮靓了人们的眼眸。每逢重大节日，这里还有主题景观，供人欣赏。今年的国庆节，园林工人们就特意打造了以"庆祝中华人民共和国成立 70 周年"为主题的绿植花堆景观带。一面鲜艳的五星红旗，在数以万计的绿植和花卉的簇拥下，光彩夺目，催人奋进。尤其是国庆期间，乌鲁木齐"点亮夜空"灯光秀的那几个晚上，西大桥上人流如织，夜夜爆满。一张张熟悉或不熟悉的面孔，从四面八方汇聚而来，一同仰望色彩缤纷的夜空，一同陶醉在炫目华彩的灯光中。激情四溢的人们，挥舞着手中的国旗，高唱《我和我的祖国》。那沸腾的场面，那感人的场景，令每一个中国人心潮澎湃，热泪纵横。一时间，星光璀璨的乌鲁木齐，美轮美奂的视觉盛宴，霸屏央视，刷屏网络，成为人们注目的焦点和热议的话题。

这座大桥，从历史深处走来，不仅承载了交通枢纽的功能，随着时代的变迁，又成为人们休闲观景、放飞心情的好去处。

这些年，我们兄弟姊妹聚会，只要开车，大家都会首选河滩路。一则没

有红绿灯限制，不用担心堵车，驾起车来顺畅；再则，行驶在这条宽阔的公路上，望着两边新起的楼盘，欣赏着鲜花、绿草、彩叶以及多种乔木与灌木装扮的彩色长廊，让人眼底生辉，心情舒畅。

今年暑假，我陪弟弟出去办事，行驶在河滩公路时，从"花城"回来的他，一边开车一边情不自禁地说，真没想到，以前荒凉杂乱的河滩路，如今变得这么漂亮，这么赏心悦目，这和"花城"有什么区别呢？

离开新疆十几年，从北京赶回来的小妹，也感慨良多。虽然离开多年，但在她心里，这里依然是家乡。那天，刚下飞机，她就提议出去转转，感受一下乌鲁木齐的变化。

出了门，就看到小区绿树环绕的场地上，有人在打乒乓球，其中一个是左撇子，只见他左手握拍，身体前躬，眼睛紧盯着来球的方向。一只黄色的乒乓球，被两个中年人高抛低扣，推来挡去，发出一阵阵清脆的乒乓声。

不远处，有个老妇人站在健身器上，双腿一前一后有节奏地摆动着。一旁的大爷，穿了一身白色的练功服，认真地打着太极拳。出拳、踢腿、蹲马步，每一个动作看上去都是那么稳健飘逸，灵巧自如。夏日的晨曦照在他们脸上，辉映出两张自信镇定、慈祥红润的面庞。

"现在的老年人真幸福。不愁吃不愁穿，闲了锻炼锻炼身体，病了有医保。要是爸爸妈妈还活着，该多好！"话没说完，敏感脆弱的小妹眼圈就红了。

每次提到父母，我们都会心痛难过。20世纪60年代初，两个风华正茂的年轻人，响应国家号召从洞庭湖畔来到新疆，春天挖排碱渠，冬天割芦苇，他们把青春献给了这片土地。如今他们长眠的这个地方，已经变成了一座现代化的国际大都市，他们的子孙正生活在花园一样美丽的城市——这正是他们的心愿吧。

弟弟驾车出了小区，我们下河滩，走外环，上高架，出隧道，不一会儿，我这个路盲就晕晕乎乎的了。在市区转悠了半天，看着一个个新生的小区，一幢幢拔地而起的高楼，一条条宽阔的大道，一片片绿荫，一处处花海，小妹直呼不认识，弟弟也说变化太大了。的确，别说是他们，即使是与此地朝夕相处的我，隔一段时间出门，都会发现很多地方变得陌生而且漂亮了。尤其在白鸟湖新区，看到大片湿地那天蓝水清、碧波荡漾、绿草茵茵、百鸟翔集的景象时，岂止是他们，我的眼里同样激起一汪清泉。

假期结束，一贯飞来飞去的他俩选择坐火车返回。看着我们惊愕的表情，两人异口同声地说，想要亲自体验一下乌鲁木齐火车站的气派与繁华。乌鲁木齐火车站这座造型别致的建筑，好像不是矗立在地面上，而是从大地深处徐徐升起的一轮明月，一颗西域明珠，有静态的雅，有动感的美，也有立体的酷。

"太美了！这样高大宏伟的建筑，竟然蕴含着流线型的柔美、舒展与圆润，太完美了。"妹妹禁不住感叹。

沉吟了片刻，弟弟补充道："不仅完美，仔细看，还能感受到天山雪峰的壮丽秀美，丝绸之路的源远流长，大漠沙海的浩瀚无垠，尤其是它的基座与屋顶形态的上下呼应，还体现出这座城市开放包容的内涵与形象。"

"咔嚓、咔嚓！"两个久居北上广的新疆人，两个本不爱在镜头前露脸的人，在乌鲁木齐新客站，在故乡的土地上，连连定格了许多美好的回忆和畅想。

"华姐，一个人傻呆呆地站在桥上想啥呢？"哦，是小黄，一个原先租住在我对门的浙江人，来新疆做生意十多年了，不久前，他在雅玛里克山买了一套漂亮的别墅。

"我和我的祖国，一刻也不能分割……"一阵悦耳的女高音飘来。我知道，这优美的歌声是从一旁的人民公园传出的。那里有唱歌的、弹琴的、跳舞的、下棋的、练剑的……这个时候，正是人们沐浴阳光、锻炼身体的最佳时刻。

转过身，对面山顶上高高的红塔映入眼帘。这座矗立了 200 多年的宝塔，在冬日的暖阳下，越发显得俊俏挺拔，鲜艳夺目。望着望着，我撒开腿，向红山飞奔而去……

本文原载于 2019 年 12 月 30 日《乌鲁木齐晚报》

雅山，一座矗立在边城的秀美之山

屈指算来，我差不多有五六年没有爬过雅山了。虽然就住在离雅山不远处，然而一晃，竟然这么多年都没有去看过它，亲近过它，真不知道时间都被我弄到哪里去了。

我说的雅山，也就是雅玛里克山，因传说山上有妖魔又称为妖魔山，历史上也曾称"福寿山""灵应山"，位于乌鲁木齐西侧。人们习惯称它为雅山。

5月1日这天，或许是因为下了一场透雨的缘故，乌鲁木齐的天空格外晴朗，阳光格外明媚。那一帘天幕，那一弯苍穹，仿佛刚从深山的清泉里捞出来一般，蓝得清澈，蓝得透明，蓝得看不见一丝杂色。这样宜人的天气，这样难得的休闲时光，我禁不住窗外那一轮丽日、那几片轻云的诱惑，也禁不住那一抹绿色、那几声鸟鸣的呼唤，更抑制不住一颗蠢蠢欲动的心。走，上雅山，去呼吸呼吸大自然的新鲜空气。喜欢蜗居的我，一改往日宅女的习性，拉上妹妹，冲到了户外。

沿着宝山路前行，不一会儿，我们就来到了山脚下。刚进山，就感到精神一振。抬头仰望，满目的苍翠如潮水般扑来——雅山，到处绿树成荫，芳草遍地。在戈壁荒漠的边城，见到如此茂密的林海，如此浓郁的绿色，幸福感顿时盈满了心扉。

顺着人行道往山上走，路两边是高高低低、郁郁葱葱的树木。榆树、桑树、桃树、柳树……几十种树木，还有各种灌木，密密麻麻，层层叠叠。有的地方，茂密的枝叶弯曲下来在空中相互交错，好似给人行道搭了一座天然凉棚。越走，树林越深越密，氧气越足，整个人感觉神清气爽。我们好像走进了一个绿色的世界，根本望不到边际。林间幽静，行人稀少。我突然后悔出门时没有带本书，这是一个多么适宜读书的好地方呀。

走着走着，密林深处传来几声清脆的鸟鸣，抬头顺着鸟鸣声寻找，却又寻觅不到鸟的踪迹。侧耳细听，虽然分辨不出是什么鸟在叫，但那婉转悦耳的声音，那动听迷人的歌喉，却深深地吸引了我们。此情此景，一句诗词悠然跃出脑海：林深不见鸟，但闻鸟鸣声。缭绕不绝的鸟鸣，打破了林间的寂静，更加深了大山的幽静。就像王籍《入若耶溪》中描写的那样：蝉噪林愈静，鸟鸣山更幽。

慢慢地走着，静静地聆听着、欣赏着，不知不觉，来到了雅山腹地。这里地势较为平坦，也是进山出山的必经之地，是雅山的咽喉之所。从这里仰视左前方，是雅山宾馆。据悉，这也是全市唯一坐落在半山腰上的宾馆；正前方，是全疆最大的山顶观景亭——久久世纪亭。站在亭子里，你可以鸟瞰乌鲁木齐市全景；右边是雅山镇妖塔所在地，青山宝塔与红山顶上的红色宝塔遥相对望了200多年；右后方是一座秀丽的山峰，依山而建的柏油路绕其一周。

很久没来雅山了，这里的绿化着实让人喜出望外。为了不错过每一处景致，我们选择先游览右后方那座山。沿着平整、洁净的环形公路走过去，左边就是这座山。依山而上生长着多种树木，挺立着，簇拥着，茂盛着。漫山的野草，犹如一张硕大的地毯，绿茵茵地铺满了整座山。一丛丛不知名的野花，像天女散落的花瓣，红的、黄的、紫的、白的，点缀在绿草间，如一幅美丽的风景画。妹妹指着山上几根带刺的枝丫，告诉我说，这里是一片野枸杞树。待到秋天，小小的野枸杞挂满枝头，很是惹人喜爱。还有那几棵高一点的是野石榴树。你看，野石榴已经挂果了。我凑到跟前，的确，手指大的野石榴，泛着青涩的光泽，掩映在绿色的枝叶间，如果不仔细看，还真发现不了。还有许多不知名的灌木夹杂其中，把整座山装扮得婀娜多姿。右边是一眼望不到底的斜坡、沟壑，站在山上往下看，目光被苍翠的树冠和绿色植被完全覆盖、遮蔽。路边的树林里，隔十几米放置了木椅，有两三对少男少女，躲在那里正卿卿我我。这座山僻静，一路上，几乎没遇上几个游人。嗯，这儿真是一个谈情说

爱的好地方。

一阵微风吹来，空气中飘来浓郁的花香——是丁香花。此时，已是暮春时节，山上的杏花、桃花、苹果花都已凋谢，路边这几棵丁香树，花却开得热热闹闹。树上那一簇簇紫色的小碎花，在微风中轻轻摇曳着，散发出沁人心脾的芳香，真是爽心悦目。

拐回来，我们沿雅山宾馆旁边的山路，向久久世纪亭进发。远远望去，亭子周围的山坡上，有人在放风筝。几只色彩艳丽的风筝，在大山深处的半空中飘飘忽忽，悠悠荡荡。我看得出神，突然想起小时候，父亲教我放风筝的情景。虽然那只是一只用旧报纸糊的风筝，虽然那只风筝老是倒栽葱，却给我的童年增添了不少快乐。尽管那些温馨的画面已远去了几十年，但此时此刻回想起来，竟然就像发生在昨天一样。我想，放风筝的少年，手里握着的，哪里是一根简单的线绳，放飞的又岂止是一只小小的风筝，那里一定承载了他童年的欢笑和梦想，人生的希冀和期盼。

走了不多时，路边的榆树越来越多，越来越稠密。左边山坡上，大片大片的榆树，苍茫如林海，榆钱花开得正旺。妹妹说，这是大叶榆，是乌鲁木齐的市树。十几年前，雅山还是一片荒山野岭，没有路，是园林工人们将榆树苗一棵一棵从山下崎岖不平的土路上背上来，栽种、培植、浇灌，才有了这片榆树林。由于山上没有水源，又多是不利于植被生长的风化土，所以，在这里栽活一棵树所付出的心血，是山下的十几倍呢！听妹妹这样说，再看看眼前这片葱郁、茂密、生机盎然的大叶榆，我不由心生感动和敬意。是啊，不光是大叶榆，这山上的哪一棵树、哪一株草没有凝聚园林工人的辛勤汗水？！我们边走边聊着，忽然，看见榆树林里出现了几个人影，他们弯着腰，一边低头找寻着，一边挖着。我纳闷，这些人在干什么？妹妹说，他们是在挖野韭菜，或是野沙葱，又或许是在掐苜蓿。现如今，这里的野菜有好多种，不仅没有污染，还是绿色食品。

一个多小时后，我们终于到达了久久世纪亭——这是全疆最大的山顶观景亭,也是每个爬雅山人的终极目标。站在亭子里,我顿感心胸开阔,什么烦恼,什么忧愁,早已抛到了九霄云外。从这里俯瞰山下,整个雅山,重峦叠嶂,沟梁交错,浓荫蔽日。对面山上,坐落着两幢红顶别墅,在绿茵缭绕的树丛间半隐半现,引人遐思,令人神往。我暗暗猜想,那里住着的,可是一位隐逸之士?真是好羡慕他——日夜缠绵缱绻于这大山深处,呼吸着清新的空气,聆听着山鸟的天籁之音,过着不是神仙却胜似神仙的日子。再向市区眺望,乌鲁木齐市貌尽收眼底。你看,一栋栋楼宇大厦鳞次栉比,一座座高架桥雄伟壮观,一条条道路纵横交错……哦,真是无限风光在险峰啊。我想,如果是在夏日星光璀璨的傍晚,从这里纵览乌鲁木齐华灯初上、霓虹闪烁的夜景,那该是何等神奇,何等迷人,又何等美丽啊。

从久久世纪亭下来,拐进右边的柏油路。路边是一棵棵茂密的花树,有的树上开满了紫色小碎花,形状像一枚枚袖珍型喇叭花,可爱极了;还有的树上开着一朵朵黄色小花,像菊花,但又没有菊花包裹得那么紧实,花朵也没有菊花大,嫩黄嫩黄的,阳光下明媚灿烂。看着这些娇艳的花朵,我忍不住走上前去,刚想伸手摸一摸,嗅一嗅,猛然瞥见几只蜜蜂在花朵上飞舞着、忙碌着。这时,一对漂亮的蝴蝶从对面山坡上翩翩飞来,落在了旁边的花树上……看着眼前的情景,我突然笑起来,谁说四月芳菲尽?你看,这里花开正艳,蜂飞蝶舞的好戏才开场哩。

前面就是雅山镇妖塔了。塔前,有不少游客拿着手机在拍照留念。旁边的石凳上,围了一群人。我和妹妹也过去凑热闹。只见一位须发皆白的长者,正滔滔不绝道:"这个塔叫青龙塔,与对面的红塔是一对。山下的河滩公路以前是乌鲁木齐河。相传很久以前,天界里有一条青龙和一条赤龙,因触犯天规,被打入凡尘,来到瑶池山下的牧场(也就是今天的乌鲁木齐),化作红崖山和妖魔山,继续兴风作浪,祸害百姓……从雪山流出的乌鲁木齐河像一匹脱缰的野马,经常泛滥成灾,肆虐百姓……清乾隆五十三年(1788年)都统下令在雅山和红山各修建一座九级镇妖宝塔,也就是这座青龙塔和红山公园的红

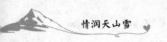

塔，以祈丰年。从那以后，双龙被锁，乌鲁木齐河水才不再泛滥……"

听着老人的讲解，站在青龙塔前，遥看对面红山顶上的红塔，我默默无语，感慨万千。流传在民间的传说故事，早已随历史的尘烟消散远去。你看，山下的河滩快速公路，如一条黑色的缎带绵延伸向远方，路上，车水马龙，汽笛震耳。遥望这片青黛笼罩、连绵不断、一望无际的苍翠林海，谁能相信，脚下的这座山，十几年前还是"晴天一身土，雨天一身泥"，坟冢满山，碎石遍地，寸草不生，尘土飞扬的秃山呢。曾经的荒山野岭，曾经的妖魔山，在勤劳的园林工人的不懈努力下，早已脱胎换骨。如今的雅山，已成为一座树荫蔽日、绿草漫地、鲜花盛开、风光旖旎的国家 AAA 级森林公园，一座矗立在边城的秀美之山，也成为乌鲁木齐市民晨练、休闲娱乐的好去处。

我们依依不舍地回到山下。暮色中，雅山的夜晚，灯火阑珊，美不胜收。远看，宛如一道亮丽的都市风景线，高高地悬挂在首府乌鲁木齐的西边天空。

本文获 2022 年"喜迎二十大生态看首府"主题征文三等奖

冰凌花开

跟随时光的脚步，世上万物都喜气洋洋地迈进了一个全新的门扉，滴水成冰的数九寒天也显露出温情浪漫的一面。不信你看，它用心血浇灌的冰凌花正悄悄开放，开得那么浪漫恣肆，那么神采飞扬。

一大早起来，我便发现窗户上凝结了一层厚厚的冰凌花。走近细看，厚厚的双层玻璃上，室内的这一面附着了薄薄的一层雾气和水珠；而置于室外的那一面，则被极度的寒气植上了洁白晶莹的冰凌花。霜雪凝结的冰凌花，看上去毛茸茸的，好似鸟儿散落的羽毛。那构图、那画面，千奇百态，惟妙惟肖，玲珑剔透，活灵活现，真是生动极了。仿佛有一双神奇之手，将大自然的万千气象，一夜之间全都雕刻在了我家的玻璃窗上。精美绝伦的图案，有趣的画面，给萧瑟苍凉的隆冬带来了暖意，也给我带来了莫大的欢喜。

面对这一幅大自然恩赐的杰作，我竟忘了梳洗，趴在窗台上，忘情地欣赏起来。从疏密有致、美轮美奂的画卷中，我看到了巍峨的群山和茂密的森林；听到了潺潺的流水和叮咚的驼铃；嗅到了青草的香味与花朵的芬芳；寻到了弯弯的月亮与满天的星斗；觅见了宁静的村庄、袅袅的炊烟，还有蒙古包前悠闲的牛羊。我同样感受到了"独钓寒江雪"的诗情画意，也领略到"两个黄鹂鸣翠柳，一行白鹭上青天"的乐趣。我似乎还追踪到远古的岁月，窥到了端坐在古筝前衣袂飘飘的宋朝女子和束着发髻挥笔题诗的唐朝书生，也撞上了儿时的自己……

孩提时代，由于体弱多病，我特别怕冷。尤其是三九天，每到北风呼啸、大雪纷飞的日子，我就躲在屋子里不愿出门。听着小朋友们在雪地里追逐嬉笑，我只能眼巴巴地趴在窗户上看冰凌花。为此，父亲还给我取了一个绰号：

玻璃小姐。意思是经不起风，淋不得雨，只能供养在温室里的弱苗。父亲嘴上这么揶揄着，眼里却流露出怜爱之情。他时常坐在我的身旁，陪我一起看冰凌花。他曾笑着问我都看到了些什么？我用手指着上面的图案告诉他，这是一条大鱼，那是一群小鸡；这里是一片树林，那里是几片云彩；还有骑在马上的牧童，背着书包的学生……那些年，那些镶嵌在简陋平房的玻璃窗上，那随着温度的变化而厚薄不一、变幻无穷的冰凌花，带给一个小女孩无限的想象空间，也让一个个冷飕飕的日子变得温暖而妙趣横生。

原本以为，冰凌花只是开在北方严冬玻璃窗上的一种霜花。谁知，在大东北的林海雪原，它竟是一种活生生的、开着金黄色小花、学名叫作侧金盏花的植物。因其耐寒的特性，人们又称它金盏花、金盅花、冰廖花、冰凌花、冰里花、冰溜花和福寿草等，分布在我国的东北地区和日本、朝鲜等国。别看它植株矮小，花朵娇嫩，却每每开在冰雪尚未消融的寒冷时节。这让我想起世世代代驻守在海拔 4000 多米雪线附近，终年与厚厚的积雪、稀薄的空气作斗争的天山雪莲。雪莲花把根扎进零下 20 多摄氏度的悬崖峭壁、冰渍岩缝中，傲视霜雪，傲视风暴，在一般植物根本无法存活的缺氧高空，快乐地延续生命的神话。这些让新疆人引以为豪的冰雪仙子与大东北的冰凌花，在生存境遇和性格方面是多么相似，又多么令人钦佩啊。"宝剑锋从磨砺出，梅花香自苦寒来。"恶劣的环境、不屈的信念、顽强的意志，造就了它们共有的刚毅、清纯与高洁。从那一朵朵顶着冰雪、冒着严寒的花朵上就可以看出，它们身上都凝聚了一种气质，一种力量，一种难能可贵的精神——超凡脱俗，冰清玉洁，不畏严寒，坚韧不拔。难怪，有人给这种开着小黄花的冰凌花冠以"林海雪莲"的美称，真是名副其实，恰如其分。

每年三月，当杨柳还未睡醒，小草还蜷缩在梦乡，北方大地还苦苦挣扎在荒凉、萧瑟之中时，小小的冰凌花已从冰封的泥土中探出了头。放眼望去，沟坎上、山畦里、树林间，那一丛丛、一片片金黄色的花朵，如同葵花般悄然绽放。铺满山林的冰凌花，黄澄澄、金灿灿，在冰雪的围困与衬托中，尤显得明艳动人。它们的出现，让荒芜的山野有了生机，让料峭的早春有了希望，也给寂寥的北国送上了一道美丽的风景。

关于冰凌花，还有一段美丽的童话。相传很多年以前，在一个异常寒冷、青黄不接的早春，人们的粮食都吃光了，冰雪还未融化，漫山遍野看不到一点绿色。有个女孩儿看在眼里，急在心上。她一次次向上苍祈祷："伟大的神啊！快让田野长出野菜吧。救救孩子、救救老人、救救全村的人吧！"她的诚心终于感动了上苍。一天深夜，一个老者来到梦里问她："你能光着脚在冰雪里走遍山川田野吗？""能！"女孩儿毫不犹豫地回答。"好，你把这些种子撒到冰雪下的黑土地上吧。"醒来后，她果然看见手里握着一包种子，于是光着脚在冰雪上飞跑起来，边跑边把种子撒到用体温融化出来的脚窝里。瞬间，鲜血浸透的黑土地上长出了一串串小绿芽，随后，开出了一朵朵黄色的小花。饥饿的人们得救了。为了不忘女孩儿的救命之恩，人们把这种黄色的小花尊称为"冰凌花"。

得知冰凌花的故事，我好久都不能释怀。为她的勇敢，为她的无私，更为她一颗金子般闪光的心。或许冰雪里开出的花朵，才最懂得人间的冷暖与疾苦吧。这种开满山野的黄色花朵，不仅在春寒时给人以视觉的冲击、心灵的享受，还能在你身体有恙时，帮你解除病痛，甚至救助于危难之中。

因为曾经的对视、曾经的慰藉，我很早就爱上了冰凌花；又因为冰凌花高尚的品德、无私的奉献，我敬重她，爱戴她。

太阳升起来了，窗户上的冰凌花开始一点点融化。我知道，经过一夜的锤炼锻造，明天早晨它还会来到我的窗前，以她纯洁晶莹的面孔，以她包容万象的胸怀，绽放在每一个寒冷的冬日。我更知道，开在心上的那朵冰凌花，永远都不会融化，不会衰败，它只会在我情感堆积的土壤里，越开越艳，越开越盛。

本文原载于 2022 年 2 月上半月《金融博览》

秋访罗布淖尔

在我的视野与认知里，秋天是最美的。尤其是仲秋前后，暑气渐渐消退，随之而来的是明净高远的天空，是凉爽舒适的气候，是瓜果飘香的喜悦。此时，走进罗布淖尔，去感受秋天大漠的奇丽与壮观，去聆听悠远的生命音符，该是何等的美妙，何等的惬意。

清晨，我与巴州作协的文友们一起前往尉犁县采风。尉犁又名"罗布淖尔"，被誉为"沙漠桃源"的罗布人村寨就坐落在县城不远处。迎着旭日，沐浴着习习清风，汽车开出硕果飘香的梨城，驶过美丽的孔雀河畔，拐上了一条通往尉犁的柏油路。我将目光移向窗外，映入眼帘的是无边无际的原野，辽远而宁静，空阔而肃穆。明知没有江没有月，但那种"野旷天低树，江清月近人"的感觉还是油然而生。沿途飞逝而过的农庄、树木与野草，令人目不暇接，耳目一新。随着飞驰的车轮，这种古朴、亲切的大自然原生态景色越来越浓郁。许是久居钢筋水泥的城市，许是日日被喧嚣纷扰的缘故，此刻，望着窗外一一掠过的既熟悉又陌生的田野风光，我的心情就像出笼的小鸟，畅快极了。正欣喜着，一大片青色的芦苇连天接壤，由远而近，由疏而密，进入了我的视线，然后，汇入遥遥无际的天边。

穿过绿树成荫、小河环绕、幽静安适的尉犁县城，前方就是令我渴盼已久的罗布人村寨了。据当地文友介绍，这个边远的小村寨，拥有中国最大的沙漠——塔克拉玛干沙漠，最长的内陆河——塔里木河，最大的绿色走廊——塔里木绿色走廊；古丝绸之路经过这里向西延伸；荒漠中有探险家的宝地罗布泊，有神秘的楼兰古城遗迹，还有……听着他滔滔不绝的介绍，看着他颇为得意的神情，我的心早已按捺不住，飞往了那个被称作沙漠世外桃源的阿不旦。

　　罗布人村寨距离尉犁县城35公里。沿途是漫无边际的红柳、芦苇、胡杨。愈来愈茂密的胡杨铺天盖地，尤其是那些躯干枯萎、形态各异的胡杨，让我感触到时间的久远与历史的苍茫。进入村寨后，这种感觉更加浓厚，更加深重。只见浩瀚的沙漠上，一个个沙丘绵延起伏，阳光下，闪烁着一道道银色的光芒，仿若在向世人展示它阅尽沧桑而锤炼的博大胸怀与雄健体魄。那穿越亘古洪荒，不论青枝繁茂，不论虬枝旁逸，也不论枯死千年仍傲然挺立的胡杨，是荒漠里最强的生命音符。我的情绪被一点点感染，一点点浸透。这也许是沙漠里最常见的景致。奇妙的是，在环绕的沙丘中，竟出现了一个个蓝色的小海子，宝石一样晶莹光滑的湖面上，浮动着几只白鹭和野鸭，悠闲地戏着水。海子周围生长着胡杨与芦苇，有水的滋养与润泽，这些植物一律透着俊朗与青葱。沙漠、胡杨、海子、芦苇，相依相偎，不离不弃，似乎在诉说着一个个千年不败、经久不衰的爱情故事，也给我一种强烈的视觉冲击。

　　更让我惊奇的是，随着车轮的行进，沙漠腹地出现了一条大河。河两岸树木葱茏，绿草如茵。河水似从天边滚滚而来，那汹涌的气势，那壮阔的场面，令人惊心动魄，也令我欣喜万分。疑惑间，文友告诉我，这就是举世闻名的塔里木河，因为正值汛期，大量融化的天山雪水才使之如此丰盈，如此浩荡。塔里木河？是那条养育了世世代代南疆人的河流？是那条被人们深情传唱了几十年的河流？文友笑笑点点头。哦，虽然在新疆生活了半辈子，虽然也经常高歌"塔里木河，故乡的河，我爱着你呀，美丽的河"，但做梦也没有想到的是，邂逅这条故乡的河竟然是在这小小村寨的沙海深处。我跳下车，站在河岸的栏杆边，怀着深深的敬意默默注视这条曾经无数次流过我梦中的河流，心中澎湃起无限的景仰之情。时值正午，艳阳高照。尽管看不见落霞，看不见孤鹜，却有"秋水共长天一色"的豪迈与壮美。望着滔滔河水，望着波澜壮阔的河面，眼里不觉泛起一股热流。我请文友将我渺小的身体与巍巍壮观的塔里木河一起收入镜头，定格在这激动、难忘的时刻。

　　顺着蜿蜒新建的柏油路，汽车一路盘旋而上。转过几个弯，先前大片的

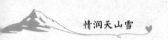

胡杨林销声匿迹，连芦苇也不见了踪影。这里是沙漠的家园，是雄浑与辽阔、博大与壮美的书写。这里没有一棵树，甚至看不见几叶草，没有植被，没有生命，只有连绵不断的沙丘。但这里却是天堂，是圣地。你看，没有车水马龙，没有尘事纷扰；你听，没有喧嚣嘈杂，没有人声鼎沸。头上是蓝蓝的天、悠悠的云；脚下是纯净的沙、细细的沙；空气中流动的是清风，是滤过的岁月；心中舞动的更是落日长河，是明月，是星辉。站在高高的沙丘上，胸中涌起莫名的感动。对，是感动，不是感伤。我将双脚埋进松软洁净的沙里，将身体舒展，让自己更深更近地融入大自然的怀抱，倾听来自大地的声音，来自远古的声音，也享受一份秋天的惬意、温暖与舒适。

脚下不远处是一面湖，平静而深邃，反射着粼粼波光。如果不是亲眼所见，我实在难以相信，在沙海的围困中，在荒漠深处，在空旷的原野上，一汪清澈的湖水横陈在沙漠中央，那么安静，那么怡然，仿佛熟睡的少女。微风徐来，湖面荡漾起柔媚的碧波，勾起我无限的想象。这就是传说中的神女湖。相传很久以前，有一伙土匪闯进了罗布人村寨，抢劫了 100 个妙龄少女。不甘遭受凌辱的姑娘们，于绚烂的晚霞中，毅然跳进了这面被称作海子的湖里。此后，每当丽日升空，云蒸霞蔚之时，就能在水中探寻到她们窈窕的身影。为了纪念这些勇敢可爱的姑娘，人们把这片海子尊称为"神女湖"。听完文友的讲解，我肃然起敬，站在幽蓝的湖边，深深凝望，久久不愿离去。

在罗布人村寨，我们走着、看着、感悟着，不知不觉太阳已西斜。返回村寨入口的途中，猛然嗅到一股诱人的香味，顺着香味寻过去，我见到了传说中的红柳烤鱼。这些"不种五谷，不牧牲畜，唯以小舟捕鱼为食"的罗布人的后裔们，仍然固守着祖先的家园，沿袭并传承着罗布人在物质文化方面的习俗。他们将从海子里捕捞到的鲜鱼开膛破肚，收拾干净，均匀地抹上盐后，用新鲜的红柳枝穿起，架在烤炉上慢慢烘烤。原始简单的制作方法，没有过多的调料掺杂。然而，这种外焦里嫩的烤鱼，给人的却是舌尖上的癫狂与满足，是难以忘却的本真和回味。

别以为罗布淖尔只有悠远的昨天，只有凝滞的岁月，只有苍茫与回望。在时代的洪流中，现代元素与古老文明在这里同样得到很好的融合。告别罗布人村寨，在县城北边，我们见到了万亩花海。那是尉犁人的又一重骄傲。那一望无际、五颜六色的美景炫人眼目，也把我的思绪从远古的怀想中拉回到现实。我努力睁大双眼，目光随花海移动跳跃：绚烂的黄色是波斯菊、油菜花；梦幻的紫色是薰衣草、马鞭草；还有罗布麻、虞美人等十多个品种。秋日的斜阳中，这些芬芳的花朵绽放得蓬蓬勃勃、色彩斑斓，把尉犁的天空衬托得妩媚而迷人。在这样的景色面前，我恨自己口拙词穷，只能扑入花的海洋，任娇艳的花朵撩拨我激荡的心弦……

罗布淖尔不仅风光独特、壮美，还让我领略到它的丰硕、它的喜悦。走进哈拉洪村的农家，宽敞整洁的庭院里，洋溢着满满的幸福。维吾尔族人家一生与花形影相伴，每家每户的院子里都种满了花。夹竹桃、向日葵、指甲花，还有许多我叫不上名字的花卉，沿墙根一字摆开，摇曳生辉，赏心悦目。坐在葡萄架下，头顶上悬挂着一串串珍珠玛瑙般的葡萄，晶莹剔透，伸手摘一颗丢进嘴里，品出的是甜蜜和幸福。葡萄帘外，是果园，是菜园，是家禽。皮薄汁丰的香梨一树树笑弯了腰，正待成熟的青枣像星星一样缀满枝头，苹果、石榴、桃子、无花果、核桃，应有尽有；菜园里红的、绿的、长的、圆的，也是一片生机盎然；农家鸡欢蹦乱跳，罗布羊咩咩轻唤；再看屋内现代化的陈设，那甩着拉面咯咯笑着的主妇。不用问，在党的富民政策的照耀下，农民的生活充满了阳光。

秋访罗布淖尔，给我的视觉是多角度、多层次的，是丰盈饱满的，更是耐人寻味和留恋的。虽然只匆匆一晤，只冰山一角，但罗布淖尔那雄浑的沙漠、傲然的胡杨、温婉的海子以及壮美的塔里木河都已植入我的心田；那红柳烤鱼、万亩花海，还有农家大院的爽朗笑声必将令我魂牵梦萦……

本文原载于 2018 年第 4 期《吐鲁番》

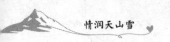

拜访王蒙书屋

伊犁的夏天，美得令人心醉。一排排蓊郁的白杨树，仿佛是路的恋人，始终相伴左右，不离不弃；田野上，一块块整齐的玉米地犹如一望无际的青纱帐，用它那无数片浸满阳光的叶子，挽起薰衣草紫色的梦，在大地上摇曳轻舞；金黄的油菜花，宛若画家不小心碰翻的颜料，一股脑儿地涌向天边，滚到山脚；沿山势而居的，是墨绿色的松柏，俊俏挺拔，黑压压地齐指苍穹；还有那蓝莹莹的天，雪皑皑的峰，清凌凌的溪，挤成垛的云，翱翔的鹰，数不清的野花与漫山遍野的牛羊……然而，更吸引我、更令我向往的，却是一座掩映在伊宁市巴彦岱镇民居中的简朴书屋。

书屋的主人叫王蒙，一个沉湎于文学，孜孜耕耘60多载的文坛巨匠；一个深情讴歌和演绎《这边风景》，视新疆为第二故乡的河北沧州人；一个曾担任文化部部长，被中国作协主席铁凝亲切地称为"高龄少年"的八旬老人；一个和秦怡、郭兰英一起被授予"人民艺术家"荣誉称号的人……相信只要读过一些文学书籍的人，不论老少，对这个名字都不会陌生。对于从小就迷恋文字的我来说，这样一个书屋，堪比一座精神宝库。它的芳香、它的魅力，远胜过那些花花草草、自然风光给予我的心灵滋养与精神力量。

最早知道王蒙并读到他的作品，缘于父亲。记不清是哪一年了，只记得是一个夏天的傍晚，我独自坐在门前的墙根下，一边乘凉一边仰望星空。比我更爱读书的父亲，不知什么时候从屋里出来，手里攥着一本书对我说："你喜欢看书，喜欢读小说，这里面有一篇《组织部新来的年轻人》，你应该好好看看。"我接过书，发现是一本旧杂志，书页早已发黄，书角也已卷曲。回到屋里，借助昏暗的煤油灯，我一口气读完了这篇小说。故事并不复杂，但文中塑造的几个人物形象却给我留下了深刻的印象，比如那个无忧无虑、无牵无挂、除了工作就是工作的正义化身林震；大姐姐般给予林震关爱的同事赵慧文；疾恶如仇、一激动就脸红的组织委员魏鹤鸣；常把"就那么回事"挂在嘴边的组织部副部长刘世吾；投机取巧、情场职场均春风得意的韩长新；躺在过去的功劳簿上整日无所事事的麻袋厂厂长王清泉等。随着故事的展开，一个个人物栩栩如生，好似要跳出字里行间，来到我的面前……

之后，又陆续读到他的《蝴蝶》《木箱深处的紫绸花服》《夏天的肖像》《坚硬的稀粥》《选择的历程》《神鸟》《海的梦》等诸多作品，可谓篇篇精彩。通过阅读感觉到，他一个大男人，竟有比女人还要丰富的内心、细腻的情感。那些诗一样美、音乐一般跳跃的文字，那些生动准确、幽默诙谐的语言，那些排山倒海、层峦叠嶂的比喻，让我陶醉其中，欲罢不能。多年以后，当我也开始书写的时候，那些提笔就来的排比句，那些散文化式的小说写作，是不是受到了他老人家潜移默化的影响？我想多少有一些吧。

"想什么呢？王蒙书屋快到了。"同行的朋友见我一直低头不语，用胳膊肘碰碰我。

抬起头，我发现车已驶到了巴彦岱镇，正缓慢穿行在一条绿荫婆娑的小路上。四周是一排排维吾尔族人家，个个独门独院，整齐、漂亮、安静。我们跳下车，想问问路，却见不到一个人，只好推开一扇虚掩的大门。或许是听到了轻微的响声，从房间走出来一个满头银发的老妈妈。听说我们要找的是王蒙书屋，老人的眉眼立刻堆满了笑意，热情地带我们走出院子，指着马路对面几米开外的一幢二层小楼说："王蒙的书屋嘛，就在那个地方。"说完又补充一句："看完了，请到房子里来喝茶。"谢过老人的时候，我心里涌起一丝羡慕：老妈妈您真幸福！居然和这样一位大文豪隔路相望，比邻而居。

跨过马路，向前走了几步，右转，就是王蒙书屋了。这间坐落在伊宁市巴彦岱镇巴彦岱村的书屋，位于该村十字路口的一侧。没有幻想中的高大奢华，也没有幻想中的人声鼎沸，而是静静地隐于一片民居中，隐于绿树环绕的

翠色里。从远处看，书屋与周围居民院落区别不是很大，难怪让我们一阵好找。也许这就是王蒙，一个曾扎根伊犁河谷与农民兄弟同吃同住同劳动的知识分子，一个深得维吾尔族同胞敬重与爱戴的人，一个让我们不惜驱车700公里也要来拜会的知名作家。虽不张扬，不炫耀，但他的文采与人格魅力，就像夜空中的星光，令人瞩目，令人敬仰。

这是一个幽静的大院。迎接我们的是王蒙书屋的守护者肖开提，一个有点腼腆、脸上写满虔诚的维吾尔族汉子。听说我们是远道而来专程来拜访的，他立刻微笑着打开了双扇大铁门。

走进院子，首先映入眼帘的是一块高悬在廊亭上的红色牌匾，上书"王蒙书屋"几个黑色大字。从牌匾下方往里看，有一排老式平房，墙面洁白，正中那间门楣的三角区内凸显着一个硕大的红色五角星。它的醒目，一下子勾起了我遥远的记忆。记得小时候看八一电影制片厂的电影，一开场，最先映入眼帘的，就是屏幕上那颗金光四射的红五星。伴随着强劲的音乐，每次都令我激情澎湃好一会儿。五角星下面，是一行红色大字——巴彦岱人民公社二大队。敞开的会议室里，摆放着那个年代的长桌和长条凳，墙面上还留有一块旧黑板。院子的角落，堆放着木轮、石磙、手扶拖拉机、脱粒机等农机具。站在院里，看着这些旧物，我似乎穿越到那个热火朝天的年代，窥见了坐在昏暗的马灯下与村民商议春耕秋收、挖渠种树的王蒙，头戴草帽、手握锄头走在田埂上的王蒙……

院子不大也不小，占地5.5亩的四方院内，整洁干净。此刻，上午的阳光将它的清辉均匀铺洒在物体表面，使得楼宇、地砖、墙面都涂上了一层银白耀目的光泽；树上的叶子翠绿通透，微风吹来，更是清亮亮、明晃晃的一片。偌大的院子，除了几声清脆的鸟鸣再无其他喧嚣，除了一个忠实的守护者肖开提和一个年轻美丽的保洁员努尔比亚外，再无其他人。这真是一个静谧幽僻的书香之地啊。

书屋在右侧，是一座建筑面积800平米的二层小楼，漂亮别致。走进一楼大厅，迎面是一张王蒙先生的巨幅照片。戴着眼镜的王蒙，身穿西装，打着领带，透着学者的睿智和文人的气派。上书一行"新疆各族人民忠诚的歌者"，可谓一语概括，真实确凿。

1963 年，被错划为右派的王蒙带着一家人西迁，在新疆扎扎实实地生活了 16 年。大漠的风光，疆域的辽阔，各族人民的淳朴与厚爱，宽容与豁达，热情与豪爽，让他从此爱上了这个异域之地，他乡之所。尤其在巴彦岱的 6 年时光，更让他感受到了人间的淳朴，真情的温暖，民族的和睦，也给他的心田注入了不一样的情怀和创作元素。"文革"结束后，他满怀激情，深情讴歌。《杂色》《虚掩的土屋小院》《淡灰色的眼珠》等一批以新疆为背景的小说脱颖而出，特别是荣膺第九届茅盾文学奖的长篇小说《这边风景》，更是以 70 万字的篇幅，再现了新疆伊犁地区 20 世纪六七十年代独特的风土人情与精神血脉。这部巨著的问世，也将一代才子引领到中国文学领域的最高峰。难怪他在忆及新疆，忆及巴彦岱时，都会抑制不住泪水，屡屡感叹："没有新疆的这 16 年，就不会有后来的作家王蒙。"新疆给了王蒙再生的土壤，王蒙也以自己的健笔回报给新疆最厚重的礼物。

一楼有三个展厅，玻璃柜内陈列着王蒙的主要著作、获奖证书、图片和手稿。从这些珍贵的资料得知，年轻时的王蒙，就已经创作了大量的文学作品，并获奖无数。22 岁，当许多人还没有弄明白人生的意义和价值时，王蒙就已经发表了他的成名作《组织部新来的年轻人》；23 岁，他的长篇小说《青春万岁》已在上海《文汇报》连载。在这样的年纪取得这样的文学成就，在我可触及的范围内，也就只有王蒙一个了。

二楼有两个阅览室。靠墙的几个书柜上，摆满了各种图书。仅王蒙的作品就占据了整整一面墙，体裁有小说、诗歌、散文、文学评论、古典文学研究等。凝视眼前山一般高海一般阔的书籍，我感到从未有过的震撼：一个人的精力是有限的，每天除了吃饭、睡觉、工作以外，真正能用来写作的时间又有多少呢？这样的壮举与辉煌，要倾尽怎样的热爱、怎样的心血、怎样的执着、怎

样的毅力才能成就？肖开提告诉我们，这里的藏书有 2 万余册，中国的、外国的，文学历史、哲学经济，维语、汉语，应有尽有。屋子中间，是一排长长的桌子，供阅读者使用。周围的村民，闲暇的时候都可以免费来阅读。站在这个宽敞明亮而又书香缭绕的地方，再看看肖开提那张憨厚的脸上掩饰不住的小小得意，我竟有了一丝嫉妒。

这个书屋，从一楼到二楼的墙壁上，贴满了王蒙在新疆生活的各种照片。这些照片有他和家人的合影，有他赶着马拉石磙子轧场的风采，有他在树荫下与人们围坐交谈的场景，也有他与村民跳麦西来甫的潇洒身影……照片上的王蒙，瘦瘦高高，一脸阳光，总是笑呵呵的，根本寻不到半点蒙冤受难的阴影。在那个动荡的年月，多少人含冤受屈，悲愤而去，只有他，戴着一顶右派帽子，不仅毫发无损，还生活得有滋有味。这真算得上是一个奇迹。这样的奇迹，得益于众多维吾尔族乡亲的呵护，以及王蒙主动融入这片土地、这个大家庭的努力。在一张 2004 年王蒙携夫人崔瑞芳第四次重返伊犁时的照片上，我看到王蒙真心坦言：新疆是我的第二故乡，新疆是我的人生纪念，新疆是我的快乐与坚毅的源泉。是啊，生活在故乡的人，即使吃糠咽菜，即使生活艰难，但心是舒坦的，爱是炽热的，情是真切的。

我不知道，经过了岁月的恒久磨砺，人的记忆能有多少仍割舍不了的；我更不知道，那些留存在心底的记忆，又有多少能每每浮现、次次萦怀的。在王蒙 80 多年的生涯中，新疆这段特殊的经历，便令他终生难忘。他时常想起每天清晨赫里其汗老妈妈那一碗最先端给他的奶茶，那一句递给他苞谷馕时说出的简洁而生硬的汉语——"老王，泡"；想起房东阿卜都拉合曼与他对坐炕头的劝慰与鼓励："老王，不要发愁。……您现在每天扫地也好，农村劳动也好，都是暂时的，你早晚要回到你的文学岗位上去的。"……这样的温暖，这样的鼓励，伴于人生的低谷，谁人能够忘记？谁人又肯忘记？

在这个被王蒙视为第二故乡，视为家的地方，他不惜汗水，不遗余力，充分燃烧着自己的体力和人生。他与大家一道，植树修路，除草施肥，掰玉米碾麦子，装卸车扛麻袋，挖沙石修水渠，赶着毛驴车甩着皮鞭子……一日复一日，一年又一年，他修炼成了一个地地道道的农民，也与村民结下了深厚的友谊。为了更好地融入生活，回馈乡亲，他学会了维语，架起了一座维汉连心桥。人都是有感情的，谁的心里没有一杆秤？没过多久，他就被群众推举为副大队长。人们尊敬他，信任他。队里的大事、家里的小事，都要请他拿主意，婚丧嫁娶更是少不了他。人们完全把他当成了主心骨，他也把这里视作自己的家。

二楼的阅览室里，放置着一尊王蒙先生的半身铜像。此时的王蒙正值壮年，成熟，凝重，风度翩翩。我不知道，雕塑这样一尊铜像要耗费多少工序、多少时间、多少资金，但我却透过沉甸甸的铜像感知到，这里凝聚着新疆各族人民对他的无限热爱与崇高敬意。

返回北京多年的王蒙，心里仍惦记着新疆，惦记着这块给予他厚爱和感动的地方。他曾多次"回家探亲"，走到哪里，哪里就有杀鸡宰羊的热闹场景，就有"老王哥""大队长"的欢呼声，就有紧紧搂着脖子的老阿妈，就有说不完道不尽的知心话……

王蒙的人生无疑是成功的，不论做人还是作文。

如果说，曾经在书本上读到的王蒙是虚拟的，隔着时空的，那么，这次专程拜访王蒙书屋之后，一个立体的、近距离的、亲切而又伟大的形象便高高矗立在我的脑海中。

美好的时光总是太匆匆。当我们准备离去时，肖开提坚持邀请大家去他的房子里喝茶，努尔比亚也紧随而来……仅仅半日，从陌生到熟悉，从无缘到有缘，一切皆因这个书屋和它的主人。虽然他俩不善言辞，不爱表露，但从他们不舍的眼神和表情里，我读出了这样的信息：他们早已把王蒙视作自己的家人和亲人，并以此为荣，以此为傲。我想，不仅仅是巴彦岱和伊犁，天山脚下的哪一个人，不是这样认为的呢？！

本文原载于 2020 年 6 月 15 日《乌鲁木齐晚报》

西瓜，给你一夏的清凉

过了夏至，小暑、大暑接踵而来。在这个热浪滚滚、暑气蒸腾的时候，最想吃的不是山珍海味，不是杏子、李子、桃子等水果，而是绿皮红瓤的西瓜。那丝丝清凉、缕缕甘甜，瞬间能将一身的烦闷与燥热驱散。

西瓜又名夏瓜、寒瓜、青门绿玉房。炎炎夏日，酷暑难当之时，还未品尝"凉争冰雪甜争蜜，消得温暾顾渚茶"的美妙，只消听到这蕴含凉意的名字，透心的舒爽便会在全身激荡开来。

"汉使西还道路赊，至今中国有灵瓜。"虽然西瓜出自4000年前的非洲，但一经传入我国，便恋上了华夏这块肥沃的土地。尤其在新疆，砂质土壤，干燥气候，长时间的光照，更是给了西瓜生长的最佳环境。所以，新疆的西瓜不仅生得水润甘甜，那质感饱满、疏密适宜的果肉还带着沙沙的脆爽。这红沙瓤的西瓜，每年夏天不知要倾倒多少人的味蕾呢。

在新疆，这个季节出门，不管是出差还是游玩，也不管是短途还是长途，人们都会往后备厢里塞几个西瓜。走到大戈壁滩，或是没有人烟的地方，西瓜既能解渴又能顶饿，确实是夏季旅途的首选。

去年暑假，二弟和小妹趁着两个孩子小升初的空当回到新疆。我们姐弟平时难得团聚，又不想辜负了大好时光，便来了个自驾游。我们从乌鲁木齐出发，沿天山向南，在占中国六分之一版图的地面上一路驰骋。新疆地广人稀，疆域辽阔，车子一开出去就是几百公里，出发时带的几个大西瓜，很快就消耗殆尽。暑天的太阳，火一样炽烈，能把路面的沥青烤化，也能把人的嗓子烤得直冒烟。这样的旅行，全然没有饥饿的感觉，只想喝水吃西瓜，好在有城镇有村庄的地方，就有满载西瓜的大卡车和堆成小山似的瓜摊。所以，途中只要见到西瓜我们就停车。挑大个的，然后坐到树荫下，大快朵颐。一顿饱食后，凉意顿生，燥热全无。

一路上，小妹大发感叹："唉，还是新疆的西瓜好吃，汁水丰盈不说，还又沙又甜。在北京，根本吃不到这么好的西瓜。"

"就是。刀子一碰，咔嚓一声就裂开了，清甜爽脆。尤其是沙瓤瓜，整个夏天有它就够了。"弟弟也附和道。

听着两人的对话，我忍不住哈哈大笑。

记得小时候，每到瓜熟蒂落，农场就会给职工分西瓜。那样的日子，犹如过节。人们拿着麻袋，推着板车，纷纷涌向瓜地。我和弟妹跟在父母身后，也向瓜地奔去。远远地，就看见那一片瓜地在阳光下闪着碧波。绿色的藤蔓，茂密的叶子，匍匐了一地。一个个镶嵌了墨绿色条纹的大西瓜，静静地躺在瓜秧里，仿佛睡着了。那些晚开的西瓜花，嫩黄嫩黄，在这片无边无际的绿色中，好似散落的星辰点缀其中。瓜地旁，早已堆满了摘好的大西瓜。有人分到西瓜，不等回家，一拳砸开，捧起一块，蹲在地上就大口吃起来。那满足的模样，比西瓜还甜。

一时间，滚圆滚圆的西瓜，堆满了各家各户的墙角和床下，也塞满了人们的心房。之前，我们放了学还要在路上嬉笑打闹一阵子，这会儿，双脚跑得比兔子还快。回到家，顾不上擦一把额头上的汗水和湿漉漉的头发，撂下书包，从桶里捞出一个被冷水浸泡的西瓜，一刀劈开，抱起一半，就用勺子挖着吃。几口下肚，那"下咽顿除烟火气，入齿便作冰雪声"的惬意，即刻萦绕全身。喘口气儿，直直腰，再嚼几口干馍，一顿绝配的午餐，吃得心满意足，开怀不已。

吃完西瓜，母亲会将剩下的西瓜子收集起来，用清水冲洗干净，放到太阳下晾晒。等西瓜拉秧的时候，她还会领我们去瓜地，从摔坏的、遗弃的西瓜瓤里把瓜子掏出来。吃过晚饭，一家人围坐在小院里。此时，月色溶溶，凉风习习。我们嗑着母亲炒熟炒香的瓜子，听着父亲天南海北地拉家常、讲故事。

那浓浓的亲情、温馨的画面，多少年过去了，还一直珍藏在我的心底，时不时勾起一番怀恋与回味。

说起西瓜，还有一件有趣的事情。那会儿，我刚参加工作。一天，单位派我跟钟师傅下乡。他是单位的农艺师，乡下有他的实验田。我们骑着自行车来到地里，他培育的甜玉米还没有抽穗，只有青青的叶片随风摇曳着。我们一边测量，一边记录。当走到田埂边时，一根长长的藤蔓吸引了我的眼球。

"钟师傅快看，西瓜。"

顺着我手指的方向，钟师傅也看到了那根藤蔓。

我们一同走了过去。在翠绿的秧苗下，竟然发现了一个足球大的西瓜。望望四周清一色的玉米，再看看这个西瓜，好生奇怪，但更多的是惊喜。

怕野外的动物糟蹋了这个宝贝，钟师傅拿来铁锹挖了一个坑，把西瓜埋了进去，然后又在上面盖了一些杂草做掩饰。

一个多月后，我们再次来到实验田，小心翼翼挖开上面的土，取出西瓜一看，呵呵，竟然长大了一倍。用手轻叩几下，听到西瓜成熟的"砰砰"声。拿刀剖开，鲜红的瓜瓤，还汪着一层细密的瓜汁儿，艳阳下，晶亮晶亮……

暑热来袭的盛夏，正是吃西瓜的大好时节。每年的这个时候，我都会买来一堆的西瓜。午睡起来，吃上几块，那种清凉，那种舒畅，那种惬意，从唇齿开始浸润身体的每一粒细胞，真的是夏日最美好的感觉。

本文原载于 2020 年 7 月 18 日《粮油市场报》

香梨之约

秋天一到，奶西姆提不再矜持，在飒飒的秋风里，把秋阳的那抹嫣红当作世间最美的胭脂，尽情地涂抹在自己青色的脸蛋上。于是，梨城多了迷人的色彩，多了秋天的烂漫，更多了收获的喜悦。

奶西姆提，维吾尔语意为香梨。这个"出瀚海北，耐寒不枯"的"瀚海梨"，这个《西游记》中猪八戒偷吃的"人参果"，这个自古以来就敬献给帝王诸侯的贡品，这个享誉海内外的"中华蜜梨"，就生长在天山南麓库尔勒境内的孔雀河畔。虽已有2000多年的历史，但其色味仍不改汉唐"西域圣果"的品性风采，真不愧是"梨中珍品""果中王子"。

库尔勒，因盛产这种"梨中珍品"而得"梨城"的美名，而"西域圣果"凭借着塔里木盆地这片得天独厚的地域及气候条件，更是生得"皮薄肉细，汁多味甜，酥脆爽口"。二者相互依托，相得益彰，称得上是这世间的一大美谈了。

然而，香梨并非梨城原产，而是西汉时期由出使西域的张骞从中原带到新疆种植的。没承想，跨越千山万水的圣果，却爱上了沙漠绿洲库尔勒。多少次，有人将它引种到外地，虽能成活，但品质、口味以及外观都发生了很大的变化，根本无法与本地产的香梨相提并论。看来，这"西域圣果"还真是有情有义，一旦踏上这片疆土，被塞外热忱的阳光深情拥吻之后，便死心塌地，不离不弃。

我从小生活在库尔勒，读书，求学，恋爱，工作，直到有一天调离此地。漫长的岁月里，听得最多的歌是孔雀河的吟唱，看得最多的花是梨花，吃得最多的水果是奶西姆提。那个时候，我只知道库尔勒香梨好吃，咬一口，满口浓

香，满口流汁，酥脆细腻，没有半点儿果渣，却并不知晓，每年秋天，这种堆满大街小巷的水果，这种外形状若纺锤，黄绿色果面晕染了些许暗红的普通水果，是世界上稀有的"梨中珍品"，是被英国女王伊丽莎白连声称赞的"果品王子"！

虽然在孔雀河畔吃了20多年的香梨，但是对它有深刻的认知，却是在离开数年之后。

记得那是个色彩斑斓的秋天，朋友到乌鲁木齐来开会，给我捎了两箱库尔勒香梨。他一边从后备厢卸货，一边对我说："昨天才从树上摘下来的，不仅新鲜，而且大部分都是母梨。"

"什么？母梨？"我以为自己的耳朵听错了。

这下轮到朋友惊讶了："怎么，你不知道库尔勒香梨有公梨和母梨之分？亏你还是梨城出来的人呢。"

随即，他打开箱子，从中挑出两个香梨指给我看。原来，萼端光滑且凹陷的是母梨，凸起的则为公梨。而且，母梨的表皮更光滑、更圆润，肉质更细腻，汁液也更加丰盈。朋友说，懂行的人，买梨吃梨，只选母梨。

望着朋友的认真劲儿，我一脸惭愧，同时又感慨万千。身在瓜果之乡的新疆人，一年四季都有享用不尽的水果，且大多都为同类中的翘楚。就比如眼前这香梨吧，随便拿出来一个，都是"梨中珍品"。即便如此，还要挑三拣四，优中选优，真是太奢侈了。转念一想，嗐，谁让咱是新疆人呢，谁让咱有这口福呢，偷着乐吧。

香梨不仅好吃，还有润肺祛燥、化痰止咳等功效。

我的儿子，小时候体质羸弱，动不动就感冒咳嗽。有一年深秋，不小心吹了一点凉风，又咳起来了。看了几次医生，复方甘草片、急支糖浆、蛇胆川贝液吃了一大堆，也不见好转，大有向百日咳发展的迹象。每日听着他吭哧吭哧声音，看着他因咳嗽涨得通红的小脸，尤其是夜里被咳嗽折磨得无法入睡的难受样，我急得团团转。母亲知道后，教我用香梨炖冰糖给他吃。我照母亲说的，取出一个香梨，洗干净，挖去核，塞入冰糖，隔水蒸，待冰糖溶化，梨子酥烂，就一勺勺喂给他。没想到，坚持了一段时间，纠缠了近两个月的咳嗽，竟然痊愈了。

由此我想到，今年秋冬季节，如果有可能的话，还是多吃点这圣果吧，说不定对狗皮膏药似的新冠肺炎有辅助治疗作用呢。

能结出这样圣果的花，估计没人不喜欢。对于梨花，我一向青睐。每年春天，当风信子送来春的讯息，如云似雪的梨花，就在孔雀河畔缭绕开来。那锦缎似的花瓣，那淡淡的芳香，那飞雪般的曼妙，不仅让每一个度过严寒的梨城人感到温馨和畅快，也让喜爱梨花的人们像蝴蝶一样为之翩跹，像蜜蜂一样忙个不停。

"梨花开，春带雨，梨花落，春入泥，此生只为一人去，道他君王，情也痴……"这是《大唐贵妃》主题曲《梨花颂》里的歌词。此曲旋律优美，唱腔幽婉，感人肺腑。其意境、内蕴更令人心动。

这是一代君王和一位贵妃的缠绵爱情，这是一个真挚又忧伤的故事。

每每听着这支曲子，我就在心里思索：偌大的世界，用于表达美好，用来象征爱情的事物有很多，为什么偏偏要用梨花，要用一曲《梨花颂》来诠释这段旷世之恋？或许，只有梨花，唯有梨花的冰肌玉骨、清雅芬芳、圣洁纯净，才配得上这段令人心醉心碎的恋情吧。

"长恨一曲千古迷，长恨一曲千古思。"曲已终，情未了。就让千树万树的梨花雪，带着春天的暖阳，去抚慰斯人那地久天长的至情至爱吧。

又一个秋天到了。孔雀河畔氤氲着梨香，梨城舞动着收获的喜悦。我对自己说，暂且抛却历史的风烟，暂且放下一切沉重和忧伤，回归现实，回归这个甜美的季节，去和奶西姆提来个美丽的金秋之约吧。

本文原载于 2020 年 8 月 27 日《粮油市场报》

吐鲁番的葡萄

在新疆，只要提起葡萄，人们自然就会想起吐鲁番，而葡萄好像也是吐鲁番的一个代名词。也难怪，这个被称为"火洲"的地方，每年生产的葡萄总量，占到全新疆的一半以上，占全国的五分之一，堪称"葡萄之乡"。那些充斥大街小巷的巨峰、玫瑰香、无核白、马奶子、红提等500多个品种的葡萄，把吐鲁番的秋天装扮成了葡萄的盛宴、葡萄的王国。

在吐鲁番，有一条闻名遐迩的葡萄沟。只要是去吐鲁番的人，不论是出差还是路过，但凡能抽出一点点空闲，必定要去葡萄沟转一转，更不要说专门来新疆旅游的客人了。去吐鲁番一游，去葡萄沟一游，恐怕早已列入了许多游客的行程计划。

虽然身在新疆，但由于路程和时间所限，这么多年以来，对于仰慕已久的葡萄沟，我也只去过一次。尽管只是匆匆一瞥，葡萄沟的美，葡萄沟的与众不同，已让我终生难忘。

大概是十几年前的一个夏季，因为工作关系，我和几个同事一起去往吐鲁番。刚踏入吐鲁番的地界，我们便领略到了"火洲"的热情。只是静静地坐在车里，便一个个大汗淋漓，酷热难耐，一看车内的温度表，指针显示已超过了50摄氏度。开车的师傅说，这会儿拿个鸡蛋放到路边的沙土里埋起来，一会儿就烤熟了。

工作之余，我们去了一趟久负盛名的葡萄沟。尽管吐鲁番像一盆火似的熊熊燃烧着，但位于火焰山下的葡萄沟，却清凉舒适。峡谷内，草木葳蕤，溪流淙淙，浓荫翠盖，遮天蔽日。置身于葡萄沟，就像进入了一个绿色的幻境，一个清凉的世界，浑身上下透着舒爽，透着惬意。从沟外到沟内，短短的时间内，就让我深切地感悟到，一个是太阳，热情似火；一个是月亮，阴柔如水。

当然，葡萄沟里除了凉爽，还有赏心悦目、无以计数的葡萄。行走在这条南北长约 8 公里，东西宽约 2 公里的葡萄长廊，头顶上是葡萄，左右两侧是葡萄，回眸所见还是葡萄。那悬挂着的、垂吊着的，那红的、黑的、紫的、青的，那珍珠一样，玛瑙一般，一嘟噜一嘟噜的葡萄，在阳光的照射下，玲珑剔透，清新明丽。尽管还没有完全成熟，但我已经嗅到了它们的甘甜与芳香。

"根蒂蟠虬，龙须围绕。枝枝叶叶青青好。三光照曜结云棚，就中几穗非常宝。初似琉璃，终成玛瑙。"望着目不暇接、琳琅满目的葡萄，望着藤蔓上郁郁葱葱的葡萄叶，我仿佛看到了这些可爱的生命从春天的第一根枝条抽芽，到绿叶萌发，到开出一穗一穗米粒似的白色花序，到结出"攒攒簇簇圆圆小"的各种葡萄。在这不易觉察的演变中，在这年复一年的延续中，植物是多么奇妙，生命又是多么伟大。

也许我属于善感型的一类人吧，享受着葡萄沟的阴凉，享受着仙境般的清幽，我的思绪却飞到了多年前的一个晚上。那晚，我们几个女孩儿相约来到葡萄架下，一个个敛声屏气，竖起耳朵，祈求听到牛郎织女鹊桥相会的悄悄话。然而，直等到一牙弯月高挂苍穹，直等到甜梦来袭，也未能听到那一番缠绵的心语。虽未能如愿，但留在心底的那份美好、那份怀想，却伴随了我们无数个没有光亮的黑夜。

葡萄汁多味甘，果肉滑润，鲜食甜美，制成葡萄干也很不错。在吐鲁番，我看到很多高出地面的土台上都盖有土坯或砖块垒筑的简易房。房子的四面墙壁留有无数个孔洞，宛若一个个蜂窝，人称荫房，是专门用来晾晒葡萄干的。荫房里置有许多木架和木钩，人们把采摘下来的鲜葡萄一串一串挂在这些特制的木器上，40 天后，原先汁液饱满的葡萄就变成了一粒粒葡萄干。在这种既可避免阳光直射，又利于通风透气的房屋里晾制出的葡萄干，色泽翠绿，原汁原味，绿色环保，是葡萄干里的绝佳上品。

葡萄不仅美味，还可以用来做酒。"葡萄美酒夜光杯，欲饮琵琶马上催。

醉卧沙场君莫笑，古来征战几人回？"从这首唐人诗句里可以看出，远在西域时期，葡萄就被酿制成了美酒——穆塞莱斯。这绵柔、醇香、甘冽的美酒，还是1500年前高昌王国向朝廷进贡的"西域琼浆"。

穆塞莱斯在民间有很多种制作方法。一般是把优质的新鲜葡萄除皮去核，清洗干净，过滤出葡萄汁，然后蒸馏，最后倒入缸中加盖密封，并置于向阳的地方发酵。维吾尔族人在酿造穆塞莱斯时，都会按照各自的喜好添加一些辅料，比如乳鸽血、肉苁蓉、鹿茸、枸杞、丁香、藏红花等。有人则把整只烤全羊放入其中，待羊肉完全融化于酒中，捞出羊骨架，美味的穆塞莱斯就酿好了。今年春天，我有幸尝到了这种"肉酒"，清清亮亮，晶莹剔透的色泽，抿一口，不仅没有一丁点儿羊肉的气味儿，还无比醇香、纯正，称得上是葡萄酒里的佳品。

现在，吐鲁番已很少有人酿制这种葡萄酒了，而在南疆的阿瓦提县，仍十分普遍。每年的深秋时节，几乎家家户户都酿酒。那飘荡的酒香味儿，在叶尔羌河上方久久弥漫。不过，各家酿出的酒又各不相同。听说，这与酿酒人的年龄、性格甚至心情都有关系。看来，人们在酿酒时，不光把葡萄和辅料融入酒中，还把自己的生命、气质和个性也都融入其中。

"穆塞莱斯，西域秘奥。湛露甘美，功系葡萄。色似迷人之琥珀，堪比琼浆玉液；香涵不老之仙草，疑为瑶池佳醪。"从葡萄到美酒，这人间仙果真是让人爱不释口、神迷心醉啊！

葡萄在吐鲁番已有2000多年的种植历史了。这见证过历朝历代荣辱兴衰的树种，这经受过无数风霜雨雪的树种，在火焰山下这块最热情的土地上，算是扎稳了根基，找到了最终的归宿。

秋暮冬初，被一层霜雪轻轻覆盖浸润后的葡萄，更加甘甜可口，没有半点酸涩味儿。无论紫琳琅、绿珍珠、白水晶还是红翡翠，吃几颗蕴灵煜煜的吐鲁番葡萄，你一定也会像关牧村歌里那个阿娜尔罕一样，心儿醉了，醉了……

本文原载于2020年11月19日《粮油市场报》

凌冬晚凋的菘

窗台上的白菜根开花了。虽然只有一根主茎举着一团细碎的、黄色的花朵独自挺立在顶端，却已经让我开心不已。

那是半个月前被我剥去了白菜帮、白菜叶，随手丢在一旁的"弃物"。过了几天，我竟然发现附着在它光秃秃身上的那些嫩黄的幼芽长大了一些，变绿了一些，便将它重新放在了一个空碗里，添上水，搁置在了阳台的窗上。没想到，有了水，有了阳光，它就像获得了重生，叶片一天一个样，"嗖嗖"地往开往大里长。不仅嫩芽变成了绿叶，主干也长得亭亭玉立，还抽出了十多根侧枝，每一根枝上都结满了米粒似的小花蕾。

吃了几十年的大白菜，从未见过白菜开花。没承想，这丢弃的白菜根却开花了。阳光下，绿色的茎干上一枚枚小黄花在层层叠叠绿叶的托举下，开得明艳，开得鲜亮，给这荒芜寂寥的寒冬增添了一抹明媚的色彩，也给我带来了惊喜和快乐。

大白菜是北方冬天最寻常的蔬菜，在物资还不丰富的 20 世纪，那是家家户户过冬必备的当家菜。记忆最深的是，每年立冬前后，人们便浩浩荡荡涌向大田，一望无际的田野上，到处是空旷萧疏的景象，只有大白菜还显露着生机和绿色。人们将大白菜一棵棵砍倒，肩扛手推运回家中。先立在墙根下晒上几天，等水分减少了一些后，再下到窖里储藏起来。有了这些大白菜垫底，再寒冷的冬天，心里也不会发慌发毛了。

新鲜的大白菜汁多水灵，尤其是打过霜的白菜，自带一股淡淡的甜味儿，无论清炒、醋熘、炖煮或是烧汤，味道都不错。我的母亲就特别爱吃大白菜。她说，白菜煮熟了吃，绵软鲜香；生吃，脆生生、甜丝丝的。即便是后来有了

温室，有了大棚，冬天也能随时吃到夏季蔬菜时，她依然钟情于大白菜。

母亲不仅对大白菜百吃不厌，还能用白菜做出许多道美食来。外面那几层老一点的白菜帮子，母亲用它与猪肉一起剁成馅儿，包饺子；中间肥厚水嫩的部分，或酸辣或醋熘，炒着吃；最里面的白菜心，洗净了直接切丝儿，凉拌了吃；来了客人，她还会把烫软的白菜叶卷上肉馅放锅里蒸熟，然后浇上兑好的汁儿，摆盘上桌；母亲还会腌酸辣白菜，用腌过的白菜炖鱼，那味道也让人食后难忘。

或许是受母亲的影响，我们一家人都爱吃大白菜。我经常水煮白菜，既清淡又营养；还喜欢用白菜和米熬粥，出锅的时候，放一勺盐，撒一把葱花，既简单又美味。大冬天与朋友一起吃饭，我最喜欢去北京路那家东北人开的餐馆，要一锅热气腾腾的猪肉白菜炖粉条，吃得周身暖暖和和，吃得胃里舒舒服服；若是去涮火锅，玉一样白，翡翠一样绿的大白菜，是我必点的菜蔬。

白菜不但好吃，还有个很典雅、很好听的名字——"菘"。《本草纲目》云："菘性凌冬晚凋，有松之操，故曰菘，俗谓白菜。"菘——多么雅、多么美的称呼啊！古人能将寻常又普通的白菜比喻成凌冬不凋的松柏，可见，我们的祖先对白菜是多么热爱。

这么高雅、这么美好的东西，怎能不受到文人雅士们的青睐呢？果然，宋代范成大就作了一首《田园杂兴》诗："拨雪挑来踏地菘，味如蜜藕更肥酥。"他称赞冬天的白菜像蜜藕一样甜，但又比蜜藕更加鲜美。韩愈在一个大雪纷飞的冬日，品食了银丝一样细的白菜丝炖冬笋后，喜不自禁，欣然写下了"晚菘细切肥牛肚，新笋初尝嫩马蹄"的千古佳句。美食家苏轼一句"白菘似羔豚，冒土出熊蹯"，更是将白菜与羊羔、熊掌相媲美了。这些诗句虽然夸张了一点，但也道出了几位文豪对"秋末晚菘"的喜爱之情。

白菜还被称为"百菜之王"，那是我国绘画大师齐白石对白菜钟爱有加的美称。齐白石生前不但爱吃大白菜，还爱画大白菜，并在其中一幅写意的大白菜图上题句："牡丹为花中之王，荔枝为百果之先，独不论白菜为蔬之王，何也？"于是，"百菜之王"的美名不胫而走。

白菜确实是个宝。曾听人说有这样一对老夫妇，由于家境贫寒，每年冬春两季只能靠自家地里出产的一堆大白菜度日，再无别的蔬菜，更无鱼肉可食。老人做菜也非常简单，将白菜剁吧剁吧丢进铁锅里，只加少许植物油和食盐清煮。一天三顿，就吃这样的菜，直到储藏的大白菜吃完为止。虽然吃得单一，他们的身体却异常硬朗。我想，纵使老人的基因好，身体底子好，也与常年食用这健康营养的大白菜不无关系吧。

白菜不像有些蔬菜是舶来品，比如茄子、黄瓜、菠菜、扁豆、刀豆是在魏晋至唐宋时期从国外陆续引进的，还有胡萝卜、辣椒、西红柿、马铃薯等也是洋货。白菜是我国本土的蔬菜，而且早在6000年前的半坡时期就有了种植。这个土生土长的大白菜，历经几千年的风雨沧桑，不但没有泯灭消失，还在华夏这块肥沃的土地上繁衍出了十多个优良品种，还漂洋过海，把美味和幸福播撒到世界各地。

随着科技的进步，蔬菜的品种越来越多，蔬菜的季节性也变得越来越模糊。然而，大白菜仍旧占据着不可小觑的地位，依然是百姓餐桌上的亲情菜、大众菜。这寻常而珍贵的菜蔬，满足了一个个的味蕾，丰盈了一年年的冬天。它不仅仅是一种果腹的蔬菜，一种普通的蔬菜，更是无数中国人难以忘却的记忆和割舍不掉的情怀。

本文原载于2021年1月14日《粮油市场报》

美味的卡瓦

一个多月了，只要走进厨房，对面小区那幅生机盎然的画卷就会透过纱窗映入我的眼帘。那是一帘悬挂在一棵垂柳和一棵梧桐之间的景致：两棵原本不相干的树木被一条绳索连接了起来，树下的藤蔓顺着树干爬到树腰处，又拐了个弯儿，爬满了整个绳索。藤蔓上脸盘大的叶子，生得蓬蓬勃勃、密密实实。一眼望过去，两树之间好似垂吊着一张绿色的帘栊，几朵鲜嫩的喇叭花点缀其中，微风吹来，花朵们一摇一颤，好似在荡秋千。从它又圆又阔的叶子和黄灿灿的花朵来看，那树下种的应该是几窝"卡瓦"。

卡瓦，维吾尔语意为南瓜。虽然它的花朵又大又艳，非常抢眼，但我小时候对它的果实却不怎么喜欢。炒着吃，没有豆角、茄子的味道香；蒸着吃，水叽叽、软塌塌的，不甜也不面。因此，有很多年，我对它几乎视而不见，见而不闻。

然而一次聚会，却让我改变了对它的看法。那是在一个同事的生日宴会上。当凉菜、热菜上得差不多时，服务生端上来一个南瓜。打开盖儿，只见被雕刻成 V 字形花边的南瓜里面，盛满了熬得稀稠相宜的南瓜羹。金黄的色泽，袅袅升腾的香气，让人眼睛一亮，食欲大增。尝一口，绵软、细腻、香甜，还带有一股淡淡的奶香味儿。真好喝！尽管大家已酒酣饭饱，但美味的南瓜羹还是被瓜分一空，滴水不剩。

后来，我又吃到了南瓜饼。那掺了糯米粉，裹了面包糠，用油煎至两面金黄的小饼子，无论带馅儿还是不带馅儿，一律软软糯糯、香香甜甜。第一次与南瓜饼有了唇齿交融的磨合后，我便彻底被它的美味征服了。此后，只要进饭店，南瓜饼就成了我必点的佳肴。进超市，也要到冷藏柜台去转一转，看到有盒装的南瓜饼，就会买上一两盒，带回家过个瘾。

有一年国庆长假，好友梅因乔迁新居，邀请了几个老同学去她家聚一聚、乐一乐。席间，她给每人上了一碗羊肉南瓜汤。金黄的汤汁里，漂着肥瘦相间的羊肉片、南瓜块、葱叶和香菜，闻一闻，真香。说实话，在新疆生活了几十年，这羊肉与南瓜炖煮的汤，我还是第一次见到，更别说吃了。尝一口，羊肉鲜香，南瓜面甜，汤更好喝。就着梅自己榨的油香，我足足吃了两大碗。吃完，我问梅，你这南瓜怎么这么好吃？水分少，还又甜又面，跟我小时候吃到的南瓜完全不同。梅说，我用的是小金瓜，是近几年才有的新品种。这种南瓜肉质紧实细腻，还带有沙沙的口感，不管是蒸还是煮，都特别好吃。看来，时代的浪潮里，不光人类在进步，一切生物也在与时俱进。

再去市场买菜时，对于南瓜，我的眼神多了一份温柔和欣赏。我见到了梅说的那种小金瓜，比起我小时候吃过的扁圆形和长圆形，重则几公斤的大南瓜要秀气得多，轻巧得多，也漂亮得多。金黄色的外皮，圆润饱满，色泽艳丽，看着就让人喜欢。买一个回家，做米饭的时候跟着蒸几块，米饭熟了，南瓜也熟了。饭后当甜点，比红薯还好吃。

我开始关注南瓜。原来，南瓜也有一个庞大的家族，并非只有我脑海中留存的那两样。长的、圆的、扁的，黄的、绿的、灰的，足有十几个品种，味道与成熟时间也有差异。在众多南瓜中，我发现有一种跟小金瓜差不多大小的板栗南瓜，墨绿色的表皮上，均匀地刻着一道道纵向花纹，肉质橙黄细密，味似板栗。无论蒸、煮、炒、炸，香甜粉糯，口味极佳。

很多人酷爱新疆的羊肉串，我也一样。不过，维吾尔族的卡瓦包子味道也很不错。羊肉、洋葱和南瓜全部切成小丁，配以胡椒面、孜然粉、盐和色拉油调馅儿，放锅里蒸熟。蒸的过程中，就有一阵阵诱人的香味儿随着热气飘散出来。趁热咬一口，薄薄的面皮筋道有韧性，羊肉浓香，南瓜面甜，二者混合的独特味道，真的让人欲罢不能，吃了还想。

在喀什的巴扎上，还有一道烤南瓜，如果不是亲眼所见，我根本想不到

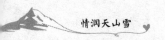

还有这样诱人的美食。当你在人声鼎沸、热闹非凡的巴扎上闲逛的时候，突然，一股独特的焦香味儿钻入了你的鼻孔，其中还夹杂着一丝丝甜味。被这味道吸引着往前走，要不了多远，就可以看见在一个手推车上或是馕坑边上，放着一盘盘切成小块的烤南瓜。刚烤熟的南瓜，滋滋冒着热气。那外焦里嫩的色相，那散发出来的香甜气味，估计没有几个人能经得住它的诱惑。确实，这种经过馕坑的高温烤制出来的南瓜，水分基本被抽干，颜色变得橘红，吃起来更沙、更面、更甜，非常美味。

南瓜不仅美味，也很有营养。南瓜中的多糖，能提高机体免疫功能，促进细胞因子生成；丰富的类胡萝卜素，对视觉、骨骼的发育具有很好的作用；富含的果胶，能控制血糖上升，降低胆固醇浓度；含有的矿物质，能消除致癌物质亚硝胺的突变，有防癌功效。怪不得走在喀什的大街小巷，随处可见银发长须的老人，他们一个个目光敏锐，口齿清晰，手脚麻利，精神矍铄。从一定程度上来说，这得益于他们爱吃南瓜、常食南瓜的好习惯。

与妹妹聊起南瓜，她说，小时候虽然我们不喜欢吃南瓜，但是母亲做的清炒南瓜藤、熬的南瓜花大米粥，我们还是很乐意吃的。还有香喷喷的南瓜子，那是过年才能吃到的好东西。回过头想一想，也许并不是过去的南瓜不好吃，而是我们肚子里的油水太少了。

的确如此。现在人们的生活水平大幅度提高，大鱼大肉不再那么金贵，而蕴含田园气息的南瓜，成了餐桌上的健康食品、绿色食品，得到无数人的青睐与赞许。

哦，南瓜，新疆的卡瓦，从今往后，我不会再与你错过了，在我的心目中，已经有了一块属于你的位置，纵使时光流逝，岁月变迁，那个位置永远不会变。

本文原载于 2021 年 8 月 19 日《粮油市场报》

唯有葵花向日倾

一大早就收到好友的微信问候，末尾，还附了几朵向日葵。咀嚼着友人温馨的话语，再看看那几个笑脸似的金色花盘，虽然窗外阴沉沉的，我的心却明媚起来。

确实，我已经好久没有见到这太阳一样的花朵了。记得在孔雀河畔居住的那些年，很多人家的房前屋后都种有向日葵，或一畦，或两溜，或几棵。在一片不大的菜园里，那些亭亭玉立、金光耀眼的向日葵，鹤立鸡群般挺立其间，给篱笆围筑的小菜园增添了一道亮丽的色彩。

对了，小学同学英子家就种过向日葵。暑假的一天，她邀请我们几个同学去她家玩，刚进院子，就看见靠里面的墙边上种了几排向日葵。正是葵花绽放的时节，那黄色的花盘，宛若一个个金色的太阳，绚丽夺目。

"真漂亮！"我不由得赞叹道。

英子茫然地看看我："你说啥漂亮？"

"喏。"我用手指了指那一片向日葵。

"哦，你说的是葵花啊。"葵花就是向日葵，新疆人都这么叫。

英子的反应有点轻描淡写。也难怪，在彼时的新疆农村，这随处可见的植物，尽管颜色亮丽，尽管花盘硕大，但在熟视无睹的人们看来，跟别的花花草草也没什么两样。但是，对于我就不同了。我刚从城里转学来到这里，看什么都觉得新奇，看什么都觉得有趣。

见我喜欢向日葵，英子说，等秋天收割了，送你一把葵花子，你自己也可以种。天天看，让你看个够。

第二年春天，父亲在离家不远的一条水渠边开挖出一块平地，种上了几

样蔬菜，还特意把英子给的葵花子沿地块四周一颗颗埋进了土里。正如英子所说，葵花特别好活，随便在哪里撒几颗种子，就能出苗、现蕾、开花、结籽。大约过了一个星期，就见幼小的嫩芽一个个钻出了土壤。那些破土而出的幼芽，好似吸足了奶水的婴儿，一天一个样。眼瞅着主茎一天天蹿高、长粗，叶片也一天天增大增多。不经意间，顶部又冒出了一个小小的花蕾，不知不觉便长成了花盘，接着，一片片嫩黄色的舌形花叶沿边缘伸展开来，仿佛给花盘镶嵌了一圈美丽的花边。此时的花盘，就像一个光芒四射的太阳，明艳柔媚。

有意思的是，在葵花的生长过程中，我发现它们老是跟着太阳在转，而且动作一致，就像一群训练有素的士兵，时刻在向太阳敬礼。早晨，红日冉冉升起，向日葵面朝东方；中午，太阳罩在头顶，向日葵昂首直立；下午，斜阳西行，向日葵又转向了西边。我把这一发现告诉父亲，他拍拍我的脑袋说，这就是向日葵。它们的叶子和花盘会随着太阳从东转到西，日落西山后，又慢慢往回转，大概凌晨 3 点，又开始面向东方，等待新一轮旭日的升起。这真是太奇妙了！父亲说，要不怎么叫向日葵呢？就因为葵花有这个向日而生的特性，人们又称它"向阳花""望日莲"。

那一年，那片小菜园成了父亲最爱去的地方，也成了我时常牵挂的地方。在与一朵朵向阳花朝夕相处的日子里，我不仅得到了美的享受，还饱尝了它们香甜的果实。

那个时候，我只知道望日莲好看，葵花子好吃，长大后我才知晓，这长在农家小菜园里的向日葵，这被用来充当篱笆墙的葵花，还被俄罗斯、秘鲁、玻利维亚三个国家尊为国花。

更让我没有想到的是，荷兰印象派画家梵高酷爱葵花。早在 100 多年前的那个盛夏，他就用饱蘸激情的画笔，绘制了一系列令世人惊叹的《向日葵》油画，其中《花瓶里的十五朵向日葵》还以 3900 万美元的天价轰动了 20 世纪 80 年代。每每凝视那些插在花瓶里的向日葵，那些以黄色为基调的作品，无论三朵、五朵，还是十二朵、十五朵，我都能从那一幅幅明快的画作里，一个个跳动的火焰中，感受到生命的律动，感受到作者内心对美好生活的强烈渴求与向往。

一度以为，离开了那个令我终生留恋的小菜园，就再也见不到我心中的向阳花了，不承想，多年之后，它又一次进入了我的视野。而这一次，它似乎要将几十年积攒的热情悉数补偿于我。那种热烈，那种壮阔，那种磅礴的气势，令我终生难忘。

2017 年夏末，我和几个诗友去伊犁采风。在去往昭苏的马路边上，意外地邂逅了一片又一片金黄灿烂的向日葵。广袤的原野上，一片片漫无边际、浩如烟海的葵花，仿若金色的海洋，又好似一团团燃烧的火焰，把寂静辽阔的荒野装点得分外妖娆，魅力无穷。原本是去昭苏看油菜花的一群人，被惊艳，被吸引，像蜜蜂一样扑入花海，扑入向日葵的怀抱。

正是向日葵盛开的季节。烈日下，每个花盘都清新明艳，绚丽璀璨。在与葵花的对望中，我看到，几十年过去了，它们仍然不改初衷，仍然面向苍穹，面向那一轮金色的太阳。那份执着，那份坚定，令人钦佩，叫人感动。

我不禁在心里暗暗思忖：向日葵这样痴情，这样忠贞不渝，这样不求回报地追随着太阳，迷恋着太阳，究竟是为了什么？难道仅仅是物种特有的属性吗？费解了半天，我想，也许这就是爱，是发自内心深处真切的爱吧。

伫立在无边的花海中，凝望着满目金灿灿的葵花，我忍不住伸出手去抚摸一枚枚花瓣。指尖触及绸缎一样丝滑、绵软、柔润的花瓣时，心灵仿佛触碰到一串串金色的音符，那种奇特，那种美妙，只有用心去感悟才能聆听得到。

太阳西斜，诗友们仍沉浸在向日葵无边的花海中。这些被钢筋水泥禁锢了太久的人，这些远离了大都市喧嚣的人，来到这片浩荡、诗意的花海，一个个变得忘乎所以，一个个变得激情浪漫。他们欢呼，他们跳跃，全然没有了束缚，没有了压抑，满脸洋溢的都是甜蜜，都是幸福，都是葵花一样灿烂的笑容。

又想起梵高的《向日葵》。那些插在花瓶里的葵花，曾给过我温暖，给过

我希望和憧憬，但与眼前这波澜壮阔、蓬勃兴旺的向日葵花海相比，似乎又缺少了点什么。

恋恋不舍地离开那片花海时，我在心里默念起"可曾沾雨露，不改向阳心""更无柳絮因风起，唯有葵花向日倾"的诗句来。夕阳中，我看到那些灼灼盛开的向日葵，依然含情脉脉，依然朝向那轮红日，朝向它们心灵的归属。

本文原载于 2021 年 8 月 5 日《粮油市场报》

荷韵悠长

在众多花卉中，最让我心仪，最令我心动的，要数荷花。且不说她袅娜娉婷的身姿，娇艳无比的容貌；也不论她香远益清的特质，出淤泥而不染的品格；更无须言她于酷暑炎热之中带给人们的丝丝清凉美意，只消听听她那"莲花、芙蕖、菡萏、水芙蓉、金芙蓉、静客、玉环、天仙花、翠钱、红衣、六月花神"等几十个不同凡响的别名雅称，就足以令人生出一份爱怜、一份仰慕。

荷花是水生植物，是依赖于水才能存活的凌波仙子。她只能生在明净的水塘里，开在清澈的湖泊中。然而，在新疆，在这个离海洋最远的地方，在这个多戈壁、多沙漠的地方，想要一览荷的容颜、莲的美貌，何其艰难。

记得第一次看到荷花，是在一个朋友家的水缸里。那是多年前一个夏日的午后，朋友喜滋滋地告诉我说，他家的荷花开了。听到荷花二字，我一下子就从椅子上蹦了起来，骑上自行车，径直冲到他家。推开院门，一个醒目的陶瓷大水缸映入眼帘。疾步上前，只见缸里漂浮着几片翠绿的荷叶，两枝细长的绿茎高高跃出水面，擎举起一对挂着水珠的红荷，一朵绽放，一朵含苞欲放。烈日下，她们是那么清新、那么娇艳，好似刚刚出浴的清纯少女。细看，每一片花瓣都流泻着光的明媚，渗透着水的灵秀。闻之，还有一丝若即若离的淡淡幽香。看着看着，我忍不住笑出声来。朋友问，怎么啦？我说，你看她们像不像两个娇羞可爱的小女子，一个刚刚出嫁，一个闺中待嫁。朋友歪着脑袋瞧了一会儿说，嘿，你别说，还真有那么点意思。

闲聊之中，朋友找出他的单反相机，一会儿左一会儿右，一会儿前一会儿后，煞有介事地拍起照来。就那么两根灵草，那么两朵藕花，他却"咔嚓咔嚓"了好一阵子。

　　自那以后，荷花的清丽，荷花的秀雅，深深地刻进了我的脑海。然而，由于工作原因，不久后我调离了那座小县城，从此与荷花恍若隔世，再也不曾见到她娇艳迷人的倩影。

　　世上的事也真是蛮有意思的，当你苦苦寻觅时，她逃得无影无踪；当你已经淡忘了，不再抱有幻想了，她又会突然闯到你的面前，给你一个意外之喜。

　　2017 年夏末，我与几个诗友去伊犁采风。汽车驶出伊宁市不久，便看到有一池荷花静静地开在马路边上。"快看，荷花！荷花！"当即有人大喊。呵，还真是荷花！在新疆这片广袤的漠野上，在这个以干旱著称的疆域里，能看到荷花，真算是奇迹了。车还未停稳，一个个就急着跳下车，向池塘跑去。只听前面的人又喊又叫：哈哈，好大好多的荷花啊！我快步上前，也被眼前的景象怔住了。

　　这是一池白荷，足有几十亩大。一眼望过去，几乎看不到水面，只看到一张硕大的绣着白花的碧绿色毯子，清雅至极，漂亮至极。凝目注视，每一张阔大的叶子都被一根手指粗细且笔直的枝干支撑着，仿佛一只只翻转的绿伞，密密实实地遮盖了整个池塘。那些或含苞或绽放的荷花，凌空于荷叶之上，袅袅婷婷，美若天仙。这洁白的荷花，这田田的荷叶，虽没有"映日荷花别样红"的艳丽色彩，却有"接天莲叶无穷碧"的壮阔气势。

　　站在凌波翠盖的池塘边，面对一池蓬蓬勃勃的清莲，面对荷叶上不时滚动着的一颗颗晶莹剔透的珠玉，细嗅着微风送来的一缕缕幽香，我的脑海闪现出"予独爱莲之出淤泥而不染，濯清涟而不妖，中通外直，不蔓不枝"的文句。是的，这是一池"只可远观而不可亵玩"的精灵，这是一池高雅圣洁的生命。虽然近在咫尺，虽然唾手可得，我却不敢伸手去触摸一下那鲜嫩的花瓣、那碧绿的叶片……

　　不知是不是伊犁河谷那一池白荷的辐射效应，近几年，荷的芳容、莲的笑靥，如雨后春笋般在新疆大地频频亮相。进入乌鲁木齐西公园，以前空旷的鉴湖的一角，被园林工人们种上了荷花、睡莲，每到夏季最热的时候，映入眼帘的是那铺满湖面的翠盖，那红的、粉的、白的、黄的花朵，还有摇曳的芦苇、追逐的鱼群、游弋的野鸭……这里也成了市民休闲、纳凉、观景的最好去处。

荷花的美，令无数人为之倾倒。这些年，每到荷花绽放时节，同学梅就会在朋友圈晒出库尔勒白鹭河的荷花。看着她拍摄的视频，看着一河绿意盎然、密密实实的荷叶，看着荷叶间五颜六色的花仙子，看着河边众多拿着相机、手机拍照的男男女女，尽管不在现场，但那份爱恋，那份喜悦，我已经感受到了。

在博斯腾湖的荷香别苑，每到夏天，近400亩的各色荷花便在浩大的水域上演绎着碧叶连天、红荷映日的美好图景。举目远望，俨然一个荷的世界，莲的天下。微风吹来，覆在水面上的叶子一层层荡漾着，那绿波，如麦浪般韵味悠长；数不清的菡萏、芙蕖、莲蓬随风摇曳，趣味盎然，诗意浓浓。艳阳下，一男孩举着一支如伞的荷盖，顶在头上，嘻嘻地笑着；一女孩则将一张白皙的脸蛋贴近一朵红荷，闭着眼，轻轻地嗅着。那情，那景，真是美妙至极。

最令我欣喜的是，去年在农一师阿拉尔市十六团的新开岭镇，我看到了300多亩盛开的荷花。碗口大的花朵，碧盘似的叶子，层层叠叠，挨挨挤挤，颇为壮观，将整个小镇衬托得极富诗情画意，极具江南韵味。穿行在那一池芬芳四溢的荷花丛中，沐浴着橘红色的晚霞，虽然我滴酒未沾，却感觉已经醉了。我甚至怀疑自己不是置身于这个塔克拉玛干沙漠边缘的小镇，而是回到了湖南老家，回到了开满荷花的洞庭湖畔。

记得以前去南疆，还见不到一朵荷花，一片莲叶。如今，行走在阿克苏的多浪河边或是公园里，菡萏、芙蕖、六月花神的身影已随处可见。仅仅几年工夫，江南水乡的独特意蕴和美丽景致，在千里之外的天山南麓，在紧邻沙漠的城市和乡村，到处蔓延，到处呈现。

世上无人不爱荷，不爱莲。周敦颐的《爱莲说》可谓世代流传，深入人

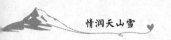

心。曹植在他的《芙蓉赋》中云"览百卉之英茂，无斯华之独灵"，把荷花比喻为水中的灵芝。葛洪在《西京杂记》中写道："文君姣好，眉色如望远山，脸际常若芙蓉，肌肤柔滑如脂……"他称赞才女卓文君的脸庞像出水的芙蓉。白居易从杭州赴洛阳任职时，尽管路途遥远，仍要携带他心爱的白莲藕秧。吴王夫差更是在他的离宫（苏州灵岩山）修筑了一座"玩花池"，池内广种荷花，供宠妃西施欣赏。

得益于这些年生态环境的大幅改善，看惯了大漠戈壁的新疆人，在自己生活的这片土地上，也能够欣赏到"水中灵芝""出水芙蓉"的容颜和风姿了。想来，真要感谢这个伟大的时代，感谢一代又一代劳动者的辛勤耕耘与付出。

夏天已至，就让我们在这个美好的季节，与荷相约，与莲相拥吧。

本文获新疆 2024 年"大地文心"生态文学作品征文二等奖

香香甜甜哈密瓜

秋风将肆虐了一夏天的暑气吹得偃旗息鼓时，西瓜便淡出了人们的视线。此时，那青皮的、黄皮的、白皮的，那绵软或爽脆的哈密瓜，一跃成为瓜果中最引人注目的角色。

说起哈密瓜，它在新疆的瓜果界算得上是久负盛名了。有民谣曰："吐鲁番的葡萄哈密的瓜，库尔勒的香梨人人夸。"从这首脍炙人口的民谣中，可以看出哈密瓜在新疆的显赫地位。

哈密瓜，从字面上就看得出来，它是哈密地区的特产，主产于吐哈盆地。新疆瓜果众多，声名远扬，但直接以地名来命名的，似乎没有几个。说起哈密瓜名称的由来，这里面还有一个小故事呢。康熙三十七年（1698 年），清廷派理藩院郎中布尔赛去哈密清查人户，编旗入籍。在哈密停留期间，布尔赛多次品尝到本地的甜瓜，对其芳香浓郁、甘甜如蜜的独特风味大加赞赏，并建议哈密回王额贝都拉向朝廷进献。是年冬天，额贝都拉进京朝觐。在元旦朝宴上，康熙和群臣们品尝了这香香甜甜的瓜果之后，一个个赞不绝口。当康熙问及此瓜叫什么名字时，额贝都拉答不上来，因为这瓜的确没有名字，人们只习惯性地叫它甜瓜。康熙心想，它既然产于哈密，何不就叫它"哈密瓜"呢。此言一出，哈密甜瓜不仅有了一个响亮的名字，还被称为了"贡瓜"。

哈密瓜的美名还留存于不同时期的典籍和诗赋中。远在唐朝，从军西域的骆宾王路过哈密时就留下一首诗："忽上天山路，依然想物华。……旅思徒漂梗，归期未及瓜。"诗中明确表露出为没能品尝到哈密甜瓜而深感遗憾的情愫。元初《长春真人西游记》中有"甘瓜如枕许，其香味盖中国未有也"的文字记载。纪晓岚在《阅微草堂笔记》中云："西域之果，蒲桃莫盛于吐鲁番，

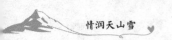

瓜莫盛于哈密。"

哈密瓜确实美味。在哈密瓜180多个品种中,有果肉橘红,肉质细而松脆的西州蜜;有鲜甜脆嫩,散发着奶香、果香和酒香的东湖瓜;有瓜肉翠绿,糖分高,入冬后食之更加香气袭人、甘甜爽口的黑眉毛;有色泽橙黄,酥脆多汁,浓香四溢,食后余香绕口的红心脆;有肉如羊脂,松软味甜,置放一瓜满屋生香的黄蛋子;有细腻脆爽,入口即化,口感似香梨的雪里红……这些外皮或粗糙或光滑,呈椭圆、纺锤或长棒形状的哈密瓜,虽然颜色各异,风味不同,但具有一个共同的特点,那就是一律香甜,一律诱人。

新疆是著名的"瓜果之乡",尤其是甜瓜,南疆、北疆、东疆,各地均有种植。然而,如若你去瓜摊,随手拿起一个甜瓜问摊主,这是哪里的瓜?他会不假思索地告诉你,哈密的。如果遇到懂行的人,明明知道那不是哈密瓜,也不会戳穿,只会对着精明的卖家会心一笑。也是,谁让哈密瓜声名远扬,谁让哈密瓜香甜无比呢。

从古至今,一代又一代的人,之所以青睐哈密瓜,要归因于它生长的这片沃土。位于新疆东部的吐哈盆地,四面环山,高大的山体像一道长城,拦截了来自大西洋、北冰洋的水汽和西伯利亚的冷空气,形成"一山之隔,两个天下"的物候特征。这里白天气温高,昼夜温差大,光照时间长,干燥少雨,土壤含沙量大,加之略带碱性的特点,为美味的甜瓜创造了独特的自然条件。

在这个特殊的环境里孕育生长的哈密瓜,甘甜如蜜,芳香四溢,有"瓜中之王"的美称。它的果肉,有的橘红,有的翠绿,有的奶白,有的淡黄,无论生吃还是做成菜肴,无论制作水果沙拉还是瓜脯,口感都非常不错,都令人喜爱。

我崇尚简约,崇尚自然。因此,大多数情况下都是以鲜食为主。哈密瓜买回家后,先用清水洗净外皮,如果人多,就切成一瓣一瓣的长条,大家分而食之;如果人少,直接拦腰切断,一人抱一半,用勺子挖着吃。也有心血来潮的时候,比如吃过晚饭,在与家人一起欣赏电视节目的闲暇时刻,会抽空走进厨房，把哈密瓜去瓤去籽，切成小块儿，装在透明的玻璃容器中，插上牙签，端至客厅。偶尔也会浪漫一下，把几个不同颜色的哈密瓜果肉，用小勺掏出一个一个的圆球，再放回半圆形的哈密瓜果壳中。看着堆叠在一起的，一颗颗汁水丰盈、晶莹圆润、水晶球似的各色果肉，我感觉那已经不是简单的食物了，而是一件精美的艺术品，那么赏心，那么悦目……

记得老早以前，在一次宴会上，我吃到了水果沙拉，感觉很新奇，也很好吃。于是，母亲过生日时，我如法炮制。当酒足饭饱，品尝完甜腻腻的生日蛋糕后，我端出一盘水果沙拉——在一个白瓷汤盆中，盛着切成小块的香蕉、哈密瓜、火龙果、苹果、香梨、葡萄、圣女果等，这些水果与乳白色的酸奶融合在了一起。当我把它们端上桌的那一刻，所有人的眼睛都为之一亮。此时再看自己的杰作，那一盆五颜六色的水果，仿佛掩映在薄薄的霜雪里，又好似笼罩在缥缈的云海中，真的很美。小弟张口道："芳菊开林耀，青松冠岩列。怀此贞秀姿，卓为霜下杰。"虽然陶渊明的这两句诗与眼前的景物并无瓜葛，也扯不上半点关系，但我还是感受到了浓浓的诗意，不仅很受用，心里还美滋滋的。

如今去酒店聚餐，或是去 KTV 唱歌，都会有一盘水果拼盘。季节不同，果盘里的水果也相应不同。但无论怎么变换，都少不了哈密瓜的身影。这是因为，哈密瓜的晚熟品种经久耐放，便于储存。春去秋来，暑去寒来，在那一盘盘水果拼盘里，别的水果交替变换，只有哈密瓜永恒不变，成了它的定盘星。那香甜美味的哈密瓜，也永远为大众瞩目，为众人喜爱。

秋天，正是哈密瓜自然成熟大量上市的时候。街边，超市，到处都是大大小小、形状各异、颜色各异的哈密瓜。这些经过充足的光照，充分的孕育和沉淀的哈密瓜，这些在新疆的土地上延续了 4000 多年的哈密瓜，这些人见人爱的哈密瓜，不仅给人们带来了欢喜，也给我带来了开心与快乐，幸福与甜蜜。

本文原载于 2022 年 9 月 22 日《粮油市场报》

圆圆的馕，不朽的馕

走进位于柯坪县玉尔其乡托马艾日克村的新疆艾力努尔馕文化科技有限公司的大厅内，便闻到一股诱人的香味。那是混合了面粉、清油、洋葱、芝麻、牛奶等物质的特殊香味儿——馕香，那是每一个新疆人都熟悉的味道，喜爱的味道，深入骨髓的味道。

一侧的玻璃窗内，几个戴着白帽子和蓝口罩、衣着整齐的工人正在操作间内忙碌着。他们在一个不锈钢的长方形操作台上揉面团、擀饼、压花、粘芝麻，各司其职。另一个房间里，烤熟的馕，随着现代化的设备，一个个井然有序地列队登场，登场的同时就已经套上了漂亮的外包装。整个操作间，宽敞明亮，干净整洁，设备齐全，完全是一个新型的现代化生产车间。

这里出产的馕，有传统的薄皮馕、白馕、芝麻馕、油馕，还有根据当地特色开发研制的恰玛古馕、玫瑰花酱馕、核桃馕、驼奶馕等新品种。掰开一个驼奶馕尝一口，奶香四溢，酥软合适，既有馕的质感，又有糕点的品味，算得上是馕中精品了。

面对大大小小五花八门包装精美的馕，我感到眼花缭乱。我没有想到，一个小小的馕，一个用来果腹的普通的馕，在短短几年内竟然已发展到如此地步。不得不感叹，存在于新疆上千年的馕，遇到了一个伟大的时代，一个美好的时代。

一

记得小时候，在我生活的那个地方，维吾尔族老乡几乎家家门前都有一个馕坑，一个用羊毛和黏土砌筑的馕坑。馕坑高约一米，肚大口小，像极了倒扣的大水缸。馕坑四周用土坯垒成方形台面，用于操作和盛放打好的热馕。我家邻居艾尼莎汗大婶家就有一个这样的馕坑。每过十天半月，就见她将一大堆干柴放进坑底点燃，等柴火烧尽只剩火星时，馕坑内壁已炽热滚烫。这时，她用雕花模子在擀好的面胚上扎出一圈圈的花纹，再抹上清油，撒些芝麻、洋葱丁，然后把面坯贴在坑壁上。不多时，热热的馕便烤好了。大婶手拿铁钩子，熟练地将馕一个一个钩出来，扔到馕坑旁边的台面上散热。刚烤熟的馕带着一股浓浓的香味儿，远远就能闻到。即便是刚撂下饭碗的人，也禁不住这股香味儿的诱惑，常常会走上前去掰上一块儿，过过嘴瘾。

我的父母是南方人，在新疆待的时间长了，竟然也恋上了这圆圆的香香的馕。每当艾尼莎汗大婶点燃馕坑时，我的母亲就会撸起袖子，舀上一盆面粉，嗑开几个鸡蛋，和上一大块面团，请大婶帮我们打成馕。那脸盆大小、薄薄的、金黄酥脆、香气四溢的馕，温暖抚慰了我们一家许多年。当然，我和弟妹也会利用课余时间去戈壁滩捡些红柳枝和干柴棒，送给艾尼莎汗大婶。

算起来，我与馕还真是缘分不浅。来到乌鲁木齐后，我居住的西北路，前面是"苏来曼馕"，后面是"阿布拉馕"，周围还有好几家没有冠名的馕坑。每天上下班我都要经过这些馕坑。遇到他们正往外钩热馕时，就会不由自主地停下脚步，买上一两个，或带到办公室和同事们一起享用，或带回家当晚餐。一块香香的馕，外加一杯清茶，能让人品味出蕴藏在里面的幸福和满足。

乌鲁木齐的冬天寒冷，为了御寒，我常常清炖羊肉。当锅里"咕嘟咕嘟"冒着热气时，我便会去门口买几个热馕回来。在我的食谱里，馕与羊肉是绝配，就如同才子与佳人。一碗清炖羊肉，外加一块热馕下肚，纵使窗外寒风呼啸，雪花纷飞，浑身的筋骨也都热乎了，妥帖了。

我相信，在新疆生活过的人，都会有一种恋馕情结，不管你离开多远，离别多久，这种情结都不会改变。那是根深蒂固，驻扎在骨血里的，一辈子都难以销蚀的东西。随着时间的推移，它只会不断发酵，越来越明显，只有接过

熟悉的馕，品尝了那份蕴藏在心底的味道后，你坐卧不宁的心绪才会得以平复。

我的弟弟妹妹就是这样。

几年前的一个暑假，他俩一个从广州、一个从北京一齐飞了回来。刚落地不久，看到路边有打馕的，他俩就叫嚷着喊停车。等买回几个馕来，两人便你一口我一口在车上吃开了。那迫不及待的样子，那眉开眼笑的样子，令我忍俊不禁，也令我思绪万千。

此后的一周，我们跑了一趟南疆，来了个自驾游。临行前，买了一大摞馕带在车上，外加几个大西瓜。一路上，除了每天一顿正餐外，饿了就吃馕和西瓜。我觉得怠慢了他们，毕竟弟妹远道而来，而且几年才回来一趟。然而，他俩却呵呵大笑，说馕就着西瓜吃，是炎炎夏日里最好的食物，他们就想重温这样地地道道的新疆吃法。

这还不算，临走的前一天，两人又跑到阿布拉馕坑前，排了半个多小时的队，一人买了两大箱子馕打包带回，说是回去以后再想吃这么纯正美味的馕就困难了。

看着他们对馕的爱恋，对馕的依依不舍，我在心里暗自想：别看走得那么远，离开的时间那么长了，身体里装着的，仍然是一副新疆人的脾胃、新疆人的情怀啊。

二

在新疆，无论你走到哪里，都能看到打馕的和卖馕的。可以说，馕无处不在，无处不有，只要是有人烟的地方就有馕。你也时常会看到馕坑前排得长长的队伍，以及像风景一样存在于大街小巷的人群。有一句谚语"宁可一日无菜，决不可一日无馕"，说的就是新疆人对馕的执着与热爱。

也许有人会问，馕有那么好吃吗，值得你们如此青睐、如此迷恋？的确，这种以发面为原料，不放碱但放盐，经过干柴烘烤的面食，这种被古人称为"胡饼"的馕，有麦子的清香，有芝麻、牛奶等多种食物混合的香味，还有炭火的独特味道。馕不仅是维吾尔、哈萨克、柯尔克孜等民族的传统主食，也是所有新疆人喜爱的食物。小时候，我经常看到艾尼莎汗大婶一家，早晨茶水泡馕，晚上馕泡茶水，日复一日，年复一年，他们吃得津津有味，吃得心满意足。走在大街上，也常常有这样的情形映入眼帘：一人手提刚买的热馕，边走边吃，顾不得身旁呼啸的车辆与穿梭的人流。他们当中有年轻人，有老人，也有孩子。每次我差家人去买馕，回到家时，总见一个馕缺了一大块儿。不等我发问，人家自己便不好意思地笑笑，指指圆鼓鼓的肚子，我明白，那缺失的馕已经和他融为一体，难解难分了。

馕不是今人的专利，也不是今人的专宠。早在唐朝时期，白居易就写过一首脍炙人口的诗："胡麻饼样学京都，面脆油香新出炉。寄与饥馋杨大使，尝看得似辅兴无？"这首诞生于公元818年的七言绝句，是白居易由江州司马升任忠州刺史时所作。因升迁之喜，他亲手制作了一些胡麻饼，也就是今天的馕，赠予他的好友杨敬之。从诗中不难看出他当时的欣喜之情，也不难看出诗人对胡饼的由衷喜爱。

馕俘获了无数人的肠胃。那刚从馕坑中取出的热馕，那金黄四溢的色泽，那经历过炭火淬炼后的阵阵麦香，不知诱惑了多少人的嗅觉，绊住了多少双匆忙的脚步。

馕不仅好吃，还耐储藏，易携带。打好的馕，只要放到通风干燥的地方，几个月都不会变质，不会发霉，是出行的最好搭档。

从前，新疆人出趟门很是麻烦，路途遥远不说，交通还不便利，戈壁荒滩的，吃饭更是一件让人头疼的事情。于是，聪明的女主人就想到了馕。她们会在前一天和好面，打上几个脸盆大小的薄馕，第二天一早，再把馕切成小块，用布包裹上，给家人带到路上吃。即便时间长了，馕变得又干又硬，也同样可以吃，只要用一碗水泡一会儿，就酥软了。传说当年唐僧取经穿越戈壁沙

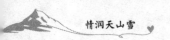

漠时，身边带的食物就是馕，是馕帮助他走完了艰辛的旅途。

由此，我想到了古丝绸之路上的商贾驼队，想到了两度出使西域的张骞。著名学者柏杨先生这样描述西域："西域是无边无涯的沙漠，暴风时起，天翻地覆，光天化日之下，处处鬼哭狼嚎。又有寸草不生的咸水，举目荒凉，上不见飞鸟，下不见走兽，往往一个月不见人烟。也没有正式道路，行旅只有沿着前人死在途中的枯骨摸索前进，那是一个恐怖而陌生的地方。"当他们跋涉于这样一个绝境之地时，我想，一定是因为有馕的陪伴，他们才会有一种动力，才不至于绝望。一个个胡饼，一块块干馕，无异于黑暗中的一盏盏明灯，给困顿中的他们以最好的慰藉和勇气。试想，如果没有馕的支撑和相助，他们中的那些幸存者，是否还能摆脱茫茫戈壁的困扰？是否还能战胜雪岭冰川的险恶？是否还能有力气坚持到最后？真要打一个大大的问号呢。

从某种意义上说，馕让丝路得以通畅，馕在精神层面成功庇佑了人类的文明之旅。

三

回溯馕的历史，它存在于天山南北已有几千年了。考古人员曾在 3000 年前的哈密五堡、2800 年前的且末县扎滚鲁克、2500 年前的鄯善县苏贝希，以及 1800 多年前的洛浦县山普拉等地的古墓里，发掘出各种形态的馕。尽管这些馕与现代意义上的馕存在着某些差异，但足以证明，馕的雏形早已在地球上出现。1972 年，在吐鲁番阿斯塔纳一座唐代墓葬中挖掘出一个直径 19.5 厘米的土黄色圆形馕，虽已破碎为 12 块，且脱水干化，但并不影响它的基本形状。研究表明，这个馕为馕坑烤制，和现在的馕相差无几，为小麦粉制成，周边厚，中间薄，表面还饰有装饰花纹，由此可见馕在新疆这片土地上的悠久历史和漫漫征程。

馕是新疆最具代表性的食物，这种蕴含了地域文化的食物，随着时代的发展也在与时俱进，尤其是近些年，变得丰富多彩，令人刮目相看。

在我的印象里，过去的馕只有很少的几种，芝麻洋葱馕、苞谷馕、二转子馕（白面和苞谷面各一半），这几种馕是我小时候常见的，也是常吃的。如今，馕的品种多得让人数不清。最大的"艾曼克馕"，直径足有40～50厘米，像个车辖辘，以新疆库车市的最出名，做一个要用一两公斤面粉，被称为"馕中之王"。最小的"托喀西馕"，只有茶杯口那么大，是做工最精细的一种。还有一种饭碗大小，5～6厘米厚，中间掏了一个窝的"格吉德馕"，是所有馕中最厚的一种。最薄的"恰皮塔馕"是出自阿克苏地区柯坪县的特色馕，6秒就可以出炉，对着太阳看，透明感极强。常见的还有油馕、肉馕、芝麻馕、库麦西馕、希尔曼馕、核桃仁馕、玫瑰花酱馕，等等。前一阵我还吃到了辣皮子馕，那种辣中带甜、甜中带香的味道，也是直击人的味蕾，让你欲罢不能。

以前打馕，人们都是在一个泥巴铸就的大坑里，你打你的，我打我的，随意性很强，基本属于家庭式或小作坊式。如今不同了，各地都成立了馕合作社、馕产业园。走进喀什馕文化产业园和乌鲁木齐馕文化博物馆，那宏大的规模、恢宏的气势、现代化的生产方式，真是让人大开眼界，惊叹不已。

在这里，你可以看到一排排间隔有序的电气化馕坑，一张张宽大整洁的不锈钢操作面板，一个个穿戴齐整、有条不紊的打馕师傅。在高端大气的"殿堂"内，在馕香四溢的氛围里，你尽可以收敛起矜持，美美地品尝不同品牌、不同口味、不同形状的馕饼。你还可以沉浸在馕文化的历史长河中，与张骞、玄奘、香妃、林则徐一道，共同回顾那些久远的时光，倾听他们悠悠地诉说，慢慢咀嚼那些苍茫的往事，体味他们与馕的不解之缘，与馕的相依相恋。

从远古走来的馕，历经了2000多年的淬炼，早已不再是农家院落里那个捻着衣角的"村姑"了，也不再是新疆人独有的专宠。在新时代的大背景下，它变得光鲜亮丽，变得多姿多彩。如今，依托电商与网络信息平台，馕更像是插上了翅膀，一日千里。看吧，那些刚出馕坑的热馕，带着滋滋的热气，带着特有的香味儿，要不了多久，便会出现在天南海北，出现在异国他乡。

　　圆圆的馕，不朽的馕。相信再过亿万年，它依然走不出众人爱恋的目光、钟情的味蕾和缱绻的情思。

本文原载于 2022 年 6 月 23 日《粮油市场报》

泽普的梧桐

我没有想到，在昆仑山北麓的叶尔羌河边上，竟然有一座栽满梧桐的县城——泽普，且这梧桐还是被人们赋予浪漫气息的"法国梧桐"。一下子，我仿佛透过层层云雾看到了塞纳河畔的旖旎风光，感受到了远在天边的异国风情，也对这个偏远的南疆小城充满了无限遐想与憧憬。

的确，在新疆生活的几十年里，映入眼帘的多是笔直的白杨树、婀娜的垂柳、沧桑的胡杨和灰扑扑的沙枣树。至于梧桐，则很少见到，更别说一座处处摇曳着梧桐叶子的美丽边城了。

初次见到梧桐树，是在托木尔峰脚下白水城的一个幽静的小区内。十几棵排列有序的树木，健硕高大，葳蕤蓊郁。每一棵都在两米上下的地方分出三四根侧枝，四面散开，再向上生长。不知经过了多少年的风雨锤炼，这些侧枝长得粗壮结实，完全替代了原来的那根主干，又繁复出无数的枝条，擎举起一枚枚手掌似的阔叶，树干与枝叶相连，茂密如盖，遮天蔽日。枝叶间，还悬挂着两两一串荔枝一样的果实，微风吹来，摇来晃去，宛若一对情侣在荡着秋千。抬头仰望，几只小鸟在林间穿梭嬉戏，悠然自得。荫荫林木下，小区更显幽静了。

朋友说，这就是梧桐，法国梧桐。言语间，满是骄傲和自豪。

我更是一脸羡慕。想着朋友终日面对着这片茂盛的法国梧桐，从晨起到日落，从嫩绿到金黄，不时还有清脆的鸟鸣传入耳中，该是多么惬意和幸福。

在这座塔克拉玛干沙漠边缘的城市里，我还见到了一些散落的梧桐树，它们或是一段街道旁的行道树，或是栽植在公园的一侧，寥寥几十棵，都不多。尽管如此，有了梧桐的衬托，这些地方就显得与众不同，就显得大气，就有了吸引目光的魅力。

每每望着这些梧桐树，我就在心里暗暗想，那再往南去几百公里的富饶之地，那满城都飘荡着梧桐枝叶的泽普，该是怎样一幅迷人的情景呢？

地处昆仑山北麓、塔里木盆地西缘的泽普县，由于奔腾不息的叶尔羌河与提孜那甫河的滋润，湿地众多，空气清新，植被丰茂。这里有枸杞、菟丝子、麻黄草、曼陀罗、大芸等药用植物，有绿头鸭、针尾鸭、猎隼、燕隼等保护动物，还有一座 AAAAA 级金湖杨国家森林公园。占地 1.8 万亩的天然胡杨林景区内，春天百鸟欢歌，生机盎然；夏季浓荫蔽日，杂花生树；深秋一片金黄，如诗似画；严冬银装素裹，满目苍劲。最可喜的是随处可见的法国梧桐，街道两边，广场周围，单位门前，农家院落，田间地头，到处都是梧桐的身影，梧桐的家族。有了这些名贵树木的装饰与点缀，整个城市乃至乡村无形中提高了颜值，上了一个档次，显得恢宏壮阔而又气度不凡。这里还有全国唯一的梧桐大道和梧桐主题公园。泽普，这条"漂着金子的河流"，这片白杨钻天、果树成林、良田肥沃、矿产丰富的神奇绿洲，宛若被繁茂的梧桐层层环绕，又好似坐落在梧桐高大宽广的怀抱中，令人瞩目，令人仰视。

步入梧桐大道，仿佛进入了一条穹庐盖顶的梧桐隧道。在这条长约 1.5 公里，宽约 20 米的街道上，你可以随意行走，慢慢踱步，充分享受梧桐的浪漫景致。虽说已到了冬季，但小城的温暖舒适，依然可以让你感受到尚未泯灭的秋色秋韵。倘若是在炎炎夏日，这里绝对是一处不错的避暑胜地。街道两边高大魁梧的梧桐树，像一把把撑开的巨伞，枝干交错，树冠相连，叶片密集，把整条街道笼罩在一个拱形的隧道内，太阳晒不着，风吹不着，雨也淋不着。在绿意萦绕、浓荫匝地的隧道内走累了，可以坐在路边的长椅上歇歇脚，望望头顶上一串串的悬铃木球，看看脚底下摇曳的斑驳树影，或是听听枝叶间的鸟语蝉鸣。再不然，闭上双眼，什么也不想，……这样的时刻，谁又能说不是一种幸福呢？

暮色四合，华灯初上。夜晚的梧桐大道更显幽静，更加迷人，给人以神秘和梦幻之感。绿色的光影下，路面犹如平静的水面，泛着粼粼波光，华美而恬淡。没有了车水马龙，没有了白昼的喧嚣，时间好像停止了运转，周围的一切也好似遁入深深的静谧之中。只有一弯明月，几颗星星，在遥远的天际，将探寻的目光投向这里……

在泽普县城的西南边，还有一座以梧桐为主题的公园，这座占地近千亩的生态公园，享有"中国最大法国梧桐公园"的美誉，被称为"西域戈壁的法桐天堂"，也被当地人亲切地称为后花园。

走进公园，你会感到惊诧，觉得恍惚，这是沙漠边缘的南疆小城吗？茂密的植被，茂盛的树木，亭台楼阁，小桥流水，处处弥漫着草香、花香与鸟语……园内除了数不清的梧桐外，红叶桃、丁香、榆叶梅、五角枫、塔松、女贞等也随处可见，平时难以见到的野鸡、红嘴雁在草丛中不时扑棱着翅膀。它们把这里当成了自己的家，一代一代繁衍生息着……

凤凰湖，一个酷似凤凰飞舞造型的偌大水域。湖边，垂柳飘拂，芦苇丛生；湖中，拱桥挺立，小船悠悠；一座九曲回环的廊桥，从东岸一直连接到西岸。站在木桥上，可以从微波荡漾的水面打捞蓝天白云，打捞芳容倩影。水中的荷花，红的娇艳，白的清雅；湖畔的马兰花，开得恣肆，摄人心魄。几只野鸭，游来荡去；一群鱼儿，穿梭嬉戏。忽然，一阵悠扬的笛声，从远处缥缈而来，那么清脆，那么空灵，给人以无尽的美好与享受。在这充满诗情画意的地方，我相信，无论是谁，都成了摄影家追寻的目标，都成了画家笔下那一抹风景。

园中花繁叶茂，曲径通幽。绕园一周，有一条梧桐小路。漫步其间，视线被一波胜过一波的色彩牵绊，耳膜被一浪赛过一浪的莺歌抚慰。穿行在这样的小路上，心情是愉悦的，精神是放松的，即使生活中有再多的不快也会烟消云散。此时对面密林深处走来一对男女，女孩穿白衬衣牛仔裤，梳两根小辫，简洁清新，男孩一身运动装，朝气蓬勃。他们手挽着手，忽而停顿，忽而慢行，忽而跳跃。此情此景，不禁让人回味起自己的过往与人生，生发许多感叹与感触。

前人栽树，后人乘凉。在距县城3公里的波斯卡木乡，有一条长约500米的林荫大道，道路两旁耸立着六七十米高的梧桐树，碧叶青干，桐荫婆娑，树

干粗至两人才能合抱。这里就是泽普赫赫有名的"梧桐天堂",也是该县最早种植梧桐的地方。

20世纪60年代初,一批年轻人从甘肃长途跋涉来到波斯卡木乡。他们在这人烟稀少的戈壁荒漠驻扎了下来,劳动生产,结婚生子,一干就是一辈子。他们中的一个有心人,在一个寒冷的冬天,偶然发现了两棵与其他树种完全不同的老树,叶大,杆粗——法国梧桐。欣喜之余,他们把树枝砍下来,截成段,储藏在地窖中。第二年春天,近200棵梧桐树苗栽种在了大路两旁。法国梧桐与泽普还真是有缘,种下的树苗90%都得以成活。从此,梧桐在泽普的大地上如星星之火燎原开来。

在金湖杨国家森林公园内,矗立着一座黄色的牌匾,上书"峥嵘岁月馆"几个苍劲的大字。它的身后是一片郁郁葱葱的白杨树,一棵棵苗壮挺拔;景区里还有一条2公里长的沙枣长廊,岁月的风沙,把原本作为防护林的沙枣树全都吹向了一边,树冠倒伏,形成了一个自然弯曲的圆拱形。每年春天,整个公园都飘荡着浓郁的沙枣花香。这些都是当年下乡的上海知青种下的。他们在远离故乡的土地上,不光种梧桐,还遍植白杨树、沙枣树。为了纪念知青们的卓著功绩,纪念他们的青春和汗水,淳朴的泽普人民特意竖起了这座牌匾,意在提醒后人:吃水不忘挖井人。

半个多世纪过去了,梧桐与泽普完全交融在了一起。它们在泽普安家,在泽普落户,它们把根深深地扎进这片土地,为泽普人民撑起了一片蓝天,一个个丽日。泽普人更是把梧桐尊为他们的县树,像爱护自己的孩子一样呵护着这些树木。

梧桐福佑了泽普,惠及了千家万户,彻底改变了这里荒芜与落后的面貌。如今的泽普,已成为人们心目中的水运之城、园林之城、最佳人居之城。"栽下梧桐树,引来金凤凰。"一批一批的金凤凰正朝这里涌来,涌来……

本文原载于2022年第3期《新疆人文地理》

生生不息罗布麻

这里，曾是烟波浩渺、碧浪滔天的罗布大泽；这里，曾是商贾云集、僧侣众多的楼兰古国。如今，湖水干枯，黄沙漫漫，罗布泊早已沦为"生命禁区"，一度繁华热闹的楼兰古国也已消失了近千年。然而，就是在这样一片"死亡之地"的周边区域，却生长着一种并不强壮的野生植物，一年一年，发芽抽枝、长叶开花，不知存活了多少年。它就是看上去柔弱纤细，实则顽强坚毅的罗布麻。

罗布麻，一种枝条修长、叶片椭圆、花朵粉红的直立半灌木。由于它具有超强的生命力，因此，在天山南麓、塔里木盆地东北缘的盐碱地、沙漠边缘、戈壁荒滩、河流两岸以及沟壑山坡等地方都遍布它的身影。每年五月，它还会绽放出一朵朵状如铃铛的粉色小花，六至七月，更是进入盛花期。届时，枝头上那一串串、一簇簇的小铃铛，把又名"罗布淖尔"的尉犁县装扮得摇曳生姿，也让这里的夏天亮丽成一道迷人的风景。

"罗布淖尔"一名，源于"罗布泊"，意为"水草丰腴的湖泊"。至于罗布麻，是不是也因罗布泊而得来这么个好听的称谓，就不太清楚了。不过，是与不是都无关紧要。重要的是，每年夏季，那160多万亩竞相开放的罗布麻花，便会绚烂成一片无边无际、汹涌澎湃的粉色花海，吸引着众多的目光，激荡着众人的心房。一时间，尉犁成为许多人追逐向往的诗和远方。近处的远处的，男的女的，老的少的，全都嗅着花香，翩然而至。

遁入花海的人们，面对一丛丛细密修长的罗布麻植株，面对小巧玲珑、秀美可爱的罗布麻花，一个个喜笑颜开，欢呼雀跃。他们像蜜蜂一样俯身亲吻那些花朵，像蝴蝶似的在花丛中翩跹起舞，无数个快乐的瞬间被定格在了无数

人的手机和相机里。在库尔勒这个浩瀚的"后花园"里，在芳香盈怀、繁星点点的美妙中，一拨又一拨的赏花人，徜徉陶醉，流连忘返。

望着一根根泛红的茎秆和枝条，凝视着花瓣上那几条清晰的紫红色纹理，我的记忆之门一下子打开了。这不就是我们小时候见过的野麻吗？是的，它不光被人称作野麻，还被唤作红麻、茶叶花、红柳子等。罗布麻是它在植物界的学名。就像我们每个人都有自己的乳名和学名一样，它也被标注上了不同的名字，只是比我们更多一些。

记得在孔雀河畔生活的那些年，每到草木繁盛的夏天，我们就可以在学校和家之间的那片广袤的戈壁滩上，在那条又深又宽却只能蹚水而过的渠道两边，看到几处开得正旺的野麻花。一群结伴而行的少男少女，在渺无人烟的荒漠深处，在漫长寂寥的路途中，猛然看到洋溢着青春色彩的一团团、一簇簇的粉色花朵，一路的艰辛和疲惫瞬间化作了天边的云烟，一下子消散得无影无踪。不多时，每个人的手中都拥有了一束野麻花，每个人的脸上都绽放出灿烂的笑容。回到家，顾不得擦去额头上和脸颊滚落的汗珠，先找出几个玻璃瓶，倒入清水，将野麻分插其中，置于窗台。窗外的阳光清澈明亮，一缕缕泼洒进来。再看那些枝条、那些纹理，像注入了血液似的，更加生动，更加鲜艳。伴随着幽幽淡淡的花香，整个房间也好似笼罩在了温馨与柔美织就的氛围里。

那个时候，在我们眼里，满目皆是罗布麻别样的美丽和独特的韵致。尤其那一个个粉色的小铃铛，不知勾去了我多少少女情怀。然而，对于世代生活在罗布泊地区的土著们来说，罗布麻的价值就不仅仅停留在观赏的层面上了。

曾经，"不种五谷，不牧牲畜，唯小舟捕鱼为食，或采野麻，或捕哈什鸟剥皮为衣"的罗布人，长年辗转在罗布泊大大小小的海子间，过着与世隔绝的原始生活。每年，当罗布麻蓓蕾初放，他们就会赶在第一场暴雨来临之前去采摘那些鲜嫩的花瓣，并小心收藏起来，一旦有人生病，便用热水冲服。他们相信，罗布麻花有很好的药用价值。他们还把罗布麻枝条的外皮剥开，将里面的白色絮状物（罗布麻纤维，一种上等的纺织原料）放入锅中煮大约一小时，之后再用纺车加工成或粗或细的罗布麻线，用于制衣、织毯、编织渔网等。可以说，罗布麻伴随罗布人走过了几千年的艰苦岁月。如今，罗布人的后裔不再以渔猎为生，但提起罗布麻时，他们内心的那份感激，那份爱恋，<u>丝毫没有减轻</u>。

行走在尉犁县的戈壁荒野上，可以看到一处处的养蜂场。每到罗布麻花开之时，逐花者们便会带上他们一个个木制的蜂箱，带上他们的一群群小蜜蜂，来到这片花海。从花开到花落，几个月的时间里，蜜蜂们在罗布麻无边无际的花海间飞进飞出，采花酿蜜。而它们的主人，则忙着取蜜板、割蜂蜡、摇蜜、滤蜜，收获着一重重喜悦。由于野生罗布麻花没有遭受农药等有害物质的侵袭，因此这里酿造的罗布麻蜂蜜天然优质，芳香醇正，实属大自然难得的馈赠。

都说新疆羊肉味美鲜香，等品尝过用尉犁县的罗布羊烹饪的菜肴后，你才知道什么是羊肉中的上品。罗布羊以放养为主，无论严冬还是盛夏，都能在塔里木河及孔雀河流域的天然胡杨林和荒漠草场，看到牧羊人赶着一群群罗布羊在悠然地啃食地上的芦苇、甘草、骆驼刺、罗布麻和胡杨树叶。因为放养，也因为这些植物富含盐碱，具有天然的排酸能力和药用价值，使得罗布羊的肉质紧实、香味浓郁、口感极佳。即便是最简单、最原始的做法，只把羊肉剁成块儿放入清水中炖煮，出锅后浇上盐水，撒上洋葱，那鲜香软烂、不腻不膻的味道，也堪称一绝。如果想吃得再讲究一点，就用红柳当炭火做烤肉吧。烤制后的羊肉，色泽红亮，外酥里嫩，别有一番风味。

饱餐了罗布羊美味后，最想要的就是一杯罗布麻茶。打开精美的包装盒，取出一个绿色的小包，将里面一粒粒卷曲的茶叶放入透明的玻璃杯中，倒入开水。不一会儿，茶粒慢慢舒展，杯中漂浮起一枚枚黄绿色的叶片。那过程，就像花朵绽放一样美妙。继而，清清亮亮的茶水渗透出一层色泽，有黄，也有绿。轻轻啜一口，淡淡的茶香，如同飘荡在原野上的罗布麻花的气息，清雅而芬芳。

罗布麻的叶子可以制茶，也可以入药，具有调节血压、延缓衰老等功效。曾听人说，汉武帝刘彻因服用了楼兰国王献给他的罗布麻长寿药丸，活到了71 岁高龄，成为我国历史上第一位寿命超过 70 岁的皇帝。是真是假，不好评说，更不好鉴别。但在尉犁县的罗布人村寨，在这个全国著名的长寿村里，现有的 20 几户村民中百岁老人就有五六人，年过九旬者也多达 10 余人。这不仅归功于他们远离城市污染和长期的渔猎生活，还要归功于他们常年饮用罗布麻花、罗布麻叶子浸泡的一杯杯茶水。

罗布麻浑身是宝，因此很早就被国人誉为"仙草"。有了仙草的滋养，有了仙气的灵动，尉犁县成为人们趋之若鹜的美丽之所。

正当我沉浸在罗布麻带来的思绪中时，手机响起了一阵清脆的铃声。点开来，原来是朋友作词的一首《罗布麻》歌曲。看着那辽远壮阔的茂密花海，听着那优美深情的动人旋律，我的心已按捺不住，仿佛幻化成窗外那一只扑棱着翅膀的小鸟，先于双脚抵达了那片神往已久的土地。

本文原载于 2022 年 8 月 20 日《粮油市场报》

落絮纷飞

在我的眼里，雪是冬天最迷人的风景。无论与它有过多少相遇，有过多少缠绵，在面对一场不期而遇的飘飘落雪时，仍然会满心欢喜，仍然会遏制不住内心的那份喜悦之情。

是的，在寒风吹彻、萧疏冷寂的冬天，面对漫天飞舞的雪花，面对一个冰清玉洁的世界，谁能无动于衷？谁又能不满心欢喜呢？

生活在天山脚下，每年冬季最不缺的就是皑皑白雪了。这不，刚晴了没两天，天空中又飘起了雪花。晶莹的雪，一片一片，无声无息安静地飘落着。凌空曼舞的雪花，像谢道韫嘴里的"柳絮"，似杨万里眼中的"琼花"，又宛若赵翼诗行里的"玉蝶"，它们全都踏着轻盈的舞步，从天宫翩然而来。不一会儿，就落满了枝头，铺遍了房檐，染白了田野和村庄，给红尘中的我们，织就了一个纯净素雅的银色世界。

此刻，天地苍茫，空蒙，给人以无尽的遐想。随着一朵朵飘舞的雪花，我的情思也已飞到了一条遥远的江面上。

那是 1000 多年前的一条大江。透过迷蒙的雪雾，我隐约看见在凛冽的江面上，有一个身披蓑衣、头戴斗笠、手持钓竿的老渔翁，正乘着一叶孤舟，在寒冷的江心独自垂钓。他的四周，是连绵起伏的雪峰，是一望无垠的雪野，既听不到飞鸟的叫声，也看不到一丝人烟。天地间，除了茫茫飞雪，除了渔翁和一叶孤舟，仿佛一切都凝固了。那种纤尘不染，那种万籁俱寂，那种空灵与超脱的意境之美，深深地打动了我，感染了我。

"千山鸟飞绝，万径人踪灭。孤舟蓑笠翁，独钓寒江雪。"1000 多年来，这首被无数人赞美过、吟唱过的五言绝句，以极简的风格为世人勾勒出一幅撼

人心魄的寒江独钓图。那是唐人柳宗元心境意绪的写照，也是一首空前绝后的山水诗和一幅名垂千古的水墨画。

一首《江雪》让我领悟到前所未有的苍凉、肃穆与凝重，"开门枝鸟散，玉絮堕纷纷"则让我看到了一个富有动感、令人愉悦的场景和画面。

雪后的清晨，推开楼门，还未来得及深吸一口清新的空气，便听得"哗啦"一声，一群栖息在门前树林里的麻雀瞬间四散开来。速度之快，亦如闪电；数量之多，足有几百只。它们飞离的同时，由于用力过猛，使得树枝东摇西晃，聚积在树梢枝杈上的一团团白雪随之纷纷坠落。那情景，犹如天女散花，又好似玉絮飘落。簌簌下坠的一幕，打破了清晨的宁静，也像电影镜头一样从我的眼前划过。

我定定地站在原处，欣赏着眼前的一切。眨眼的工夫，一些麻雀飞到了邻近的树枝上，一些落在了对面人家的窗台上。这些机警的鸟儿，立稳之后，全都瞪大一双乌溜溜的小眼睛，四下张望。过了一会儿，大概觉得危险解除了，便又呼啦啦飞到雪地上，这里啄啄，那里捣捣，不知是在品味雪的甘甜，还是在细嗅雪的芬芳。注视着这群蹦蹦跳跳、活泼可爱的小生灵，注视着雪地里生动有趣的一幕，我的心里不可名状地涌动起一股股暖意。

《江雪》的意境令我陶醉，"开门枝鸟散，玉絮堕纷纷"的情景让我动容，那么在隆冬，在万物凋零、银装素裹的原野上，偶遇一抹青绿或一星嫣红，又会在心里激荡起怎样一层涟漪呢？

记不清具体时间了，只记得是一个冬日。我和几个文友从白水城的多浪河畔出发，乘车前往一个小县城去采访。当车行驶到郊外的一条马路上时，一抹青绿映入我的眼帘——那是一片冬小麦。在空旷的田野上，那绿，尤其显眼。只见一行行麦苗与雪交织在一起，一半被拥入雪的怀抱，一半被雪托举在头顶。晨光中，麦苗青翠，白雪晶莹。在寒风瑟瑟的旷野上，没待多久，我已冻得手脚生疼，一旁的麦苗却在雪的怀抱里尽情地舒展着腰肢。

文友说，南疆的冬天很少下雪，像今天这么厚、这么蓬松的雪更是少有。

也是，那年的冬天特别寒冷，风打在脸上，如同刀割一般难受。我想，有灵性的雪，一定是感知到这不同寻常的气候了吧。

北国的冬天，萧瑟荒芜。那青绿，让我眼睛一亮，觉得整个世界都温润了起来，鲜活了起来。

突然想起，自己还曾经遇到过一树梅花呢。几年前，在公园的一个僻静角落，正在低头行走的我被一缕幽香吸引。抬头望去，几步开外，一株枝干虬曲的树上开着些许零星的红色花朵，也许才进入花期，花开得并不多，但在一片光秃秃的树木间却分外醒目。枝上落满了厚厚的积雪，由于温差的缘故，原先毛茸茸的雪有些已显露出冰的样貌。梅花就被这样的雪搂着裹着，看着不免浑身打战，寒意顿生。然而，梅花似乎并未感觉到冷，一朵朵小花照样挺立着，一片片花瓣依然娇艳着。斜阳中，红与白相互映衬，是那么和谐，那么耀眼。

"墙角数枝梅，凌寒独自开。"不知不觉，这两句流传了上千年的名诗浮现在我的脑海。

冬天给人印象最深的就是寒冷，冰雪尤其如此。殊不知，在草木眼中，在冬小麦与梅花眼中，雪才是它们温暖的居所，情感的依靠。

窗外的雪，又纷纷扬扬地飘洒了起来。看着它们在空中飞上飞下，旋转起舞，我在心里想，下吧下吧，尽情地下吧。此时此刻，不知有多少裸露的草木在翘首以盼呢，更不知有多少农人的双眸已经被这瑞雪打湿了眼眶。

本文原载于 2023 年 2 月《金融博览》

米东，稻花香里的诗意画卷

在天山北麓的广袤大地上，有一片充满生机与诗意的土地——米东。这里是稻米的故乡，有着大自然与人类和谐共生的美丽画卷。

当清晨的第一缕阳光挥洒在米东的稻田上时，那柔和的、梦幻般的光芒，给这片土地笼罩上了一层轻柔透明的薄纱。微风拂过，稻穗摇曳，发出"沙沙沙"的声响，仿佛在向世人诉说着久远的故事。

是的，米东的历史，犹如一部厚重的书籍，每一页都承载着岁月的沧桑与变迁。这片土地，从汉唐到清代，从米泉到米东，走过了上千年的时光。其间，有兴衰，有坎坷，有过去大规模种植水稻的辉煌，也有今天被誉为新疆"粮仓"的荣耀。

得益于地势平坦，泉水丰润，这里生产的稻米质地优良，饱满圆润；焖出来的米饭晶莹油亮，软糯香甜。《新疆图志》称其"粒圆、色白，味甘而糯，精凿出东南杭米上"。

的确如此。20世纪90年代初，我从南疆调入乌鲁木齐工作。临近春节，单位给每个员工发放了一袋米泉大米。同事告诉我，这是乌鲁木齐周边最好的大米。回到家，拆开包装，随手抓出一把。阳光下，每一粒都是那么匀整、晶亮，洁如珠玑。当我将米蒸熟打开电饭煲时，随着蒸汽的喷发，满屋子飘荡的都是米饭的香气。尝一口，那软糯香甜的味道，那与唇齿交会的感觉，至今难忘。此后，米泉大米再也难逃我的视线。

品食过美味的大米，就想去盛产它的田野上走一走，看一看。

记得那是多年前的一个5月。某日，我与同事因公外出，返回时，专门绕道去了一趟米泉（彼时，米泉县已升格为米泉市）。就在公路边的稻田里，看到一排一排的人，正弯着腰，一手拿秧苗，一手熟练地往水田里插秧。看不清他们的脸，也看不出他们的表情——脸被头巾和帽子遮挡住了。我伸手在水里划拉了几下，立刻被冰凉的水吓得缩回了手。

默默望向水田里的这些人，我的内心不知被什么东西狠狠地戳了一下。年年月月，我们餐桌上香喷喷的大米饭，就是这些农人不惧寒冷，不辞辛劳，一粒一粒栽种出来的。

前些年，我又有机会去了一趟米东（此时，米泉市已划归乌鲁木齐市管辖，更名为米东区）。

依然是 5 月，依然是立夏前后的晴朗日子。

蓝天白云，阳光和煦。一汪碧水从我站立的田埂边一直铺展至远方。稻田似乎也长大了，再也不像以前那样被分割成一个个的"豆腐块"，而是变成了集中连片的水稻种植基地。偌大的稻田里，看不见站成一排排弯腰插秧的队伍，只有两台插秧机在水田里来回穿梭着。机上也仅有两人，一人负责驾驶，一人负责放稻秧。机子驶过的地方，一行行排列有序的秧苗就整齐均匀地插在了田地里。不一会儿，整个水田就被秧苗披上了绿色的新装。

望着这种高效的机械化作业模式，望着眼前这一片新绿，这一片勃勃生机，我感慨万千，内心更是感到无比的轻松与喜悦。

"十里春畴雪化泥，不须分垄不须畦。珠玑信手纷纷落，一样新秧出水齐。"一首纪昀被遣戍新疆时所作的七绝，不由得浮出了脑海。

以前在新疆，总觉得吃水产品不是那么方便，总觉得那些美味的水产品都是属于江南水乡的。哪曾想，如今在米东区的稻田里，像螃蟹、南美白对虾、小龙虾等已是寻常之物。

勤劳智慧的米东人，为了生产出更优质的绿色有机大米，也为了让新疆人在自己的地盘上就能吃到刚刚从水田里打捞出来的水产品，早在十几年前，就开始了稻田蟹的养殖。每年 6 月，当秧苗坐稳并长高一点时，他们就把从内地空运过来的蟹苗投放到稻田里。蟹与稻相互依存，共同生长，既环保又增

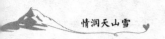

收，也为稻田增加了新的看点与韵致。

待到秋风乍起，你再来看吧。一望无际的稻田里，稻谷已垂下了头，而在它们周围挥舞着蟹钳"横行霸道"的，是一只只活泼健壮的河蟹。它们三五成群，或觅食，或潜水，或在一旁悠闲地吐着泡泡。微风吹过，稻浪起伏，稻香四溢，俨然一幅生机盎然的田园水墨画。

除了蟹、虾等水产品，他们还养鸭子。成群的鸭子在稻田里自由自在地畅游，不时发出几声"嘎嘎嘎"的叫声。在我听来，那此起彼伏的欢叫声，不亚于"稻花香里说丰年"的那一片蛙鸣。

机器插秧，稻田养殖，这在几十年前是不可想象的。

然而，更令人惊奇的是，米东人竟然在稻田里作起了画。他们以大地为画布，以彩色水稻为颜料，尽情发挥着他们的聪明才智与奇思妙想。

于是，熊猫、笑脸、石榴籽、天安门、大型收割机、桥梁公路、宜居三道坝，田园米东等图案与文字纷纷在米东的百亩水稻科技示范园上演。那惟妙惟肖的图案，那清晰明了的大字，那巨幅的"稻田画作"，真的让人既好奇又开了眼界。

听说今年的稻田画又有了新的创意。盛夏时节，我再一次来到米东。登上高高的观景台，站在稻秸稻草修筑的围栏边俯瞰，一望无际的绿色稻田里，穿插着红色、紫黑色、白色、黄色的稻苗，以"中国梦·航天梦""庆祝中华人民共和国成立 75 周年"为主题的两幅巨型水稻景观画平铺开来，既赏心悦目，又别有新意。

目睹眼前这两幅壮美的画卷，这色彩分明的稻海风光，我感叹不已。感叹的同时我在想，再过三五年，在这片稻田上，在这片希望的田野上，又会呈现出怎样一幅幅美景呢？

我无法想象，也无法猜测。只能期待，只能盼望……

本文获 2024 年"你好，米东"征文比赛二等奖

第三辑·四季流韵

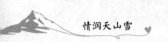

咬春祈福春可期

"盼望着，盼望着，东风来了，春天的脚步近了。"这是朱自清的《春》。而我小时候的春，却是盼望着，盼望着，赶快做一次春饼，饱一顿口福吧。

母亲对节气很重视，尤其是二十四节气打头的"立春"。在她看来，立春并不亚于春节。她说，立春是岁首，是新的一年的开始，如果这一天能开个好头，则一顺百顺，一年顺畅。因此，为了求个好彩头、好开端，每年的这一天，她都要给我们做好吃的，还一再叮嘱我们，管住嘴巴，不许乱说话。

所以这一天，我们都很"乖"，不敢随便张口，生怕一不小心，从嘴里溜出不吉利的话，那可就坏了母亲为全家人祈祷的好年景。即便如此，我们还是很喜欢立春这个节气的。对于小孩子来说，还有什么能比一顿美味更具诱惑力呢？

一大早，母亲便忙开了。她先用热水和面，和好后盖上蒸布放一边醒着，然后开始洗大白菜、洋芋、黄萝卜，再一样样切成丝，一样样炒熟，分别盛在盘子里，再把前几日泡发绿豆的竹篮拿过来，掀开盖在上面的毛巾。此时的豆芽发得刚刚好，鲜凌凌、脆生生的。母亲将豆芽用清水冲净，放在锅里焯一会儿捞出。最后从陶瓷罐里取出几个鸡蛋，在碗边轻轻一磕，蛋清和蛋黄随着一声脆响滑出了蛋壳。母亲用筷子搅几下，将打散的蛋液倒进油锅，摊成一张张金黄的鸡蛋饼。此时，房间里漾起了诱人的香味儿，充斥着节日的气氛。我看见，弟弟开始舔嘴唇了，小妹也在吮指头。母亲一边忙一边说，别急别急，饼烙好就可以吃了。几双渴盼的眼睛跟随母亲的背影骨碌碌地转，于是，母亲的双手更忙了，动作更麻利了。揉面，切块，擀面，一张张擀得厚薄均匀的饼入锅，翻面，起锅。

终于等到享用美食的时候了。母亲说，饼和菜分着吃叫"春饼"，合在一起吃就是"春卷"，问我们想怎么吃？小孩子图新鲜，都喊着要吃春卷。于是，母亲教我们每人先拿一张薄饼，将摊好的鸡蛋平铺在饼上，再将炒熟的豆芽、白菜丝、洋芋丝、黄萝卜丝各夹一些放在上面，一卷一裹，一张春卷就大功告成了。咬一口，薄饼绵软带些韧性，鸡蛋鲜香，白菜、洋芋有点脆，黄萝卜稍甜，几样味道叠加在一起，真是妙极了。

母亲做春饼的食材没有一定限制，常常是家里有什么就用什么。菠菜、韭菜、芹菜、粉丝、木耳都可以入菜。如果碰上有肉的话，还会炒上一盘肥瘦相宜的肉丝，撒上蒜苗，那味道就更美了。

那个时候，我们只知道吃，只注意味觉与口感，对于为什么要在立春这天吃春饼却从没有思考过。后来，等我长大了才渐渐了解到，其实古代就有"春盘"之说。《通俗编·四时宝鉴》里说："立春日，唐人做春饼生菜，号春盘。"春盘即后来的春饼。宋代诗人晁冲之的《立春》诗写道："巧胜金花真乐事，堆盘细菜亦宜人。自惭白发嘲吾老，不上谯门看打春。"这里的"堆盘细菜"指的就是春盘。春盘可自己食用，也可馈赠亲友。朱淑真在《立春古律》中也写道："停杯不饮待春来，和气先春动六街。生菜乍挑宜卷饼，罗幡旋剪称联钗。"可见，南宋时期的立春日不仅挑生菜，卷春饼，还剪幡胜，好一派迎春的欢乐景象。

除了春饼、春卷之外，我们还啃过萝卜。记得有一年立春，母亲让我去菜窖挖些萝卜上来。我从沙土里挖出几根黄萝卜，又挖了几个红心萝卜，一同提回家。母亲将其洗净后，切成一根根手指粗细的萝卜条端上桌，喊大家都来吃，说是"咬春"。盘里的萝卜黄灿灿、红艳艳的，还汪着一层细密的汁液，看着就想吃。咬一口，清甜可口，脆生生的。母亲问我们："咬到春没有？"我们一边嚼萝卜，一边使劲点头："咬到了！咬到了！"听到我们如此回答，母亲的一双大眼睛笑成了两道弯月："咬到了就好，今年的春好香好甜啊！"

关于立春吃萝卜这个习俗我也是后来才知道的。《明宫史·饮食好尚》中

有记："立春之时，无贵贱皆嚼萝卜，名曰'咬春'。"清乾隆时期《上书房消寒诗录》中还收录了叶国观的《咬春诗》："暖律潜催腊底春，登筵生菜记芳辰；灵根属土含冰脆，细缕堆盘切玉匀。佐酒暗香生匕柄，加餐清响动牙唇；帝城节物乡园味，取次关心白发新。"一根萝卜，在立春这一日，不论帝王贵族还是平民百姓，都嚼得津津有味，都嚼得嘎嘣脆响。可见，"咬春"在当时是非常盛行的。

对于这个习俗，我好久都没有弄明白。一根普通的、小小的萝卜，咬一口，就咬住春、咬住幸福了吗？不过转念一想，民间许多习俗，不就是人们寄托美好期望的一种念想吗？有了念想，有了希望，人才有动力，生活才有盼头，日子才有奔头啊。回想走过的时光，我们一家从缺吃少穿到衣食无忧，从艰难困苦到幸福美满，除了父母的勤劳肯干，除了党的好政策，谁能说，与母亲年复一年的执着信念没有一点关系呢？

今年的立春日，我打算像母亲一样，给家人做一顿春饼。吃过春饼，再嚼几块萝卜，把"春"紧紧地咬在口中，把吉祥和幸福咬进岁月，咬进新一年的每时每刻。

本文原载于 2021 年 2 月 3 日《乌鲁木齐晚报》

春风化雨　诗意无限

"正月中，天一生水。春始属木，然生木者，必水也。故立春后继之雨水。且东风既解冻，则散而为雨矣。"这是人称"草庐先生"的元朝大儒吴澄在《月令七十二候集解》中对雨水的注释；这是沉睡了一个冬天的大地，在东风的召唤中对春雨的渴盼；这是春的悸动里，一个湿漉漉的音节，一个柔润而富有诗意的节令。

"好雨知时节，当春乃发生。"立春过后，气温回升，来自海洋的暖湿空气与冷空气相互碰撞，相互较量，最终化为一帘细细密密、丝丝缕缕的雨线，穿过云层，用它的千般柔情、万般爱意，抚慰人间，滋润大地。

干渴了一冬的大地，枯萎了一冬的草木，像岸边的鱼儿终于盼到了清澈的溪流一般，全都张开大嘴，贪婪地吮吸着甘甜的雨水。春雨蒙蒙，似有似无，如远山含烟，如迷雾笼罩。如果这个时候你肯俯下身来，一定能听得见"沙沙沙，沙沙沙"的微弱声响。那是天空对大地的爱恋，是草木与雨水的缠绵，是万物迎接新生命的呐喊。

如烟似雾的春雨，轻柔温润的细雨，最懂得柔弱的生灵，最懂得柔情的力量，它们将一腔热血与满腹深情全部融入对万物的爱意中。刚抽出的幼芽，才孕育的花蕾，如同襁褓中嗷嗷待哺的婴儿，急需母乳的喂养，也急需母亲的关爱。春雨知道，这些弱小的生命，这些无助的生命，经不起"白雨跳珠乱入船"的鞭打，只有在霏霏细雨的细心呵护中，才能健康成长，茁壮成长。

春雨绵绵，极尽温柔。它不仅落在了大地，也落在了诗人的笔端。

"随风潜入夜，润物细无声。"这首《春夜喜雨》不知倾倒了多少人。1200多年前的那个雨夜，杜甫在成都郊外的草堂邂逅了一场春雨。斜织的雨

丝，柔软的雨滴，不仅平复了诗人内心积聚多年的离乱之苦，还让他感受到了蒙蒙细雨带来的轻松和愉悦。于是，一滴滴随风潜入夜的喜雨在润泽万物的同时，也飘落在了诗人的一行行诗句里。"天街小雨润如酥，草色遥看近却无。"弥漫在天街的小雨，在韩愈的眼里更像一杯酥油，绵软柔润，而由这酥油润及的草色，远望一片青，近看却似无。多么柔美的诗句，多么唯美的画面。看到这样的春雨，谁的心里不欢喜、不酥软呢？"如烟飞漠漠，似露湿凄凄。"刘复的这两句五言律诗，把初春的雨水描绘得惟妙惟肖，韵味十足。

记得多年前的一天，我们姐弟几个去水磨沟公园游玩。那时正是草叶萌发的春天，当我们漫步于林间小路时，天空飘起了毛毛雨。千丝万缕的细雨，弥漫在我们的头顶，也浸润在我们的心田。

"撑着油纸伞，独自彷徨在悠长、悠长又寂寥的雨巷……"在细雨营造的氛围中，在迷蒙织就的情调里，从事医学研究的弟弟，竟然朗诵起了戴望舒的《雨巷》。听着他满怀深情的男中音，我想，这首写于 20 世纪 20 年代的现代诗，不知击中了多少柔软又浪漫的灵魂。

雨水，滋润了土地，滋养了草木，丰富了诗人的内心，寄托了诗人的情志，还连着收成，决定着年景。

自古以来，庄稼人对雨水就有着一种天然的亲近感，那是发自内心的本能。在他们看来，雨水是上天赐予的恩惠，是比油还珍贵的东西。不是吗？水是庄稼的命脉，是农人的支柱。熬过了一个漫长荒芜的冬季，终于有雨水从天空飘落下来，他们的心情该是何等畅快、何等欢喜。透过轻柔、绵密、若有若无的毛毛细雨，他们能看到风吹麦浪、五谷丰登的场景，能看到殷实富足的好日子，能听到一家老小开心的笑声。

我们的祖先对雨怀有一种神圣的情感，认为万物生长离不开雨水，雨水是充满生命内涵的节气。《周易·系辞》有云，万物"润之以风雨"。别说是古代，就是现如今的一些偏远山区，仍然没有完全摆脱靠天吃饭的窘境。说到这儿，我就想起新疆的戈壁滩和大沙漠，几十万平方公里的土地就那样白白地闲置着、荒废着，如果有足够的雨水来浇灌这些荒滩漠野的话，这片占祖国国土六分之一的疆域，又该绵延出多少绿洲和良田，又能福佑多少苍生的性命啊！

雨水是一个吉祥的节气，一个造福于人类的节气。至今还有"回娘屋""拉干爹""接寿"等民间风俗在川西一带流行。每逢雨水时节，出嫁的女儿要带上礼物回娘家拜望父母，感谢父母的养育之恩；年轻的夫妇在这一天要带着孩子在人群中找干爹，目的是让儿女健康成长；小两口要用一罐封了红纸红绳的炖猪蹄给岳父岳母接寿，如果是新婚女婿，对方还要回赠雨伞，意为给女婿遮风挡雨，祝他人生顺遂平安。

立春过半月，降雨已开始。此时，我国南方多地在春雨的润泽下已是一幅早春的景象——春江水暖，田野青青；华南地区已是春意盎然，百花盛开；云南南部更是一派春色满园的喜人景象。虽然北方还没有摆脱冬天的束缚，我所处的天山脚下树叶仍旧卷曲着、枯黄着，忽冷忽热的天气里，不时还会有寒潮来袭，有冰雪光顾。但是，谁能挡得住春天的脚步？谁能阻得了雨水的爱意？说不定一觉醒来，惊喜就会锁住你的眼眸——天润了，地润了，草木也润了……

本文原载于 2021 年 2 月 18 日《乌鲁木齐晚报》

桃花芬芳春耕忙

雨水过后，沉寂了一个冬季的天空，被一声霹雳炸响；冬眠了数月的蛰虫，被滚过的春雷震醒。惊蛰，宛如时令骤然响起的号角，唤醒天地，集结万物，把春天的梦想渲染到枝头草间，铺展至山川陌野，芳菲在瞳仁心田。

与人类相比，鸟类、虫豸等动物和植物对大自然的感应更加灵敏、更加强烈。清晨，安静了许久的窗外，响起了鸟儿清脆的鸣唱；阳台的花盆间，刚刚孵化的小黑虫欢快地飞来舞去；枯萎了一冬的藤三七，抽出了长长的青茎，并生发出一片片嫩绿的新叶；公园的草丛里，闪现出松鼠们活泼的身影……

"微雨众卉新，一雷惊蛰始。田家几日闲，耕种从此起。"惊蛰时节，气温回升，春意萌动，是春耕的大好时机。此时，我国南方大部分地区已进入春耕大忙之际，北方虽稍晚一些，但也开始了备耕。

童年的时光里，每到此时，勤劳的父老乡亲们便会套上耕牛，扛起锄头、铁锹、坎土曼，走出户外，奔向田野。乡间的小路上，拉着牛粪或羊粪的毛驴车、手推车，你来我往地穿梭着，其间还混杂着鞭声、吆喝声，一派热闹的景象。寂寞了一个冬天的土地，在犁铧的翻动下仿佛睡醒了似的，大口大口吐露着泥土的清香，呼吸着春天的气息。阳光下是一个个忙碌的身影，一幅幅热火朝天的画面。春耕留给我的记忆，是汗水，是希望。

后来，我在书籍里看到，我国一些地区还有开春试犁的习俗。如桂北地区，在春耕前要拿着牛轭走进牛栏，放到牛的脖子上，喻示耕牛犁地之状；在瑶山，各家的主事人除了要到田里或菜园里挖几锄，还要在地里插几根竹子，埋几粒种子，以示插田和播种；还有的地方，把二月初一作为开春节，清早起来家家户户猛敲一阵锅盖，意为大闹春耕，之后，男人开始检修农具，女人则用磨好的糯米面，包上剁碎的干菜腊肉馅，放到垫了柚子叶的锅里蒸熟，一家人饱餐过香喷喷的"阳春粑"后，便投身到繁忙的春耕生产中去了；在山西、河北、内蒙古的部分地区，民间还流行着击鼓迎春的风俗；云南红河的哈尼族，在春耕时节则组织农民艺人走村串寨，表演当地少数民族劳动生活的原生态歌舞，为春耕开犁唱响报春曲。

春耕，耕耘的是农民的理想和希望。他们深知"一年之计在于春""春种一粒粟，秋收万颗子"的道理。每一粒播下去的种子，都承载着庄稼人的心愿，都是他们一年的期望所在。

三月的大地上，播种下农民的希冀。三月的空气中，氤氲起桃花的芳香。

以前，我一直认为杏花唱罢桃花才登场，后来才发现其实不尽然。很多时候，它们是同时开放的，宛若联袂登台演出的两姐妹。虽说那一素一艳清新的花朵都赋予了春天芬芳与烂漫，都可称为新疆的报春花，但是，荒芜了一冬的大漠，更需要明艳的色彩，更需要激情的渲染。桃花，恰恰就是上天派来的春之女神，她用美妙的画笔点染出春天的绚丽，放射出春天的热情，让苍凉与萧瑟无处可藏，让美韵与活力统领天下。

年复一年，美丽的花仙子从不忘记与春天的约会。一场春雨，几个暖阳，娇艳的花朵便悄然绽放在了枝头。那一树树的深红浅红，那一团团燃烧的火苗，把仍未摆脱凄清萧疏的春天整个点燃了。"桃之夭夭，灼灼其华。"从《诗经》里走来的桃花，虽然经过了几千年的时光洗礼，却依然鲜活，依旧烂漫。

人们喜欢用桃花来形容青春少女的靓丽美艳。那花一般的容貌，那水嫩红润的肤色和窈窕的身姿，确实让翩翩少年心旌摇曳，心神荡漾。唐朝时就发生过这样一则动人的"桃花缘"故事。唐代诗人崔护进京赶考，结束后到城南郊游，在一片桃花掩映的茅屋前，他遇到了正值妙龄的绛娘。绛娘艳如桃花美若天仙的姿容，令风华正茂、才情满腹的崔护怦然心动。此后，那一杯香茗，那嫣然一笑的娇羞和风韵，仿佛一阵春风在才子的心中萦绕不去。然而，隔年

再去寻觅时，已是人去屋空。怅然若失的崔护，在万般无奈中，在夕阳西沉的暮色中，提笔留下了一首千古绝句："去年今日此门中，人面桃花相映红。人面不知何处去，桃花依旧笑春风。"

《桃花源记》是我少时读过的一篇文章。许多年过去了，文中"忽逢桃花林，夹岸数百步，中无杂树，芳草鲜美，落英缤纷"的景致始终铭记在心。那片坐落在溪水两岸的桃花林，那芳草鲜美落英缤纷的场景，那天赐一般的世外桃源，不单单是东晋文学家陶渊明的梦想所在，也是许多人憧憬向往的地方。我羡慕那个打鱼的武陵人，他不仅亲眼看到了这一美景，还在"桃源"里逗留享受了几日，真乃洪福齐天之人也。

桃花之美，令人留恋；桃花开处，文人云集。自古以来，许多文人雅士不惜笔墨，为它留下了无数脍炙人口的诗句。桃花，开在千年不败的岁月里，也开在书香浓郁的册页里。

"两个黄鹂鸣翠柳"，"几处早莺争暖树"，桃花开过，鸧鹒鸣。曾在杜甫的草堂啼啭过、在王维的辋川庄吟唱过、在韦应物滁州西涧的深树上鸣叫过的黄鹂，其羽色艳丽，赏心悦目，鸣声更是清脆婉转，悦耳动听，极富乐感的声音，满满都是欢快的韵律，不愧"春来第一声"的美誉。

九尽杨花开。惊蛰过后，万物复苏，草长莺飞。环顾四野，麦苗返青，柔柳垂丝，杨花吐蕊，春草漫堤，蜂蝶嗡嗡……一声春雷，让所有的生命顿然梦醒，并有了勃勃生机。

本文原载于 2021 年 3 月 5 日《乌鲁木齐晚报》

纸鸢翻飞玄鸟至

一年四季中，最公平公正的日子莫过于春分和秋分。这一天，黑白平分，昼夜等长，寒暑均衡，阴阳相半。虽然都有一个"分"字，二者蕴含的意思却大相径庭。秋分代表着寒冷、萧条的开始，春分则意味着温暖、兴盛的来临。相比之下，我更青睐于向着明媚、向着和煦、向着蓬勃挺进的春分。

"风雷送暖季中春，桃柳着妆日焕新。"一声春雷，几场细雨，南方早已是草长莺飞、花红叶茂的烂漫春天。尽管"时令北方偏向晚"，但天山以南的地界却明显有了春的气象。岸边的柳树，垂下了柔媚的枝条，在清清亮亮的水面上荡漾出一圈圈涟漪；路边的小草，都擎举起一顶顶翠冠，一枚枚叶片，在春风里摇曳生姿；吐鲁番再一次迎来了杏花醉人的季节；阿克苏的苹果树也将花开十里，香飘云天……

最让人开心的是，街上响起了"卖苜蓿""卖荠菜"的吆喝声。紧接着，韭菜、菠菜、油白菜、香葱等开春后的头茬蔬菜出现在商贩们的手推车上。那青翠碧绿的色泽，那散发着春天气息和阳光味道的菜蔬，无论出自乡野还是田园，都给街市巷口增添了一抹亮色，都给人们带来了几道难以抗拒的时令美味。

面对这样鲜嫩水灵的蔬菜，谁愿意错过？自然要带一些给家人尝尝鲜解解馋了。刚出土的苜蓿芽，无论凉拌还是做汤饭，其独有的清香味都令人食后难忘；头刀韭菜，炒鸡蛋、煎韭菜合子、与羊肉一起剁成馅儿包饺子，那个鲜，那个香，是春天里最醇最美的味道。因此，新韭也被冠以"春季第一菜"的美名。

对于早春的苜蓿，南宋爱国诗人陆游不仅做汤、蒸食，还在诗里写道：

"野馈每思羹苣蓿,旅炊犹得饭雕胡。""但令烂熟如蒸鸭,不着盐醯也自珍。""渐觉东风料峭寒,青蒿黄韭试春盘。"一把绿茵茵的春韭,让美食家苏东坡吃得津津有味,也令一生坎坷、饱经离乱的杜甫不惜"夜雨剪春韭,新炊间黄粱"。苣蓿、春韭,这些最早上市的菜蔬,这些年复一年让人欲罢不能的美味,由于多了墨香,在抚慰无数味蕾的同时,还让人们品尝到了一份诗意和情趣。

苏轼有试春盘的雅趣,在我国岭南地区也有"春分吃春菜"的习俗。这里的"春菜"是指一种野苋菜,又被称为"春碧蒿"。春分那天,人们纷纷涌向田野采摘春菜。回家洗净后与鱼片一起滚汤,名曰"春汤"。有顺口溜道:"春汤灌脏,洗涤肝肠。阖家老少,平安健康。"一道看似简单的"春菜",实则表达了人们对新一年生活的美好寄托与祈望。

"草长莺飞二月天,拂堤杨柳醉春烟。儿童散学归来早,忙趁东风放纸鸢。"春分时节,是最适合孩子们放风筝的好日子。沐浴在融融的春光里,牵一线在手,放一纸风筝,手、眼乃至奔跑的脚步一起跟随高高飞舞的鹞子,人是自由的,心情更是轻松舒畅的。

记得六七岁的时候,我对风筝兴致极高,每到春风拂面春光宜人的时候,就缠着父亲给我做风筝。几根从门帘上拆下来的竹条,一张旧报纸,三条纸尾巴,一把纳鞋底的白线绳,就组合成了一个简易的风筝。运气好、风力合适的时候,风筝能够在天上飘飘悠悠飞一阵子,多数情况下,刚一起飞便一个倒栽葱落到了地上。即使是这样,即使风筝并没有把我的梦想和希冀带去遥远的天际,也给我留下了不同于其他娱乐项目的感受。尤其是在放风筝的时候,父亲给予的那份快乐与呵护,多少年来,我一直念念不忘,铭刻在心。

曾经以为,放风筝只是孩子们的娱乐游戏,后来才知道,在古代它就是我们祖先喜爱的一项户外活动。风清日朗之时,人们不光去无遮无拦的旷野放风筝,还将飞得又高又远的风筝线割断,让风筝带走一年所积的霉气。彼时,由于战争的需要,最早以鸟为形、以木为料制成的"木鸢",还充当过通信和侦探工具，并将火药带上天空，用作进攻敌方的武器。

如今，在山东潍坊，由于造型精美、形象生动、起飞灵活等特点，小小的风筝，一跃成为一种艺术品，并放飞出一个"鸢都"，放飞出一个世界风筝文化交流中心。每年的国际风筝节上，来自许多国家和地区的风筝汇聚于此，一展姿容，一决雌雄。那漫天飞舞的风筝，那五颜六色、栩栩如生的纸鸢，不仅赏心悦目，还搭建起了一座和平之桥、友谊之桥。随着交流的日益频繁，风筝这一古老的民间艺术也得到了蓬勃发展。

"几处早莺争暖树，谁家新燕啄春泥。"春分时节，天气和暖，燕子们又一双双地从南方飞回来了。它们在屋檐下筑巢，在湖面上嬉戏，在柳枝间呢喃，在电线上沐浴春光。它们乌黑光亮的羽毛，柔美清脆的燕语，活泼机灵的身姿，给大西北的早春带来了一股活力，增加了一抹生气。这些可爱的玄鸟们，小小的脑袋瓜里充满了智慧。每年秋分去春分归，天地如此之大，路途如此遥远，竟然识得旧泥巢。钦佩的同时，我对这有情有义的鸟儿，多了一分爱戴，添了一分敬重。

"吃了春分饭，一天长一线。"在日益明媚、日益温暖的春光里，我听见了雏燕的欢歌，看到了春天的勃发，也感受到了又一个兴旺兴盛时节的来临与美好。

本文原载于 2021 年 3 月 19 日《乌鲁木齐晚报》

遥寄哀思春光里

清明，乃天清地明之意。蹚过雨水，走过惊蛰，挥别了春分的春天，行经三月之时，一股脑把昏暗与萧瑟全都抛在了身后。一时间，天地豁然开朗，万木欣欣向荣。放眼望去，天清水清风清，日明月明花明。在这气清景明的时候，人们缅怀先辈，踏青游玩，皆因清明既是一个自然节令，也是一个传统节日。

每年清明，无数游子跨越千山万水也要赶回故乡，给祖先敬一杯酒，烧一炷香，培一把土。老天也似乎有灵，每到此时便阴雨绵绵。一丝丝飘飞的冷雨，一头系在云端，一头滴在路人的心上。天地间充斥着悲哀，充斥着无以言说的感伤。人们在一年一度的祭扫中，怀念故去的亲人，排遣内心的悲苦。一个个稽首跪拜的身影，一副副凝重肃穆的神情，一句句深情含泪的寄语，有礼敬，有追思，更有痛彻心扉的无奈。

清明节是一个祭扫的日子，然而在历史上，最隆重的祭扫日，不是清明，而是寒食。早在春秋时期，晋文公为了纪念他的忠义之臣介子推而专门设立了寒食节。"子推言避世，山火遂焚身。四海同寒食，千秋为一人。"何为寒食？冷食也。在此期间，全国禁烟禁火，所有人只能吃冷的食物。那时的寒食节，规模盛大，覆盖面广，被称为民间第一大祭日。有诗曰："春城无处不飞花，寒食东风御柳斜。日暮汉宫传蜡烛，轻烟散入五侯家。"由于寒食对身体不好，加之寒食与清明紧紧相邻，至唐朝，两节便合而为一了。宋元之后，延续了2000多年的寒食节终于被清明节取代。

清明节不但融合了寒食节，还融合了另外一个较早出现的节日——上巳节的习俗内容。上巳节，俗称三月三，是古代举行"被除畔浴"活动中最重要的节日，农历三月初三这天，人们都要结伴去水边举行祭礼，洗濯去垢，消除不祥，称为"祓禊"，此后又增加了祭祀宴饮、曲水流觞、郊外游春等内容。每年的这一天，"男则朱服耀路，女则锦绮灿烂"，人们盛装出行，相约于河边水滨。他们步入水中，用兰草洗濯；他们临于水边，祭祀宴饮；他们沐浴春光，踏青郊游。"唐朝赐宴曲江，倾都禊饮踏青"，描写的就是当日长安城内男女老少齐聚曲江江畔的盛况。王羲之"暮春之初，会于会稽山阴之兰亭，修禊事也"记录的也是那时的情景。相比而言，这些文人雅士更纵情，更风趣，更富有诗意。1600多年过去了，那春日芳华依然绽放在《兰亭集序》里。透过文字与书法，我看得见茂林修竹，听得到清流激湍，也感受得到曲水流觞，那苍翠，那清幽，那欢畅，不因岁月流逝而模糊，更不因时光荏苒而远去。

清明，有雨也有晴，有哀伤也有欢笑。"万物生长此时，皆清洁而明净。"时至清明，映入眼帘的是处处新绿，嗅入鼻腔的是阵阵花香。在这生机勃勃、春意盎然的时刻，不妨顺应天时去踏青郊游，去沐浴春光，去陶冶性情吧。

桐花，被视作清明之花，是自然时序的物候标记。只有到了清明，它才开放，才释放积攒了一年的绚烂与芳华。正如白居易所说，"春令有常候，清明桐始发"。以前，每年春季出游，映入眼帘的多是杏花、桃花、梨花。今年，在多浪河畔的一座小城，我有幸偶遇了这开在清明之际的桐花。

那日行至一处，空气中忽然飘来一股恬淡的幽香。朋友说，是泡桐树开花了。从没见过桐花的我，欣喜之情油然而生。抬头仰望，我看到了几棵高耸的大树就立在马路的一侧。正是桐花开放的时候，状如喇叭的紫色花朵，花瓣儿齐齐向外翻卷着，宛若女人发梢上那一圈卷起的浪花。硕大的花朵，挤挤挨挨，一嘟噜一嘟噜倒挂在每根枝条上。整棵树，犹如一团紫雾，一片花海。一眼望去，云蒸霞蔚，甚是壮观，甚是烂漫。

桐花有紫、白两色。紫色优雅，浪漫；白色素雅，清新。眼前的这几棵显然是紫桐了。花丛里虽然没有看到非梧桐不栖的凤凰，但"凤凰鸣矣，于彼高冈。梧桐生矣，于彼朝阳"的诗句，还是从我的记忆里闪现了出来。

　　一阵微风吹来，花枝颤颤巍巍，随后，一些花朵飘落下来。我捡起一朵，托在手中，湿润，丝滑，妩媚，依然是生时的模样。凝视着这朵才绽放不多时就凋零的桐花，我的眼前浮现出几个高大的身影——李大钊、刘胡兰、黄继光、江姐、林基路、吴茂林……他们为了解放全民族，建立新中国，就像这朵花一样，在最好的年华逝去了。

　　桐花易逝。对一朵花而言，绽放过，绚丽过，也许便可以告慰一生。可是，那些年轻的生命呢，那些鲜活的生命呢？

　　令人欣慰的是，每年的清明时节，人们在沐浴着春光、享受着惠风、聆听着莺歌的时候，都不忘去给那些为了人类的解放事业、为了今天的太平盛世而捐躯的烈士扫墓献花，缅怀他们。人们知道，如果没有先烈们视死如归的大义凛然和前仆后继的英勇卓绝，天不会这么蓝，山不会这么青，我们也不会生活得这么安逸和幸福。

　　"门前杨柳密藏鸦，春事到桐花。"桐花开过，春意阑珊。接续而来的日子，将更加繁茂，更加昌盛，更加多姿多彩。

本文原载于 2021 年 4 月 6 日《乌鲁木齐晚报》

国色天香谷雨花

"清明断雪，谷雨断霜。"谷雨一到，气温不再摇摆，空气中尚存的那一息寒潮悉数退去。天蓝、水清、草碧、花繁、叶茂、鸟喧、蝶翩，春的妆容、春的色彩，尽显无余。值此，一路走来的春，终于登上了她最华美的舞台，而适时飘落的谷雨，更给予万物以滋润，赋予百谷以滋养。

似乎是顺应天时，一大早起来，我就听见窗外传来滴滴答答的声音。打开窗户，一股潮气扑面而来。哦，是下雨了。淅淅沥沥的雨声中，那些新生的梧桐叶、杨树叶和榆钱叶，还有破土不久的秧苗、花苗，返青的麦苗，在雨水的抚慰下全都摇着、荡着、舞着。从它们摇曳的身姿中，我仿佛能感受到那来自心底的愉悦和欢畅。沐浴过的叶片、嫩苗，湿润、清新、翠绿，显得越发生机盎然，亭亭玉立。谷雨，给这个驻守在沙漠边缘的南疆小城带来了活力，带来了朝气。

透过蒙蒙细雨，透过这些鲜活的物种，我的思绪翻山越岭，去到了一座令人牵挂、惹人爱怜的茶山。曾经，在几千公里之外的洞庭湖畔，在云雾缭绕的大山深处，一个背着竹篓、穿着蓝底碎花衣的湘妹子在一行行茶树间穿梭。茶山青青，茶树苍翠。她灵巧的手指在一棵棵茶树上轻轻掠过，宛若在一排排绿色的琴键上弹奏。那是少女时的母亲。每逢谷雨这一天，她都要和几个小姐妹去山里采茶。

母亲采回来的茶叫谷雨茶，也称二春茶。与清明茶一样，它们都被视作一年中的佳品。只是，在明代许次纾眼中，这谷雨茶比清明茶更胜一筹。他曾说"清明太早，立夏太迟，谷雨前后，其时适中"。此时的茶树，经过了一个冬季的休养生息，又被充足的雨水滋润，芽叶生得更加鲜嫩肥硕，香气怡人。

听母亲多次说过，我的外公酷爱喝茶，尤其爱喝这谷雨茶。一杯新茶在手，望着"旗枪"一般展开的一芽一嫩叶，或是"雀舌"似的一芽两嫩叶，嗅着杯中缕缕升腾的茶香，不知我那从未谋面的外公，心中是否也激荡起"几枝新叶萧萧竹，数笔横皴淡淡山。正好清明连谷雨，一杯香茗坐其间"的风雅和情怀？

温润的空气，适宜的气候，还是牡丹花盛开的最好时节。

每年春天，当杏花衰败、桃花凋落、梨花飘逝后，被称为谷雨花的牡丹便举止娉婷地站在了枝上。那花朵，硕大盈尺，云翻浪卷；那花瓣，如绸似缎，柔润丝滑；那色泽，红黄蓝紫，娇艳欲滴。更有那雍容华贵的气度，端庄优雅的姿态，国色天香的韵致。面对这样的绝世之美，谁能不青睐？

"落尽残红始吐芳，佳名唤作百花王。竟夸天下无双艳，独占人间第一香。"这是晚唐诗人皮日休对牡丹的赞誉；"何人不爱牡丹花，占断城中好物华。疑是洛川神女作，千娇万态破朝霞。"这是与李白同传不朽的徐凝对牡丹的颂扬；"庭前芍药妖无格，池上芙蕖净少情。唯有牡丹真国色，花开时节动京城。"这是性格刚毅颇具豪猛之气的"诗豪"刘禹锡对牡丹的讴歌；连那个最爱莲花的周敦颐也说"自李唐来，世人甚爱牡丹"。

牡丹之美，令"一城之人皆若狂"，令唐宋八大家之一的欧阳修创作出了史上第一部牡丹专著《洛阳牡丹记》，令唐代边鸾、明代徐渭、清代恽寿平、近代王雪涛等一批著名画家为其泼墨作画……

曾经，我非常羡慕生活在"牡丹城"里的洛阳人，每年的牡丹花会，他们都可以置身于波澜壮阔的花海中，饱览"花中之王"的美艳，细品"国色天香"的风韵。流连于那些花繁叶茂、色彩缤纷的牡丹花海，还可以欣赏到魏紫、姚黄、豆绿、墨魁、二乔、娇容三变等名贵品种的芳容，真是太幸福了。

后来，我在乌鲁木齐也见到了令人向往、令人喜爱的牡丹花。

在人民公园的一角，在一片幽静之所，每到此时，"花王"就在那里绽放出笑容，吐露出芬芳。不论单瓣、重瓣、千瓣，也无论红色、紫色、白色，一律硕大无比，一律清香四溢。那富丽堂皇、高贵典雅的姿容，难怪被杨贵妃宠爱，被无数人拥戴。

每次伫立于那片花园，望着一朵朵"富贵花"们，我就不由自主地想到苏轼。我在想，究竟哪一朵被这个大文豪戴到了头上，引得他发出"人老簪花不自羞，花应羞上老人头"的感慨，引得"醉归扶路人应笑，十里珠帘半上钩"呢？

水润万物，雨生百谷。楼后的那片桑树林，前几天还支棱着一根根光秃秃的枝条，一场谷雨便芽叶丛生，新绿点点。树下更是齐刷刷地冒出一层蒲公英花朵，犹如昨夜散落的星辰，金黄灿烂。不知从哪里飞来了一群小鸟，落在树上，又唱又跳，好不热闹。是戴胜吗？是那凤冠霞帔的鸟吗？可惜我不认识。但从它们欢快的喧闹声中，我似乎听到了蚕宝宝们啃食桑叶的"沙沙"声，窥到了蚕丝织就的一批批绫罗锦绣，也嗅到了桑葚那甜蜜的味道……

"杨花落尽子规啼"，此时的南方，柳絮飞落，杜鹃夜啼，牡丹吐蕊，樱桃红熟，而在大西北，也到了冬小麦抽穗扬花、棉花播种的时候了。路边的行道树上，一树树红叶桃、榆叶梅、海棠花开得热烈，美得无边……

暮春不暮，一切尽在春光中；谷雨润物，一切尽在欢歌里。

本文原载于 2021 年 4 月 20 日《乌鲁木齐晚报》

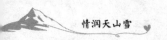

阴浓花繁夏令新

"时节过繁华，阴阴千万家。"承接着春的热情与浪漫、蕴积与蓄势，一个兴旺兴盛、万物并秀的夏出现在了人们的视野中。

所有的树木，被绿色笼罩；所有的小草，已蔓延舒展；绿满山野，绿映江河。天地间铺开了一张绿色的大网，世界沉醉在绿意盈盈的氛围之中。

没有了忽冷忽热的恼人天气，没有了沙尘风暴的兴风作浪，一切都显得那么安宁而祥和。天蓝得沉静，地透着温情，水泛着涟漪，鸟唱着欢歌。初夏的阳光，不骄不躁；初夏的气候，温暖适宜。此时此刻，即便是北疆，树木也已染绿，气温也已稳定。这是"槐柳阴初密，帘栊暑尚微"的初夏，这是"夏早日初长，南风草木香"的初夏。

是的，在以绿色为底蕴的夏日初始，那些属于夏季的花朵，开始绚烂，开始了它们生命的吟唱。

蔷薇，一种耐瘠薄、喜光照的植物，每年初夏，当春花渐次凋落后，它便迎着朝阳绽放出艳丽的花朵。于是乎，红的、粉的、黄的、白的，五颜六色、五彩缤纷的蔷薇花，在溪畔、在路旁、在园林、在庭院、在街巷村口、在墙边地角蔓延开来。人们用它美化篱垣跟栅栏，用它装饰墙面与桥梁，还把它置于阳台和客厅。那密集丛生的花朵，那清幽淡雅的芳香，不仅给这绿色统领的时节增添了美妙的色彩，还给人们带来了浪漫的心境和美好的情趣。

《山亭夏日》是我最喜爱的一首描写夏天的古诗："绿树阴浓夏日长，楼台倒影入池塘。水晶帘动微风起，满架蔷薇一院香。"每当读到这优美的诗句，我的眼前就会浮现出一幅宁静的画面：一个夏日的午后，在一片绿树遮蔽的浓荫下，在一个倒映楼台的池塘边，一阵微风吹来，原本平静的水面，像水晶帘子一样轻轻摆动起来，那掀起的波峰波谷，平滑柔顺，宛若一条绿色的绸缎，又好似一幅动静相宜的图画，美妙至极。随着微风，满架的蔷薇吐露出芬芳，花香阵阵，花香萦绕，整个院子被弥漫的花香淹没了。

一直以为，这样一首清新恬淡的小诗，应该出自一位温婉细腻的女诗人之手；这样一幅宁静温馨的画面里，那坐在浓荫下，傍在池塘边，静静地注视着楼台倒影，欣赏着水晶帘动，享受着蔷薇花香的人，应该是一位娴静秀美的女子。哪里想到，这首诗却出自那位戎马倥偬的晚唐名将高骈。是什么激发了"落雕侍御"的才情？是什么让一位驰骋疆场的武臣如此富有情趣？我想，除了他的才华和天赋，这夏日特有的安适和美好，是他创作这首千古绝唱的灵感来源。

也许是高骈的满架蔷薇熏开了槐花的一双双媚眼。一时间，我所处的这个多浪河畔的小院内，到处飘荡的都是槐花那沁人心脾的香气。抬头望去，一棵高大的槐树上，缀满了一嘟噜一嘟噜的紫色槐花，仿佛天边燃烧的一朵朵晚霞，红得热烈，炫得夺目；另两棵槐树上，则垂挂着一串串白色的槐花，纯得如云，洁得似雪。沉醉在浓郁的花香里，哪里还能耐得住诱惑？我的心早已蠢蠢欲动，我的手不由自主地伸向高空……

当然，紫色的洋槐只能入眼不能入口，只有白色的槐花才能食用。我将撸来的白槐花一分为二，花瓣完全绽放的，放到太阳底下晾晒，晒干后用来泡茶喝；还未完全盛开的，用清水洗净，掺些面粉搅拌均匀，揉成团上笼屉蒸。蒸熟后，可以调些油泼辣子、蒜末、盐、醋，蘸着吃；也可以热油炝锅，放葱花、食盐，炒着吃。我喜欢清淡，喜欢原汁原味。起锅后，不要任何作料，趁热吃，那特有的清香甘美，瞬间搅动起我的童年记忆。

槐花的香味儿，纯正浓厚，芬芳馥郁，入室后，缭绕不绝，经久不散。清洗过槐花的水，荡着一股香味儿；蒸着槐花的笼屉，升腾着袅袅香气；甚至连摸过槐花的手，也留下一缕馨香。夜里躺在床上，枕着怡人的芳香，感觉整个人都被槐花拥入了怀中，连梦中都充斥着槐花的香味儿……这满屋子飘荡的

槐花香，让我有一种不输高骈那满架蔷薇的欢喜和愉悦。

这是一个生长的季节，这是一个歌吟的季节。一切都在向着繁茂进军，一切都在向着成熟进发。

杏子已完全长成，只等着一天天黄熟了；毛茸茸的小桃子，顶着枯萎的桃花在叶底躲着猫猫；无花果像一个个绿色的小馒头，绽放了一树；桑树上，密密麻麻的小桑果已排成行列成对；树下的那些蒲公英，几天前还是金黄一片，此刻却摇身一变，宛若一个个举着白色绒球的小仙女；还有核桃树、苹果树，还有叫不上名儿的树种，都在孕育，都在结果……

不知是闻到了花香，还是嗅到了成熟的气息，院子里的"小精灵"越来越多，有体型大如鸽子的黑鸟，有羽色黑白相间的小鸟，有尖喙长尾的喜鹊，还有一群一群的麻雀。整日里，鸟声啾啾，不绝于耳。不时还有小鸟落到窗前，向室内窥探个不停。假如这时窗户是敞开的，我想它们一定会不请自来，飞进房间巡视一番，说不定还会像燕子一样，在室内筑个巢呢。林间的草丛里，白蝴蝶、花蝴蝶，飞来舞去，翩翩不止。在一根细长的草叶上，一只蜻蜓静静地立在那里，不知是在假寐还是在想着什么心事……

初夏的时光里，有绿色悦目，有花香萦怀，有生命引吭。这绿肥红不瘦，这鸟飞蝴蝶翩，这奏响繁茂与丰盛、如诗似画的初夏啊，怎一个爱字能解！

本文原载于 2021 年 5 月 5 日《乌鲁木齐晚报》

麦穗初齐桑葚甜

日暖但不炎热，月圆还未盈余，叶茂远非盛极，水满尚无外溢。物至于此，小得盈满；人行此时，多有欢喜。

的确，阳台上那盆半个月前就抽出穗子的冬小麦，借着初夏的暖阳越长越旺，用手捏一捏，不再虚空，我能感觉到里面的籽粒已渐趋饱满，只是还未完全成熟。

那是4月中旬我采访当地一位农业科技推广专家时，在他的高产高效攻关试验田里挖回来的。当时，虽说大地已有了绿色，但大部分麦苗还只有一拃长，只有他那片地里的麦苗像羊群里的骆驼，高出别人好几倍，且齐刷刷、绿油油的。阳光下，每一棵植株，每一片麦叶，都泛着绿莹莹的光，可爱极了。

看着整齐匀称、健壮挺拔的麦苗，专家的脸上露出了笑容。他随手剥去一株麦秆的外皮，见麦管中间已经孕育出细嫩柔润的穗子时，更是抑制不住心中的喜悦，当即制作出一款麦笛，放进嘴里吹起来。虽然算不上悦耳动听，但从断断续续的乐音里，我能听得出流泻于他心底的那份小小满足与小小成就感。

望着阳台上即将变黄、即将成熟的麦穗，我想起了小时候吃过的烤青麦。麦子将熟未熟时，揪上一把穗子，放到灶火上烤，等麦芒和外皮都烤焦了，用手一揉一搓，再用嘴一吹，手里就只剩绵软鼓胀的麦仁儿了，吃一口，那个香甜味儿，永远驻留在了我的记忆深处。

"麦穗初齐稚子娇，桑叶正肥蚕食饱。"何止是一群只会爬行的蚕宝宝呢？楼后的那片桑树林，之前还只是鸟儿们的天地，还只是蝴蝶翩翩起舞的乐园，近几日，我却发现有人影在里面晃动。走进去一看，那些青涩的小桑果好多已泛出了奶白色或紫黑色。真是一个不小的惊喜。此后，那片枝繁叶茂、氤

氤着香甜气息的桑树林，也成了我休闲放松的好去处。

每天，当我看书眼睛累了，或是笔耕到词穷时，我就会拎一个小篮子，钻进那片林子。仰起头，举起胳膊，将白白胖胖或黑黑紫紫的小桑果一个个摘入篮中。

采桑葚是一件既健康又开心的事。在阳光的照耀下，在绿色的萦绕中，在这个负氧离子充足的天然氧吧里，要不了半个时辰，模糊的双眼便清晰如洗，酸疼的颈椎也感觉轻松了许多，就连在房间里苦思冥想、断了章法的文字，忽然间也有了接续下去的灵感和思路。还有可爱的小鸟们，我在这边采着桑葚，它们在那边叽叽喳喳叫个不停。整个林子，就它们最热闹、最欢实。有一次，我刚将一颗采摘下来的桑葚送入口中，就看见一只小鸟在邻近的树上对着我一个劲儿地鸣叫，我好生奇怪，便停下来望着它。心里想，是嫌我抢了你们的美食吗？这一园子的桑树，这密密麻麻的桑果，哪里能吃得完？是想跟我唠几句吗？可惜我听不懂鸟语，只能欣赏你们美妙的歌喉和灵巧的舞姿。

这样的日子，每年都能持续一个多月。时间长了，在享受快乐、享受美味的同时，我竟然从中得到了一点点启示，收获了一点点哲理。

虽然同在一个园子里，甚至同在一棵桑树上，但桑葚成熟的时间是各不相同的，有早有晚，有先有后。采摘的时候，我当然首选那些成熟得刚刚好的桑葚。这样的桑葚，看起来晶亮、圆润、饱满，捏起来有弹性，汁液不流淌，吃起来更是甘甜可口。那些熟过了头的桑葚，手还没碰到，只要树枝晃动几下或是一阵微风吹来，就会坠落在地，甚至风平浪静时都能听见"啪啪"的落地声。掉到地上的桑葚，不是沾染上一身尘土，就是摔个稀烂。每每看到这样的情景，我就会生出一丝难过，一丝怜惜。也许你会说，这只是植物的一种自然现象，不足为奇，但这种现象是否也揭示了某种蕴含在其中的道理呢？

人们常说"水满则溢，月满则亏；自满则败，自矜则愚"。《尚书》里也有"满招损，谦受益"的说法。无论是在古人的观念里，还是在现今的世道里，超越极限的圆满都是不可取的。植物是这样，人也是这样，一切皆如此。满而不盈、满而不溢、满而不损，是万物最美妙的时刻，是世间最好的生存状态。

也许是悟到了这些道理，也许潜意识里认为小满就是个人名，所以，在写作这篇文章的时候，我的脑海里老是有个影子在晃动。有好几次，我分明感觉她已经走出来站在了我的面前。她是那样的年轻，一张出水芙蓉似的脸上还挂着晶莹的水珠，略显单薄的身形还不丰满。她宛若一朵小花，含苞欲放；她犹如一条小溪，清浅纯净；她更像我窗台上的那几株麦穗，有待于发育成熟。她就是小满，一个浑身洋溢着青春气息的女孩，一个眼里充满着渴望与憧憬的纯真少女。

看到小满，我就想，如果时光可以倒流的话，我愿意放弃拥有的一切，回到我的小满时代，回到我的青春岁月。重塑一个自我，重塑一个少一点遗憾多一点完满的自我，让自己的人生，在小小的满足里，得到完善，得到提升。

小满，是四季中最美好的一段时光。它留给万物的，是未满的空间，是向上的节律，是小得盈满的张力；而留给人们的，则是希望，是期待，是更多的欢喜。

本文原载于 2021 年 5 月 21 日《乌鲁木齐晚报》

且趁麦香播种希望

"有芒的麦子快收,有芒的稻子可种",此为"芒种"。以前不懂,以为"芒种"就是"忙种",不过,仔细想一想,似乎也有一点道理。可不是吗?这个时候,我国大部分地区的大麦、小麦已经成熟,抢收在即;而晚谷、黍、稷等农作物也到了播种最忙的季节。所谓"春争日,夏争时",芒种是农民最繁忙的时候,不仅要夏收,还要夏种。

"芒种忙忙割,农家乐启镰。"记得在孔雀河畔生活的那些年,每到6月中下旬,地里的麦子就变得金黄一片。望着已经成熟的麦田,父亲开始磨镰刀。他先是把一块黑色的磨刀石放在凉水中浸泡,再从墙上取下那几把闲置已久的镰刀,然后左手扶着刀背,右手按住刀口的上部,在石上来回用力磨。一边磨一边淋水,磨一会儿还要用大拇指在刀口上试几下,看是否锋利,直到把镰刀两面都磨得锃光瓦亮、锋利无比才罢手。

开镰的那些日子,母亲天不亮就要起来生火做饭。这时的早饭不能再像平常那样随便喝点苞谷糊糊或是吃碗汤面条了,而是要吃得扎实一点,比如米饭、馒头一类。吃完了早饭,父母拿上镰刀、捆麦子的腰子(一种用芨芨草拧成的草绳子),提上一壶开水,戴上草帽,便匆匆去田里割麦子。随着镰刀触及麦秆发出的第一声脆响,忙碌的夏收正式拉开了序幕。

正如白居易在《观刈麦》中描写的那样,"田家少闲月,五月人倍忙"。一眼望过去,田野上到处是低着头弯着腰挥舞着镰刀的男男女女。一垄一垄的麦子,就在"足蒸暑土气,背灼炎天光"的农人手里,就在"咔嚓咔嚓"的旋律声中,一片片倒下去。

"夏收"堪比"抢收",容不得半点拖延。熟透的麦穗,如果不及时收割的话，经过大太阳暴晒就会炸裂；如若遭遇一场大雨，还会因雨水浸泡而发生霉变。这样的情景和损失，不光是农人，相信任何一个珍惜粮食的人都不愿意看到。

"妇姑荷箪食，童稚携壶浆。"青壮劳力都去田里割麦子了，老弱妇孺也不能闲着，煮饭，烧水，喂牲畜，做家务。到了中午，你就看吧，田埂上到处是提着饭篮、拎着水壶的老人和孩子，一拨又一拨，非常热闹。

麦子收割完后，就要开始打场了。这时，最热闹的地方就是生产队的打麦场。几盏挂在树上的大灯泡，灯火通明，彻夜不眠。解捆，碾压，扬场，装袋，人们忙得不亦乐乎。场中央，几头拉着碾石的毛驴或老牛，似乎也感知到了忙碌的气氛，一圈又一圈起劲地在麦秸上反复碾压。

那时的夏收，还没有实现机械化，全靠人力和牲畜来完成，其艰辛劳累程度不亚于一场大会战。从开镰的第一天起，直到所有的麦子都抢收归仓后，一颗颗悬着的心才真正安放下来。

芒种时节，北方抢收，南方插秧，红薯也到了最佳栽种时间。有谚语称："芒种栽薯重十斤，夏至栽薯光根根。"如果错过了农时，别说"薯块盘大墩"了，恐怕最后只剩一把根。

红薯是我的最爱。十多年前，母亲在居舍附近开出了一片荒地，开春种上菠菜、香菜、茄子、豆角、辣子、西红柿、黄瓜等蔬菜，到了这会儿，又种上了红薯。那些年，母亲的小菜园惠泽了周围的邻里乡亲，也让我尽享了红薯的甘甜与美味。

有一年秋天，我休假回去看望父母，临走的时候，母亲提了个水桶，说是到地里给我挖红薯。我不让，因为那个时候离红薯完全成熟还有一段时间呢。母亲说没事儿，她会挑大个的挖。结果，一个大水桶不仅盛得满满的，还堆得冒了尖儿。提着沉甸甸的红薯，嗅着还带有湿气的泥土芬芳，望一眼晚霞中的母亲，再看看那一头随风飘舞的银发，我的眼睛湿润了……

那个秋天，我美美地过了一把红薯瘾。蒸着吃，烤着吃，熬红薯稀饭，

做拔丝红薯；那个秋天，我吃到了世上最甜最香的红薯，满满都是母爱的味道……

时至芒种，草木葳蕤，绿荫盖地，百花开始衰败凋谢。按古时风俗，这一天是要与"花朵"举行告别仪式的。"凡交芒种节的这日，都要设摆各色礼物，祭饯花神。言芒种一过，便是夏日了，众花皆谢，花神退位，需要饯行。"在《红楼梦》第二十七回有如下记载："那些女孩子们，或用花瓣柳枝编成轿马的，或用绫锦纱罗叠成千旄旌幢的，都用彩线系了。每一棵树上，每一枝花上，都系了这些物事。满园里绣带飘飘，花枝招展……"透过曹雪芹的描述，我们重温了三百年前大户人家为花神饯行的隆重场面。

不过，凡事总有个例。在众姐妹争相给花朵穿金戴银时，那个多愁善感又才情满腹的林黛玉却选择了葬花。一首《葬花吟》让这个场景成为文学史上的经典，也留下了"花谢花飞花满天，红消香断有谁怜？……一朝春尽红颜老，花落人亡两不知"的千古名句。

每每读到这首《葬花吟》，我的眼前就浮现出黛玉手把花锄含泪葬花的凄清画面。那忧伤，那孤寂，何止是在掩埋满地落英的芳魂，也是在埋葬她自个儿至纯至性的青春啊。她的葬花词，是献给花神的，也是献给自己的。

大千世界就是这样，有人从繁华里听到盛大与热闹，有人却听到了美的凋零，灵魂的叹息。

谢过了花神，就是真正意义上的夏季了。在这飞逝的时光里，在这短暂的人生中，还是让我们在一曲收与种的交响乐中，在"听取蛙声一片"和"稻花香里说丰年"的烟火与诗意中，珍惜每一个逝去便不再重来的日子吧。

本文原载于 2021 年 6 月 4 日《乌鲁木齐晚报》

夏荷亭亭韵悠长

夏至，意味着盛夏的来临，意味着炎热的开始。这一天，日长之至，日影短至。倘若你正处在正午的阳光下，便会发现，原来寸步不离自己的影子这会儿不见了。这是阳气达到极致的自然现象，这是"立竿无影"的特有时段。如果是在纬度最高的黑龙江漠河市，你还会看到极昼和北极光的出现，欣赏到不夜城的美丽风光。

白天明显长到了极致。我身处的天山南麓，早晨不到 6 点天就亮了，晚上 11 点了夜幕还没有落尽。时间好像一下子变得大方了，宽裕了。天也变得热了起来，拿过扇子正准备扇几下，忽然想起"不是清凉罢挥扇，自缘手倦歇些时"的诗句，眼前便浮现出南宋诗人杨万里在大热天里摇扇子摇到手酸的情景，哑然一笑。

古时，夏至不仅是一个节气，还是一个重要的节日，人们称其为"夏节""夏至节"。清代之前的夏节，全国放假，人人回家与亲人团聚畅饮，以避夏日酷暑，名曰"歇夏"。宋代《文昌杂录》里记载："夏至之日始，百官放假三天。"可以想见，那时的夏至，节日气氛是多么浓厚。

虽然夏至节和上巳节、寒食节一样，都被紧挨着的端午节、清明节逐渐取代、融合了，但是，某些风俗习惯还是被传承保留了下来，比如尝新麦、食新面，用麦和麦粉制作各种面食的习俗，仍然在各地盛行。

俗话说，"冬至饺子夏至面"。北京人在夏至这天讲究吃面。每年一到这个时候，人们就开始大啖生菜、凉面。因为天气燥热，吃些生冷之物有助于降火去热，又不至于影响健康。所以，每到这会儿你就看吧，北京各家面馆人气爆棚，热闹非凡。无论是凉面、担担面还是炸酱面，只要是面条，一时间都成

了"皇帝的女儿"。

最有趣的，要数山东黄县（今龙口市）一带。夏至这天，人们往锅里丢些新麦粒，煮熟后，孩子们则用麦秸编的一个小笊篱在汤水中一次一次向嘴里捞，既吃了麦粒，又玩了游戏，很能体现农家生活的情趣。

其实在我们新疆，一到夏天，凉皮、凉面、凉粉，也都成了许多人青睐的食物。尤其中午，大街小巷的"三凉"摊位前，根本找不到空位。一盘盘添加了油泼辣子、香醋、花生碎、蒜末、香菜、黄瓜丝的美食，既开胃又爽口。食客吃得开心舒坦，摊主更是眉开眼笑。

我的父母尽管出生在湘江边上，熏染了一身的稻花香，但是每年麦收过后仍然会给我们擀面条，蒸馍馍。每每咀嚼着那些面食，我都能品味出新麦特有的清香和韧劲儿，都能感觉到时间的魅力和大地的慷慨。

莲是夏季里的一道风景。每到酷暑来袭，凌波仙子们便会浮出水面，亭亭玉立于池塘中。无论红黄白紫，无论单瓣复瓣，也无论含苞还是绽放，每一朵都透着出水芙蓉的灵秀，透着映日荷花的娇艳，透着"六月花神"的美韵。烈日下，一池莲，一塘荷，无异于山间飘来的一缕清风，给人凉爽，叫人欢喜。

荷花，又名莲花、水芙蓉，有"六月花神"的美誉。莲之清雅，荷之瑰丽，自古以来就令世人倾倒，令文人赞不绝口。

《爱莲说》可谓世代流传，人人皆知："予独爱莲之出淤泥而不染，濯清涟而不妖，中通外直，不蔓不枝，香远益清，亭亭净植，可远观而不可亵玩焉……莲，花之君子者也。"在北宋哲学家周敦颐的笔下，莲的圣洁与超凡脱俗，跃然纸上。

还有那个贾宝玉，在给晴雯的《芙蓉女儿诔》中云："其为质，则金玉不足喻其贵；其为性，则冰雪不足喻其洁；其为神，则星日不足喻其精；其为貌，则花月不足喻其色。"你看，这芙蓉仙子在宝玉的眼中，是何等高贵、何等纯洁、何等美貌和可人啊。

荷花美若天仙，却属于江南水乡。生活在新疆的我，在过去的几十年里只能在画册里一睹她的芳容。想来或许有缘，几年前一个酷热的夏天，在去往昭苏的路上我终于邂逅了她的美丽。

那是一池白莲，足有十几亩大。凝神伫立在池塘边，望着铺满池塘的田田荷叶，望着荷叶上一颗颗晶莹剔透的露珠，望着或含苞、或绽放、或结有莲蓬的荷，望着高洁清雅的"花神"们，我激动不已，几行诗句从心底汩汩涌出：路遇一池莲，亭亭赛水仙。碧盘珠玉滚，粉蕊蚂螂眠。不与花争艳，只为春续妍。冰清身绰约，自古入诗篇。

如今，随着生态的改善、环境的美化，莲的身影、荷的笑靥，已遍及天山脚下的许多地方。"六月花神"不再是南国水乡的专宠，她跨越千山万水，移居到了北国的片片绿洲，享受着另一番风光和风情。

雷阵雨是夏至之后的另一道风景，尤其对于天干地燥、风沙较多的南疆地区来说。它没有春雨那么细密，也不似梅雨那般缠绵，有点像新疆人的性格，耿直、豪爽、快言快语。

有时候，天明明晴着，忽然一阵电闪雷鸣，紧跟着便是疾风骤雨。豆大的雨点垂直落下来，一会儿工夫，便砸出许多小水坑。雨点在水里蹦着跳着，好似"白雨跳珠乱入船"，煞是好看，煞是热闹。

有时候，你正走在太阳底下，猛一抬头，看见不远处飘过一片乌云，随后就听到"噼里啪啦"的响声。这种"夏雨隔田坎"的独特，这种"东边日出西边雨"的美妙，只有在酷热的夏季才能欣赏到。

雷阵雨来得快，去得也快，有时只有几分钟、十几分钟。尽管如此，它却给夏季里最需要雨水浇灌滋润的庄稼带去了希望，也给人们带来了清凉。

"昼暑已云极，宵漏自此长。"夏至过后，阴气开始滋生，阳气开始衰退。阳光南来北往，大地寒暑易节，生命阴阳消长，又一个轮回开始了。

本文原载于 2021 年 6 月 21 日《乌鲁木齐晚报》

暑气蒸腾绿如茵

"倏忽温风至，因循小暑来。"每当看到被两个太阳裹挟着的"暑"字，我就仿佛看到了一个个头顶着烈日，脚踩着火轮，怀揣着满腔热忱飞驰而来的暑天，看到了一个个翻腾着热浪的滚烫日子。

一大早起来，就见太阳明晃晃地挂在天空。走近阳台的窗户，便感觉到了它的慷慨与大度，它的热情与奔放。它灼人的目光也不同于往常，那种咄咄逼人，那种明亮刺目，令人不敢直视。

此时的风，好像也被阳光一层层筛过、滤过，没有了早春的狂野，丢弃了初夏时夹带的那一丝冷峻，温柔的内心里，蓄满了季节赋予的能量，多情的眸子里，洋溢的更是火一般炽热的情感。

对于这种热忱与炽烈，动物们或许比人类更为敏感。你看，为了躲避暑热，蟋蟀们离开了广阔的田野，来到人们居住的庭院或墙脚下，以寻求一处阴凉之地；而性情凶猛的老鹰，也因地面气温太高，展开强健的双翅飞往清凉的高空。

一年中最热的时段已然来临。虽说"暑"字前冠了一个"小"字，但民间有"小暑大暑，上蒸下煮"之说，更何况几天后就是初伏，半月后又将迎来大暑，天气只会越来越热，越来越难熬。

暑气蒸腾的日子里，我会去超市买一些绿豆。每天清晨，煮上一大锅绿豆汤，作为一天的茶水来饮。尤其是大中午从那热辣辣的太阳底下汗流浃背地回到家时，喝上一杯自然冷却的绿豆汤，那种透着冰凉又混合着豆沙味儿的自制冷饮，不仅能解暑降温，还令人神清气爽。我也会时不时地发一些绿豆芽。当口干舌燥、身体疲乏、不想吃饭的时候，或清炒或凉拌，再配上一碗软软糯糯、香香甜甜的绿豆粥，胃妥帖了，食欲有了，人也精神了。还有清火的苦瓜、清香的黄瓜，都成了此时我餐桌上的"常客"。

当然，那个被苏东坡称作"冰浆仙液"，入腹后甜彻心扉的西瓜更不能少。在我眼里，这个季节，任何水果都比不过西瓜，它的甘甜，它充沛的瓜汁，对干渴的喉咙，对焦躁的内心，都是一种安慰和体恤。

提到西瓜，我就想起小时候分瓜时的情景。每当队里的大喇叭高声喊出"分西瓜喽，大伙都去地里分西瓜"时，父亲便会迅速找出两条麻袋，母亲则挑起一副担子，一家人乐呵呵地去到瓜地。瓜地边上，早已堆满了小山一般高的西瓜。看着那些圆滚滚、镶嵌了墨绿色条纹的翠皮西瓜，我们早已心花怒放。

说起来，生活在当下的人们真的很幸福。天热了，打开空调，就可以享受到现代科技带来的凉爽与舒适。冷藏在冰箱里的各种饮料、瓜果，任你品尝，任你享用。不得已必须裸露在阳光下时，也有防晒霜、防晒衣、墨镜、凉帽、遮阳伞等用来阻挡紫外线的侵袭。这样的时候，我就在想，古人们又是如何应对高温度过炎夏的呢？

不用替古人担忧，我们的老祖宗聪明智慧着呢。他们会在严寒的冬季，凿出一些冰块儿储存在冰室，等天热了再取出来，或是加入饮品中，或是放进切碎的时令水果里，做成类似"冰粥"的冷饮，用于祛暑降温。闲来无事，他们还会找个绿树荫浓的地方去下棋，或者干脆到湖边静坐垂钓。这些不用消耗体力的娱乐活动，一方面起到了养心静心的作用，另一方面也使人享受到了消夏避暑的快乐。最有意思的是那幅宋代的《槐荫消夏图》。在一棵枝繁叶茂的老槐树下，一男子袒胸、跷足，正仰卧在凉榻上。从他闭目养神、怡然自得的神情看，似乎非常享受。一旁的茶几上，放着书卷、香炉等物件。我想，这大概是一位文人墨客，看书乏了，或是写作累了，顺便躺下来歇息一会儿。尽管是在炎炎夏日，但从这幅画作里，我却没有感受到酷暑的难耐，只有"绿树荫前逐晚凉"的悠闲与惬意。

其实，在我小时候，这种消夏的方式也很普遍。盛夏的傍晚，人们一手

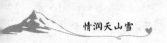

摇着蒲扇，一手提个小板凳，晃晃悠悠地聚到队里的那棵大榆树下，纳凉，聊天。月亮升得很高了，一个个还意犹未尽，不愿散去。现在想来，那情那景，也堪称夏日里的一道风景。

"何以消烦暑，端坐一院中。眼前无长物，窗下有清风。散热有心静，凉生为室空。此时身自保，难更与人同。"夏天虽然炎热，令人烦躁，但是，只要你能安静地坐下来，让你那颗焦躁不安的心慢慢平静下来，就能看得见清风明月，就能自得清凉。这应该就是人们常说的"心静自然凉"吧。

尽管夏天炎热，但我还是很喜欢夏天。在北疆，每年都要熬过半年的冬天，因此，我热切地盼望夏天能够早一天到来，慢一点过去。比起冰天雪地、万物凋零，天长日暖、绿树荫浓的夏天真是太吸引人了。况且，没有暑气，没有热浪，哪里会有成熟，哪里会有繁盛？更别提那香甜的瓜果、美味的菜蔬，那薄如蝉翼的木槿和"盛夏绿遮眼，此花红满堂"的紫薇花，还有我那挂了一柜子的长裙短衫……

这样的季节，这样的天气，用来晾晒被褥那是再好不过的。想到这儿，我立马将床上的褥子抽出来，把柜子里的被子统统抱出来。我要让它们也见见阳光，感受一下夏天的热情。然而，当我抱着一大摞被褥走到楼下时，才发现平时无人问津的晾衣绳上，早已被与我有着同样心思的人家占据了。

看来，这似火的骄阳，这酷热的暑天，一样有人惦记，一样有人喜欢。

本文原载于 2021 年 7 月 7 日《乌鲁木齐晚报》

生命的蓬勃与明艳

这一天，地球在黄经 120 度的位置与太阳遥遥相望；这一天，一年中最热的日子已然降临。

这期间，以干燥著称的新疆，虽然没有南方"湿热交蒸"的湿气相逼，但酷暑同样难熬。于是，西瓜、绿豆、苦瓜、菊花、冰镇饮品纷纷登场。消暑避暑成为人们的日常。

然而，裸露于天地间的植物，却感恩于节气的赐予，在盛夏的热浪中勃发，成熟，丰盈。正所谓"大暑至，万物荣华"。

一阵微风吹过，窗前的梧桐树簌簌作响。茂密繁盛的枝叶，把对面一栋楼房整个挡在了视线之外。烈日下，梧桐宽大的叶片，一律掌心向上，欣然接受着阳光慷慨的馈赠。

树下，芬芳过一季的蒲公英又开始了新一轮的吟唱。它不再匍匐于地，而是托起一根五六十厘米的主干，逸出的枝杈，高低不等，每根枝杈的顶端，都举着一枚黄灿灿的花朵或大小不一的花蕾。草丛中，袅袅婷婷，豆蔻少女一般楚楚动人。一旁的槐树，老叶苍翠，新叶频生。斜垂的枝条，犹如一把把绿色的翅羽，层层叠叠，挂满整个树身。我撩起一枝，看到一串串的豆荚掩映其中，鼓得像黄豆似的。不知这槐花的果实，是否也可以食用？

绕过去，是一架葡萄。粗壮的藤蔓，伸展的枝条，翁郁的叶片，自下而上盖过棚顶，将整个棚架覆盖得严严实实。半个月前，站在葡萄架下，还可以一览悠然的白云，现在，连星星的影子也别想觅到。头顶上，一嘟噜一嘟噜的葡萄，珍珠似的，串起了一年中最甜蜜的梦。葡萄架的一侧，是两棵无花果树。虽然不是很高大，但它仿若蒲扇似的大圆叶，一片片张开，蓬蓬勃勃地网

起了一道绿色屏障，赏心又悦目。枝叶之间，或坐或倚着一个扁圆形的无花果。前一阵还青涩不显眼，只几日工夫，就被烈日和暑气催生得黄澄澄、圆润润的，花一般点缀在一片绿色之中。不远处的那棵红枣树，一树的青枣儿，也即将被热情的艳阳涂抹上一层红晕……

这只是小院的一角。滚烫的田野里，花草树木在酷暑中葳蕤，蔬菜瓜果在烈焰中欢腾，玉米、水稻在炙烤中升华……这是万物荣华的时节，这是生命辉煌的时节。

最先感知到大暑的，当是萤火虫。"腐草为萤"乃古人所描述的大暑"三候"之"一候"。大暑时，萤火虫将出现于星月之下，飞舞在田间、水渠的草丛或芦苇里。那些飘来荡去的流萤，那星星点点闪烁着的绿色光亮，成为我童年最美好的记忆。

记得一个炎热的傍晚，父亲领着我和妹妹去邻村看电影，看的什么电影早已记不得了，但返回时遇到的一幕却记忆犹新。散场后，父亲把妹妹高举在脖子上，尽量快步前行，但我们还是被一群急着往家赶的同伴远远甩在了身后。那晚，星月迷蒙，夜阑人静。走在暑气消退的乡间，走在杂草盖过头顶的小路上，除了"嗒嗒"的脚步声，就是偶尔传来的几声犬吠与蛙鸣。四周静极了，我感到一丝恐惧，急忙伸手去拽父亲的衣角。

"爸爸，星星。"这时，骑在父亲脖子上的妹妹喊了一声，并用小手指向不远处的地方。

我知道，在路的那边有大片的稻田。稻田里，不仅有青蛙，还有小鲫鱼。

拨开路边厚厚的"草墙"，我们穿过去，来到稻田边。夜幕下，只见一道道弯来绕去的亮光在稻田里飞来舞去，如同一束束绿色的光焰，又好似一个个闪烁的精灵，给无边的旷野平添了生机与生动、神秘与神韵，那景致真是美极了。父亲说，那不是星星，是萤火虫，是昆虫的一种。每年最热的时候，它们就会出现在水多草多的地方，像星星一样发光发亮。

望着似梦似幻的点点流萤，我仿佛来到了一个童话世界。刚才的那一丝恐惧，早被眼前的美景化为乌有。

"熠熠与娟娟，池塘竹树边。乱飞同曳火，成聚却无烟。""腾空类星陨，拂树若生花。屏疑神火照，帘似夜珠明。"父亲诗兴大发，嘴里念念有词。虽然我听不懂，但能感觉到他内心的喜悦。

妹妹不知什么时候从父亲肩上出溜了下来，迈着小腿，跌跌撞撞扑向那忽明忽暗、流光飞舞的点点萤火。

那晚，我们捉到了五六只萤火虫。妹妹捧着她那只平日里用来喝水的玻璃瓶，看着里面一明一灭的萤火虫，高兴得手舞足蹈，呵呵直笑……

"萤火虫，萤火虫，慢慢飞，夏夜里，夏夜里，风轻吹……"几十年过去了，每当忆起那个静谧的夏日之夜，我的脑海就浮现出"熠耀宵行"的萤火虫，浮现出稻田里飞舞的点点流萤，以及父亲那再也触及不到的身影，一种想穿越的情绪就会在胸腔内冲来撞去，难以遏制……

我常常惊叹于古人对二十四节气的精准测定与划分，比如"大暑三候"之一"大雨时行"。我想，虽然大暑时节因高温酷热、湿气积聚，时有雷暴和滂沱大雨出现，但那都是南方一带的气象。对于新疆而言，尤其是南疆，应该不在其列。然而，我错了，就在五天前，就在离大暑还有几天的夜里，这一气象就在我居住的小城提前降临，并得到充分演绎。

那天半夜，我正在酣睡，突然听到一阵"噼里啪啦"的声音，打得窗户玻璃乒乓作响。我以为又刮大风了，在这个距离沙漠只有几公里的南疆小城，刮风是常事。闭着眼睛听了一会儿才幡然醒悟：原来是下雨了，还是暴雨。

急促的暴雨下了整整一夜，第二天，仍然不肯停歇。听着淅淅沥沥的雨声，看着洗刷一新的树木和被滋润得湿漉漉的大地，呼吸着清新湿润而又凉爽的空气，我为一年也飘不了几点雨滴的小城感到欣慰的同时，不得不佩服先祖们的聪慧与才智。

这场暴雨过后，才晴了两天的天空，又开始阴云密布，雷声阵阵……

大暑，不仅仅是炎热的代名词。土润溽暑，万物荣华；腐草为萤，流光

闪烁；大雨时行，遍地黄金。这才是它真实的写照。

大暑，意味着上天对大地的赐予与滋养，意味着生命的蓬勃与明艳。

本文原载于 2020 年 7 月 24 日《乌鲁木齐晚报》

桐叶报秋凉意生

望着明晃晃的太阳，感受着热辣辣的温度，我对"立秋"一说感到有些怀疑。

今年的立秋处于中伏和末伏之间。常听人说，热在三伏。所以，尽管已到了立秋时节，酷暑也在所难免。更何况，立秋之后，还有个秋老虎在后面瞪着大眼正欲发威呢。

往年的这会儿，母亲开始忙着"晒秋"。因为这个时候，各种蔬菜大量上市，既便宜又饱满。

选个晴好的日子，一大早，母亲就去市场上买来豇豆、茄子。然后，从一大捆豇豆中，挑出颜色碧绿、鲜嫩紧实的豇豆，清洗后，放进加了盐的开水锅里焯两三分钟，捞出过冷水，再挂到院子里的晾衣绳上，任阳光尽情抚摸。原本脆嫩挺直极易折断的豇豆，此时，一根根软溜服帖。一眼望过去，绿帘似的挂在空中，看着踏实、舒坦。

晾晒茄干要简单得多，不论是肉质肥厚的圆茄还是细长窈窕的长茄，都可以。同样清洗干净，去蒂，切成粗细均匀的条状，摊放在透气的簸箕、竹筐或木板上，几个大太阳之后就大功告成了。

晒好的豇豆、茄子，装进纸箱，放到干燥的地方，一年都不会坏。想吃的时候，取出来一些，泡软了，和肉一起炖，是冬季里一道不可多得的美味。

等到辣椒红得像一个个小灯笼时，母亲还会用纳鞋底的线绳把它们一个个穿起来，吊到屋檐下。一串串火红的辣椒，不仅在寒冷的冬天带给我们抵御风寒的能量，还让我们看到了贫瘠单调的日子里充溢的美好与希望。

不仅晒干菜，在太阳最毒辣的那几天，母亲还会把所有被褥拿出去暴晒。

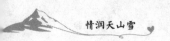

经过紫外线消杀的被褥，没有了汗渍浸濡的异味儿，多了几分阳光的芬芳与舒爽。

《管子》曰："秋者阴气始下，故万物收。"经过暑热的催生，立秋后，田野上一派繁荣的景象。甜瓜、蟠桃、青皮核桃、黄豆、高粱业已成熟；水稻、棉花、薯类等农作物迅速结实、结铃、膨大，尤其是那一望无际的玉米，更是唤起了我味觉的记忆。

小时候，不知是我的嗅觉灵敏，还是肚子里藏着一条馋虫，每当玉米快要成熟时，我就能嗅到空气中飘来的阵阵清香。然而，渴望却不能及的我，只能眼巴巴地站在田埂边，垂着双手，对着高耸的玉米咂嘴巴。聪慧的母亲，早已洞悉我的小心思。没过几天，放学一进门，我就看到灶台上搁着一筐鲜玉米——青色的外皮，饱满的棒子，令我眼睛发亮，嘴角上扬。20分钟左右，热气腾腾、香气四溢的煮玉米就出锅了。咬一口，一股蕴含了日月精华与水土滋养的清甜味儿，深深地嵌进了我的味蕾。

从那以后，每逢新玉米上市，我都会第一时间买上一些，蒸熟或煮熟，早餐或零食，都让我吃得心满意足。有时，我还会来个创新，把玉米棒切成段儿，和排骨一起炖。肉的浓香与玉米的清香相互渗透，相互融合，那味道也堪称一绝。

没承想，我的这一嗜好，却暗合了立秋节气的"咬秋""啃秋"。想想，虽属巧合，也是蛮有意思的。

"烦暑郁未退，凉飙潜已起。"尽管暑气未消，炎热依旧，但立秋过后，早晚还是有了一些凉意，风中的燥热也明显减弱了几分。清晨出门，短袖换成了长袖；夜里入眠，毛巾被换成了薄绒毯。或许，这就是时序的韵味、季节的魅力之所在吧。

我的父母对"立秋"这个节气非常重视。父亲说，立秋这天，表示一年的时间已经过半儿；表示暑退凉生，阳退阴生；表示凉风至，白露生，寒蝉鸣。在宋朝，像这样的立秋佳日，皇帝会率百官举行一个盛大的仪式：他们把栽在盆里的梧桐移入殿内，等到"立秋"时辰一到，太史官便高声奏道："秋来了。"随即，梧桐便应声落下一两片叶子，以寓意报秋。我们虽是普通百姓，但在这个阴阳转换的节点上，犒劳一下自己，补充一下能量，贴一贴"秋膘"，总还是应该的。

于是，家里的老母鸡被母亲捉来，宰杀后，烹饪了一锅美味的吃食。

对于父亲的话，我半懂不懂，听完也就忘了，但那一锅香喷喷的鸡肉，却让我记住了"立秋"，记住了"贴秋膘"。

窗外的阳光依然炽烈，酷暑依然盛情不减，但那是正午，是白昼。太阳落山，夜幕降临之后，"炎炎暑退茅斋静，阶下丛莎有露光"的清凉美妙，已笼罩大地。

本文原载于 2020 年 8 月 6 日《乌鲁木齐晚报》

秋意日清晰

立秋半月，处暑踏着节令从岁月深处款款走来。

此时，阳光虽还在铿锵与柔美的琴键上游走，但"伏"在头顶的那团暑气，已收敛起狂妄与蛮横，开始展露"细嗅蔷薇"、温情脉脉的似水柔情。

晨起，推开窗户的一刹那，有凉风扑入。裸露的面颊、胳膊，被颇有些寒意的凉风吹拂。窗外的梧桐，不知何时，叶片边缘晕染上了一圈浅黄，尤其是它突出的尖角，已明显嵌上了红黄的色彩。视线拉长，在高低起伏的一片绿色中，我看到了一些黄色的叶片，透过淡淡的黄，萧疏与秀逸的美韵，开始在林间凸显……时光流转中，秋的属性，秋的意境，如远山的黛影，正一层层褪去朦胧的面纱，变得清晰起来。

云淡风轻的苍穹下，没有了烈焰的炙烤，没有了暑热的威逼，只有习习凉风与秋共舞，与心共鸣。聒噪了一夏的蝉，在这个金风送爽的新秋，竟也懂得节制，懂得适可而止，不再一味地鸣叫，扰人寝食，令人厌烦。想来，这世间的一切，对天地，对节令，对物候，都有感知，都心存敬畏。

独自下楼，坐在梧桐树下。林间幽静，心亦宁静。展开书页，静静地品读《秋天的况味》，"没有春天的阳气勃勃，也没有夏天的炎烈迫人，也不像冬天之全入于枯槁凋零。……大概我所爱的不是晚秋，是初秋，那时暄气初消，月正圆，蟹正肥，桂花皎洁，也未陷入凛冽萧瑟气态，这是最值得赏乐的。"读罢全文，我感同身受，先生所描述的秋天况味，不正是眼下的情形吗？这安适宜人的处暑时节，又何止是先生一人所爱呢。

我所处的天山脚下，天高地阔，雄浑辽远，没有团团湿气的缠绕、围裹，秋风一吹，那团暄气早已消散。此时，大漠深处，不仅月正圆，蟹正肥，饱食了一个夏季的牛羊，也已膘肥体壮，一个赛一个呢。至于桂花，虽然少见，但有五颜六色的菊花、姹紫嫣红的格桑花，还有冰峰之巅的雪莲花，正芬芳吐艳，一展花容。我想，这塞北的秋之况味，如果林先生见了，说不定会更爱呢。

田野上，更是一番喜人的景象。沉甸甸的稻子，在风中频频点头；金黄的玉米，像镀上了一层秋光；棉秆上的绿桃，一天比一天膨胀；俗称小米的谷子，正被农人一穗一穗地剪下……

果园里，同样令人喜不自禁。一树一树的苹果，正在比谁的脸蛋儿更红艳；藤上的葡萄，紫光宝气，玛瑙般诱人；圆圆的石榴，已籽粒饱满，水润通透；享誉世界的哈密瓜，正将甜蜜凝结……

农家的房前屋后，也是一派繁盛的景象。菜园里，青的、红的、紫的，长的、扁的、圆的，生机盎然，果实累累。最好笑的是，南瓜坐在了高高的棚架上，一副知足常乐的憨态；韭菜抽出了薹，开出了花；红薯翘首盼望，盼望着重见天日的那一天……

不止这些，所有的植物都已到了收获希望的时节。就连那些匍匐地面的寸草，都已结籽。此时的庄户人家，笑容里洋溢的全是甜蜜和幸福。那些可爱的鸟雀们，更是在田间地头，忽上忽下，比农人还要忙碌，还要喜悦。

地上的风光无限，天上的景色也令人心驰神往。

暑气消散，凉意渐生，天空明澈而高远。那些盘踞的浓云，也随着时令的变幻，不再凝聚，不再厚重，而变得松散、轻薄。远远望去，飘浮的白云，疏朗有致，悠闲自如。仔细瞧瞧，有的像缥缈的芦花，有的似松软的棉絮，有的若奔跑的小鹿，有的如打盹的猫咪，还有的天生就是一幅画、一首诗、一个梦……新秋之时，天地寥廓，抬头一望，尽得超然之趣。难怪民谚有"七月八月看巧云"一说。

不过，最惬意的，还是在傍晚的徐徐清风中，去院子里"卧看牵牛织女星"。记得很小的时候，就听大人们讲过牛郎织女的故事。这个家喻户晓、经久传颂的爱情故事，让我还未走入学堂就受到浪漫、感动、恪守、美好这些

词汇的熏染。多少个七夕之夜，我在星光璀璨、浩瀚深邃的夜空，寻找那条有着美丽传说的银河，祈求能在鹊桥上看到用扁担挑着一对儿女的牛郎与美丽聪慧、心灵手巧的织女相会的那一刻。那隔河相望的牵牛星和织女星，那一闪一闪仿若另一种妙不可言的倾诉，那充满诗情画意又令人倍感心酸的故事，都给了我无限的遐思与放飞的翅膀。

令人欣慰的是，这个起始于上古，鼎盛于宋代的七夕节，这个在古代专属于靓女们的节日，这个最具浪漫色彩，象征着美好爱情的节日，被越来越多的年轻人接受，并视作了中国的"情人节"。

凉爽的处暑，可以仰望星空，可以感受美好，还可以在夜深人静的时候一睹"昙花一现"的惊艳。昙花，一年只开一次，一次仅开三四个小时，从开放到凋谢，如同一颗划过天际的流星，稍纵即逝。圣洁的花神，不选择百花争艳的春天，不选择万木葱茏的夏季，却偏偏选择了处暑。我想，恐怕只有处暑这个温婉恬静、清凉舒爽的新秋之夜，才配得上"月下美人"一展高雅清丽的芳容，一吐幽思绵绵的情意吧。

处暑，出暑，是酷暑与严寒之间一段温柔相待的好日子，是"露蝉声渐咽，秋日景初微"，是"四时俱可喜，最好新秋时"的美妙时光。

本文原载于 2020 年 8 月 22 日《乌鲁木齐晚报》

玉露凉芦花舞

如果说，一叶知秋，那么，一露则知寒。白露，这个从《诗经》中走出的节气，让人们尽享秋风送爽、秋意绵绵、唯美浪漫的同时，也感受到了丝丝寒意。

走进白露，也就走进了真正的秋天。那一缕顽暑，被凉爽的秋风驱散得一干二净后，天空变得更加高远澄澈，明净透亮。远远望去，那一张湛蓝的天幕，仿佛刚从清凌凌的山泉中拎出一般，清新无比；而那些疏松的、飘浮的、散漫的云朵，也似乎更加洁白，更加纯净，更加俊逸。

在这样唯美的秋日清晨，走进花丛，步入草间，你会遇见晶莹剔透的露珠。那是一年之中只有白露这个节气才会有的特殊产物。只因扫除了残暑，阴气渐重，寒气上升，加之昼夜温差较大，白天蒸腾的水汽在夜间遇冷凝结成细密的水珠，滴落在了花瓣、草叶上。凌而为露，故名白露。晨光中，一颗颗水润珠玉，白亮清洌，甚是可爱。

古时，这没有沾染丝毫纤尘的露水，被人们视作大自然恩赐的甘露，是用来煮白露茶的。乾隆皇帝就曾发明过"荷露茶"，他命人清晨早起为他收集荷叶上的露珠，煮茶来饮。喝得兴起，还赋诗一首："秋荷叶上露珠流，柄柄倾来盎盎收。白帝精灵青女气，惠山竹鼎越窑瓯。学仙笑彼金盘妄，宜咏欣兹玉乳浮。李相若曾经识此，底须置驿远驰求。"

这小小露珠，除了蕴含荷叶的淡雅清香外，还有其特殊功效。《本草纲目》记载："秋露繁时，以盘收取，煎如饴，令人延年不饥。""百草头上秋露，未晞时收取，愈百病，止消渴。""百花上露，令人好颜色。"就因这诸多益处，收清露成为白露时节最重要的一项内容。

古人生活细致，风雅。他们不光收集露水，还会收集雨水、雪水。《红楼梦》第四十一回"栊翠庵茶品梅花雪"说的就是，妙玉用旧年蠲的雨水泡老君眉侍奉贾母，又用五年前在苏州蟠香寺收集的梅花上的雪水招待宝玉、黛玉、宝钗吃"体己茶"。在妙玉的眼里，煮茶用的水，隔年蠲的雨水算上品，深埋地下五年之久的梅花雪更珍贵。不光是曹雪芹笔下的妙玉，唐人陆龟蒙也说"闲来松间坐，看煮松上雪"，白居易也道"融雪煎香茗，调酥煮乳糜"。可见，用大自然馈赠的甘露煮茶，不仅是古时的一种雅趣，还与生活品质休戚相关。

"蒹葭苍苍，白露为霜。所谓伊人，在水一方。"这首诗经里的《蒹葭》，几乎人人能吟诵。蒹葭，芦苇也，是植物里颇富诗意和想象力的名字，也是我小时候最常见的一种禾草。印象中，只要有水的地方就有芦苇。它们生长在小河边、沟渠旁、能储水的低洼处，就连戈壁滩上的盐碱地，只要有一点点雨水的恩泽，就能看到芦苇飘荡、芦花飞舞的美妙身姿。

每当芦苇抽出新芽、长得郁郁葱葱的时候，我们一帮孩子，便成了芦苇丛里的常客。我们把芦苇从泥里拔出来，折下芦苇的根茎，在水里涮涮，就送进嘴里咀嚼。芦苇根一节一节的，外形有点像莲藕，但比莲藕苗条多了。新鲜的芦苇根茎含汁液，带有一股淡淡的甜味。那甜味，足以让我们的舌尖幸福好一阵子。

秋天，芦苇由青变黄。此时，每一根芦苇的顶端都举出一团穗子，柔软，青黄。无数的穗子在风中舞着摇着，壮观得如同波涛在大海中起伏。随着时光的流逝，穗子中的水分被渐渐抽干，轻飘飘、毛茸茸的芦花就形成了。

"芦花白，芦花美，花絮满天飞，千丝万缕意绵绵，路上彩云追，追过山，追过水，花飞为了谁？"我特别喜欢这首《芦花》。每次去K歌的时候，嘴里唱着，心里就在想，到底为了谁呢？如此情意绵绵，如此紧追不舍，是为了那个在水一方的伊人吗？

去年八月，我来到向往已久的博斯腾湖。置身中国最大的内陆淡水湖泊，我没有被烟波浩渺、水天一色、鸥鹭翔集、白帆点点的壮观景象所吸引，而是一头钻进了芦苇荡。这些水生植物，栖居在这片水域中，享受到得天独厚的自然条件，一个个出落得亭亭玉立，苍翠茂盛。夕阳中，那一袭绿色的装束，那柔媚的姿态，真好似那在水一方的伊人呢。

"嘎——嘎——嘎——嘎——"头顶上传来大雁的鸣叫声。我循声望去，高远的天空上，一群大雁正翱翔着向南飞去。夕阳中，它们"嘎嘎"地叫着，不时变换着队形。那飞翔着的"一"字形或"人"字形，仿若一双双鸟翅蘸着余晖泼洒在天空中的画作一般，灵动而富有情趣，给人以无尽的想象与美好。

白露到了，鸿雁、玄鸟们又该迁徙去南方越冬了，群鸟也到了蓄食养羞的时候。我也找出了一对透亮的玻璃器皿，准备赶在太阳未醒之前去收集清露，来煮一壶上好的白露茶，伴着《出水莲》《平湖秋月》优美典雅的古筝曲，品一品这凝聚了天地日月精华的白露茶的甘醇与幽香，感受一番古人的浪漫和风雅。

本文原载于 2020 年 9 月 7 日《乌鲁木齐晚报》

蟹儿肥丹桂香

"暑退秋澄气转凉，日光夜色两均长。银棉金稻千重秀，丹桂黄菊万径香。"在我看来，这是最符合秋分的诗句。

昼夜均分，季节平分，这是一年中最公平公正的两个日子之一。时间各半，黑白等长，天光与云影共徘徊，暖阳与凉风共寒暑，多么美好的时刻。

与秋分相呼应的是春分。春分时节，阳气升腾，草长莺飞；秋分时日，阴气渐重，天高地阔。春与秋，好似日与月、阳与阴、张与合，一个喷薄奔放，一个柔婉内敛。较之春分的澎湃昂扬、激情豪放，秋分给人更多的是淡泊旷达的世态，平和宁馨的心境。

秋分，不仅平分了时间，平分了秋色，还让我们在澄明的秋气中感受到喜悦和希望。

此时，田野上一派丰收的景象。棉壳爆裂，棉花吐絮，棉朵如云；金黄的稻谷，早已弯下了腰，垂下了头；黄灿灿的向日葵，托举出一片金色的海洋；一嘟噜一嘟噜的花生，带着泥土的芬芳走进了寻常百姓家；满街的青核桃，令无数舌尖趋之若鹜；辣椒映红了天，玉米挂上了墙，石榴进了超市，香梨远嫁他乡……

一边是收获，一边是耕种。收割后的土地，再次犁过后，冬麦播进了土壤；来年吃的菠菜、小葱，带着农人的期盼又开始了下一轮孕育……

"八九菊黄蟹儿肥，风和气爽丹桂香。"秋意如此浓厚，如此盛情，怎能少得了令人垂涎的大螃蟹呢？秋分时节，那些畅游在博斯腾湖中的各种鱼、虾、蟹，都到了最肥美的时候。湖面上，机声隆隆，小船悠悠，已有渔夫在忙着撒网捕捞。这里盛产的博湖西海龙蟹，肉质肥厚，口感鲜美，足以和阳澄湖的大闸蟹媲美。

记得20多年前我第一次吃螃蟹，还是远道而来的朋友带给我的。彼时，在这个离海洋最远的地方，海鲜基本要靠从沿海城市空运过来。别说是螃蟹了，就是偶尔吃几只虾，也显得有点奢侈。当朋友递给我那两只大螃蟹时，我竟被它们张牙舞爪的样子吓得缩回了手。还是朋友老练，把螃蟹放进清水里，让它们自由游动了一段时间后，就提溜起来放进了蒸锅。不一会儿，浓郁的鲜香味儿就随着蒸汽散发出来……

说起蟹，不由得就想起那几位大诗人。他们不仅酷爱食蟹，还斗酒吟诗。李白喜欢啖蟹佐酒，并留下诗句："蟹螯即金液，糟丘是蓬莱，且须饮美酒，乘月醉高台。"苏东坡更是嗜蟹成癖，还以诗换蟹："堪笑吴兴馋太守，一诗换得两尖团。"真不愧是一代文豪，吃蟹都不用自己掏银子，提笔就能换来一顿美餐。还有陆游："传芳那解烹羊脚，破戒尤惭擘蟹脐。""蟹黄旋擘馋涎堕，酒渌初倾老眼明。"一只蟹，一杯酒，连昏花的老眼都亮了起来。可见这蟹的魅力，实在是无穷啊。

风和日丽，不冷不热的秋天，正是丹桂飘香的季节。然而，在新疆，我还没有见到过桂花。不过，对桂花的认识，很早就有了。

最早听到桂花这两个字，是从母亲口中得知的。那会儿，母亲还很年轻，三十来岁的样子。进过音乐学堂的她，嗓子清亮，酷爱唱歌。每天，母亲忙前忙后的时候，嘴里总爱哼着歌，而那支桂花的曲子，就是她经常挂在嘴边的："桂花儿生在桂石崖哎，桂花儿要等贵人来哎，桂花要等贵客到哎，贵客来到花才开哎。"从未见过的桂花，就这样一天天开在了我小小的心田。

20世纪90年代，有一天去超市购物，逛着逛着，在货柜上猛然看到了"黄龙桂花糕"几个字。黄色的长方形纸盒，大小跟新疆的砖茶差不多。买回家拆开，里面竟然装有几十枚单独包装的桂花糕，非常精致。尝一口，面面的，沙沙的，香甜但不腻，那不同于别的糕点的沁香甜美，让我一下子就记住了，并且喜欢上了。

真正见到桂花，是在三年前的一个暮秋。我利用休假去看望远在广州的弟弟。一天，弟弟下班回来，说带我去附近的一个公园转转。夕阳笼罩下的公园，幽静极了，几乎见不到一个人影。我们走着聊着，突然，一股奇异的馨香飘过来，还带着淡淡的甜味。弟弟说，是桂花。寻着那香味儿，我们在草木葳蕤、繁花点点的园子里走了好一会儿，才在一个角落里发现了几株桂花树。树木并不高大，近似灌木和小乔木，但夹杂在绿叶间的那一枝枝、一簇簇的小黄花，却散发出浓郁的香气，仔细品味，有一股水果糖的味道。伫立在这几株桂树前，嗅着"天香云外飘"的气息，我一下子想起了戈壁滩上的沙枣花。同样的不起眼，却同样的芳香馥郁，沁人心脾。

桂花清可绝尘，浓能溢远。尤其是在丛桂怒放的仲秋时节，于明月高悬的夜晚，与家人，与朋友，抑或是独自一人，把酒赏桂，该是何等惬意与美妙。

这样的时刻，离中秋也就不远了。古时，秋分曾是我国传统的"祭月节"，但由于秋分每年的日子有所不同，不一定都能遇上最大、最圆、最亮的那轮明月，所以人们就将"祭月节"由秋分调至阴历八月十五，也就是现在的中秋节这一天。

中秋将近，抬眼望天，月亮虽未达圆满，但月色如水。就让这月色伴随我们一同迎接即将到来的品月饼、饮美酒、赏桂魄的美好时刻吧。

本文原载于 2020 年 9 月 22 日《乌鲁木齐晚报》

雪海万顷又新丰

"袅袅凉风动，凄凄寒露零。"白露刚刚"露凝而白"，寒露就将"凝结为霜"了。从白露到寒露，从秋凉到秋寒，全在一滴露珠里。

清秋的早晨，在草尖上，在逐渐稀疏的梧桐叶上，可以看见原先那一滴滴盈盈的小水珠即将凝结。此时的露珠，少了灵动，行动变得迟缓而犹疑，甚至不再颤动，不再滑落。从它们紧紧依附的状态看，感觉已和草叶粘在了一起，只是还未凝结而已。虽然这滴寒露离凝结还差点火候，但它闪现在晨晖里的一丝寒光，已明显无疑。娟娟寒露，将凝未凝，多么含蓄而柔美的节气。

早晚的确有些凉了。出门得披件外套，睡觉也得加床棉被了。尽管白天仍然晴空丽日，凉爽宜人，但昼夜较大的温差，常常让人的感觉在深秋和浅秋之间游移、恍惚。我想，这时的寒露，意在让沉湎于舒适中的人们，先尝试一点初寒、轻寒，为日后真正到来的严寒做一个准备和铺垫吧。

天渐凉，露渐重，秋渐深，但远未到萧瑟凄凉的境地。这时的田野，不仅忙碌而且美好。你看，棉花正"银光点染兆年丰，万顷星摇似雪融"，还有菊妍其华，还有层林尽染。如此缤纷的秋色，如此悠远的秋意，这样的寒露，是不是更富有诗意和韵味呢？

每年的这个时候，棉荚破壳，棉花吐絮。一望无际的棉田，雪白一片。白浪滔天的花海，宛若漫天的流云都洒落到了人间，又仿佛无数的雪花汇聚到了一起，那样壮观，那样喜人。几十万拾花大军，也似嗅到了花香，从四面八方蜂拥而至。她们操着南腔北调，像蜜蜂一样在花朵间穿梭，灵巧的手指，如同在琴键上跳跃。两个月的辛劳，换来的是一张张笑脸和一个个鼓起的钱囊。

棉花绽放，恰逢国庆前后，许多人都会趁此难得的小长假，或结伴或举

家出去游玩散心。我所在的金融企业，反而是一年中最忙碌的时候。不仅信贷部门的同事，就连后台的人员都要参与到棉花收购工作中去。有一年，我也被抽调到一线，在南疆待了近两个月。从籽棉、轧花到皮棉，全力协助企业应收尽收，加工入库。望着一天天拔高的棉垛，听着棉农们开心的笑声，我和同事们的所有艰辛，都化作一缕云烟，随风消散了。

新疆是我国唯一的长绒棉产区，生产的长绒棉是棉花中的精品。天冷了，买一些新棉花，弹一床新网套吧。漫漫长夜，缱绻其中，那份蓬松温暖，那种阳光的味道，一定会让你的睡梦很踏实，很香甜。

在南疆，我还见到了彩棉。在一块块棉田里，棉秆上盛开的一朵朵棕色、绿色的棉花，着实让我耳目一新，眼界大开。这种无须漂染的天然彩棉，抗静电，不起球，绿色环保，既柔软又轻便，既舒服又暖和，非常适合贴身穿。

寒露时节，广袤的原野上不单单有一望无垠的棉花，还有芬芳娇艳的菊花。那些常年生长在山坡上、峡谷里、沟渠旁、田垄草丛间的野菊花，正铆足了劲儿，要把一生的迷人时光都倾注在这一刻。淡黄的花蕊，白色或黄色的花瓣，每一朵都向着太阳，每一朵都妖娆无比。秋风里，它们兀自歌吟，兀自舞蹈。那模样，那神态，简直能把人心融化。

深秋，一个为菊而生的季节。此时，走到哪里都有菊花的身影，菊花的芳香。这不，红山脚下的西大桥上早就被园林工人们摆满了五颜六色的菊花。波斯菊、万寿菊、金盏菊、孔雀菊、雏菊、雪菊，不一而足。单瓣儿的、重瓣儿的，纤巧的、厚实的，伞状的、球形的，足以让人一饱眼福。

如果有闲有雅兴，带上家人去植物园吧。自治区首府一年一度的菊花展就在那里举行。400多个品种，10万多盆菊花，把整个公园装扮成了花的世界、菊的天下。在眼花缭乱、目不暇接的一片锦绣中，还可以一睹红衣绿裳、十丈垂帘、凤凰振羽、西湖柳月、金背大红、墨菊、绿牡丹这些平时难以见到的名贵品种的芳容。

菊花被称为梅、兰、竹、菊"四君子"之一，受到历代文人墨客的追捧和喜爱，尤其是陶渊明的"采菊东篱下，悠然见南山"和孟浩然的"待到重阳日，还来就菊花"，多少年过去了，仍然成为秋天里人们最爱吟诵的诗句。

说到重阳，我的脑海猛然掠过 2018 年的重阳节。那日午后，几个诗友相约去雅玛里克山登高。正是寒露时节，天气晴好，阳光不温不火。一行人兴致勃勃地向山上爬去。真是不虚此行。山上山下，路边峡谷，所有的树木都已被秋风染成了一幅画。翠绿苍绿、浅黄金黄、粉红火红，黄绿相间，红黄交织，红黄绿兼具，可谓色彩斑斓，美不胜收。飘飞的落叶，把黑黝黝的山间小路装扮得明亮而有趣。踩在上面，小路也比平常柔软了许多。在幽静的大山里，在不冷不热的斜阳中，满目是尽染的层林，脚下是沙沙的声响，我竟有了一种走在童话里的奇妙感觉。

"碧云天，黄叶地，秋色连波，波上寒烟翠。山映斜阳天接水，芳草无情，更在斜阳外。"看来，不是我一个人被这一年里最美的景色所感染，走在旁边的一位诗友大声吟诵起了范仲淹的这首《苏幕遮》。另一位诗友也按捺不住内心的激情，接着朗诵起来："自古逢秋悲寂寥，我言秋日胜春朝。晴空一鹤排云上，便引诗情到碧霄。"

也是奇了，当他刚刚朗诵完，就听到原本寂静的天空传来"嘎嘎"的鸣叫声。循声望去，一群大雁正从山那边飞过来。夕阳中，它们努力扇动着翅膀，不时变换着队形。望着这群南飞的大雁，我知道，这是最后一批迁徙的候鸟了，想要再见它们，只有待来年了。

再过半月，寒露就真的要凝结为霜了。想到那附着在草叶上的一层白霜，我仿佛看到了秋天的大幕即将落下，又好似听到了冬天启程的隐约号角。

本文原载于 2020 年 10 月 8 日《乌鲁木齐晚报》

萧瑟风前花正好

当我在键盘上敲出"霜降"两个字时，脑海中浮现的是一片晶莹的白霜。那附着在枝条草叶、溪边桥间、屋顶瓦片甚至土块砖石上的白色冰晶，那一层薄薄的、带有细微茸毛的秋霜，好像也来到了我的眼前。气肃而凝的浅浅霜华，洁白、清丽、唯美。在它熠熠闪烁的光影里，我仿佛看到了秋的暮色和冬的晨曦在沉浮，在交织，在更迭。

"霜降杀百草"。秋气的凝重，让地面上的植物渐失生机。望着飘零的落叶，望着空旷的陌野，感受着日渐寒冷的天气，使人不免生出一丝悲凉和感伤。尤其对于那些命运坎坷又生性敏感的文人墨客来说，更是惆怅满腹，情绪低落。

"月落乌啼霜满天，江枫渔火对愁眠。"身处凄寒乱世的张继，在姑苏城外的寒山寺，对着漫天寒霜，对着江枫渔火，愁绪满天，一夜无眠。"渐霜风凄紧，关河冷落，残照当楼。是处红衰翠减，苒苒物华休。"怀才不遇的柳永，在一阵紧似一阵的霜风中，在清冷的关河旁，在残阳夕照的高楼上，看到红花衰败翠叶渐少的凄凉景象，内心的失落与怅惘跟兀自东流的长江水一样，唯有无语。"鸡声茅店月，人迹板桥霜。"天色微明，正欲启程，一眼瞥见落了一层薄霜的板桥，还有印在寒霜上的足迹，仕途多舛的温庭筠更是难抑心中早行商山的羁旅愁思……

面对落木萧萧、疏桦皎皎的暮秋，并不都是忧伤与愁闷，也有快乐与喜悦。李白在深秋出游，伴随枝叶凋零、霜降荆门的萧瑟景象，不仅雅兴未减，反而吟出了"霜落荆门江树空，布帆无恙挂秋风"的豪迈与洒脱；白居易在寒霜初降的时节，同样不受其影响，"霜轻未杀萋萋草，日暖初干漠漠沙"；还有苏东坡的"荷尽已无擎雨盖，菊残犹有傲霜枝。一年好景君须记，最是橙黄橘绿时"……透过衰败，诗人满目都是枯叶飘落后的空阔与通透，是薄霜下依然茂盛的小草，是秋日橙黄橘绿的一年好景。

毋庸辩驳，也毋庸置疑，不同的时代，不同的境遇，即使面对同一物象，也会产生不同的反应，不同的情思，亦当属情理之中。在我看来，每个节气，每个时段，都各有千秋，各有独特的美。大自然是公平的，有消亡就有生长，有凋敝就有兴盛。

霜降时节，虽然有肃杀、有枯萎、有凋落，但同样有生命的律动和勃发。你看，舞动在秋风中的红叶、枫叶，已展现出绚丽的色彩；摇曳在霜雪里的木芙蓉，正迸发一生的炽热情感。霜华成就了秋色的美丽，也赋予秋果秋菜更多的甘甜和美味。

有一年，我陪母亲去北京看望小妹，正赶上香山红叶异彩纷呈的大好时候。香山上的黄栌树，经历过几次霜打后，叶片早已褪去青绿，由黄变红。站在半山亭上远眺，漫山遍野的红叶，花朵一样盛开着，火焰一般燃烧着。整个香山，就像一片无边无际的火海。瑟瑟秋风中，那燎原的火光，那壮观的气势，让我真正感受到了"霜叶红于二月花"的神奇与瑰丽。

辽宁本溪被称为中国的"枫叶之都"。每年的秋末冬初，长达50多公里的枫叶谷，被一树树、一片片的枫叶装点得云蒸霞蔚，美不胜收。远远望去，整个山谷，宛若有无数双手擎举着无数只火把，把坡上坡下、谷中溪旁，照得通红一片。那通透的红，那火烧云似的红，令人沉醉，令人着迷，令人激情澎湃。

在新疆，我没见过黄栌树和枫树叶片绽放的炫彩，但此刻的胡杨，同样美得令人心醉。尤其沙雅县几百万亩的原始胡杨林，那金黄、那灿烂、那无与伦比的辉煌，也一定会让你在暮秋之时收获对美的认知。

霜降前后，正是看胡杨的最好时机。走进沙雅胡杨林，你就步入了一个金碧辉煌的童话世界。无论是水中的胡杨，还是沙漠里的胡杨，也无论是千年

的老胡杨，还是新生的小胡杨，在这个属于它们的季节里，一律绽放出绚烂的色彩，谱写出动人的乐章。那些渲染在枝头上的浅黄、橙黄、明黄、金黄，那些层层叠叠无以计数的胡杨叶，那些金箔般闪耀的光亮，把这个全世界最大的原生态胡杨林勾勒成了一幅秋天最美的油画，最迷人的所在。置身于此，你会游离，你会恍惚，你会如梦如幻，你会忘记自己……

胡杨的美，不仅限于它金灿灿的叶片，更在于其超乎寻常的生命力。在这里，你可以观赏到1400多年树龄的胡杨王。这棵大约从唐朝就开始生根发芽，历经几朝几代，见证过无数风霜雨雪的胡杨树，虽然躯干已千疮百孔，凿空的几根枯枝也已被砍伐，但依然在皲裂的枝干上抽出新绿，依然将生命的音符唱响在苍茫大地。

在沙雅，还有一片枯死的胡杨，人称"魔鬼林"。在见不到一丝生命迹象的荒原上，只有漫漫黄沙，只有遗世多年的胡杨躯体。那些兀立的遗骸，有的怒目圆睁，有的剑指蓝天，有的扭曲弯折，有的四分五裂。可无论怎样，它们都不肯倒伏，不肯朽烂。如此顽强、如此执着，算得上是生命的另一种延续了吧。大千世界，能这样淋漓尽致呈现沧桑之美，呈现精神所在的物种，在我看来，唯有胡杨！

不惧风霜的还有木芙蓉。"千树扫作一番黄，只有芙蓉独自芳。"木芙蓉，又名芙蓉花、拒霜花。皎若芙蓉出水、艳似菡萏展瓣的芙蓉花，春天枝头嫩绿一片，夏天更是浓荫覆地，到了秋末反而花团锦簇，满树芬芳。其花朵，早晨为白色或浅红色，中午至下午则变成了深红色。因此，在同一棵树上，往往可以看到白色、粉红、深红几种颜色的芙蓉花交相辉映。还有一种"鸳鸯芙蓉"，一朵花，花瓣一半呈银白色，一半为粉红色或紫色，看起来分外奇特，也分外美艳。

木芙蓉虽开在晚秋，遭霜侵露凌，但风姿绰约，风情万种。看起来，不仅耐寒还宜霜。所以，苏东坡给这神奇之花下了定论："唤作拒霜知未称，细思却是最宜霜。"

世间的事儿就是这么奇妙，有惧霜的，有不惧霜的，还有被霜雪浸润之后，滋味更加甘甜的。霜打过的柿子，捏起来是软的，吃起来是甜的，没有一点涩味儿；冰糖心苹果，要经过三次霜降后，果核部分才会凝聚一圈透明的糖心；曾经看到地里的菠菜、白菜覆盖了一层白霜，担心嫩生生的叶子会遭到破坏，结果不仅没有半点损害，反而更加美味……

霜降过后，就将迎来冬天的第一缕晨曦。在所剩无几的秋日里，我更加珍惜秋色秋阳，珍惜秋天带来的所有美好时光。

本文原载于 2020 年 10 月 23 日《乌鲁木齐晚报》

冬之初始万物藏

翻开日历，"立冬"二字已赫然在目。见到这个"冬"字，不由得就会把它与四野凋敝、枯树寒鸦、凄清冷寂、天寒地冻这样的词汇联系在一起。

的确，此刻的黑龙江省哈尔滨市和新疆北部的阿勒泰地区，都已经提前进入了冬季，提前尝到了冬雪的滋味。然而，天山以南不仅没有一点儿冬的影子，秋的韵味还十足呢。窗外，黄绿参半的梧桐叶依旧在风中轻歌曼舞，五颜六色的野菊花仍然在街边低吟浅唱，院里的那一垄菠菜油光闪亮，许多小草一边结籽儿一边吐绿，正午的阳光落在身上明亮又温暖……时光在这里好像忘记了节令，又似乎不愿走出秋的烂漫、秋的美韵。更有甚者，弟弟所在的"花城"广州，方才摆脱暑热的纠缠，正处于一年之中最舒适、最惬意的时段。

不必惊讶，也无须费解。想想看，天地如此辽阔，世界如此浩渺，不同的地区，不同的物种，怎么可能随着季节的一声令下，迈出整齐划一的步伐呢？对于季节的每一次更替，都有先知先觉者，也有迟钝缓慢者，这与它们所处的地理位置和气象变换都有很大的关系。但是，无论先知还是后觉，无论捷足先登还是姗姗来迟，朝向都是一致的，都在前行，都在跨越，都在朝着一年中最后的时光迈进。

虽然"庭前木叶半青黄"，虽然"黄杨倔强尤一色"，虽然秋在南疆还只是刚刚转了个身，它留下的温度，涂抹的色彩，仍在天地间氤氲、飘荡、扩散、延伸，但时序确已跨入了"秋冬气始交"的节点。冬正敞开大门，准备迎接所有的来访者呢。

立冬，在古代是"四时八节"之一，不仅标志着冬季的来临，还被当作重要的节日来庆祝。这一天，天子会率三公九卿迎冬于北郊，就像他们曾迎春于东郊，迎夏于南郊，迎秋于西郊一样，隆重而庄严。在民间，人们则忙于祭祖先、送寒衣、犒劳耕牛、生火取暖。即便是几千年后的今天，也有立冬"补冬"一说。在北方，立冬要吃饺子，而在我的老家湖南醴陵，却有制作"醴陵焙肉"的习俗。

提起饺子，我就感觉北方人对饺子真是情有独钟，百吃不厌。冬至要吃饺子，大年三十要吃饺子，立冬还要吃饺子。也难怪，好吃不过饺子嘛。一盘热气腾腾的饺子上桌，既能增添节日的气氛，又能舒心暖胃，何乐而不为呢？

立冬时节，最高兴的或许要属农人了。忙碌了一年，终于可以喘口气儿，歇歇脚了。一家人围坐在一起，吃顿饺子，无论羊肉芹菜馅儿，还是牛肉萝卜馅儿，享受的是劳顿后的甜蜜和快乐。再来一杯小酒，品几口自家养的土鸡肉和刚出土的马铃薯，一年的辛苦和疲惫，都在这欢乐的气氛中烟消云散了。

岂止是农人？在"十月小阳春，无风暖融融"的天气里，遍尝大地的馈赠，尽享人间的美味，我也同样乐陶陶、喜滋滋的呢。

这个时候，田野空旷了，果园安静了，但收获的喜悦却溢满了大街小巷。薄皮的核桃、脆甜的苹果、软溜溜的柿子、粉嘟嘟的栗子，还有南瓜、莲藕、花生、红薯，还有新脱粒的稻谷……在这个秋冬之交，在这个祥和的日子里，满目都是美食，满心都是欢喜。

记得从前，每到入冬前后，父亲就要把菜窖仔细清理一遍。然后，在柳条筐的提手上系上一根绳子，把土豆、白菜、萝卜一筐一筐地运进去。萝卜埋进土里，白菜靠墙立好，土豆码放整齐。储藏好这些蔬菜，整个冬天，心里就踏实了。这些窖藏的蔬菜，从初冬吃到开春，都还是水灵灵的，保存得很好。

父亲忙碌的同时，母亲把闲置在墙角的一个大缸也拖了出来。手脚利落的她，买回几捆雪里蕻，去除黄叶，洗净晾干，便开始腌制咸菜。母亲往缸里铺一层雪里蕻，撒一层盐，再撒上一些花椒，再铺一层，再撒一层，这样反复多次后，缸里就被塞得满满的了。最后，再在上面压上两块大石头，一个冬天的咸菜就算腌完了。想吃的时候，随手取出一把，清水冲洗几遍，切碎了用油

和葱花一炒，无论吃稀饭还是就馒头，都很不错。如果再能有一点碎肉炝锅，那就更美了。

现如今，虽说物资丰富了，冬天也可以吃到各种新鲜的蔬菜，不再需要储藏冬菜了。但是，为了调剂口味儿，为了记忆中的那份牵挂和念想，很多人还是会腌制冬菜。我的妹妹，我那和母亲一样心灵手巧的妹妹，每年这个时候，都会自制一些酱黄瓜、辣萝卜条、糖醋蒜和剁椒酱。还别说，这些不起眼的小菜，有时比大鱼大肉还抢手。

立冬后，就意味着季节正式步入了冬天。不论是鲜花簇簇、绿草茵茵的南方，还是朔风频吹、雪花飞舞的北方，都只会越来越冷，越来越显现冬的外延与内涵。我知道，很多人不喜欢冬天，因为寒冷，因为不便。但是，四时各有所属，四季各有其美。春的勃发，夏的生长，秋的烂漫，冬的沉静，你说，哪个不美呢？也许，在经历了喧嚣和忙碌之后，人们更需要平和与安宁，休养与生息，更需要静下心来，回望一下来时的路，咀嚼一些泛黄的往事，思考一下人生的真谛……

有人说"冬者，终也"，我想说，非也。冬，不是终了，不是结束，而是又一轮生命的孕育，又一轮美好的开始。

本文原载于 2020 年 11 月 6 日《乌鲁木齐晚报》

细品美食闲中过

"小雪，小雪"，当我在心里默念着这个节气时，耳畔仿佛传来了一声又一声呼唤。那隐隐约约飘忽在空中的声音，是母亲在唤她的女儿，而那个叫小雪的女孩，正仰着脸儿，张开双臂，在轻盈飘舞的雪花中旋转着，一圈又一圈。她"咯咯咯"地笑着，清脆甜美的笑声随雪花一起飞扬……

我不知道这个世上有多少父母给自己的女儿起了这个好听的乳名，但我猜想，叫小雪的女孩，一定都喜欢这个清雅的名字，喜欢与她们同名的这个柔美的节气，喜欢雪花轻舞飞扬的日子。

然而，在名为小雪的节气里，却不一定能见到晶莹的雪花。此时，我所在的南疆，别说下雪了，冬的气蕴还没有聚合成形呢。树木的叶子虽说大部分已经枯黄，但仍有一些绿叶在枝头招摇；就连最早带给人们春讯的柳条，也还保留着几分柔媚；流水淙淙的小河边，小草不仅泛着绿意，还不停地冒出新芽；街边的菊花、月季花，仍然散发着芬芳；隔墙的那栋楼门前，每天午后，都有几个大爷大妈围坐在一起，一边打牌一边晒太阳……

虽然代表气候特征的小雪与天空是否降雪并无必然的联系，虽然温暖总要好过寒冷，但是，我却盼望着能在这个特定的节气里飘下几片雪花来，盼望着能像那个叫小雪的女孩一样，在雪的曼妙中忘却一回自己，放飞一次心灵。

记忆中，每年入冬后的第一场雪不是蜻蜓点水似的轻描淡写，就是裹着细雨一同飘落。人们刚想惊呼，它却已转瞬即逝。打湿了一点表皮的地面，在阳光和微风的轻拂下，很快就又恢复原貌。初冬的第一场雪，可真称得上小，称得上秀气。这不禁让我想起小家碧玉的女子，玲珑娇小，温柔娴静，含蓄妩

媚。尤其是她低头的那一瞬，那一抹写在脸上的娇羞，如同一朵似开未开的水莲花，将女儿家内心的柔情展现得韵味无穷。相信谁看了都会心动，都会心生爱怜。

小雪与大雪相比，没有纷纷扬扬的洒脱，没有"惟余莽莽"的雄阔，甚至有些在飘落的过程中就融化成了雨水。一场小雪过后，人们或许难以在枯草、树枝、房檐以及背阴处寻觅到它们残留的影子，但那绵软、柔美、湿冷的感觉，却能让人想起"昔我往矣，杨柳依依。今我来思，雨雪霏霏"的美丽诗句。

小雪是轻柔的、恬静的，也是温馨的、温暖的。

记得小时候，每当小雪时节，人们便会宰牲吃肉，以此犒劳家人，也借此增强体能，抵御风寒。有一年，我们家杀了一头猪。在美美地吃了一顿红烧肉、大肉白菜炖粉条之后，母亲开始制作腊肉和香肠。只见她把肥瘦相间的肉切成宽四指左右的长条，然后给每块肉都均匀地抹上一层盐，再用力揉搓几下，最后倒入白酒，撒上花椒、八角、生姜末等拌匀，盖上盖腌制一个星期。腌好后，用绳子一条条穿了，挂在阴凉通风处晾干。这期间，母亲还做了一些香肠，一根根挂在腊肉旁。那个冬天，尽管窗外北风呼啸，凄清冷寂，我们的屋里却是一派温馨，一片欢声笑语。

在我的老家湖南湘西一带，小雪这天除了腌制腊肉以外，人们还要吃糍粑。我没有见过从一粒粒白花花的糯米到糍粑的制作过程，但听父亲说"打粑粑"很费事，不光要有技术，还得有力气。简单说来，就是将蒸到九分熟的糯米饭倒进一个石臼中，由两个壮汉各执一根大木槌，一上一下用力捶打，待将糯米捣成泥后，置于撒了面粉的案子上，趁热揪成拳头大小的米团，塞进刻花的木模，糍粑就基本成形了。

糍粑的吃法有很多种，可以煮着吃，蒸着吃，还可以放进油锅炸酥了吃。湘西人最喜欢的是烤糍粑。南方的冬天阴冷潮湿，为了驱寒取暖，一般人家里都置有烧木炭的火盆。烤糍粑的时候，在火盆上支一个带网格的铁架子，再把糍粑一个个放上去。糍粑要慢慢烘烤，火力不能太大，还要不停地翻转，使其受热均匀。当看到糍粑渐渐鼓胀，表皮微微隆起时就可以吃了。用手掰开，小心尝一口冒着热气的糍粑，你会感到黏性十足，软糯香甜，很有嚼劲儿，真是人间难得的美食。

甘蔗是我小时候的最爱。每到冬天，见到有卖甘蔗的，我的两只脚就好像被钉在了地上，再也挪不动了。我的父亲，只要口袋里有几毛零钱，就总是会满足我的这些小小愿望。一根甘蔗到手，我早已乐得合不拢嘴，像孙悟空扛着他的金箍棒一样将那根紫红色的甘蔗扛在肩上，一蹦一跳地跑回家。用刀剁成一段一段，清水涮涮，便"咔嚓咔嚓"啃起来。还别说，这脆甜的甘蔗，就是比苞谷秆子好吃，紧实不说，还汁多味甜渣少。

其实，冬天真的是个很好的季节，不仅清闲，还有许多美食供我们品尝。吃过了香喷喷的腊肉，吃过了软糯的糍粑，吃过了清甜的甘蔗，你再看，满大街的核桃、红枣、甜橙、柚子、香梨、石榴……哪一样不让我们口舌生津，唇齿留香？

"平生诗句领流光，绝爱初冬万瓦霜。枫叶欲残看愈好，梅花未动意先香。"初冬在陆游的眼里是一行行的诗，在我的眼里，也是极富意蕴，极其美好的。

小雪是冬日里开出的花朵，是冷寂里孕育的温馨，是无数人心目中的那个"红泥小火炉"。

本文原载于 2020 年 11 月 20 日《乌鲁木齐晚报》

雪落人间天地新

天上飞琼至，人间妆新景。

一觉醒来，房屋白了，树木白了，大地白了，裸露在外的一切全白了。一场大雪，就这样悄无声息地来到了我们身边，来到了我们的生命里。

窗外，昨天还裸露着的枯枝瘦叶，被天公抖落的"琼英与玉蕊"包裹得丰满柔润起来；举着一蓬蓬针叶的松树，此刻仿佛举着一朵朵绽放的银菊；那些坑坑洼洼黑黢黢的路面，被漫天飘洒的雪花抚平，并清扫得焕然一新……一夜飞雪，让世界变得粉妆玉砌，分外妖娆。

下了一夜的雪，似乎还没有尽兴，仍在纷纷扬扬地旋转着、飞舞着。

打开窗，看到许多雪花在窗前翩翩起舞。婀娜的身姿，轻盈的体态，似柳絮，如玉蝶。我伸出手，想接住这小小的精灵，然而，只是轻轻一触，她们玲珑小巧的身体便融化在我的手心里了。看着掌心那一点点明亮的水珠，我想，这素雅高洁的雪花，还真像徐渭诗里写的"寒酥"——立于青枝未肯消。你若想请她入室，她宁愿香消玉殒，也不愿因于温暖的室内。看似柔弱无骨的雪花，还真不乏刚烈的气节。

飘雪的清晨，四周静极了。听不到汽笛，听不到人声，也听不到鸟鸣，连最活泼的麻雀也不见了踪影。窗外，只有一行深深的脚印，留在松松软软的雪地里。我的思绪，在这寂静的时刻却异常活跃，像一片飘舞的雪花，沿着门前的这行脚印，飞向了遥远的过去——

也是一个"玉絮堕纷纷"的清晨。"吱扭"一声，一户人家的房门被推开，一个扎着羊角辫儿、穿着碎花袄的小女孩儿从那扇门里走了出来。"啊，下雪了，下雪了。"看见门前铺着一层厚厚的、白白的雪，小女孩儿不由得大声惊呼，并撒开双腿，向雪里跑去。她弯下腰，伸出双手，捧起一把蓬松柔软的雪，放在手里攥起来，攥一会儿，又放到雪里滚一圈，再攥，直到攥出一个苹果大小的冰疙瘩，然后，放进嘴里"咔嚓咔嚓"吃起来。

正当小女孩儿吃得开心的时候，她的父亲走了过来。看见她手里滴着雪水的冰疙瘩，看见她冻得通红的脸蛋和一双小手，父亲没有责备她，而是把女儿冰凉的小手掬进了自己温暖的大手里。

"爸爸和你一起堆雪人好吗？"

"好啊，好啊。"女孩儿立即跑去墙角拿扫帚，拿铁锹。

父女俩就在院子里开始扫雪，堆雪人。真要感谢天公的慷慨，只一夜工夫，洒落的雪已深及小女孩的腿肚子了。父女俩扫的扫，铲的铲，干得热火朝天。铺在院子里的雪，渐渐堆成了一座小山。父亲用铁锹在雪堆上仔细拍打着，说要拍得紧实一点。接着，两人又滚出一大一小两个雪球，依次摞在了"小山"上。雏形有了，再安上两粒大小均匀的黑煤炭，插上一根胡萝卜。看着眼前这个白白胖胖、憨态可掬的雪人，小女孩儿的心里别提有多高兴了。她呵呵地笑着，跑回屋里找出自己的红围巾、红帽子，给雪人系在脖子上，戴在头顶上。"爸爸，给雪人起个名字吧。""嗯，就叫她白雪公主吧。"那个冬天，有了白雪公主的陪伴，小女孩儿成天都笑嘻嘻的，开心极了。

多少年过去了，当年的小女孩儿早已为人妻为人母，但那双温暖的大手，那个可爱的雪人，那个永不再现的场景，却一直珍藏于心，伴她度过了无数个寒冷的冬天。

"小雪封地，大雪封河。"到了大雪时节，河里的冰都冻住了，山里的雪更是积了一层又一层，厚得如同铺了无数条棉毯。此时，到野外滑雪成了很多人户外活动的首选。

有一年，单位组织去南山滑雪，虽然我不会滑雪，但还是在第一时间报了名。冬日的南山，宛若一个银装素裹、冰清玉洁的童话世界。天上的白云，地上的白雪，让置身于此的人们如同来到了一处澄澈晶莹的白色仙境。熠熠闪

烁的暖阳，好像滤净了天地间所有的尘埃与杂质，亮得耀眼，亮得刺目。空气更是清新如洗，吸一口，能感觉到一股清冽甘甜的味道，顺着喉咙直沁心脾。身处这样的地方，心会变得纯洁无瑕，不含半点杂念，眼睛超乎寻常地明净，身体更是如插了翅膀的鸟儿，只想飞翔……

那天，一群平日里衣冠楚楚、正襟危坐的白领们，融进这雪山深处，融进这诗一般的境地后，全都像换了一个人似的，个个精神焕发，喜笑颜开。每个人都换上了鲜艳的羽绒服，戴上了各色漂亮的帽子和滑雪眼镜。有人在脚上绑上了滑雪板，有人骑上了雪地自行车，有人坐上了雪橇，我则拉着一个轮胎爬到了山顶……大家在雪地上尽情展现着，快乐着，陶醉着。摔倒了，哈哈一笑，爬起来继续，绵软的雪地像母亲的怀抱，多摔几次又何妨。在一望无垠的雪野上，所有人都褪去了伪装，回到了本真，回到了无忧无虑的童年时代。

雪是冬季的使者，也是美好的象征。它在给人们带来乐趣的同时，也给田野里的冬麦送去了温暖。一场大雪，仿佛上天织就的一件鹤氅，盖在柔弱娇嫩的麦苗身上，如同暖在农民的心上。轻盈的雪花，让农人的眼里泛起了光。那光里蓄满了希望，蓄满了感恩和对新生活的无限憧憬。

窗外的雪还在纷飞着，飘洒着。我想，就让这琼花、这瑞雪，尽情地飘吧、舞吧、落吧。苍天给了大地滋润和厚爱，来年，大地必将呈现给人们一个惊艳的春天，一个喜庆的丰收之年。

大雪，是冬天曼妙的舞者，是极具诗情画意的节气，也是最富爱心的精灵。

本文原载于 2020 年 12 月 7 日《乌鲁木齐晚报》

天寒地冻　围炉数九

冬至的来临，意味着真正的冬天来到了。行至冬至，太阳来到了南行的尽头。一年之中，这一天黑夜最长，白昼最短。与遥遥相对的"夏至"相比，用一首小诗来形容它短暂的日光再恰当不过："一天很短，短得来不及拥抱清晨，就已经手握黄昏。"

时间走到冬至的节点，也就走到了岁末年关。古时，人们把冬至当作一年中最为庄重的日子来庆贺，因此有"冬节""亚岁""小年"之称，还有"冬至大如年"的说法。《后汉书》记载："冬至前后，君子安身静体，百官绝事，不听政，择吉辰而后省事。"《晋书》亦云："冬至日受万国及百僚称颂，其仪亚于正旦。"南宋孟元老在《东京梦华录》中则这样描述道："至此日更易新衣，备办饮食，飨祀先祖。官放关扑，庆祝往来，一如年节。"可见，冬至从汉代起，沿唐宋至明清，在两千多年的岁月里，是多么隆重，多么光鲜亮丽。

冬至在古人眼里是仅次于新年的好日子，在当今社会，也同样受到人们的重视。在我国南方的很多地方，至今仍保留着庆贺"冬节"的习俗，尤其岭南、江浙、闽南一带，不仅要过冬节，还要敬天祭祖，祈福来年风调雨顺，家和万事兴。

我国幅员辽阔，南北饮食各有喜好，各有千秋。在南方，冬至这天有吃烧腊与姜饭的，有吃赤豆糯米饭的，有吃番薯汤果的，有吃冬至圆的，有吃桂圆烧蛋的，有吃年糕的，也有喝冬酿酒的，安徽合肥人则要吃上一碗热气腾腾的鸡蛋挂面，才算过了冬至，并说"吃了冬至面，一天长一线"。而在北方，家家户户却是吃水饺。冬至这天，你就听吧，那"叮叮咚咚"剁饺子馅儿的声

音，此起彼伏，好不热闹。缭绕在各家各户的袅袅香气与欢乐氛围，给严寒的冬季罩上了一层融融暖意。

不过，什么事情都有例外。我的一个好朋友，就喜欢在冬至这天炖上一大锅羊肉犒劳自己和家人。他说，过去生活困难，吃一顿饺子就算过节了，现在不同了，条件这么好，为什么不多吃一点肉呢？饺子也好吃，但总比不上大块吃肉带劲，何况我们新疆的羊肉这么好、这么香！看他那红润的脸庞和健壮的体魄，就知道他的生活过得有多么滋润和富足。

其实，我也觉得一盘饺子已经不能满足日渐挑剔的味蕾了。我更喜欢来一碗汤饺，里面放几片羊肉或牛肉，一把粉丝，再撒上几段碧绿的葱花和香菜。岁寒之时，吃上这样一碗热热乎乎、内容丰富的汤饺，既传承了习俗，又融进了现代元素，感觉更过瘾、更暖心。

吃过了冬至的饺子，数九寒天的日子就登场了。"进九"，对于家里有暖气、出门有汽车的今人来说也许算不了什么，但在远古时期，那可是一段难熬的苦日子。我们的祖先，为了消解严寒，迎候新春，便开始"数九"，画《九九消寒图》。起先，是农家妇女用烧火棍在墙上划印痕，每天一道，或横或竖，九个一组，共八十一道。这是最早出现的九九消寒图。从明代起，有了梅花图式的消寒图，也称"雅图"和"画九"，就是在白纸上画一枝素梅，九朵梅花，每朵九瓣，每朵对应"一九"，每瓣对应"一天"。每天用朱红填染一瓣，待九朵寒梅都渲染上艳丽的色彩，绽放出芬芳的"花香"时，春天就回到了人间。到了清代，除"画九"外，宫廷内又兴起了"写九"，即选取每字九画的九个字，比如"亭前垂（垂）柳珍重待春风（風）"或"春前庭柏风（風）送香盈室"等，以双钩空心字体书写到一张宣纸上，每过一天，用红笔涂抹一画，再用白色细笔在这一画上标注出当日阴晴雨雪等天气情况，八十一画全部涂抹完毕，正好迎来阳光明媚、万物复苏的春天。

不论画九还是写九，在日历远未普及的年代，都充分显示了古人的智慧和创意。可以想象，面对北风呼号、滴水成冰的寒冷天气，人们手握纤毫，一日日描摹《九九消寒图》时的情景。那一双双专注的眼、一颗颗虔诚的心，凝聚了多少希冀与渴盼啊。九九八十一天，缓慢的节奏里，流淌的时光中，一朵朵渐次开放的红梅，一个个笔墨生香的楷体，给一栋栋白屋消解了寒意，送上了温暖，也给人们带去了无以言说的美好与抚慰。

如今，我们生活在一个幸福的时代，不再需要画《九九消寒图》来度过凛冽的冬天了。但是，了解这一文化，传承这一文化还是非常有必要的。

今年的冬至已经来临，我拿出笔墨，准备尝试一回。我在纸上画一枝素梅，再写上一句诗，计划仿照古人的样子每天各涂抹一笔。在"上点天阴下点晴，左风右雨雪中心"的诗意里，在"点尽图中墨黑黑，便知郊外草青青"的乐趣中，一边体验其中的心境，一边感受寒气消退、春暖花开的美妙。

"冬至阳来复，草木渐滋萌。"此时，太阳已从最南端开始返航。让我们与太阳一起同行，迎接新一年的到来，迎接又一个美丽的春天吧。

本文原载于 2020 年 12 月 21 日《乌鲁木齐晚报》

北国遍开傲霜花

冬至过后，天气日趋寒冷。人们在一日胜一日的严寒中，迎来了小寒节气，迎来了数九寒天里的"三九"。

常言道：小寒胜大寒，最冷在"三九"。这个时候，面对北国山寒水瘦、万木凋敝的萧瑟景象，有人向往潮起潮涌的海滨，向往微风吹拂的椰林，向往冬日也可以纱裙飘飘的南方。殊不知，南国的人们也正羡慕你所处的白雪皑皑、冰清玉洁的童话世界呢。千里冰封，万里雪飘的壮观，以及有趣的冰雪游戏，是许多南方人梦里的期许和渴盼。

两年前的寒假，弟弟带着女儿从广州回到了新疆。这个时候回来，冰天雪地的，不怕冷吗？没想到，生在南方，长在"花城"的小侄女仰着脸，笑眯眯地对我说，她就是冲着冰雪回来的。那个寒假，我们带她去南山滑雪，去人民公园溜冰。在洁白松软的雪场上，她又蹦又跳，甚至趴在雪地上打滚；在银光闪烁的冰面上，她溜来溜去，快乐得像个小兔子。她兴奋地告诉我们，长这么大，总算圆了她想在雪里打个滚儿、在冰上溜一圈儿的梦想。望着一脸稚气又开心至极的小侄女，我不禁想起了自己的童年和少年。

每年冬天，当渠里的水结成厚厚的坚冰时，那渠就成了我和小伙伴们的天然娱乐场。我们在冰上打出溜，在冰上滚铁环，在冰上打陀螺。我还央求父亲给我做了一个滑冰车。所谓"车"，也就是用几块木板拼接起来，然后在下面钉上两根木条，再嵌上两根钢筋的简易木板车。我坐在上面，两手各执一根铁钎子，戳着冰面一点一点往前滑。最过瘾的，是在冰上赛车。大家各骑一辆自行车，在镜子一样的冰面上骑行，不但不怕滑，不怕摔跤，还恨不得把车骑得飞起来。寒风从耳旁嗖嗖地吹过，我们却一点都不觉得冷，只觉得在这种相互追逐的游戏中，趣味迭出，快乐极了。望望对方，一个个小脸红扑扑的，还有热气从头发、领口处冒出。

其实，这种冰上游戏并非现代人的专利，也非小孩子们的野趣。《宋史》就有"故事斋宿，幸后苑，作冰戏"一说，《钦定日下旧闻考》中也有"西华门之西为西苑，榜曰西苑门，入门为太液池，冬月则陈冰嬉，习劳行赏"的记载。《倚晴阁杂抄》中更有"明时，积水潭尝有好事者，联十余床，携都篮酒具，铺毹毷其上，轰饮冰凌中，亦足乐也"的北平旧时风俗。从这些文字不难看出，古人对冰戏的热爱一点也不亚于当下的我们。

每每望着孩子们在冰雪上矫健的身影，想起自己小时候那些快乐的冬天，我就在心里思忖，北方的冬天确实冷，尤其到了"三九"前后，就像俗话说的"小寒大寒，冻成冰团"。可真的要将寒冬与冰雪从岁月里抽离，人间还有这许多的乐趣吗？

天寒地冻、滴水成冰是北国隆冬的寻常写照。也正是有了这冷到极致的天气，才有了从古至今，一代又一代妙趣横生的冰雪游戏，才能孕育出美到极致的雾凇奇观。那美，是可遇不可求的，是震撼心灵的。

雾凇，也叫树挂，一种非冰非雪的乳白色冰晶沉积物，只有在相对低温的环境和条件下才能形成，才能凝华。因它冰羽晶莹，霓裳窈窕；因它在万物失去生机的寒冬凌霜傲雪；因它是大自然赋予人类最精美的艺术品；因它飞琼千万缕，条条晴雪的空蒙气象，又被称为"冰花""傲霜花""琼花""雪柳"。

吉林雾凇是中国四大自然奇观之一。当"雾凇沆砀，天与云与山与水，上下一白"时，别说是看惯了红花绿叶的南方人，就是身居北国的人们，也都想飞往吉林松花江畔的十里长堤，都想置身于"忽如一夜春风来，千树万树梨花开"的雾凇岛，都想在"柳树结银花，松柏绽银菊"这样独具丰韵的仙境里美一把，雅一回。

吉林雾凇仪态万方，令人神往。深藏在天山脚下的雾凇，同样美得令人心醉。

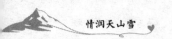

在新疆的巴里坤，就有一条"雾凇公路"。当你行驶在数十公里的柏油马路上，满眼掠过的都是一树树挂满雾凇的琼花，还有羊群、马儿在一片银白的世界里悠闲漫步时，该是怎样一种美妙的体验？你是否以为自己来到了一个圣洁美丽的天外之所？

冲乎尔，阿勒泰地区布尔津县的一个雾凇小镇。每年11月底至翌年3月，整个小镇就会笼罩在一片茫茫白色之中。那上下一体纯一色的白，那晶莹剔透银装素裹的白，在明净湛蓝的天空下，构成了一个如梦如幻的童话世界，一个幽静安谧的世外桃源。

被喻为"绿色谷地"的巩乃斯，植被茂密，云杉参天，夏天山清水秀，浓荫蔽日；冬天琼花覆盖，雾凇满盈。那素净的美、宁静的美、空灵的美，仿佛一幅清新隽永的水墨画，叫人沉醉。

最难得的，是沙漠里出现的雾凇。在新疆的塔克拉玛干大沙漠，在这个被称为"死亡之海"的地方，由于空气中的水汽遇到了足够低的温度，使原本干燥的沙漠地带"黄沙映冰挂，穿枝披晶霜"。这种世界罕见的景观，这种百年不遇的美，让昔日荒芜的塔克拉玛干披上了一层柔情的外衣，让苍老皲裂的胡杨瞬间变得玉树临风，琼枝俊逸。

寒意最盛的时候，可以尽享冰雪带来的乐趣，可以欣赏美丽的雾凇，还可以涮羊肉火锅，吃糖炒栗子、烤白薯，围炉夜话，这样富有情趣的生活，也算是一种诗意和幸福了吧。

小寒虽寒，但它给予人们的快乐与回味却是温暖的、悠长的；它孕育出的美韵，更是独特的、无限的。

本文原载于2021年1月5日《乌鲁木齐晚报》

大寒迎年，冬尽春生

大寒，是二十四节气的收尾，是一年的终结。"大者，乃凛冽之极也。"因此，大寒也是一年中最冷的时候。宋朝邵雍有诗云："旧雪未及消，新雪又拥户。阶前冻银床，檐头冰钟乳。清日无光辉，烈风正号怒。人口各有舌，言语不能吐。"从诗中足以看出寒气逆极的程度。

虽然天气冷到了极致，但从过往的历史数据看，在北方，多数情况下小寒却要更冷一些，正所谓小寒胜大寒，最冷在"三九"。但是，由于我国幅员辽阔，南北跨度大，南方的大部分地区，则是在进入"四九"以后，寒气才开始发威。在广州的弟弟和我们视频通话时，就裹着厚厚的棉大衣在家里走来走去，嘴里还不停地念叨着，太冷了！太冷了！

不过，凡事都有例外。今年的大寒就不同于以往，不光南方感觉到寒冷，就是在北方，在天山以南，喊冷声也此起彼伏。

去年的冬天，我是在塔克拉玛干边缘的一个小城度过的。毫不夸张地说，在这座南疆小城，我没有见到过几片雪，也没有感觉到多么寒冷，甚至连棉靴都没来得及换，一个冬天就悄然过去了。

然而，今年的冬天就没有那么温柔了。一大早起来，我就发现平时光洁明亮的窗户蒙上了一层厚厚的霜花，阻隔了视线。不过，在寒冷枯竭的寂寥时刻，这盛开在严冬里的美丽霜花，却给了我莫大的安慰和欣喜。仔细瞧瞧，有的好似茂密的丛林，有的宛若飘浮的云朵，有的如同绵延的山峰，有的仿佛小鸟的羽翅，还有的像蜿蜒的河流……如此杰作，也只有在冷到极致的情况下，大自然才能运用它的鬼斧神工雕刻出来。

来到户外，房檐上更是垂挂着一排冰溜子。阳光下，一根根晶莹剔透，

闪着亮光。伸手掰下一根，冷冰冰的。此情此景，让我想起小时候吃雪吃冰的那些趣事，不由得送入口中。尽管时间不同，地点不同，年龄不同，但味道如故，清新如故。

到了大寒，也就到了农历的腊月，到了岁末年关。人们又开始为农历新年而忙碌起来。在一天天奔忙的脚步中，在越来越浓烈的节日气氛里，寒气似乎也削减了几分，温顺了几分。

首先迎来的是腊八节。今年真是巧了，腊八与大寒重叠在了一起。这样的交织，这样的日子，让我不由想到了"平衡"二字——有冷就有热，有终就有始。不是吗？过了大寒就是立春，过了腊月就是新年。年年岁岁，周而复始。人们就在这循环往复中，一代一代延续着烟火，繁衍着生命，续写着历史。

腊八节，固然要喝腊八粥这种由多样食材熬制而成的"七宝五味粥"。南宋吴自牧《梦粱录》载："此月八日，寺院谓之腊八。大刹等寺，俱设五味粥，名曰腊八粥。"每逢腊八这天，家家都要做腊八粥，人人都要喝腊八粥。到了清朝，此风更是盛行。

甜甜糯糯的腊八粥，既营养又好喝，既暖胃又暖身，最主要的，它还富有美好的寓意。难怪一碗小小的粥，传承了上千年仍生生不息，经久不衰。

如今，在杭州的灵隐寺，每年都有被称为"大家饭"的腊八粥供市民免费享用。一锅涵盖了花生、红豆、莲子、桂圆、红枣、蜜枣、芸豆、白果、糯米、大米、桂花、白砂糖等12种食材的粥，从腊月初一凌晨开煮，一直要熬到腊月初八才结束。30万份精心熬制的腊八粥，让杭州的街头开启了腊月节日的序曲，也让西子湖畔弥漫在香甜的氛围之中。

腊月，是个寒冷的月份，也是个热闹的月份。每到农历十二月十六日，在我国南方一些地区有"做牙祭"的风俗。这原是祭祀土地公公的仪式，后来被人们演绎成了"打牙祭"。记得小时候，每到年终岁尾，父亲就要给我们"打牙祭"。虽然不懂"打牙祭"的内涵，但那一桌丰盛的菜肴，让我记住了"打牙祭"就是全家人围坐在一起，美美地吃上一顿。

吃过了腊八粥，也打过了牙祭，各家各户便忙着准备春节的诸多事项了。打扫房间，拆洗被褥，腌制腊肉，置办年货，蒸馒头，写春联，贴窗花……人们忙得不亦乐乎。仿佛连空气中都溢满了迎接新年的喜庆气氛。

"大寒迎年"，最高兴的还是一帮不谙世事的孩子们。看着母亲扯来花布，开始裁剪新衣，早已喜上眉梢；看见父亲买来鱼，扛回肉，更是乐得合不拢嘴。趁着父母忙乱之际，还不忘从购买的年货里偷上两颗水果糖，先润一润寡淡的口舌；再顺上一盒小鞭炮，匆匆约上几个小伙伴，在夜幕的掩护下，听那带有喜庆气氛的爆竹声。一声又一声的脆响，一缕又一缕的硝烟，给一个个小小的心灵，提前带来了年的喜悦，提前植入了欢乐的元素。

当人们沉浸在忙年的喜悦之中时，河边的柳树已悄悄爆出了米粒大小的芽苞。这些充满灵性的植物，这些默默无语的弱柳，即使一日日目睹着寒意凛凛的坚冰，一天天围困在烈烈北风的侵袭中，仍然以敏锐的感知捕捉到了春的讯息，感受到了春的来临。

物极必反，冬尽春生。大寒正以它独特的方式迎接着新一年的到来，迎接着下一轮美好的开始。

本文原载于 2021 年 1 月 20 日《乌鲁木齐晚报》

第四辑·边塞纪事

老郭圆梦

最早认识郭俊亮，是 20 多年前的事了。那时我在库车县工作，郭俊亮和我同住在一个部队大院，后来，我们又在新疆军区后勤部家属院做过几年邻居。当年的郭俊亮，穿一身草绿色军装，戴一顶大檐帽，浓眉大眼，说话带一点山西腔，办事儿沉稳、干练，尤其酷爱读书，擅长写作，给我留下了非常深刻的印象。十几年前他转业到自治区环保厅工作，现任《新疆环境》杂志主编。

一次电话聊天中，他告诉我，他想学习维吾尔语言文字，并且已经开始着手准备。什么？维吾尔语？一个连普通话都说不标准的人，一个从未与维吾尔语言文字有过交集的人，突然对我说，想要学习维吾尔语，我真怀疑自己的听力是不是出了问题？我不解地问他，为什么？

郭俊亮平静地说，其实，学习维吾尔语言文字，是埋藏在他心底的一个梦。20 世纪 80 年代初，他在部队提干后担任的第一个职务就是政治处群工干事。因为工作关系，经常需要与地方相关部门联系和沟通。由于不会说维吾尔语，更谈不上阅读维吾尔文字，走到哪里，都要带一个大他十多岁的军官做翻译，给工作造成诸多不便。那时他就想，如果自己懂维吾尔语，工作起来该有多方便、多高效啊！

就在他刚刚萌生了学习维吾尔语的想法时，却被组织选派去石家庄高级陆军学校深造……一晃好多年过去了，前不久，他从行政岗位转至《新疆环境》做了主编，终于从繁杂的政务中解脱出来。那个久远的梦，又从他脑海中慢慢浮现出来。

难道仅仅是为了圆曾经的一个梦吗？我有点疑惑。

"当然不止这些。"停顿了一会儿，郭俊亮接着说，"1986 年夏季的一天，我奉命带领测绘分队，在乌什县亚曼苏乡境内一座荒山顶部架设军事测绘标志。当将 50 公斤重的预制水泥板、数米长的角铁等构件，沿着羊肠小道搬至山顶时，官兵们已严重体力不支。就在大家又饥又渴仍然顶着烈日作业时，从山下上来了三四个维吾尔族小伙子。他们提着装有茶水、馕饼、酸奶和杏子的柳条筐，走到我们面前，用衣袖擦着头上的汗水，憨憨地笑着，然后用手势比画着，让我们吃，让我们喝。我掏出钱递给他们，却被他们挡了回来……"

"还有一次，我和战友到阿合奇县别迭里山区执行国防任务。傍晚返回时，老远就看到一个白胡子的维吾尔族大爷，站在交叉路口处向我们挥手。原来是我们早上经过的一条小河的桥桩被洪水冲垮了。他怕我们原路返回走冤枉路，硬是在那里站了近两个小时……"

说到这里，郭俊亮感叹道："其实，像这样的事情在我的生活中数不胜数……它们一次次感动着我，一次次撞击着我的心灵，让我从心底欣赏这个民族。"

还有一件事情让他刻骨铭心，终生难忘。

几年前，他生了一场大病——面肌痉挛，不仅疼痛难忍，就连说话、看书、走路都成了问题。两年的时间，辗转了多家医院都毫无疗效，且病情更加严重。身壮如牛的男子汉，被病痛打击、折磨得几乎变了形。绝望之际，是医学院脑外科的一名维吾尔族医生，冒着风险为他做了开颅手术，手术非常成功。从不落泪的硬汉，竟忍不住声泪俱下，紧紧握住那个医生的手，久久不愿松开。

此时此刻，我似乎明白了，年近半百的他，为什么非要学习维吾尔语。

我忍不住又提出一个疑问："大多数军人，趁转业之际都选择回到故乡，你为何留了下来？"

沉吟了一会儿，郭俊亮告诉我，他 18 岁当兵，乘了六天六夜闷罐火车、四天敞篷汽车，越黄河，过玉门，翻天山，千里迢迢来到塔克拉玛干大沙漠北缘的阿克苏。刚来时，不适应那里的干燥气候，鼻子经常流血。放眼望去，营

情润天山雪

房四周到处是荒漠戈壁，仅能见到的一点绿色只有骆驼刺，一阵风沙刮来，不但睁不开眼睛，连人都要被风卷跑了。当时，真是后悔来这个荒凉的地方。

"几十年过去了，现在想想，我又庆幸自己来到了这里。尤其在军营这个大熔炉里，我得到了脱胎换骨的锻炼。入伍第二年，我就以优异的成绩考取了军队院校，并顺利完成学业，取得大学学历。以后又到了团部、师部、军区机关工作。是部队，是新疆，把我从一个农村愣娃，培养成了一个合格的军人，也让我在新疆这片土地上收获了爱情和幸福。当然，在转业去哪里这个问题上，我当时也彷徨过，犹豫过。故乡山西，是生我养我的地方，那里有我年迈的父母，有我的同胞兄妹。但是，新疆有我成长的足迹，有我大半辈子的汗水，有拯救了我生命的恩人，有我未圆的梦，未竟的事业。几十年的相濡以沫，我已经深深地爱上了这里的雪山、草原、戈壁、大漠和这里的人们。从确定转业的那一刻起，我就强烈地感受到，自己已经与新疆这片热土融为了一体，我已经是一个真正的新疆儿子娃娃了。我要用我下半辈子的时间，努力为这片土地、这片土地上的人们，做些力所能及的事情……"

人常说，三十不学艺，但年近半百的郭俊亮却具有超凡的意志和毅力。他不理会周围人像看外星人一样的目光，不理会旁人的冷嘲热讽，从书店买回《基础维吾尔语》书籍和音像资料，开始了艰难的圆梦之旅。

每天早晨五点半，当人们还在酣睡时，他已经起床，跟着录音机，对照课本，从一个个字母、一个个单词、一个个语法开始自学……五年的时光，他谢绝了所有的应酬和社交，把节假日、休息天，甚至走路、坐车的工夫都用到了学习维吾尔语上。他的执着，家人不理解，朋友不理解，同事不理解，但他依然如故。

皇天不负有心人，郭俊亮坚持不懈的努力终于有了回报。他不仅熟练掌握了维吾尔语，还对当代优秀的维吾尔族作家的作品进行翻译。他的处女作《楼房里的老人》不仅刊登在了 2013 年第 7 期《民族文汇》杂志上，还被《民族文学》杂志选用，这给了他莫大的鼓舞和无穷的动力。此后，他更加刻

苦，更加热衷于维吾尔语言文学作品的翻译。短短三年时间，就翻译发表了50多篇近40万字的维吾尔文中短篇小说、人物介绍及文学评论。其中，译作《永恒的思念》（中篇小说）、《大失所望》（短篇小说）已被编入《中国当代少数民族文学翻译作品选萃》（维吾尔族卷），《新来的邻居》（短篇小说）获"义乌杯"新疆民译汉作品征文大赛三等奖。

如今的郭俊亮，在新疆翻译界已小有名声。他不仅能用维吾尔语进行对话交流，而且喜欢阅读维吾尔文报纸杂志，聆听维吾尔语广播，浏览维吾尔文网站，还结交了一大批维吾尔族作家、诗人、翻译家等好朋友。

郭俊亮这个山西汉子，怀着对新疆这片热土的挚爱和眷恋，凭着自己顽强的毅力和不懈的努力，圆了他多年前的梦想，也成就了他军旅之外的另一番事业。

后记：笔耕不辍的郭俊亮，近两年更是收获满满。2021年至2022年他得到了新疆文学原创和民汉互译作品工程的重点扶持，连续出版了中短篇小说集《雅丹三朵花》和《天蓝色花瓶》两部译作。

本文原载于2015年11月19日《乌鲁木齐晚报》，2023年8月16日重新修订

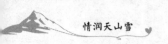

天山脚下多相亲

常年生活在天山脚下的人们，终日穿行于氤氲着烤羊肉与奶茶香味儿的街市巷道，目睹着飘逸的艾德莱斯花裙与豪迈的蒙古长袍演绎的各色风情，感受着不同民族的风俗与文化浸染渗透的同时，谁没有几个要好的少数民族朋友？谁又没有经历过一些民族之间难忘的温馨故事呢？

记得在美丽的孔雀河畔生活的那些年，与我家相邻的是一户维吾尔族人家，祖孙三代十几口人住在一个大院子里，从未听到过他们大声嚷嚷和吵闹，彼此之间相处得非常融洽和睦。天气暖和的时候，经常可以看到一个穿着艾德莱斯长裙的中年女人，从屋里搀出一个蓄着山羊胡子的老人，坐在墙根下的凳子上晒太阳。

几个小孙子围在他身旁，一会儿给他捶捶背，一会儿给他挠挠痒。老人家乐呵呵地笑着，爬满皱纹的脸上堆积着慈爱与和善。他慢悠悠地讲着什么，虽然我听不懂，但从孩子们听得津津有味的神情上猜测，他一定是在讲有趣的故事。一会儿工夫，就听那几个孩子"哈哈哈"地笑起来，直笑得一个个前仰后合，东倒西歪，稚嫩的童声，穿过篱笆院墙，在我家门前的上空缭绕、飘荡，经久不散……

最吸引我的，是她家房后面那一片用树枝围起来的小菜园。园子不大，品种却不少。茄子、辣椒、黄瓜、西红柿、豆角、芹菜、韭菜、大葱……样样齐全。夏日的阳光如恋人的目光，朗朗地照着这个郁郁葱葱的小菜园。蔬菜们也宛若得到了恋人的爱抚，一个劲儿地疯长。每一片菜叶、每一枝藤蔓、每一株茎秆，都透着饱满、亮丽的光泽。结出的果实，红红绿绿，长长圆圆，挂满了枝头。除了雪花纷飞的冬天，园子里始终是一幅生机盎然的田园风景。

一个午后，我正坐在窗台边，一边沐浴着明媚的阳光，一边演算着数学试题。忽然，一阵"咚咚咚"的敲门声传来，随后，就看见隔壁那位穿艾德莱斯花裙的大婶跨进门槛。只见她手里提着一个筐子，里面盛了些蔬菜。我偷偷一瞥，有西红柿、辣椒、豆角、茄子、芹菜等，堆了满满一大筐。我心中一阵窃喜，哈哈，都是我的最爱。她憨憨地笑着，对母亲说："这些菜嘛，是自己种的。你们家娃娃多，生活困难，以后吃菜，就到我们家地里随便拔。"

当时那个年代，各家生活都很困难，缺菜少油，用开水、酱油泡饭是常有的事儿。刚开始，母亲不好意思去摘菜，她就隔三岔五亲自送一些过来。送的次数多了，叫的次数多了，母亲拗不过她的实诚，也不忍拂她的一片好意，就带上我，去她家的园子里摘菜。其实，屋后就那么一小块地，再怎么侍弄，又能结多少果、长多少菜呢？况且她家还有老老小小十几口人呢！但她每次都说："不要客气，我知道你们爱吃菜，你的娃娃多，都在长个子，多拔一些。"那憨厚、淳朴、真诚的模样，让你不容置疑，也让你心里热乎乎的。礼尚往来，我家的老母鸡下了蛋，母亲就一个个攒起来，舍不得给我们吃，也会时不时地回赠给她们一些。

就这样一来二去，你来我往，我们两家在不知不觉中越走越近，越走越亲。如果哪天闻到她家院子里飘过来一阵诱人的馕香，过不了多久，我家的饭桌上，必定会有一盆刚出馕坑的黄灿灿、香喷喷的热馕。

逢年过节的时候，还能吃到她亲手炸的馓子，那盘了一圈又一圈、鼓着一个个白色小泡泡、让人垂涎欲滴的馓子，真如冬夜里的一团火，不仅温暖了我们饥肠辘辘的胃，更温暖了我们一家人的心。

时间长了，母亲跟她相处得像亲姐妹一样。在此之前，一句维吾尔语都不会说的母亲，在那段时日里，不仅学会了一些维吾尔族日常用语，还学会了烹饪地道的维吾尔族拌面和抓饭，使得生在南方、长在南方，一日三餐以米为主、以米为乐的父亲，从此对拌面爱不释手，欲罢不能……

卫星，一个我参加工作后结识的文友，一个集才气与帅气于一身的小伙

子，一个土尔扈特人的后裔，却取了个汉族名字。至今，我都不知道他的蒙文名字叫什么，认识他的人都叫他卫星。他那一口标准的普通话，一副时尚的装扮，以及一举一动、一颦一笑，都透露着一个现代青年的素质与素养。

有一次，我禁不住好奇，问他为什么要起个汉族名字？他说："我从小生活在汉族同胞聚集的地方，接触的伙伴、同学基本都是汉族人，每天跟着他们说汉话，上一样的学校，一起玩耍游戏，一起摸爬滚打，一起相伴成长。工作后，单位的同事又大多是汉族人，大家一起做事、一起交流、一起打拼。说实话，这么多年的潜移默化，我早已爱上了悠久灿烂的汉文化，爱上了唐诗宋词，爱上了南方的霏霏细雨和川菜的麻辣味儿，我跟你们有扯不断的缘啊！"说到这儿，他笑着打趣道："如果哪一天，我忘记了自己身上的蒙古族血统，你也有一份责任噢！"我大声纠正他："错！错！错！什么汉族蒙古族，我们都是一个地球的炎黄子孙，华夏儿女，五千年前就是一个祖宗，一家人。"他耸耸肩，诙谐地一笑，不予辩驳。我嘴上虽这样说，内心却被激起了一圈圈涟漪。面前的这个蒙古小伙，他的汉语水平，让我这个正宗的中原文化的继承者自愧不如，羞于面对。

我是一条小河／我是一支纯洁的歌／我从雪峰滚下／击破山谷长年的沉默／我从山野流过／那儿印下我潇洒的轮廓……

像荒芜的漠野掀起的一股潮涌／像亘古的塞外燃起的一团烈火／像一颗流萤在夜空划过／像一缕光芒在眼前闪烁……

天空同样分给我们一片晴朗／以放飞娇嫩的翅膀拍打蓝色的幻想／大地同样赐予我们一片土壤／在阳光下画满身影和心灵的门窗……

这样的诗，在他18岁的青春岁月里，就已经留下了厚厚的几大本……

多少年过去了，我仍不能忘记，在那个幽静的小县城，在一次文友聚会上，他自弹自唱《慈祥的母亲》，那是他自己作词谱曲的一首歌，优美、动人的旋律至今还萦绕在我的脑海，那天的一切，也像一幅画，永远定格在了我同样青葱的岁月与心灵中。记得当时，他先调了调吉他的弦，然后扬起头，用极富磁性的声音唱道：妈妈呀您好，勤劳的妈妈，妈妈呀您好，慈祥的妈妈，您的儿就要远去，带着您的期望，带着您的深情，再见吧妈妈……歌声伴着琴声，回荡在屋里的每一个角落，也撞击在我们每一个人的心房……

我的另一个朋友郭俊亮，在许多人眼里是一个"怪人"，一个"奇葩"，但在我眼里，他却是一个使者，一个通往民汉心灵的使者。我由衷地敬佩他，并以他为荣。

他18岁当兵，带着浓重的山西口音，从绿草茵茵的汾河边，千里迢迢来到天山脚下，一待就是大半辈子。当初，塔克拉玛干的狂风没有将他卷走，大沙漠的荒凉与戈壁也没有把他吓跑。他像一枝骆驼刺，更像一棵胡杨树，顽强地扎根在了这片土地上。他更像一只深明大义的羔羊，为了感恩这片培养了他，锻炼了他，给他爱情和幸福，给他荣耀与重获新生的土地，他将这片土地视为自己的第二故乡，将这片土地上的各族人民视为自己的亲人，并发誓要为这片土地奉献自己的一切。

思忖良久，郭俊亮有了一个大胆的决定——学习维吾尔语。军营的大熔炉培养了他说一不二的性情，四十六七岁的人，撸起袖子，说干就干。他到书店买回《基础维吾尔语》书籍和音像资料，从字母、单词、语法开始认认真真学起……他利用一切业余时间，甚至把上下班走路、坐车的工夫都用到了学习上。哪怕家人、朋友、同事投来怪异的目光，他依然我行我素，陶醉在自己的世外桃源里。

郭俊亮是一个有毅力的人，也是一个有恒心的人。他在这片陌生的领域独自探索，独自耕耘，一路跋涉，一路前行。抛洒的汗水终于有了回报，他不仅熟练掌握了维吾尔语，还翻译发表了60余篇50多万字的维吾尔语中短篇小说、人物介绍及文学评论。其中，处女作《楼房里的老人》被《民族文学》杂志选用；《永恒的思念》（中篇小说）、《大失所望》（短篇小说）被编入《中国当代少数民族文学翻译作品选萃》（维吾尔族卷）；《新来的邻居》（短篇小

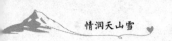

说）获"义乌杯"新疆民译汉作品征文大赛三等奖。由他主编的《新疆环境》杂志，在原来只有汉文版的基础上，已扩展为汉语、维吾尔语和哈萨克语三种文本，他亲自翻译的环保常识就达几十万字。

短短几年时间，郭俊亮就窥见了黎明和曙光。他翻译的作品，即将由新疆民族文学原创和民汉互译工程结集出版。得到消息后，他疲倦的脸上露出了欣慰的笑容，但他依然不骄不躁，依然每天早晨五点半准时坐在书桌前，阅读维吾尔文报纸杂志，聆听维吾尔语广播，浏览维吾尔文网站，翻译维吾尔文学作品，研读《福乐智慧》……

在新疆工作、生活了几十年的我，耳闻目睹如邻居大婶、卫星、郭俊亮这样的人和事，还有很多很多。他们就像寒冬里的一炉火苗，黑夜里的一点星光，时时刻刻温暖着我的心，照亮着我前行的方向，也激励着我自觉加入维护民族团结的行列。

本文原载于 2017 年 11 月 13 日《乌鲁木齐晚报》

伊犁之行，采诗之旅

丁酉盛夏，在诗友闫青的邀请下，我们一行七人，继庭州采风月余之后，又踏上了北去的列车。几天的伊犁之行，几天的采诗之旅，既愉悦又难忘。

一、赛里木湖

7月26日，当晚霞映红西边天空的时候，大家相约来到乌鲁木齐新客站。经过一夜的颠簸，一夜的旅途劳顿，一行人于次日清晨如期到达向往已久的伊宁市。诗友闫青带着两辆汽车早已等候在站台。至此，采风团八人全部会合。简单地吃过早餐，按照预定行程，我们便开始向美丽的赛里木湖进发。

7月的新疆，骄阳似火。虽然燥热，虽然疲惫，但大家兴致盎然。我尽管一夜未眠，也将眼睛瞪得跟铜铃似的，生怕错过了沿途风光。伊犁不愧为塞外江南。一路上，云杉翠柏、各色野花从眼前掠过；绿茸茸的山坡上，牛羊悠闲地啃食着鲜嫩的青草；雄鹰在高空盘旋，远处的毡房炊烟袅袅……久居闹市的我，被眼前的景色所吸引，心情顿觉舒畅，倦意全消。

一路走着，一路欣赏着，不知不觉过去了一个多小时。翻过几道山梁，一座天桥横空出世。闫青介绍说，这就是著名的果子沟大桥。它是全疆第一座斜拉桥，也是国内第一座公路双塔双索面钢桁梁斜拉桥。果子沟是通往伊犁的咽喉，是历史上的丝绸之路北道。过去的果子沟山高路险，雪崩、洪水、山体滑坡等自然灾害时有发生，大桥建成后，这种情况得到了彻底改善。随着他的话音，我看到在深山峡谷间，在奇峰峻岭上，一座由无数根钢索牵拉着的大桥如巨龙般腾空而起，蜿蜒数百米后穿山而过。那种壮观、那种奇美，令人震

撼，也堪称一道绝世风景。我正惊叹时，鹏飞兄拿出手机"咔咔咔"把这"一桥飞架"的壮美景观定格成永恒。

不一会儿，前方出现了一片汪洋，一片幽蓝。"快看，前面就是赛里木湖！"不知谁大喊了一声。隔着车窗，映入眼帘的是一湾明镜似的湖泊，浩渺无边。远远望去，湖水与天光融为一体，在蓝色基调的韵律之间，深浅交替，明暗变幻，像极了一幅水墨丹青画。真美啊！赛里木湖，我又一次来到了你的身边，真是不枉今生。眼前的湖水，跟十几年前一样，还是那般清澈，那般纯净，像一条蓝莹莹的锦缎，远远飘向天山的怀抱。在这个喧嚣的世界，在这个物欲横流的年代，千百年来，你依然故我，像一朵高洁的莲花，不沾染一丝人间烟火，实在令我既敬佩又欣喜：

> 湖光水色到汀洲，疑是身前起蜃楼。
>
> 谁把苍穹裁一角？忘机鸥鸟画中游。

赛里木湖古称"净海"，位于博尔塔拉蒙古自治州境内的北天山山脉，紧邻伊犁州霍城县。这里不仅有高山、冰川、森林、草原，林中还栖息有马鹿、雪鸡、金雕、啄木鸟，湖中更有天鹅、斑头雁、白眉鸭等珍禽，是一个风景秀丽的高山湖泊。

眼下正值旅游旺季，赛里木湖游人如织，车辆如梭。同行的诗友们，站在波光粼粼的岸边，仰望天空云卷云舒，俯瞰湖水琉璃千顷，一个个诗心早被湖面上飞翔的天鹅带到了诗境里。这不，鹏飞兄已经吟出了他的诗作：

> 矶沚相依两并横，犹曾携手订私盟。
>
> 回眸借问一湖水，可是当年泪集成？

听着这首诗，一个凄美的爱情故事慢慢浮出脑海：很久以前，这里是一片鲜花盛开的草原，有一对叫契妲和雪得克的蒙古族青年在此放牧并相爱。一次契妲姑娘于放牧途中遭受草原魔王施暴，姑娘宁死不从，纵马逃离。魔王紧追不舍，契妲姑娘掷玉镯击打魔王，玉镯落地，大地迸裂，突露深潭，契妲纵身跳入。雪得克闻讯赶到，砍死魔王，悲怆地大声呼唤心爱的契妲，随后也一头扎进深潭，顿时波涌浪翻，大草原瞬间变成了一片瀚海。一对含恨而死的恋人，在波涛中化作了形影不离的湖心小岛。

默默凝望湖中那两座"情侣岛"，我不禁肃然起敬。此刻，遥相对望的两座小岛，虽不能相牵，不能相依，却是那么安详，那么泰然……"回眸借问一湖水，可是当年泪集成？"一定！一定！

离去的时候，大家依依不舍，我也一步三回头。赛里木湖，赛里木湖，今生无论走过多少山水，见过多少迷人的风景，你都是我心中那枚永不磨灭的蓝宝石。

二、真情难忘

当晚回到伊宁市，闫青为尽地主之谊，早已在酒店备好了一桌丰盛的菜肴，给大家接风洗尘。晚宴开始前，闫青拎上来几瓶白酒，其中一瓶是他珍藏了30多年的伊犁大曲，也是陪伴他时间最长的一瓶老酒。

仔细观察，是那种500毫升的玻璃瓶装酒，封口处被保鲜膜裹了一层又一层。白色的保鲜膜历经岁月的沧桑，已有些发黄发暗。我不善酒，也不懂酒。但是，看着这瓶老酒，再看看闫青那张憨厚真诚的笑脸，我知道，这是一瓶地道的好酒！这样的酒，该与谁分享呢？至爱亲朋？患难之交？似乎都不够。知己？对！世上最难遇的是知己。这瓶老酒、这份真情只能与知己分享。

望着满桌的美味佳肴，忽然忆起来之前闫青发在微信群里的一首七绝：

几回梦屦说重逢，一夕相逢与梦同。

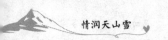

下马同倾三碗酒，也凭肝胆论英雄。

短短一首诗，足见其真情与豪气。伊犁是哈萨克自治州，哈萨克人自古以放牧为生，辽阔的草原，给了他们宽广的胸怀，对朋友更是肝胆相照。朋友来了，有下马酒；朋友离别，有上马酒。闫青虽为汉人，却不失哈萨克人的豪放。平时躲不过只抿几口红酒的我，当晚也学着诗友们的样子，品起了这瓶老酒。嗯，入口绵软，香甜醇厚，没有一丁点生涩和辛辣的感觉，饮后，齿颊生香，回味无穷。真乃好酒！席间，大家觥筹交错，你一言我一语，分别一月竟如隔三秋。酒过三巡，气氛达到了高潮。诗人们饮酒怎能没有诗呢？我正暗自思忖，阎主席的诗便如一杯琼浆汩汩涌出：

> 此番际遇是重逢，才气胸襟固与同。
>
> 沉郁曾经生死海，萧骚应继汉唐风。
>
> 伊州宴客知情厚，月夜谈心兴味浓。
>
> 怜我诗成多益酒，平添豪气映杯红。

饮酒作诗，其乐无穷。月上三更，大家仍意犹未尽。说来奇怪，从不沾酒的我，那一夜，与诗友们推杯换盏，竟没有半点醉意，且诗兴大发：

> 佳酿珍藏数十年，浓香醇厚意绵绵。
>
> 只因沾染骚人癖，把酒吟诗不肯眠。

回到宾馆，辗转反侧，依然难眠。独自倚窗，仰望天空寥寥星辰，仰望那一轮轻纱笼罩的弯月，扪心自问：多年以后，在秋风萧瑟的夜晚或是冬雪飘飞的清晨，再回忆起这一幕，这瓶老酒、这番真情，是否还会暖意融融？是否还会热泪盈盈？答案是肯定的。相信这份情与这瓶老酒一样，历久弥香。

三、幸遇莲花

28 日晨，迷迷糊糊中，感觉刚睡下，便又起程了。

迎着初升的朝阳，汽车驶出伊宁市，拐上去昭苏的伊昭公路。由于兴奋，估计昨晚都没睡好，瞧瞧，一个个眼袋鼓着，脸色灰着。但这并不影响我们的兴致，因为今天要去昭苏看万亩油菜花。早就听说那里的油菜花名扬天下，眼下就要一睹芳容了，岂不快哉？还记得上个月去庭州采风，原本要去花儿沟的，因为架桥修路，行驶了一半路程，无奈返回。也许，今天昭苏的油菜花能抚慰我心中的这个缺憾。

好像有意要证明什么似的，车驶出伊宁市不久，一池莲花便映入眼帘。"快看，莲花！莲花！"有人大喊。呵，还真是莲花。在新疆这片广袤的土地上，能看到莲花，也算是三生有幸了。车还未停稳，一个个就忙着往下跳，忙着往池塘跑去。就听前面的人大喊：啊，好多好大的莲花啊！我快步上前，也被眼前的景象震撼了。

这是一池白莲，足有十几亩大。绿色的叶子好似一只只硕大的斗笠，翻转在水面，密密实实地铺满了整个池塘。莲叶中间，纤细的茎秆托举着一枚枚或含苞或怒放的花朵，间或还有拳头大小的莲蓬。我去过南方一些城市，也见到过莲花，但毫不夸张地说，这是我迄今为止见到的最大的莲花，犹如少女的脸庞。阳光下，花朵袅袅婷婷，微风吹过，送来一缕缕清香，令人神清气爽。

我忽然想起北宋哲学家周敦颐的《爱莲说》，其中有几句是这样说的："予独爱莲之出淤泥而不染，濯清涟而不妖，中通外直，不蔓不枝，香远益清，亭亭净植，可远观而不可亵玩焉……莲，花之君子者也。"可见，莲的清新淡雅，莲的清廉高洁，自古以来就被人们吟咏与传颂。

注视着这一池清莲，这一池蓬蓬勃勃的生命，这一池只能在画册与江南水乡才能欣赏到的美景，我的心底不由自主地流淌出几行诗句：

路遇一池莲，亭亭赛水仙。

碧盘珠玉滚，粉蕊蚂螂眠。

不与花争艳，只为春续妍。

冰清身绰约，自古入诗篇。

四、过白石峰

昭苏县位于伊犁哈萨克自治州西南部，为中亚大陆腹地一个群山环抱的高山盆地，以牧为主，农牧结合。这里气候凉爽，冬长无夏，春秋相连，被誉为新疆的"避暑山庄"。我们去的时候，正值酷暑，但走在去往昭苏的公路上，迎面吹来的是凉爽的风，进入眼帘的是旖旎的风光。

走过一段山花烂漫的坡道后，汽车开始往山顶爬行。伊昭公路是季节性公路，每年只有 6 月到 10 月间车辆才能通行。陡峭的山路蜿蜒、曲折、惊险、刺激。一边是深山峡谷，一边是悬崖峭壁，360 度的弯道一个接着一个。汽车在 S 形的山路上小心翼翼地穿行。我双手紧紧抓住前面的靠背，心几乎提到了嗓子眼儿。好在闫青驾驶技术娴熟，且熟悉路况，渐渐地，我不再恐惧。放眼望去，青山翠岭绵延不尽，绿草茵茵，繁花点点，牛羊遍野，不时还有几只山鹰在沟壑间、山峦上盘旋。真是无限风光在险峰啊！正感叹着，一座白色的山峰横在了路的正前方。闫青说，那就是著名的白石峰。

白石峰位于察布查尔县城南，是去昭苏的必经之地，也是乌孙山山脊上的高峰，海拔 3475 米，地势险要，四临陡壁，因山体呈灰白色，宛如冰峰雪山，锡伯语称其为白石峰。3000 米以上峰区突兀，白石为顶；2700 米以下，森林茂密，绿草为裙；中间积雪停驻，翠白辉映。山峰气势磅礴，山间瀑飞泉涌，山花姹紫嫣红，其独特的山体构造与万千气象，令过往游客驻足眺望，追逐观瞻。我们一行也停下车，远眺高耸入云的白石峰，拍照留念。晴朗的天空下，白石峰与墨绿的云杉、洁白的云朵、辽阔的草场、坡上的牛羊，构成一幅动静互衬、浓淡相宜的田园山水画，令人遐想，令人神往。我还沉浸在视觉的冲击波中，思维敏捷的鹏飞兄已在手机上描摹出了他的观感与感悟：

> 随鹰振翅上峰头，反径盘旋白石悠。
>
> 许我登临天地望，由人凭吊古今搜。

据史料记载，公元前176年，乌孙首领猎骄靡率领人马参与匈奴西击大月氏，由敦煌来到昭苏，在这水草丰美之地建立起了乌孙国。此地盛产"腾昆仑、历西极"的乌孙马，又称"天马"。公元前119年，张骞出使西域来到乌孙国，发现这里的马四肢修长，英武逼人，遂禀报皇帝。汉武帝为得到天马，数次派大军西征。为结军事同盟共击匈奴，公元前108—103年，西汉王室远嫁细君公主、解忧公主给乌孙王。她们从中原带来了大批丝绸、农作物种子和劳动技术，教当地的子民种桑养蚕和播种收获。乌孙国王也向汉朝赠送了大批天马和皮毛等西域特产。公元前60年，西汉王朝正式对西域行使行政管辖权。据说，现今伊犁河流域的哈萨克族就是乌孙人的后代。

遥望乌孙山，遥望白石峰，我无意评说历史的功过与对错，只是隐隐感到有些哀伤与悲悯。想到昭君，想到文成公主，再想到细君公主与解忧公主，柔弱的女性，在战争与历史的舞台上扮演了何等伟大又何等令人钦佩的角色啊！

五、天堂昭苏

翻过白石峰，下坡，转几个弯，看到一些白色的毡房，那就是昭苏的地界了。进入昭苏境内，就仿佛进入了一片茫茫大草原。昭苏是全疆唯一一个没有荒漠的县域，除了山、河、森林、耕地外，其余全是草原，总面积达一万多平方公里。平坦的公路两旁，草色青青，野花簇簇，一望无际。开阔处，大片

大片的油葵、即将成熟的小麦、马铃薯、紫苏等农作物，一一跃入眼帘。

到昭苏县城已是中午，大家稍作休息，午饭后继续上路，经七十六团、七十五团，环绕昭苏县西线，去观看万亩油菜花波澜壮阔的盛景。

听说离油菜花田已经不远了，我精神大振。想起小时候与伙伴们上学路过田间地头，看到黄灿灿的油菜花，还有"嗡嗡"的蜜蜂与扑闪着翅膀的蝴蝶时的情景，心情顿时愉悦起来。只是，那时的油菜花地不大，不过几十亩而已。今天要看的可是百万亩油菜花。百万亩，该有多大？在这个简单的数字面前我竟有点眩晕。

车还在行驶，回忆与憧憬中的美景已翩然进入了视线。路边上，无边无际的油菜花由远至近、由浅至深，灿烂无比。是被太阳浸染过吗？那般炫目，那般耀眼。越往里走，油菜花越浓、越密、越鲜亮。在这里，铺天盖地的黄色主宰了一切，也吸引了无数的眼球。呵呵，真是一个金色的世界、金色的海洋。这样纯粹的美，这样热烈的美，这样气势磅礴一尘不染的美，让人陶醉，令人窒息。我只顾欣赏，诗友陈旭已发出了声声赞叹：

一路芬芳浸我怀，桃花已尽菜花开。

赏心疑在深山里，春到伊犁不肯回。

停车，大家像蜜蜂一样扑入浩瀚的花海。站在一米多深的油菜花海中，我情不自禁地闭上双眼，深深地吸了一口。顷刻间，那种清香的味道，那种儿时的记忆，像久别的初恋，潮水般在我的心中激荡开来。我伸出手，轻轻捧起一株鲜艳亮丽的油菜花，心情久久难以平静。面对如洗的蓝天、皑皑的雪峰和金碧辉煌的花海，我不知道，这样的大美、这样的境遇，人生能有几回？这样的磅礴、这样的气势，人间又有几处？

不远处，活泼可爱的赵丽，采了几朵油菜花别在了发间。立刻，手机、相机纷纷上阵。是的，这样的美景，女人们怎能不留下几张倩影、几张丽照？

我赤手空拳，多亏细心的张慧春大姐和李梅女士考虑周到，准备了几条漂亮的丝巾，让我们在万顷花海的大背景下，或双手擎举飘飘欲仙，或围在脖颈添一丝妩媚，或披在肩上充当锦衣，或拎在手中抛向长空……定格的身影、定格的笑容，与花海融为一体。

看完油菜花，我们整装上路，向特克斯县进发。

一路上，道路平坦，风光旖旎。田野里，大片大片的紫色花朵开得正旺。我以为是薰衣草，赵丽告诉我，那是紫苏，这个时节薰衣草早已收割完毕。我不免有点遗憾。因为，伊犁的薰衣草也是一大景观。正聊着，公路两旁出现了即将成熟的麦田。由于昭苏属高山半湿润性草原气候，冬长无夏，春秋相连，因而农作物也相对成熟得晚一些。摇下车窗，伸出头去，一望无际的麦穗沐浴着金色的阳光，在微风的吹拂下如波涛般起伏，好不壮观。行走在伊犁的旷野上，就好似行走在百里画廊一样。这不，目光还未收回，一大片绚丽的黄又从远处慢慢划过来。不过，那不是油菜花，而是油葵，颜色要比油菜花的金黄更深一点。一棵棵油葵整齐地排列着，宛若一个个面对太阳的少先队员，朝气蓬勃，生机盎然。我们一群成年人竟忍不住一片油葵花盘的吸引，又一次跳下车去……

路上，闫青颇有点自豪地问我，还想不想花儿沟？看着车窗外掠过的一片片田园风光，我感慨万千：

> 北庭遗恨万花沟，欲向伊州一路收。
> 若问此番圆梦否？吟鞭指处尽春畴。

六、琼库什台

从昭苏到特克斯不是很远，我们一路欣赏着，说笑着，不知不觉，特克斯已近在咫尺。

特克斯是个独特的县城，因八卦布局而闻名。据说八卦城是南宋时期全

真七子之一的丘处机测出了风水方位，并逐步形成的。整个县城呈八卦形态，以城中花园为中心，有8条街道向外辐射，与4条环路相交。每条街都有石头路牌，是国内唯一没有红绿灯的城市。我们经过时，看到小城安静而闲适，没有大城市的嘈杂与匆忙。在城市拥堵与喧嚣成为常态的当下，这座小城的宁静与安详是多么令人羡慕与向往啊！可惜，为了天黑前赶到琼库什台，我们只能与这座闻名世界的八卦城擦肩而过。

人们常说，好景在路上。出了特克斯县城向南，汽车驶上了一条绵延不尽的山路。大约行驶了一个小时，路左侧的前方出现了一片与草原和田园风光迥然不同的景象。闫青告诉我们，那就是九曲十八弯。我以为自己听错了，原来，天下不光有黄河九曲十八弯，巴音布鲁克九曲十八弯，还有眼前这个特克斯九曲十八弯。站在山崖上眺望，只见群山环抱之中，一条蓝色的"丝带"在五彩斑斓的峡谷里飘飘荡荡，如一条巨大的蟒蛇在山野间穿行，这就是阔克苏大峡谷。阔克苏是特克斯河的一条支流，九曲十八弯是这条支流中的一处奇景。因为峡谷的特殊地势，阔克苏河流经此地时随着河床形成了曲折的河形，细数河曲，不多不少，正是九曲，九曲河道又回折成了十八个弯道。大自然就是这么神奇和美妙，令人叹为观止。

是否幸福总是与艰难相伴？告别九曲十八弯后，汽车拐上了一条正在修建的山路。被车轮卷起的石子"咚咚咚"地敲打着车身，扬起的沙尘如旋风般漫天飞舞。汽车仿佛成了一叶小舟，在大海中颠簸前行。好在一路上有闫青既高亢又深情的歌声相伴，我倒不觉得辛苦，反而生发出一种久违的兴奋：

> 铿锵一曲醉心田，荡气回肠也泪涟。
> 世上知音何处觅？歌声伴我到云巅。

在歌声中，我们的诗情被激发起来。当路过一排蜂箱时，大家你一言我一语，一首联句诗顷刻出炉：

（闫青）芳菲一路慰风尘，（吕鹏飞）踱步山巅云作邻。

（赵丽）莫道春深无客赏，（华丽）养蜂人是逐花人。

不知翻过了多少座山，多少道岭，也不知走过了几个时辰，我们终于从山谷爬到了山顶。呈现在眼前的是一个无边无际的大平台，琼库什台大草原就坐落在这个"大平台子"上。站在这个绿色的、渺无人烟的大平台子上，我们仿佛来到了天边，感觉一伸手，就能把那朵停留在山顶的白云捧入手中。"路自危峰起，盘旋上九陔。尘嚣于此杳，曙色向谁开？"赵丽五律中的这两句诗文，惟妙惟肖地描绘出了我们一路的境况和心情。

极目远眺，芳草萋萋的琼库什台大草原被切割成了一道道沟壑，宛若大海里掀起的一层层波涛。那些散落在草坡上的牲畜，则好似一叶叶小舟，给辽阔的草原带来了灵动与韵律。当我举起相机准备将这一美景收入镜头时，忽然又觉得那波澜起伏的线条更像是一个个熟睡的佳丽，那样丰满，那样迷人！

位于喀拉峻大草原阔克苏峡谷内的琼库什台，云杉跌宕、静谷聚秀、百溪涌汇。这里尚未开发，游客的足迹尚未触及，因而显得异常宁静与质朴。岁月的步履仿佛在这里停滞了。带着青草与花香的晚风为我们拂去了一身的尘土与疲惫……

次日一早，当我们还沉睡在琼库什台村的木板房里时，多年未曾听到的公鸡打鸣声此起彼伏，响彻山间。密林深处，传来清脆的鸟鸣。晨曦中，我爬上木梯，环视这座隐匿在高山草原中的小村落。这是一个以哈萨克族人为主，四面环山，房屋依水而建的村庄。所有民房一律由松木搭建而成，房顶上青草郁郁葱葱，参天的云杉把村庄包裹在大山的怀抱中，清澈的库尔代河从村前潺潺流过。此刻，村中的小木屋已升起了袅袅炊烟，牛羊或卧或吃草，有村妇提着奶桶走向牛栏，还有村民赶着马群优哉游哉地去往河边……这里有一种原始而独特的宁静与轻松，有一种古朴与淳厚的安逸氛围，难怪被人们称为"天籁

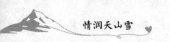

之村"、世外桃源。我想，如果陶渊明当年能寻觅到此地，一定早就驻足了吧。

七、奔赴新源

离开依山傍水的琼库什台村，我们准备前往新源县。

清晨，穿过层层云杉的包围，公路两旁的山坡上，漫山遍野的大黄草在晨风中向我们轻轻招手。走上前去，只见一丛丛绿色的马蹄叶中，一株株缀满浅黄色花瓣儿的茎秆从根部伸出，嗅之无味。大黄属蓼科多年生草本植物，常用作中药，又名将军、川军，秋末茎叶枯萎或次春发芽前采挖，性寒，味苦，具有泻热通肠、凉血解毒、逐瘀通经的功效。伊犁河谷有甘草、天山雪莲、牛蒡、紫草、新疆阿魏等野生植物药材近千种。还有鹿茸、牛黄、马宝、熊胆、刺猬，石膏、芒硝、寒水石、自然铜等动物药材和矿物药材。另外，樱桃李、野核桃、金黄侧金盏花以及睡莲、水菖蒲、黑蜂等珍稀特产应有尽有。伊犁，真是一个神奇的地方！

车辆沿尚未修建的山道行驶。经过巩留县的地界时，忽然，一条明晃晃、亮闪闪的河流进入视线。闫青说，那是享有"新疆第一水域"美称的恰甫其海。它看上去像海一样波澜壮阔，名字中也有海，但其实不是海，也不是河，而是一座水库。该水库位于特克斯河流域巩留县，水库总库容 16.94 亿立方米，是一座以灌溉为主，兼有发电、防洪等综合功能的水库。水库安静地卧于群山之间，河水随山势绵延流淌。我们沿恰甫其海水岸一路行驶，尽管山路崎岖颠簸，尘土飞扬，但有了这片水域相伴，有了 30 公里水岸线宜人的风景，心情舒畅多了。

对于出生在洞庭湖畔的我来说，见到水，有一种无以言状的亲切与依恋。尤其在这海拔 1000 多米的高山上，见到一片如此浩渺、如此清澈碧绿的水域，简直喜出望外。几次央求闫青，想下到水边去，撩一撩这清凉纯净的水。无奈，不是山高路险，就是水库拦筑，根本无法靠近。

待行驶到一片开阔地时，大家鱼贯而出，撒丫子向水库奔去。看来，不是我一个人偏爱水。可惜，几十米深的水岸太陡，我们只能站在岸边，观"海"留影。放眼望去，蓝天下，青峰翠岭倒映水中，几条小船悠悠荡荡……方圆几百里，除了我们几个，再无人烟。真是个放松的好地方啊！经张大姐提议，大家玩起了老鹰捉小鸡的游戏。一时间，我们这群奔五奔六的成年人，竟忘却了一切尘世纷扰，忘却了一切人间烦恼，在大山深处，在水库岸边，在空旷的草地上，重新体验了一回童年的快乐、童年的纯真。那一声声发自心底的笑声，回响在山谷间，回荡在清波上，许久许久，缭绕不绝。

伊犁河畔寻芳草，恍惚重回少小时。
一朵野花腮上映，此心可寄海边谁？

在清幽静谧、辽远空旷的恰甫其海，我想起了无忧无虑的童年，想起了梦幻连连的少年，更想起了甜蜜温馨的初恋……

八、走进那拉提

早就听说那拉提的风光秀美，风景独特，然而，我却一直没有机缘与之会面。

30日一大早，汽车驰骋在新源通往那拉提的柏油马路上，想着美梦就要成真，一颗心竟然"怦怦怦"地跳个不停。奇怪，难道此行不是去看草原，而是去会多年前的初恋情人吗？

买好门票，坐上前往盘龙古道的观光车，那拉提给予我们的视觉盛宴就此拉开了帷幕。真是名不虚传，只几分钟的车程，我们就从喧嚣燥热的闹市来到了另一个清幽迷人的世界。

首先映入眼帘的，是景区内道路两旁无穷无尽的花海。五颜六色、形状

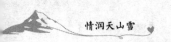

各异的花朵在微风中摇曳着,仿若在对每一位来宾微笑行礼。空气中飘来花香,清新而浓郁。平生第一次目睹浩如烟海、繁花似锦的盛况,我感觉自己"怦怦怦"跳动的心脏好似被眼前的美景狠狠撞击了一下。有人大喊,师傅停车,让我们下去,让我们下去拍几张照片吧!师傅笑着回答,别急,好景还在后面呢!果然,越往里走,花枝长得越高,花朵开得越大越艳。终于,师傅在一片更加茂盛的花海边刹住了车。所有人像小鸟一样扑了过去。站在齐腰深的花丛中,望着远处的雪岭云峰,望着漫无边际的花海,望着那一朵朵低吟浅笑的花仙子,我感觉心中像有波涛在汹涌、在翻滚……

幸福有时来得太迅猛。当我的思绪还沉浸在花的世界里,另一重幸福又悄悄来临。

车开始盘旋上行,除了色彩缤纷的野花,山上的树木逐渐茂密起来。当拐上一个山坡的时候,突然,在车轮碾过的地方,成群的白蝴蝶像雪片一样飞来飞去。只听师傅大声说,这就是蝴蝶谷。

啊,蝴蝶谷!从小就喜欢蝴蝶的我,简直喜出望外。看吧,数公里长的峡谷内,一群群蝴蝶在花丛中、草叶间、枝头上翩翩起舞,那般轻盈,那般自在。不远处,一对白蝴蝶追逐着,嬉闹着,好不快活。看着看着,内心深处的某个地方如同被蜜蜂蜇了一下,开始隐隐作痛。是传说中的那两只化蝶吗?我目不转睛地盯着、盯着,耳边隐约回响起《梁祝》那深情的旋律,柔美的曲调中带着些许缠绵,透着一丝哀伤……我想,如果是的话,在这深山幽谷中,在这绝世好地方,山伯与英台一定感到幸福、感到美满了吧?

继续盘山而上,树木越来越茂密,越来越葱郁,层层的林木阻隔了我们的视线。有的地方,枝条横到了路边,伸手可得。此时,我感觉自己来到了一个原始森林,一个异于闹市的清静世界,心情爽到了极点。待上到山顶,只见鲜嫩的、没膝深的青草永远望不到边。山坡上、幽谷间,牛羊尽情地品食着上苍赐予的这份厚爱。风吹草低见牛羊的情景,在这里被书写得淋漓尽致。极目远眺,重重叠叠的云杉在白雪的映衬下愈加挺拔苍劲……

我们躺倒在草坡上、花丛里，任四肢舒展，看闲云悠然，听山风低语，一种从未有过的轻松席卷了全身。

望着湛蓝的天空，枕着青草与花香，耳畔恍惚传来汗血宝马的嘶鸣声，传来成吉思汗西征途中被饥饿和寒冷困扰的蒙古军队见到这一片繁花似锦、流水淙淙的茫茫草原时惊喜万分的狂吼声："那拉提，那拉提……"

是的，那拉提，生生不息的那拉提，迷人的那拉提，你不仅滋润了一片土地，养育了一方生灵，还留下了一段故事……此时的我，心里翻滚起阵阵波涛：

> 望里几回魂梦牵，如今得见荡心弦。
> 草丰林茂繁花俏，牛壮羊肥彩蝶欢。
> 山叠翠，水回环。春闺深锁有人怜。
> 啸嘶宝马今犹在，一代天骄却已眠。

几天的伊犁之行，留给我的太多、太美。以至于回到家数日之后，脑海里萦绕的还是伊犁的山、伊犁的水、伊犁的花、伊犁的草和伊犁的深情厚谊。有人说：不到新疆，不知中国之大；不到伊犁，不知新疆之美。这是每一个到过新疆、到过伊犁的人发自肺腑的感慨，也是我们一行伊犁采风的真切体验。原谅我这支拙笔，即使倾尽所有的笔墨与智慧，也无法描绘出伊犁的美和伊犁的感动。就让我用女诗人赵丽七律中的两句诗作结语吧。

> 此情此景犹堪忆，真水真山不忍辞。
> 更向川原留一顾，长松郁郁草离离。

2017 年 8 月 23 日初稿

2023 年 11 月 9 日修改

刊载于 2024 年第 4 期《文学月报》

走过的时光

在我漫长的职业生涯中，大部分时间是与金融业交织在一起的。26年的时光里，从最初的手工点钞、记账、核算到后来的电算化；从一笔一画起草文件、撰写公文到无纸化办公，我亲历了这个行业的巨变，也见证了一个时代的飞跃与发展。

最初进入银行，是20世纪80年代中期。我接手的第一份工作是现金出纳，为了避免差错，也为了库款安全，出纳柜台都配备两名员工，一个经办，一个复核。每天进进出出几十万甚至上百万现金，一张张点，一把把捆，全靠两只手来完成，不仅辛苦，而且责任重大。点钞的同时，还需用眼看、用手摸来区别真假钞。靠得全是平时练就的真本事、硬功夫。银行素有"铁账"的美誉，每天终了，账款必须相符，不允许出现分毫差错，不允许差错过夜。为了能准确快速地处理业务，不辜负柜台外一个个客户、一双双焦灼等待的眼神，下班回家后，我常常一个人坐在灯下，手里攥一把点钞券，反复练习点钞技术。那段时间，手上划伤了多少道血口，头上急出了多少行汗水，只有那轮高悬的明月知道。

大概是90年代中后期，行里配备了点钞机，那时我已调到别的部门，但见新任出纳员对点钞机似乎不太信任，机子点一遍，手工再点一遍，然后才放入票款箱。那是从手工到机点的一个特殊时期，点钞机发挥的多是验钞的功能。进入21世纪后，机器点钞渐渐替代了手工，不仅快捷、准确，而且点钞验钞一遍过。自从脱离了手工，出纳柜台已不再配备复核人员，不仅节约了成本，还提高了工作效率。机器点完后，再放入捆钞机，一把把钞票捆得既结实又匀称。

时代的发展真是超乎人们的想象。应运而生的柜员机，更是极大地方便了客户，减轻了银行工作人员的压力。如今办理现金业务，不必去银行，不必排队等候，只需一张银行卡，自己就可以在柜员机上轻松办理现金存取、查询、转账等业务。

每每走过现金柜台，看到再无排成一溜的长龙，再无嘈杂拥挤的情景时，我都忍不住感慨万千，恨自己生不逢时。

算盘是一个时代的缩影。从20世纪过来的银行人，谁没有用过几把算盘呢？记得入行第一天，我领到的第一个办公用品就是一把木制的七珠大算盘。那个戴着近视眼镜的老大姐告诉我："没事了就好好练，银行业务哪里都离不开算盘。不仅每天的工作少不了，上级举办的珠算比赛、珠算过级考试都需要参加。"也确实，那些年，不论我从事现金出纳还是会计核算，也不论是计算利息还是发放贷款，都离不开算盘的敲敲打打。

后来，单位给大家换发了六珠算盘。比起七个珠子的大算盘，这个算盘要精巧、轻便得多。随着时代的发展，我们又用上了五珠小算盘。边框和算珠也由过去一成不变的黑色多了醒目亮丽的白色。算盘起先是木质的，不久又有了铝质的。比起木质的算盘，铝质算盘看起来晶莹锃亮，外观漂亮。由于珠芯杆是铝质的，拨拉起来没有一点阻力，非常轻松、光滑，声音也比木质的清脆悦耳。每当办公室响起"噼里啪啦"那特有的节奏、特有的声响时，我都宛如聆听到一曲优美动听的音乐，紧张的心情瞬间放松了下来。

记得有一年年终决算，行长带着几把铜算盘来到营业室。注视着金光闪闪的算盘，我知道，行长含笑的眸子里，有鼓励，有问候，也有安慰。对于我们会计人员来说，得到一把好算盘，胜过一束鲜花的赞美，也胜过一桌佳肴的奖励。

伴随我几十年工作生涯的算盘，更新换代真的是一次比一次精致，一次比一次美观，也一次比一次好用。

随着科技的进步，时代的发展，新生事物终将替代古老的传统。90年代

后期，我们老祖宗发明的沿用了一千多年的算盘，逐渐淡出了人们的视线，取而代之的是更加方便先进的计算器和计算机。

一把把浸润过我的汗渍，激励过我奋进，也记录下我生命足迹与历程的算盘，伴随着火热的青春、昂扬的岁月，深深地埋进了我的心里，埋进了一代人的心里。

这些年来，计算机的运用遍及各个行业，各个领域。新千年伊始，初次听到"无纸化"办公这个词的时候，我还有点诧异，有点想不明白。没有纸，怎么起草文件？怎么撰写公文？怎么做传票？怎么记账？如今回过头再看，不过十来年的工夫，无纸化办公已成为日常，成为常态。银行业务已全面进入电子化、信息化时代。

每天上班的第一件事就是先打开电脑，查阅邮件和浏览文件。从文件起草、审阅、签批、转发到落实，整个流程全部由一台台计算机传输、完成。以前拟写一份公文或撰写一个方案，总是写了撕，撕了写，纸篓里尽是揉皱摒弃的废纸。而现在，不用一页纸就能轻松搞定。不仅是与文字有关的工作，即便是填制表格、会计核算、记账、利息计算、报送报表、贷款审批等与数字有关的业务，也都在电脑上操作，系统上传输，既方便快捷，又便于查询、修改与保存。

一台小小的计算机，真是太神奇、太不可思议了。闲下来时，我常常对着它凝神叩问：还有什么是你所不能的呢？在这个日新月异飞速发展的时代，也许过不了多久，你又会带给我们诸多意想不到的惊喜吧。尽管桌上的电脑沉默不语，但我知道，这是必然的！

随着办公自动化的全面推行，网络覆盖已不仅仅局限于本单位、本系统内部，整个金融行业都已联网，运行在一个大的网络平台上。各家银行之间的款项划转、数据交换等一系列业务往来，通过这个平台，只需一点鼠标，就轻松完成了。来去之神速，如果孙悟空见了，恐怕也会为自己引以为豪的筋斗云而感到羞涩不安呢。这样的奇迹，这样的飞跃，若不是亲身经历，我这个过来人也不敢相信呢。

只是，这样的行业巨变，在我们伟大祖国 70 年波澜壮阔的滚滚洪流中，在改革开放的浩荡进程中，只是一个小小的缩影，一朵美丽的浪花而已。

我喜欢做梦，或许这不是梦。我常常想，将来的职场人，是不是坐在自家后院，闻着花香，享受着浓荫或者遨游太空时，就可以轻轻松松地处理公务、办理业务了呢？

对于曾经亲历过，奉献过，将自己美好的年华融入这段汹涌的改革浪潮，融入这段激情岁月的一代银行人来说，我感到无比骄傲与自豪。同时，真想撸起袖子，再干一场。

本文原载于 2019 年 7 月 15 日《阿克苏日报》，获新疆金融工会 2020 年"我和我的祖国"征文二等奖

南疆之行，怀旧之旅

这个暑假，我们兄弟姐妹终于聚齐，践约了多年来的一个共同心愿——去一趟南疆，来一次怀旧之旅。

所谓怀旧，也就是到曾经居住过、生活过的地方去走一走、看一看，打捞往昔的片段，寻觅曾经的足迹。那些被风带走、被雨淋湿的日子，即便是揉进了太多的苦和盐，毕竟是我们的亲历、我们的过往。如今回想起来，心中升腾的只有满满的亲切与怀恋。

天刚刚亮，我们就出发了。汽车载着我们一行，也载着几个怀旧之人的梦，穿过楼群密集的城市，驶上了吐乌大高速公路，向着南疆方向一路驰骋而去。

正值暑期，但清晨的风带给我们的却是凉爽、舒适和惬意。此刻，窗外掠过的一切，不管是花草树木还是羊群房舍，也无论是蓬勃的田野还是荒芜的戈壁，在我们眼里，统统都是那么美好。

"没想到，新疆的高速公路修得这么好，又平又直，连一点颠簸的感觉都没有。"离开新疆多年的二弟，一边驾车一边冒出这么一句。

当汽车开进甘沟的时候，他更加感慨起来："那年考上大学，坐长途班车从南疆到新大报到，最怕的就是走甘沟。坑坑洼洼的路面，又窄又险的山道，尤其是急转弯处还要和对面的大货车擦身而过，一路上心都在嗓子眼吊着。现在多好，路不仅拓宽了，还全程高速，再也不用为会车而担忧了。"

二妹笑着说："你回来得少。这些年新疆变化可大了。不光高速公路四通八达，城建、住房、绿化等方方面面都发生了巨大的变化，跟你在的时候完全不一样了。怎么样？等退休了还是回新疆定居吧。"

"嗯，这个建议好，可以考虑。"

伴着轻松愉快的气氛，大家一路聊着，一路感慨着。午后，我们来到了怀旧的第一站——塔哈其中学。

这是一所公社中学，以前叫红旗中学，隶属于和硕县。别看是一所不起眼的公社中学，在当时，教学质量在全县还是靠前的。我就是在这里读完初中，然后考入县重点高中班的。小弟小妹也在这里上过一年学。这所其貌不扬的学校，那些逝去的时日，给我们的学生时代留下了很多美好的回忆。

地址还在，只是听不到朗朗的读书声，更见不到那些熟悉的身影和笑脸了。泥巴筑起的围墙换成了油漆的铁栏杆；原先那几栋用作教室、宿舍、礼堂的老旧平房，一律被崭新的楼房所取代；原生态的地面铺上了水泥，再也没有大风起兮尘飞扬的窘境了。大门正对面"塔哈其镇幼儿园"几个红色的大字，在午后的斜阳中透着苍劲和暖意。

经打听得知，为了提高教学质量，全县所有乡镇已不再设初中部，孩子们小学毕业就直接去县里上初中了。

社会的进步真是难以预料，令人欣慰。如今，连最底层的乡镇，也建起了这么漂亮的幼儿园，若在以前，这是想都不敢想的事情。我们姐妹兄弟六人，别说是幼儿园，就连托儿所都没进过。那个时候，大的带小的，几乎家家都是这么过来的。为了带两个弟弟，二妹直到八岁才踏进校园。

带着些许失落，也带着对新时代的礼赞，继续前行。十多分钟后，车子驶离314国道，拐上了去和硕县城的"石材大道"。

眼前的情景让所有人都发出了一声不小的惊叹。一条由花岗岩砌成的大道，宽敞笔直，明亮光洁，闪着银光，从国道一直延伸到县城。车行驶在上面，犹如行驶在明亮的冰面上、镜子上。这些年，走南闯北去的地方也不算少，但像这样漂亮气派的道路还是第一次见到。

路的左边，是滨河风景带。一个敞开式的天然公园，像一幅巨大的风景画，沿路铺开，路有多长，便铺多远。漫步其中，清脆的鸟鸣从秀木茂林间洒

落，不绝于耳；成群的麻雀在如茵的草丛里觅食，悠然自得。偌大的景区，曲径通幽，流水潺潺，见不到一个游人，更无半点噪声。那份宁静，那份闲适，能让浮躁的心瞬间沉淀下来。

路的右边，是与石材大道并行的三条道路：清水河路，解放路，国源大道。其中，清水河北路双向八车道，南路双向六车道；解放路与国源大道均为双向四车道。著名的葡萄公园就横亘于清水河路和解放路之间。这个占地1000多亩的公园建成于2009年，内有博物馆、西迁东归浮雕长廊、龙驹文化广场、酒堡、葡萄酒文化广场等，是一个集展示县域文化与休闲娱乐为一体的群众性文化公园。滨河风景带和葡萄公园的落成，改写了和硕县多年无公园的历史。

举目远眺，从东到西，从南到北，目光所及之处，无不绿树成荫，高楼林立，景色宜人。唉，谁能想到，过去这里只是一片光秃秃的大戈壁滩，仅有的一条柏油路，从水磨道班穿过戈壁一路下行通向县城。窄窄的道路两边，见得最多的是沙枣树。树与戈壁，银灰对着尘灰，沧桑对着荒芜，两相无言。

记忆中的这条路，留给我的印象是深刻的。曾经，一个六七岁的小女孩，每天背着花布书包，独自一人，沿着这条公路去往县城读书。四五公里的路程，寂寥单调，渺无人烟。偶尔听到汽车的轰鸣声，正匆忙穿行于林间的小女孩会迅速跑出来，举起手招一招，遇上好心的师傅会停下车，顺路捎带一程……

顾不得劳顿，顾不上歇息，在一片感叹声中，我们穿过车水马龙的街市，向六一牧场的方向进发。一路上，来往的汽车、摩托车络绎不绝，热闹非凡。路两边，是一望无际的庄稼和林带，葱郁繁茂，相依相伴。

夕阳中，漆黑的柏油路宽敞平坦，仿佛镀上了一层余晖。多年前，这条路却是一条凹凸不平、尘土飞扬的土路。高中三年，每个星期我都要步行往返于此。那个时候，走在这条十几公里的乡村小路上，前不见人后不闻声，环顾左右，杂草丛生，红柳芦苇遍野，时有野兔惊慌逃窜，偶尔还会与蜥蜴目光交汇。生性胆小、踽踽独行的我，常常会感到后背发凉。

咦，怎么不见沙包，也不见那几栋土坯房了？随着弟弟的一声疑问，我的思绪回到了现实中。这里已经是六一牧场的地界了。然而，一切都变了，变得面目全非，变得葱茏一片。留在脑海中旧时的模样，荒凉的景象，早已没了踪影。

六一牧场三队，一个建在沙包上的生产队，几十户人家，房前屋后没有一棵树，只有一条小渠在门前昼夜不停地流淌着。当年，倔强耿直的父亲，蒙冤落实政策后，不愿回到原单位，主动要求来到了这里。一间用土块盖起的平房，窄小的空间，挤进了我们一家老小，一住就是七八年。

正当我们茫然无措的时候，一个中年男人推着摩托车从一户院门走了出来。大弟上前询问，没想到竟是他的小学同学，过去一同住在沙包上的发小。他告诉我们，沙包早就推平了，小渠也填埋了，种上了土豆、麦子、棉花等农作物。所有的人家，就近迁到了现在这个地方，每家每户都盖起了新房，独门独院。我们看到，他家的住房，一排四五间，白墙红顶，宽敞明亮。屋里地砖、壁纸、电器、沙发，一应俱全，与城里人家几乎没有区别。院子里，葡萄藤爬满了架子，搭成了一个天然凉棚；苹果树、红枣树、香梨树，硕果累累；茄子、辣子、西红柿、豆角、香菜、小葱，相互辉映；鸡舍羊圈不时传出"咯咯咯""咩咩咩"的叫声……

太阳落山了，眼前的一切变得朦胧起来。站在这个似曾相识又完全陌生、心心相牵又难以回溯的土地上，我们百感交集，难以言表。

返回县城，天已擦黑。此时，小城夜空灯火闪烁，霓虹璀璨，人声鼎沸。这里的夜生活才刚刚拉开序幕……

南疆之行，我们还去了清水河农场、和静县、库尔勒等地。怀旧之旅，已无旧迹可寻，无旧物可睹。所到之处，尽显时代风采、时代荣光。

2019 年 8 月 11 日完稿

静待花开

宅在家里已经 20 多天了。

虽然我们这里不是疫区，但为了响应政府号召，为了节约几个口罩，我坚持不出门，不下楼。每天除了进厨房做两顿简单的饭菜外，大部分时间基本都耗在客厅了。每天起床的第一件事就是关注新冠肺炎疫情动态，查看疫情期间发生的事，然后歪在沙发上翻几页书，或是坐在电脑前打几行字。表面看似轻闲悠哉，实则内心动荡，心绪难宁。

这样的时候，我会不由自主地踱到窗前，看远山，看天空，看仍然干枯的树木与卷曲的黄叶，盼望着南雁早日回归，盼望着草色泛青柳丝轻扬，盼望着阴霾散尽自由呼吸。但窗外的一切并不理会我的心情，继续蜷缩在冬的怀抱里，没有半点醒来的意思。时令虽已过了立春，但春天的脚步似乎还很遥远。

一天，百无聊赖的我走到阳台，想看看花儿草儿们。我已经很久没有顾上它们了。一扭头发现，搁在角落里的一个花盆，细长的枝上挂着几个朝天椒，阳光下正对着我笑呢。我惊喜地走上前，仔细查看，一棵辣椒秆上结了三个朝天椒，另一棵上也结出了两个。尽管只有小指粗细，尽管只露出一个头，或长出一小截，但在这个满眼灰色、满目枯黄的萧瑟时刻，着实令我开心不已。

大概是去年 12 月份，我洗完菜，顺手将留有辣椒籽的水浇进一个空花盆，只当是给花盆润润土，没承想，过了几天盆里竟冒出一层细小的嫩芽。这些小芽，就像一群刚出生的婴儿，睁着一双好奇的眼睛，这里瞅瞅，那里望望，然后就"嗖嗖"地蹿个子，不出半月，长得就有十几厘米高了。细长的茎上，满是碧绿的叶片，好一派生机勃勃、生龙活虎的喜人景象。这些辣椒苗，一边继续蹿个子，一边开始鼓花苞。终于有一天，指甲盖大小的白色花朵在一片绿色的衬托中频频出现。一切都是那么顺风顺水，一切又好似充满了希望，只等着收获了。

然而，世间的事情总是充满了变数与无常。就像去冬今春，国人注定有一场躲不过的灾难一样，那些辣椒苗也遭到了白粉虱的侵袭。葱郁的叶片开始发黄、卷曲，鲜嫩的花瓣儿开始萎缩、干瘪。看着几天前还郁郁葱葱、蓬蓬勃勃的辣椒苗仿佛被霜打过一样无精打采的模样时，我真是气不打一处来，恨死了这些可恶的小白虫。

怎能任由它们兴风作浪，残害无辜呢？我迅速找来烟头，浸泡在罐头盒里，准备打一场干净彻底的歼灭战。等水泡得暗黄，烟味儿浓重时，我将泡过的烟头水喷洒在辣椒苗上。一天若干次，一边喷，一边恨恨地想：害虫们，你们就等着完蛋吧！

这个方法果然奏效，几天过后，白粉虱明显减少了。

但是，正当我暗自得意，心想要不了多久这些小白蛾子就会全部灭亡，辣椒苗又会抖擞精神时，却发现白粉虱又多了起来，大有重整旗鼓、卷土重来的迹象。不知是它们适应了烟的味道，还是繁殖能力过于强大，总之，叶片上又附着了一层密密麻麻的白粉虱。一碰，还张着两个小翅膀到处飞。真是太嚣张了！

听说苏打水可以杀这种虫，我又如法炮制。刚开始似乎还有点效果，但几次过后，又不灵了。小白蛾子越来越多，简直要泛滥了。

辣椒苗一天不如一天，像得了传染病似的，枝上满是耷拉着脑袋的黄叶子，有些已濒临死亡；其余几片绿叶，也是一副萎靡不振的样子；那些白色的花朵，早已枯萎，成了标本。

不得已，我只好把那些发黄发蔫的叶子全部剪掉，以根除白粉虱们赖以生存的环境。只留下几根快秃光了的茎秆在盆里。至此，我已不抱任何希望。能否活下去，就看它们自个儿的耐力了。

生活中很多事情总是出乎人的意料。当你觉得一帆风顺、胜利在望的时

候，也许失败就在身边；当你感到穷途末路、毫无希望的时候，天边又会闪现出一缕曙光。

我的辣椒苗就是这样。在我几乎绝望，快要把它们彻底忘掉的时候，它们却又给了我一重希望，一个惊喜。

欣喜的同时，我把它们从角落里搬出来，放在了阳台最醒目的地方。

太阳升起来了，阴郁的天空逐渐变得晴朗。我看到，此前裸着的茎秆上又发出了一些新叶，翠绿翠绿的；几朵小白花重新绽放在枝头；那几个可爱的小辣椒在阳光的照射下，更是一片明媚。

我想，小小的辣椒苗都能抵御灾害的侵袭，不仅存活了下来，还结出了果实。那么，对于拥有现代科技与人类智慧，心手相牵、众志成城的14亿中国人来说，眼前的这场磨难、这场疫情，又算得了什么呢？

黎明到来前总会夹杂一丝灰暗，春天到来时也会带着些许风霜，但没有什么能挡得住晨曦的普照，没有什么能阻挡历史前进的脚步！相信要不了多久，春暖花开、万物复苏的美好景象就会重回大地。相信阴霾过后，人们会更加珍惜天蓝水碧、月朗风清的好日子。

本文原载于 2020 年 2 月 27 日《兵团日报》

柔软的雪，晶莹的冰

2022 年新春伊始，华夏大地迎来了一场举世瞩目的冬季奥运盛会。这场唯美浪漫、精彩卓越、激情飞扬的盛会，像一阵迅猛的飓风，掀起了国人对冰雪运动的狂热之情。对于长期生活在大西北的新疆人来说，看到这一幕情形，心中的那份欢欣自不待言。

"风竹婆娑银凤舞，云松偃蹇玉龙寒。不知天上谁横笛，吹落琼花满世间。"立春过半，一场纷纷扬扬的大雪再度从高高的云端飘飘而落。一夜之间，还没有感受到一丝丝春滋味的乌鲁木齐又回归到一个银白的世界，一个圣洁的童话世界。

窗外，"千树万树梨花开"的景象，再一次席卷了庭院街巷，再一次丰盈了这个萧索荒凉的时节。你瞧，凋敝了一冬的老树，枯萎了数月的枝条，在雪花的层层包裹下，如同披上了厚厚的棉袍，不再瑟瑟发抖，不再瘦枝飘摇。寒风中的它们，虽然不会言语，但在内心深处，一定无数次地感谢着上苍的眷顾，感谢这从天而降的片片琼花，让它们度过了一个又一个寒冷的冬天，安然无恙地投入到每年的春之怀抱。

远处，连绵起伏的山峰，在白雪的覆盖下，皑皑一片，犹如一条巨大的玉龙，横亘天际。在它的脚下，是一望无际的茫茫雪原，开阔而辽远。我想，这一片雪原如果是在春夏，那一定是风吹草低见牛羊的广袤草场，绿色萦绕，花香遍野，蜂蝶嗡嗡。此刻，山峰俯瞰着雪原，雪原仰望着山峰。在我的眼里，它们就像一对相恋了几个世纪的恋人，虽然近在咫尺，却遥不可及。善解人意的雪，充当了它们的信使，一年又一年，传递着彼此的爱意，让这段始终无法企及的恋情，绵延持续，经久不断。

正当我沉醉在"千峰笋石千株玉，万树松萝万朵银"的境界与冥想之中时，一群麻雀不知从何处飞了过来，齐刷刷地落在了院里的树梢上。它们在树上叽叽喳喳，蹦来跳去，一会儿飞到这棵树上，一会儿又蹿到那根枝条上，活泼得不得了。这些小小的精灵们，一定是感受到了雪后的清新与明净，都出来撒欢了。过不多时，它们又"嗖"的一声落到了雪地上，小脑袋在雪里点来点去，尖尖的喙啄来啄去，不知是在欣赏雪的洁白，还是在品尝雪的甘甜。

每一场雪的光临，都好似仙界派来一位化妆大师，把这个纷繁杂乱的世界装扮得粉妆玉砌，引人入胜，引鸟欢腾，引一切有生命的物种欢欣鼓舞，振奋不已。

跟随思绪的脚步，我走进了位于西大桥的人民公园。首先映入眼帘的是一幅动感十足的画面，又仿若北京冬奥会的一个小小侧影。在那片冰雪开凿的欢乐谷里，一群喜爱运动的健儿们正在冰面上驰骋。他们脚蹬冰鞋，弓着腰，目视前方，随着左右脚的一蹬一收，双臂自然摆动，潇洒而干练。远远望去，紧随着的一个个身影，就像一群冰上飞燕，在穿梭滑行的过程中，形成了一串串优美的弧线。他们中有老人，有青壮年，有半大小子，也有红衣少女。跑道边上，还有一些初学的儿童。一个胖胖的男孩，紧紧攥住其父的手，一点一点地学着迈步，他小心翼翼东倒西歪的样子，很是可爱；不远处，一个小女孩在独自练习滑行，刚滑了没几步，就摔了一跤。她爬起来，拍拍身上的雪，迎着寒风，又开始了练习；还有几个孩子在体验冰上海豚……看着一张张红扑扑的脸庞，听着一声声开怀的大笑，我深切地感受到，冰雪之美，不仅在于它圣洁素雅、玲珑娟秀的视觉层面，更在于它带给人们身体的享受和心灵的愉悦。

记得小时候，每到下雪天，就是我们小孩子最高兴、最快活的时候。迎着一片片轻盈的雪花，我们冲出户外，在空旷的雪地上，蹦呀、跳呀、喊呀、叫呀，追逐嬉戏，尽情打闹。任冰凉的雪亲吻我们的面庞，任刺骨的风撩拨我们的肌肤。在大大小小的冰面上，我们滑冰、打陀螺、坐爬犁、玩冰上赛车，甚至随手掰下一截冰溜子送入口中……尽管一个个冻得鼻子通红，但那种无拘无束的童趣，那与雪共舞的美妙，是我一生难忘的记忆。

如果说，白天的欢乐谷激情飞扬、充满张力，那么，夜晚的人民公园就沉醉在一片灯火辉映、如梦如幻的情境中了。

从我融入这座美丽的边城开始，每年的隆冬，公园都会打造各种漂亮的冰雕供市民观赏，今年更是如此。还未入园，目光就被公园门前的那座大型古城楼冰雕所吸引。进到园内，迎面一只冰老虎在湖心亭前仰天长啸，一派王者风范；围绕鉴湖，十二生肖的冰雕个个造型独特，栩栩如生；还有一组错落有致的莲花灯柱，立于近前，仿佛能嗅到一股股莲的清香；那彰显东方神韵的中国结冰雕，更给人耳目一新的感觉……这些晶莹剔透、极富创意的冰雕作品，白天静默于公园一角，随着夜幕降临，镶嵌在冰雕冰柱内的彩灯，与一盏盏形态各异的花灯，一串串五颜六色的灯饰，甚至是天上的星星、月亮一起，放射出迷人的色彩。流连其中，使人如坠梦幻，不知身处天上宫阙，还是人间玉宇。

在乌鲁木齐，每年漫长的冬天，给想要一睹冰雪容颜、享受冰雪快乐的人们，创造了诸多的便利。除了市区内有十多处冰雪运动场地外，周边还有几家不错的去处。

记得早些年，单位每年都要组织员工去南山滑雪。对于从南疆来到乌鲁木齐的我而言，那些真正融入冰雪的怀抱，与其相依相偎的时刻，实属珍贵，实难相忘。

那是一个晴朗的星期天，我们一行几十人驱车来到位于南山的丝绸之路滑雪场。偌大的滑雪场一片银白，竟然没有一丝杂色。踩在厚厚的雪地上，如同踩在一张柔软的白色地毯上，那种纯净、那种美好，只想一头扎进它的怀里，尽情地打上几个滚。

来到这里的人，无论大人还是孩子，一个个都变成了快乐的小鸟。想要喊，想要飞。我的同事们，一个个急不可耐地套上长长的滑雪板，双手拄着雪杖，融入滑雪的队伍中。我胆小，独自拖了一个充气轮胎，到专门的雪道从山

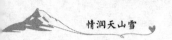

上往下滑。即使是这毫无技术可言的娱乐活动，在滑行的过程中，那越来越快的速度，那在耳畔呼啸的风声，那随风卷起的雪粒扑打在脸上的感觉，都让我实实在在体验了一回滑雪的乐趣。

不知是松软的雪让我消除了胆怯，还是大家高昂的斗志给了我勇气，几圈下来后，我已不满足于这种简单的游戏，推过一辆雪地自行车，从高高的坡上飞驰而下……

躺在雪的怀抱里，仰望着清澈如洗的天空，仰望着雪一样洁白的云朵，我终于明白了，为什么有那么多人热爱冰雪运动，他们不顾严寒的阻挡，一次次去往滑雪场、溜冰场，而且年年月月，乐此不疲。原来，冰雪里有别处无法呈现的美，有别处无法给予的快乐。

还有那次去南山徒步的情景，也让我记忆犹新。雪后的一天，我和几个朋友相约来到白杨沟。夏季，这里绿草如茵，树木茂盛，是旅游避暑的好地方。虽然那日我们是去踏雪，是去徒步，冬日的白杨沟，仍然有它不一样的美。那美，同样令人铭记。

走在浓荫蔽日的密林间，我们慢慢往山上爬去。两边是高耸的云杉，即使处在严寒的冬天，一棵棵云杉依旧泛着生命的绿色。只是那绿，比夏季更深沉、更厚重。脚下是一律的白，这白，从山下一直铺展到山顶。没有被践踏过的雪，格外洁净，异常松软，一脚踩下去，半条腿便被吞没了。

那天，透过枝叶的间隙，我看到了一块块蓝得出奇的天，看到了一朵朵绽放在树上的"银菊"，感受到了一种从未有过的空灵与幽静……

柔软的雪，晶莹的冰，是大自然的馈赠。有了冰雪的冬天，不再单调乏味；有了冰雪的世界，变得纯净美好；生活在冰雪王国的人们，可以尽情享受，插翅翱翔。

本文原载于 2022 年 2 月 21 日《乌鲁木齐晚报》

用爱书写人生

什么样的人生才是有价值、有意义的呢？是达官显贵，是腰缠万贯，是功名利禄，还是恣意享乐？当得知了付秀清的人生经历和感人故事后，我陷入了沉思，陷入了深深的思索之中。

付秀清，一个和她名字一样秀美清雅的女人，一个知性温婉，举手投足都显露着品位和魅力的女人，却把自己的人生和事业与养老捆绑在了一起，且一干就是近 20 年。初次见面，我怎么也无法将她和这样的职业联系到一起。在我眼里，她应该是端坐在宽敞明亮的办公室里伏案书写或敲打键盘的白领。

20 世纪 60 年代末，付秀清出生于被称为"塞外江南"的伊犁河畔。在这片天赐的宝地上，这个乖乖女，闻着油菜花、薰衣草的芳香，听着马嘶牛哞的欢叫，和其他孩子一样快乐地成长着。如果没有那场突如其来的变故，如果不是家中的老大，她的人生也许会是另外一番模样。然而，天有不测风云，人有旦夕祸福。就在她刚刚步入 13 岁花季的时候，年轻的母亲在一场意外中不幸离世。顷刻间，这个七口之家，仿若被一阵飓风掀翻了屋顶，又好似被一片暗礁撞漏了船底，一下子失去了往日的宁静和温馨。望着父亲愁眉紧锁痛苦不堪的一张脸，再看看四个尚且年幼的弟妹，从小就被父母唤作贴心小棉袄的她，用一副柔弱稚嫩的肩膀，默默地挑起了家里的"半边天"。此后的几年，买菜做饭，洗洗涮涮，照顾弟妹，成了她的日常缩影。为了减轻父亲的压力，高中毕业后，她毅然放弃了大好的学业，选择做一名乡村代课教师。

听着付秀清波澜不惊的叙述，我在心里暗自思忖，或许正是因为有了这段坎坷的经历和生活境遇，才练就了她坚强的性格和非凡的毅力，也赋予了她一颗仁爱之心和博大胸怀。

　　20 世纪 90 年代初，为了寻求更好的发展，付秀清只身来到乌鲁木齐做起了汽车配件生意。生活不会辜负每一个辛勤付出的人。经过十多年的打拼，从零起步，从无到有，她终于在这个陌生的城市，在这片远离故乡的土地上站稳了脚跟。

　　生活有时充满了戏剧性和不确定性。正当她的生意做得有点眉目的时候，一次串门，彻底改变了她的人生方向和轨迹。

　　那是 2003 年的一天，许久都没有给自己放过一天假的付秀清，索性关了店门去往朋友家。让她没想到的是，一进门就看见朋友的父母一个坐在轮椅上，一个瘫痪在床。朋友说，自己每天要上班，还要照顾生活不能自理的双亲，几年下来，早已筋疲力尽，苦不堪言。生性善良的付秀清，当即给两位老人端上了一杯热茶，帮老人翻了翻身，整理了一下凌乱的屋子。也许是因为很久都没有见到过外人了，两位老人目不转睛地盯着她，朋友的母亲，更是拉住她的手不放。付秀清刚想说几句安慰的话，还没开口，就看见两颗浑浊的泪珠从老人的眼眶滚了出来……

　　这一幕，深深刺痛了付秀清。她想起了自己的奶奶，那个 78 岁卧床、80 岁去世的山东女人，那个吃了一辈子苦、没有享上一天福的小脚女人。尤其到了生命的最后阶段，可怜的奶奶，更是受尽了磨难……

　　每个人都会老去，每个人老了以后都会遇到病痛，难道这就是人老了以后的状况吗？这就是老人们应该过的日子吗？付秀清在心里一遍遍叩问自己。

　　从那天开始，付秀清每天都会主动上门，帮助照顾两位老人，就像当初照顾弟妹一样。在她的精心照料下，老人的脸上有了笑容，气色也变得越来越好。有什么事，有什么话，都愿意跟她说，跟她聊。时间久了，他们竟然把她当成了自己的女儿，一刻也离不开了。

　　在照顾老人的这段时间里，付秀清的脑子里时常冒出一个想法，能不能开个养老院，把那些行动不便、生活不能自理的老人统统接过来，让他们老有所养、老有所依、老有所乐呢？这个想法刚一出口，就遭到了所有人的反对。

有人说，你打拼了这么多年，事业好不容易刚刚有了起色，就别再瞎折腾了。有人说，养老院的活又脏又累，出力不讨好，还有风险，你就别自找苦吃了。别看付秀清平时说话不紧不慢，温文尔雅，其实骨子里是个非常执拗的人，一旦打定了主意，就是三头牛也别想拉回来。虽然大家都不看好，虽然被浇了一盆子凉水，她还是决定试一试。

说干就干，她以最快的速度盘掉了自己辛辛苦苦积攒下来的一个汽车配件商店，又向民间借贷了 30 万元。筹措到资金后，便开始四处奔走打探选址。经过一番忙碌和筹备，2004 年冬天，她的福乐园老年公寓终于在米东区的一家三层自建楼房里安了家。

她第一时间就把朋友的父母接进了自己的养老院。看着瘫痪的父母终于有了好的归宿，想着被捆绑了多年的手脚终于得到解脱，朋友感激地对付秀清说："你真是我的好妹子啊，你帮了哥的大忙啦。"

说实话，那个时候养老行业还很冷清，但由于付秀清的真诚与爱心，最初设立的 24 张床位不到半年就爆满了。

一开始，为了节约资金，付秀清只请了一位做饭的大师傅，其余工作全部由自己一个人承担。这个 30 来岁的小女人，一会儿是采购员，一会儿是锅炉工，一会儿是保洁员，一会儿又变身为护理员。身兼数职的她，每天从晨曦微露忙到日落，半夜还要起来好几回，扶老人上厕所，帮他们翻身、喂水、换洗弄脏的衣物。几个月下来，她瘦了黑了，却觉得很充实，很有意义。

入住的老人，近 80% 生活不能自理。为了方便照顾，付秀清就和身体状况最差的三名老人住在一个房间里。其中一个老太太，不仅患有糖尿病，还伴有严重的并发症，腿脚肿胀，视力模糊，解不出大便。每当老人有了便意时，付秀清就用手帮她轻轻地、一点一点往外抠。这样的活儿，估计没有哪个人愿意干，即使是对自己的父母，可是年轻漂亮的付秀清每天都在做。她说，每次听到老人满怀感激地对她说，"闺女，我这辈子可是享了你的福了"，她就觉得自己的付出是值得的。"不嫌脏不嫌臭吗？""从来没有嫌弃过。"这就是付

秀清，一个爱心满满，一个真心为老人着想、为老人服务的人。

对于付秀清来说，忙和累、脏和臭，都不算什么。她最痛心的事情是，这些辛苦了一辈子的老人，这些在生命的尽头盼着能多看几天日出，多欣赏几朵花开的老人，最后一个个消失在她的眼皮底下。

那是一个寒冷的冬夜。忙完了一天所有的事情，锅炉里的煤也压上了，已是凌晨两点多钟。刚躺下不久，一个老人就因脑溢血去世了。从来没有见过这种场面的付秀清，顾不得多想，一骨碌爬起来就冲了过去。这是个又高又胖、一条腿高位截瘫的老人。昏黄的灯光下，付秀清一个人忙着给他擦洗、换衣服，等一切都弄利落了，天色已微明。真是无巧不成书，才把这个老人抬上车，送出院子，住在门卫隔壁屋里的郭爷爷又不行了。付秀清顾不上喘口气，擦把汗，又急急忙忙赶了过去。正当她一边流着泪，一边给郭爷爷处理着的时候，被几天前从伊犁过来探望女儿的父亲撞了个满怀。顿时，父亲的面孔僵住了，眼神里流露出的更是惊诧的目光……

那天，父亲不吃不喝，拉着她就往外走，说什么都不让她再干这一行了。父亲说，脏点、累点、苦点也就算了，一个女孩子家，还要面对这种事情，他不干。付秀清心里明白，父亲这是心疼自己。可是，世上的事无论好赖总得有人来干啊，自己撂了挑子，这些老人怎么办？

何况，他们是那么可爱，那么明事理。不久前，当租住的老年公寓面临涨价或搬迁的困境时，是这些白发苍苍、行动迟缓的老人给了她支持和力量。有人提前交纳养老金，有人拿出自己多年的积蓄，有人拉着她的手说，别怕闺女，遇到困难，咱们一起想办法……

开弓没有回头箭。尽管父亲一百个不愿意，尽管自己一直是在负债经营，尽管有时累得爬不起来，但付秀清还是坚持了下来。她怎么能够丢下这些与自己朝夕相处且已深深依恋上自己的老人不管了呢？

付秀清常说，从事养老工作，没有爱心、孝心和善心，是绝对做不好的。多年来，她就是把一个个老人当作自己的长辈和亲人来对待、来服侍、来孝敬的。

董守兰，一个 78 岁的回族老人，她与老伴于 2008 年 11 月入住福乐园老年公寓。刚来时，她不让别人进自己的寝室，还时常把自己关在屋子里。原来，老两口患有脑溢血后遗症，董守兰更因小便失禁，经常尿湿裤子。由于房间里有异味，她怕别人闻到，更怕别人嫌弃，只好紧闭房门。一次，董守兰看天气很好，就出来坐在寝室前的过道上晒太阳。没承想，黄色的尿液不知不觉又流了一地。正当她羞愧难当时，付秀清不声不响地把地上的尿液拖净了，还帮她换上了一条干净的裤子，然后对她说，大妈，这里就是您的家，千万别拘谨。看着付秀清那张和蔼的脸庞，听着她的柔声细语，董守兰不再封闭自己。在付秀清的细心照料下，寝室里没有了异味，老两口的病情也有了好转。

有一位来自南疆的患有老年痴呆症的老人，在公寓里住了三年多。一天，老人突发急性肾衰竭，进而昏迷不醒。当时，他唯一的儿子远在外地执行任务，一时半会儿赶不回来。付秀清就把老人送进了医院，并寸步不离地陪护了15 个昼夜，直到老人安详地走完了自己的一生。老人的儿子回来后，见所有事情都已办妥，当即跪倒在地，流着热泪对付秀清说："我的好姐姐，你替我尽了孝，我这辈子都报答不了你的大恩大德啊！"那一刻，付秀清真正懂得了什么叫以心换心、以爱博爱的道理。

人是有感情的，只要你真心付出了，就一定会得到回报。公寓里有一位叫张兆祥的老人，家人送来玉米，他自己舍不得吃，把玉米一粒一粒剥下来，装在塑料袋里。见到买菜回来的付秀清，他就笑呵呵地迎上去：丫头，赶紧吃，给你留一个上午了。在这里，几乎所有的老人都会把家人送来的好东西给她留一份，哪怕是一个鸡蛋、一个苹果，他们都要留给她，还要亲眼看着她吃了才高兴。这些可敬可亲的老人，从来不称呼她院长，而是闺女丫头地喊着叫着。在他们的心目中，付秀清就是自己的女儿，最亲的女儿。

付秀清不光对院里的老人尽心尽力，尽职尽责，对社会上的弱势群体也极富同情心和爱心。

2009 年 4 月的一天，一个四岁的小女孩被人送进了公寓。见到付秀清的

那一刻，小女孩怯怯地问："阿姨，我的爸爸妈妈呢？他们不要我了吗？"付秀清一把将孩子揽进怀里，对她说："宝贝，爸爸妈妈做生意去了，从今天开始，我就是你的临时妈妈。"这是个父母犯了事儿的可怜孩子。付秀清给孩子洗了澡，换了一身干净衣服，将她安顿了下来。在这个老年人聚集的地方，小女孩快乐地度过了两年时光。临别的时候，孩子紧紧抱着付秀清的胳膊，怎么也不愿意松开。看到这样的情景，孩子的爷爷泪流满面，一个劲儿地说着"谢谢"。

蕴含在心里的爱，是否也像窖藏的酒一样，会发酵呢？我想是的。为了帮助更多的人，付秀清还把她的老年公寓当作了临时救助站，向那些走失的、暂时无家可归的人伸出了援助之手，向他们敞开了爱的怀抱。

其实，从建院初期到2014年，付秀清一直是亏损的，她用了整整10年时间才还清了当初借贷的30万元资金。即使是这样，面对困难家庭时，她毅然决然慷慨相助，用一颗滚烫的心给予他们温暖，给予他们希望。

米东区三道坝镇有一个叫肖斌的年轻人，自幼失去父亲。由于他患有严重的智力障碍，他的母亲只能整天守护着他。母子两人靠低保生活，日子过得异常艰难。了解到这一情况后，付秀清主动将肖斌接到了自己的养老院，每个月只是象征性地收取一点点生活费。儿子有了放心的去处，肖斌的妈妈才得以放手出去工作。有了收入，有了生活来源，笼罩这个家庭多年的阴霾，终于烟消云散。

这些年来，付秀清把所有时间、精力和爱都奉献给了她的养老院和那些需要帮助的人，唯独亏欠了自己的老父亲。当初父亲在伊犁的时候，她嫌路远太耗时间，几年也难得回去一趟，后来父亲迁到了昌吉，她照样很少回家。不是她不想父亲，不是她不孝顺，而是属于她的时间实在是太有限了。好在父亲的身体还算硬朗，好在家人对她一直都很迁就。

有付出就有收获。经过多年的拼搏和努力，付秀清的事业总算露出了一线曙光。她不再是当初那个单打独斗的灰姑娘了，而是出落成一个优秀的养老团队的领军人物。她的理念更是从刚开始的简单护理，提升到一个集养老、日间照料、文化娱乐、精神慰藉、残疾人托养、医疗康养、临终关怀为一体的综合养老服务的全新高度。

走在米东区古牧地西路一片绿树环绕的公路边，就能看到一栋白色的六层大楼，上书"乌鲁木齐市福寿养老护理中心"几个醒目的大字。那是付秀清现在的养老院。幽静的院子里，有花草，有树木，有蔬菜，还有一个绿色的葡萄长廊。大楼里，干净整洁，光线明亮。吃饱喝足的老人们，可以根据自己的需求，去吸氧室吸氧，去康复室训练，去制作室做手工，去书画室练字习画……

最可喜的是，2016 年 7 月 18 日，在这个暖意融融的地方，在这个温馨的大家园里，周庚臣、武玉芝两位老人迎来了他们大喜的日子，收获了他们幸福的晚年。那一天，养老院里张灯结彩，喜气洋洋；那一天，所有的老人眉开眼笑，如获重生……

一路走过来，回头看看付秀清留下的那些脚印，我看到了真诚，看到了友善，更看到了她用爱书写的灿烂人生。

2022 年 4 月 29 日定稿，收录于散文集《在希望的田野上》

我的包户干部马燕琴

初次见到马燕琴，是在今年的三月初，那时我刚从外地回到乌鲁木齐。

一天傍晚，我去小区门口做核酸，看到排了一溜的队伍前面站了几个工作人员，心里就想，哪一位是小马呢？她今天会不会来？看了看前后左右，大多是一些从未见过的生疏面孔，也就没有向别人打听。等我排到跟前，拿出手机扫码时，忽然响起一句："你就是华姐？"听到这个熟悉的声音，我有点意外也有点惊喜："你是小马？"对方笑了，我也笑了。尽管隔着宽大的防护服和帽子口罩，尽管房间里的光线有点昏暗，我仍然看到了一双清澈的大眼睛，像湖水一样闪着晶莹的波光。

就这样，我和小马算是真正认识了。

其实在这之前，小马就通过电话联系过我。她告诉我，现在她是我们这栋楼的包户干部，有事情可以找她。虽然都是例行公事的随访，但言语中透露出的和蔼与亲切，还有那不紧不慢的语速和悦耳的声音，都给我留下了深刻的印象。

生活中总会发生一些意料不到的事情。一天晚饭后，我去户外散步，不小心崴了脚，但例行的全民核酸检测却不能落下，我只好拖着肿胀、疼痛的脚慢慢下楼。这一幕不知什么时候被细心的小马发现了。第二天一早，我正准备换衣服，听到一阵轻轻的敲门声。打开门，见小马微笑着站在门外。我有点诧异，也有点纳闷。小马看出了我的疑惑表情，立即解释道："你的脚不是扭伤了吗？今天我值班，就顺便上来给你做了。"她说得很轻松、很平淡，我却感到有一股暖流，瞬间向我迎面扑来。

从春天到夏天，日子波澜不惊地一天天过去。其间，经常可以看到小马和她的同事们在小区院子里早出晚归，履行着各自的职责。然而，好景不长。当暑气还依依不舍地缱绻着不肯消散，空气中瓜果的香甜味正日渐浓郁时，新一轮新冠疫情却悄然来临，并从伊犁河畔迅速蔓延至全疆多地，首府乌鲁木齐更是首当其冲，难以幸免。一时间，仿佛时光倒流，整座城市又陷入两年前的静默状态之中。

世界出奇地安静，连空气好像也凝固了。与此不同的是，小区的微信群一下子热闹起来。订蔬菜包，订水果包，订粮油肉蛋……小马除了每日的正常工作以外，责无旁贷地担负起了包户们的物资订购、汇总、上报以及装卸、运送等事务。社区工作本来就繁杂，事无巨细，这样一来，小马就更加忙碌、更加劳累了。

突然封控，给许多人带来不便。生活中，不是缺这个就是少那个。一天中午，我正准备做饭，发现酱油没了。这可怎么办？凑合一顿？可疫情才刚刚开始，要凑合到哪一天呢？我试着给小马发了个微信。没想到，一会儿的工夫酱油就送到了家里。她还捎带购买了几袋醋和调料，乐得左邻右舍直夸她想得周到。还有缺姜少蒜，需要香葱香菜的，小马都一一满足。

相处时间久了，我发现小马是个非常细心且非常有爱心的人。天气炎热时，她会发一些燃气方面的小视频，提醒大家安全用气；下雨天，她会在群里留言，让大家拿把伞再出门做核酸；天凉了，她会叮嘱大家加件外衣，多喝热水，晚上泡泡脚；订购的物资到了，她会嘱咐大家先用酒精喷一下外包装，静置半小时后再开袋；附近几家药店的电话、微信，她隔段时间就会发到群里，敦促大家收藏好，以备不时之需……

随着疫情的扩散，小区的空地上支起了几顶帐篷，是那种野外露营用的简易帐篷，又矮又小，仅能容下一人躺卧。其中，就有小马的一顶。夜晚的星空下，每每透过玻璃窗望向那几顶帐篷，我就在心里暗自思忖：她们也是父母的宝贝，也是孩子的依靠，更是家庭的中坚力量啊。为了抗击疫情，为了千家万户的安宁与幸福，此时此刻，只能将自己蜷缩在这小小的帐篷里。

原本以为，有了两年多的抗疫经验，有了小马和社区工作人员的严防死守，有了上下一致的共同努力，过不了多久疫情就会结束，人们就会恢复往日的自由。没想到，压在头顶的雾霾迟迟不肯散去。更让人意想不到的是，防范了两个多月的"不速之客"竟然也开始造访我们这片净土了。

形势不容乐观，人人都感觉到了危险。小区更加安静了，连平日里叽叽喳喳的麻雀也知趣地噤了声。偶尔站在阳台上往外望，只能看到几个身穿白色防护服的工作人员进进出出忙碌着。

在此之前，订购的物资到了，我们还可以到单元门口去拿。这会儿，小马千叮咛万嘱咐不让我们出门，更不允许下楼。所有物资，她一个人肩扛手提，大包小包，一家家送到门口。下楼时，还不忘把各家各户的垃圾带走。我们这里属于老旧小区，没有电梯，运送东西只能一层层地爬楼，其辛苦程度，可想而知。

小区雇用了一名清洁工，平时楼道里的卫生都由他负责打扫和清理。但此刻，小马自个儿背起了喷雾器，给楼道逐一进行全面消杀。为防止气溶胶传播，她还亲自示范并把图片发到群里，教大家用塑料袋灌上水，把所有的地漏都堵上。又督促家里有艾条的，赶紧点着了，给每个房间都熏一熏……

也许我比较敏感，喜欢思考。每当楼道里传来"咚咚咚"的脚步声，或是看到窗户外那熟悉的身影时，我就在心里想，小马一遍遍叮嘱我们待在家里不要出去，自己却没日没夜地冲在前面。难道她的身体不是血肉铸成？难道她不懂得危险、不知道害怕吗？当然不是，是责任，是担当，更是一颗拳拳的爱心使然。

疫情是一面镜子，既能折射出美好，也能照见某些不足。前一段时间，有人在群里晒出了蔬菜包，说实话，确实太差了。不论是质量、品种还是分量，都远远不值那个价。对于群众提出的问题、诉求，小马认真倾听，多方反映，在她的不懈努力下，后来的蔬菜包大有改观。

说到这儿，我就想起了此前订购的那块牛肉。之所以选择牛肉而不是别的肉，就是冲着它瘦肉多。然而，事实却不尽如人意。三公斤的牛肉，被厚厚的牛油里外包裹、混杂着。想着疫情期间都不容易，我便没有吱声，而是拿出刀去剔那些肥油。一个多小时过去了，连一半都还没有弄好，心里的火不由得又蹿了起来。我抓过手机，拍了几张照片发给了小马。当时也没有多想，只是想让小马知道一下。没想到，过了几天，竟然收到了商家的赔款。

群众的眼睛是雪亮的，群众的心里也都有一杆秤。小马的默默付出，她的热心周到，她的无私奉献，赢得了大家的交口称赞。对于众人的褒奖，谦虚的小马，只在群里发了一张害羞的图片。

一个发光的人，会带动一个发光的群体。在小马的感召和影响下，因楼房拉开的人与人之间的距离缩短了，因时空造成的心与心之间的隔膜消失了。谁家的水龙头坏了，谁家的卫生间堵了，无论谁家有个急事难事，只要在群里说一声，大家都会献计献策，出谋出力，尽自己所能给予帮助。这不，隔壁单元有人把手弄伤了，问谁家有磺胺药片儿，立马就有人热情回应。看到信息的那一刻，我立即打开药柜去找，只可惜，由于平时不注重储备，没有找到他所需要的药品。

疫情还在继续，雾霾还没有散去。望着窗外那由绿变黄，渐渐枯萎、飘落的一片片树叶，我只能在心里默默祈祷。祈祷云开雾散，祈祷小马能早日回到自己的家里，歇一歇疲惫的身体，亲一亲儿子那可爱的小脸蛋儿，与家人一起吃顿热热乎乎的团圆饭。

这就是我的包户干部马艳琴——沙依巴克区西北路南社区一名优秀的基层工作者，一位令人敬佩的"80后"女性。

2022年10月30日完稿

那一片慰藉心灵的葱茏

　　静默在家的这几个月里，只要一有空闲，我的双脚就会情不自禁地向阳台挪去，无形中似在引领我到一个绿意萦绕的小天地，去感受那里的葱茏与朝气，感受诸多的欢喜与慰藉。

　　阳台不大，也就七八个平方。靠窗的那一面，我在两个圆凳子上安置了一条四五米长的厚木板，木板上摆放着十来个花盆，花盆里种着藤三七、苦瓜、朝天椒和大葱一类的植物。此刻，藤三七和苦瓜抽出的几根藤条，顺着我给它们拉扯的那些绳索早已攀缘到了房顶。这些植物仿佛长着一双隐形的眼睛，在不能前行的地方自己拐了个90度的大弯，再一路延伸，把横亘在天花板附近的那根挂衣杆绕了个严严实实。长长的藤条上缀满了绿色的叶子，一枚枚整齐地排列着、伸展着。这些充满活力的绿叶和那些斜叉出的细小藤蔓，相互叠加，相互缠绕，编织出一幅疏密有度的绿色帘幕，从房顶直垂下来，遮挡了一整扇窗户。每每凝视这幅由植物自然编织出的"活窗帘"，我就会从心底生发出一种喜悦之情，觉得它远比那些图案精美、花色艳丽的布窗帘要生动得多，鲜活得多。尤其苦瓜藤上那些张开的叶片，更像是一只只伸向空中的手掌，给人以无尽的遐想。它开出的一朵朵黄色小花，又宛若镶嵌在绿帘上的一个个饰品，美丽而雅致。一旁的辣椒苗也不负所望，已经开花结果，有五六棵植株的顶端结满了大大小小的朝天椒。近观，好似一群穿着绿衫嬉闹在一起的孩童，令人怜爱。植株上五瓣的小白花还在此起彼伏、陆陆续续绽放着。随意插在盆里的几棵大葱，不仅抽出了新叶，还长得挺拔、饱满、翠绿。

　　随着植物生长得日益旺盛，我的脚步也更加殷勤、更加频繁了。每天早晨，起床后的第一件事，不是急着洗漱，不是忙着弄早餐，而是直奔阳台。看看又发出了几片新叶，又开出了几朵小花，又顶出了几粒芽孢……这些可爱的小生命，好似懂得主人的心思，总能给我以惊喜、以回报。

这片郁郁葱葱、生机盎然的小天地着实可爱，不仅养眼，还能在居家的日子里，给我平淡的食物增添颜值，提升味道。

平日里做汤饭，我最怕的就是没有绿叶蔬菜，一锅少了绿色点缀的白水面，即便有土豆和西红柿的衬托，也难以激起人的食欲。自从有了藤三七就不一样了，面快煮熟时，我会揪下几片又肥又厚的藤三七叶子，用清水涮几下，丢进锅里。原本一锅色彩单调的面，就因为那几片绿叶的融入，就因为那画龙点睛的一笔，立刻显得灵动、鲜活了起来，味觉似乎也增加了几分。炒菜，我喜欢放辣椒。尤其是荤菜，感觉有了辣椒的介入，辣味儿的渲染，那菜品就别具风味儿，就上了一个档次。在这段特殊的日子里，如果哪天没了辣椒，阳台上的朝天椒就正好补了缺。大葱就更不用说了，炒菜、凉拌、打汤，哪一样能少得了它来提鲜提味呢?

人活在世上，需要食物的滋养，也需要精神的慰藉，特别是处在疫霾压顶的非常时期。夏秋时，虽然也宅在家里，但还可以透过玻璃窗望向楼前那片小树林，看树叶在风中舞蹈，看鸟儿在林间嬉戏，也算聊以自慰吧。随着气候的转凉，树木的枯萎，小树林变得萧疏冷清，索然无趣。此时，日渐葱茏的阳台，便完全占据了我的心扉。每天，我有意无意地走上阳台，去感受那一片浓浓的绿意，去欣赏它们朝气蓬勃的样子。当我的目光缓缓划过一盆盆生命力旺盛的植物时，内心积聚的焦虑便会跟着一点点释放，心情也会逐渐变得轻松起来。

乌鲁木齐的冬天，雪是最频繁的"客人"，立冬才过半月，它就接连光顾了四五次。昨晚的一场大雪，更是将秋末尚存的一息残留扫荡得一干二净。厚厚的雪，不但覆盖了一切，还使气温骤然下降，直接降至零下20摄氏度的低谷。望着灰蒙蒙的天，看着被掩埋的路，听着死一般的寂静，我感到从未有过的寒冷，心情也郁闷到了极点。书，看不进去;家务，不想做。整个人，打不

起一点精神，提不起半点兴趣。百无聊赖的我，在室内转来转去，不知不觉就又转到了阳台上。

阳台与室外可以说是两重天。一个葱茏健硕，一个苍凉凋敝；一个正值青春，一个暮气沉沉。在阳台上待了一会儿，我索性搬个小板凳，将自己融入那一片绿色之中。轻轻嗅着它们的气息，我的思绪回到了几个月前。

今年春天，我从外地回到乌鲁木齐。由于离开的时间长了些，原先种在盆里的那些花花草草，都已经成了枯草和干柴棒子。无奈之下，我只好将它们一一清除。种什么呢？正好朋友邮寄物品的时候捎带了一节藤三七的根茎，我便将它埋在了一个小花盆里，浇上水。我不得不佩服藤三七超强的生命力。只有小指粗细的一截根茎，跨越了一千多公里的路途，前后折腾了近一周的时间，竟然在我种下的第二天就抽出了一株嫩芽。苦瓜和朝天椒，是在我做饭的时候，不经意间想起了那些仍然闲置着的花盆，遂将准备丢弃的籽粒留了下来。这瞬间的闪念，不仅改变了它们的命运，也填补了花盆的空缺和阳台的色彩。还有那几根大葱，都是跟着蔬菜包一起来到我家里的。一次消耗不完，又怕放坏了，就随手插进了花盆。

与它们朝夕相处的时日里，我常常被这些看起来弱小，实则顽强的植物所感动、所震惊。花盆里的土，是此前遗留下来的，十多年了，从未置换过。种之前，因没有现成的肥料，也就没有追加底肥。对它们最多的关爱，仅限于浇浇水而已。这些可爱的植物，却不挑不拣，一朝入盆，便生根发芽抽枝，噌噌噌地往上长。新疆的土壤碱性大，过不了多久，盆里就会冒出一层白白的碱。面对那可恶的白，我也只能是出现一次铲除一次，别无他法。植物们就在这样的环境里，生长着，绽放着……

此刻，面对这些长势旺盛的植物，我感到了羞愧。虽说疫情给我们带来了诸多不便，造成了一定的心理恐慌和压抑，但相比而言，我们终究要好过得多。我不知道植物有没有心，如果有的话，一定比我们强大。它们的一生，除了要和恶劣的环境抗争，还要和许多未知的因素抗争。有的时候，我会忘记浇水，等到发现，盆里的土已干裂成了几道缝。夏末秋初，炎炎烈日常将一腔火热抛洒到柔嫩的枝叶上。不过，当我送上一瓢清水，当夕阳收起多余的热情后，那些因缺水、暴晒而耷拉下来的蔫叶子，便又会重新焕发生机，展现活力。不止这些，盆里时不时还会生出一群专门啃食绿叶的小黑虫；没有暖气的阳台玻璃会因严寒覆盖上一层厚厚的冰凌花；因花盆空间有限，即使拼尽全力，它们也难以长成理想中的自己……所有这些，它们都要面对，都要抗争。

置身于这片绿色中，我一边默默注视，一边思绪飞扬。我在想，成长的过程中，它们是否也有过沮丧与气馁，也有过悲观与失望？但不管怎样，呈现在我眼前的，却是茁壮，是葱茏，是昂扬。

就这样，整个下午，我和葱茏的植物们待在一起，竟然忘记了时间，忘记了郁闷，忘记了寒冷。只觉得心情舒畅，身上也仿佛有了力气。

一缕阳光透过玻璃窗洒在了几片叶子上，使本就碧绿的叶子更加清新悦目，更加光鲜亮丽。顺着那缕光，我抬起头，看见阴沉了许久的天空被阳光撕开了一道口子。一束束光亮，从那道口子喷射而出……

本文原载于 2023 年 1 月 3 日《天山建设报》

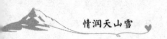
生命的乐园

也许是见多了荒芜的戈壁和光秃秃的沙漠，也许是遗留在血脉里洞庭湖的清波仍在奔涌，因此，对于水，对于湖泊河流，对于由水漫延伸展出的湿地以及湿地上所有的生命，我都有着难以言说的亲近和喜爱。

在距离乌鲁木齐市130多公里的天山北坡、古尔班通古特沙漠南缘的玛纳斯县境内，就有这样一片令人向往和留恋的湿地——玛纳斯国家湿地公园。

最早听到玛纳斯这个名字时，总感觉不像一个地名，更像是一个人名。后来读到与《格萨尔王传》《江格尔》并称为中国三大史诗的《玛纳斯》时，我才恍然明白，原来，玛纳斯真的是一个人，而且是柯尔克孜族著名的英雄和领袖，被视为力量、勇气和智慧的化身。能以这样一个英雄命名的县城，首先就让人产生一种崇敬与景仰的心理。

历史的烟云早已散去，玛纳斯和他七代子孙的故事也早已融进民族史诗《玛纳斯》，被后人传唱了一代又一代。如今，"玛纳斯奇"们，仍在以自己的方式演绎着这部伟大的文学作品，歌颂着他们心目中的大英雄。

怀着对英雄的无限敬意，在一个初夏的日子里，我踏上了这块土地，走进了玛纳斯国家湿地公园。呈现在眼前的是一片烟波浩渺的天然湿地。湿地内，水域辽阔，池塘众多，滩涂广袤，植物丛生，水草丰茂。蔚蓝的天空下，大朵大朵的白云倒映在清澈的水面上，随碧波轻轻荡漾着。忽而散开、忽而聚拢的云朵，宛若一个个身披白纱的仙女，在水中悠闲地荡着秋千。远处的水草间，不时有鸟儿扑棱着翅膀斜刺着飞向天空，它们一边盘旋一边鸣叫，那优雅的身姿和欢快的叫声，给这片本就生机盎然的湿地更增添了几分灵动和活力。举目远眺，水天一色，蔚蓝一片。库岸、岛屿和塘埂上分布着或疏或密的桦树、密叶杨、山杨、青杨、胡杨、准噶尔柳、天山花楸等树木。一行行迎风招展、高大葱茏的林木像一队队卫士，护佑着这片湿地，又像一道道风景，给这片湿地注入了独特的气质与魅力。

沿着通往湿地的木栈道蜿蜒前行，映入眼帘的是大大小小、形状各异的水域和茂密的芦苇。初夏的芦苇，宽厚肥硕，青翠欲滴，一丛丛，一片片，从木栈道两边向湿地纵深、向水域的尽头蔓延铺展。那绿浪滔天、浩瀚无垠的壮阔气势，让我一下子想起了小时候看过的现代京剧《沙家浜》，想起了阳澄湖，想起了湖中郁郁葱葱、密密匝匝的芦苇荡。正是有了漫无边际、浩若烟海的绿色帐幔，十八位负伤的新四军战士才能在芦苇织就的天然屏障中，一边疗伤，一边与"阿庆嫂""沙奶奶"们一起，与敌人斗智斗勇，巧妙周旋。恍惚中，我仿佛看到了一群身穿灰色中山装军服的战士，划着小船在纵横交错的水巷和繁茂密集的芦苇丛里迂回穿梭的身影，又好似听见了主人公郭建光那段西皮原板的唱腔："朝霞映在阳澄湖上，芦花放，稻谷香，岸柳成行……"

战争年代，普普通通的芦苇，为谱写一曲军民鱼水情的英雄赞歌，为描绘一幅波澜壮阔的史诗画卷，起到了不容小觑、毋庸置疑的积极作用。

对于生活在新疆的人来说，芦苇是最常见的植物之一。田埂边、沟渠旁、戈壁滩、盐碱地，到处都有它们的身影。小时候，家里生活困难，没什么零食供我们消遣。于是，见到稍嫩一点的芦苇就会顺手折几枝，放入口中慢慢咀嚼，那脆生生的根茎，那带有一丝清甜的味道，是我儿时最美好的记忆。

然而，记忆中的芦苇与眼前的芦苇比较起来，就要逊色得多了。如果说，彼时的芦苇是些瘦削孱弱、营养不良的干瘪小子的话，那么，挺立在面前的芦苇则是一群洋溢着青春气息的妙龄少女。芦苇，本就是水生或湿生禾草，只有在水的怀抱里，它才能生得水灵，长得丰盈，出落得亭亭玉立。

走着，看着，想着。忽然一阵微风吹来，苇丛发出沙沙的声响。目及之处，苇秆摇曳，苇叶飘舞，芦穗轻扬。好一幅蒹葭苍苍的美丽画卷！当我怔怔地凝视这一幕时，一群野鸭不知从哪片芦苇丛里钻了出来。领头的一只，挺

着脖颈，昂着头颅，绅士一般走在最前面。它的身后，是数十只排列有序的队伍，其中，还有几只毛茸茸的鸭宝宝，憨态可掬，煞是可爱。

一路前行，看到几处人工搭建的亭子，有的建在栈道旁，有的建在高坡上。儿根粗壮的木头支起棚架，然后在斜顶的棚子上铺上几层芦苇，这种简易的建筑，一看便是就地取材的杰作。虽简陋，但实用。走累了，坐在四面通风的亭子里歇息片刻，既可遮阳，又可观景。其原始质朴、古色古香的格调与整个公园的自然风貌也十分吻合，相得益彰。

在这里，芦苇的身影无处不在，无处不婀娜。在绿色笼罩、绿意萦绕的氛围中，一大片开着或粉红或紫色圆锥花序的红柳走进了我的视线。此时，正是红柳开花的季节，一枝枝一树树细碎的花瓣，如云似霞，开得热烈，开得炫目。

红柳，这种属灌木或小乔木的多枝怪柳，和芦苇一样也是我们非常熟悉的物种。在我的印象中，它多是生长在没有人烟的荒漠地带和贫瘠的戈壁滩上，虽然永远也成不了栋梁之材，但它却是防风固沙的重要材料。

多年以前，我们家在一个边远的小村子居住过几年。为了减轻父母的生活负担，尚在读小学的我，会在周末或者寒暑假带着弟妹一起去戈壁滩上捡柴火。干柴棒子捡完了，我们就挖红柳。高大的红柳撼不动，只能找植株矮小的挖。即使是小棵的红柳也很难挖。因为红柳的根系非常发达，像章鱼的脚爪一样又多又长，且能稳稳扎进土壤深处，所以挖起来相当吃力。不过，红柳的枝干坚硬、耐烧，是很好的燃料。每每看到它们在灶膛里燃起熊熊的火焰，尤其是听到噼噼啪啪爆裂的声响时，我就感到格外开心。

没想到，在这个湿地公园我又与它邂逅。看着一簇簇平凡朴实又娇艳无比的红柳，想起多年前的往事，心里竟充满了感激与怜爱。

当然，除了芦苇和红柳，这里还有蒲草、狼毒、大戟、独活、野葱、乌头、黄花苜蓿、小叶薄荷等众多植物，还有随处可见、恣意生长的野花野草。

这里的草木养人眼目，这里的水鸟动人心魄。

几声号角似的鸣叫骤然响起，我举起望远镜循声望去，一对蓑羽鹤在空中来回盘旋。小小的身子，长长的腿，双翼舒展，体态轻盈，如仙子般美丽。飞了一会儿，也许是累了，两只鸟齐齐落在了不远处的草地上。它们漫步，它们觅食，举止娴雅端庄，甚至透着几分羞怯，难怪又被称为"闺秀鹤"，真是再贴切不过了。

别看蓑羽鹤体形娇小，性情温柔，它们却能在每年的迁徙中，一次次创造飞越"世界屋脊"珠穆朗玛峰的伟大壮举。

随着镜头的转动，我捕捉到几只腾空而起的白鹭。它们呱呱地叫着，在半空中自成一行，扇着翅膀，画着弧线。雪白的羽毛，在阳光下闪闪烁烁，有点耀眼。在它们起飞的浅水滩，还有一群白鹭，有的在翩翩起舞，有的在相互追逐，有的在梳理羽毛。最触动我内心的是，一只白鹭用细细长长的喙叼着一条小鱼，正嘴对嘴给它的宝宝喂食的画面。

母爱，岂止于人类，只要有生命的地方，就会有母爱的存在。有的时候，动物世界里的爱，甚至比人类表现得更为淋漓尽致，更为感人至深。

在核心区的一隅，我看到了几只白色的大鸟，其中一只，背上载着三四只可爱的雏鸟，在波光粼粼的水面上慢慢划行。母亲柔软平坦的脊背，犹如一个温暖的巢穴，又好似一叶用翅膀围筑的小舟，安全又舒适。小家伙们待在里面，这里瞧瞧，那里望望，神态好奇又怡然。离它们不远的地方，另有两只大鸟，头抵着头，长久地默立着。没有言语，没有动作，只有深情地对视与凝望，像一幅画，更像一尊雕刻在水面上的塑像，令人动容。

我猛然醒悟，这不是天鹅吗？没错！你看它雪白的羽毛、长长的颈项、扁扁的黑喙，还有嘴基两侧至鼻孔部位呈现出的艳丽的橘黄色。这么漂亮的水禽，不是天鹅还能是什么呢？

真是超乎我的预期，在这个平常的夏日还能一睹天鹅、蓑羽鹤这些珍贵候鸟的容颜与风姿。看来，它们已经把这里当作自己的家园，舍不得离开了。

此时，在这片湿地上还可以看到灰雁、渔鸥、鸬鹚、百灵、斑鸠、麻雀

等鸟类的身影。

尽管如此，想要观赏到最为壮观、最为震撼的场面，却是在气候转暖的春季和落叶飘零的深秋。届时，一批批南迁或北飞的鸟儿携家带口会聚到这个世界候鸟迁徙三号线的湿地公园，补充能量，养精蓄锐。数以万计的候鸟群，挤挤挨挨，密密麻麻，像地毯一样铺满整个湿地。它们唱的唱，跳的跳，飞的飞，舞的舞。那百鸟翔集、万众齐鸣的盛况比人潮涌动的大巴扎还要热闹几百倍呢。

有人说，鸟类是生态环境的鉴定师，是环境优劣的晴雨表。这话不假。但在这所有的背后，是人类辛勤的付出和爱心的积累。

在核心区的湖边，我看到了几十个木制的食槽。每天，这里的工作人员会在固定的时间给鸟儿投食。隆冬时节，还会人工破冰，给它们提供充足的水源。为了创造一个更为安宁舒适的环境，他们还在湿地周围安装了几十公里长的围栏，昼夜巡查，像呵护自己的孩子一样精心守护着这些可爱的精灵。

我相信，世上所有的生灵，不管语言是否相通，习俗是否相同，对待爱的感知都是一样的。

2012年年末的一天，湿地工作人员去给候鸟喂食，途经一处芦苇荡时，发现了一只窝在冰面上一动不动的小天鹅。仔细看，小小的身子蜷缩在一起，羽毛上裹满了冰碴。其中一人，当即下到冰冷刺骨的河水里，将已经失去知觉的小天鹅揽进怀里，抱回了宿舍。在他们无微不至的关怀下，小天鹅苏醒了。工作人员怕它孤单，还从市场上买了一只家鹅给它做伴。后来，成年后的这只小天鹅，每年冬天都会带着它的"妻儿"来这里栖息。

2018年，另有40多只侏鸬鹚在迁徙途中迷了路。追赶无望的它们，索性停了下来，尝试着在这个湿地公园越冬。没想到，安全的居住环境和丰富的食物来源，让这些"过客"成了留鸟。它们在这里繁衍，在这里生息，把这里当成了自己的家园和乐园。

幸福的时光总是过得飞快。一转眼，夕阳西下，晚霞满天。整个湿地公园，被笼罩在一片霞光中，静谧、安详、温馨，梦幻般迷人。

归去的途中，我已在心里打定了主意——待到金黄的秋天，我一定要重返这片湿地，看众鸟翱翔，看秋水长天，看万物共生，看人与自然和谐相处的美好画卷。

本文原载于 2023 年第 2 期《中国金融文学》，获首届"凤凰城"杯全国散文大赛优秀奖

魅力之城

一个人与一座城同呼吸共命运、相依相守了 30 年之久，会产生怎样的情愫？会涌动怎样的情思？于我，便是永远的眷恋，永远的不舍。

光明路

第一次踏上乌鲁木齐的地界，走进这座仰望已久的城市，是在 20 世纪 80 年代中期的一个夏天。那时，我刚参加工作不久。乌鲁木齐对我来说，是诗，是梦，是难以企及的远方。

终于有一天，我迎来了人生路上的第一次远行。那是一个霞光映照的傍晚，一列绿皮火车，两张硬座，载着两颗年轻的心，缓缓驶离了那座静谧的南疆小站。夜幕中，火车哐当哐当，走走停停。颠簸了整整一夜，翌日晨，我和同伴总算抵达了心之向往的大都市——乌鲁木齐。

30 年的时光，足以让一些事物变得模糊。在乌鲁木齐短暂停留的那几天，逛了什么地方，品尝了什么美食，购买了什么物品，像一阵轻烟，早已无迹可寻。然而，一条街道，连同它秀丽的景色，却留在了心里，从未遗忘。

记不清乘坐的是几路公交车了，只记得那天阳光明媚，心情舒畅。当车子从一条马路拐上光明路的时候，一下子就感觉到了它的不同。只见郁郁葱葱、高大茂密的树木，整齐地排列在路的两边，像迎宾，又像护卫。一条笔直平坦的沥青路，宛若一条黑色的缎带，将浓郁的绿分割开来。随着车子的驶入，我们被带入一片绿意盎然的氛围中。我的眸子，被绿意浸染；我的肺腑，灌满了绿的芬芳。那由绿筑起的两道屏障，有杨树、榆树、柳树，还有我不认识的一些树种。阳光下，它们各展风姿，各抒情怀。葱茏的背后，是一座座拔地而起的楼房，一幢挨着一幢。楼与树，手挽着手，肩并着肩，一直延伸到路的尽头。

这条路，住进了我的心房。直到今天，那葳蕤，那苍翠，那美好，还会在我的胸腔里涌动。

我没有想到，对于一条路的津津乐道，竟然影响到了弟弟的人生抉择。第二年，在高考填报志愿时，他没有片刻犹豫，提起笔就在第一志愿栏里填上了"新疆大学"几个字。拿到录取通知书的时候，他告诉我：大姐常挂在嘴边的光明路，是他做梦都想去的地方。四年的大学生涯，弟弟彻底爱上了这座城市，毕业后选择留了下来，把他的青春、智慧和汗水，全都奉献给了这座培养了他的城市。

也许，我与这座城有缘。时隔几年后，我再一次来到了乌鲁木齐。而这一次，我的脚步不再匆匆，我也不再是一个茫然的过客，我以主人的身份融入这座沸腾的城市建设中，融入庞大的人流队伍里。

想来，我不光与这座城有缘，还与这条路有缘。刚开始，我居住的地方是在北门青年路的一个大院里，与光明路相距不远。闲暇的时候，我喜欢到光明路上的人行道散步。漫步在林荫下，看车流滚滚，听鸟儿啼鸣，赏霓虹闪烁，凝望曾经寄宿过两个夜晚的博格达宾馆……

后来，儿子到了上学的年龄。几经打探遴选后，我们把他送进了位于光明路的新疆教育学院实验小学就读。这所小学，离家近，环境好，师资力量强，教学质量优。走出幼儿园背上书包的儿子，在这座大都市最好的小学开始了他认知世界的第一课。每每望着他小小的身影出入这所学校时，我都不免感叹与艳羡，并庆幸他有了一个好的人生开端。

在这条路上流连的时间久了，我知道了一些关于它的故事。

曾经，这里是人迹罕至的荒凉之所。路北，是天津人的"旗奉直东义园"，俗称"天津义园"。博格达宾馆一带，是"广东、广西义园"。路南，也

就是现在的八一剧场，是处决犯人的刑场，更是一片乱坟岗。它的两边，是"湖北义园"和"中洲义园"。这片彼时无人涉足的地方，解放后才开辟成一条马路，铺上了黑油油的沥青，取名光明路。

虽然这条路有过不堪回首的经历和往事，但对于今天的我来说，无论是闲庭信步于桃花盛开的芳菲里，还是坐车行驶在更加宽敞整洁的道路中，也无论是面对巍峨壮观的时代广场，还是去路尽头的北门环岛观赏游玩，或者只是驻足路边，看越来越繁华的街市，听越来越喧嚣的声浪，都无法与它阴森恐怖的过去联系在一起。

想来，这就是时间的力量。没有什么可以和时间抗衡。时间可以改变一切，也可以让黑暗重现光明。

西公园

沿光明路向西，穿过一个十字路口，就是首府赫赫有名的西大桥了。

天气好的时候，我喜欢站在桥上看风景。穿梭的车辆，过往的行人，造型各异的花草树木，护栏上的石狮子，对面红山顶上的红山塔，在我眼里都是一道道不容错过的风景。尤其到了夜晚，桥下的河滩公路更是令人着迷。随着暮色降临，所有的车辆都打亮了两道灯光，那灯光如喷射的火焰，璀璨夺目。夜幕下，它们汇聚在一起，串联成一条条游动的火龙，把整个河滩公路映照得金碧辉煌，灿烂一片。面对如此盛景，天上的星光暗淡了，两岸的街灯哑然了……

站在这座钢筋水泥修筑的大桥上，我寻不到一丝"虹桥""巩宁桥"的旧迹，入目皆是城东城西贯通之后的繁荣与兴盛。俯瞰流光溢彩、美轮美奂的河滩公路，我更是看不到半点乌鲁木齐河的影子，那洪水肆虐、苦不堪言的日子，已经成为历史，再也不会复返了。

紧邻西大桥的是人民公园，也就是西公园。步入园内，目光最先触及的是横卧在眼前的一湖碧水——鉴湖。湖畔古榆葱郁，柳丝轻拂；湖中野鸭嬉戏，游鱼穿梭；湖上拱桥飞架，明月当空。然而，立于清澈见底、波光粼粼的湖边，谁又能想到，这里曾经是一片芦苇丛生、杂乱无章的小"海子"呢？我的脑海不由得浮现出首任新疆巡抚刘锦棠的名字，浮现出庄子"鉴于止水"和朱熹《观书有感》中"半亩方塘一鉴开"的诗句。

在鉴湖西南侧，有一座由"阅微草堂"旧址改建的"岚园"。那是为纪念我国清代著名学者纪晓岚而修建的，也是一个极其幽静的处所。园中绿树环绕，花香四溢，流水潺潺，鸟鸣声声。石塔水榭，亭台雕塑，黛瓦青砖，廊柱彩绘，别具风韵。《四库全书》总纂官纪晓岚的雕像就静静地矗立在园中一个醒目的位置。雕像的背后，是一棵枝繁叶茂的参天大树，仿若一位忠诚健壮的卫兵，年年岁岁护佑着它的主人。凝眸中，几缕阳光透过枝叶洒落下来，给这位手握一卷书简、满腹经纶的大学士脸上及身上涂上了一层斑驳的光影，也给铜铸的雕像增添了几许柔和与生动。

在这个散发着花香与书香的园子里，最吸引我的要数"岚亭"了。几条长廊的墙壁上，镶嵌着一首首碑刻的诗文。那是纪晓岚撰写的《乌鲁木齐杂诗》中的一部分，由海内外 100 多位书法大家以各种书体镌刻而成。黑色的石碑上，有的飘逸洒脱，有的苍劲雄浑，有的柔美娟秀，有的刚柔并济……这些不同风格的作品，集历史与现实于一体，实属一道难得的文化景观。

1768 年，纪晓岚从京城被谪戍新疆，在乌鲁木齐生活了两年。其间，他没有抱怨，更没有消沉，而是以积极的心态投身于社会与民众。替驻扎官员"草奏草檄，日不暇给"之余，考察民情，体验民俗，足迹遍布天山南北。边塞的风土人情，大漠的奇山异水，给了他创作的灵感，给了他一吐为快的冲动，在返京途中的巴里坤至哈密路段，涌动的情思再也难以遏制，160 多首《乌鲁木齐杂诗》如雨后春笋，破土而出。

"烽燧全消大漠清，弓刀闲挂只春耕。瓜期五载如弹指，谁怯轮台万里行。""秋禾春麦陇相连，绿到晶河路几千。三十四屯如绣错，何劳转粟上青

天。"这是他对西域屯田场景的描绘。

"种出东陵子母瓜，伊州佳种莫相夸。凉争冰雪甜争蜜，消得温暾顾渚茶。""红笠乌衫担侧挑，苹婆杏子绿蒲桃。谁知只重中原味，榛栗楂梨价最高。"这是他对新疆特产的记述。

"吐蕃部落久相亲，卖果时时到市阓。恰似春深梁上燕，自来自去不关人。""犊车辘辘满长街，火树银花对对排。无数红裙乱招手，游人拾得凤凰鞋。"这是他对新疆各族人民交融和谐的生活情景和节庆时热闹场面的描摹。

在纪昀的眼里，天山脚下是"到处歌楼到处花，塞垣此地擅繁华"的地方。他惊艳于这里的自然风物，他热爱这里的风俗人情，他用自己独到的慧眼和诗意的笔触，为世人刻画了一幅幅不同于关内的西域风情图。

两年的时光，原本是被遣送至千里之外的谪戍之人，竟然爱上了大漠，爱上了西域。在给从弟旭东的信中他这样写道："仿佛南省之苏杭，居此两载，起居安适，几有此间乐不思蜀之慨也。"

对于纪晓岚来说，乌鲁木齐是他人生的重要驿站，也是成就他文学事业的一块宝地。

当我沉吟在长长的诗廊前时，另一位尽人皆知的大诗人从岁月深处，扬鞭策马，向我飞奔而来。

岑参，我国历史上一位著名诗人。即使是在诗歌最盛行、最璀璨的唐朝，他也是一颗熠熠闪耀的明星。尤其是他的边塞诗，雄奇瑰丽，气势磅礴，独树一帜。《唐才子传·岑参传》这样记载："放情山水，故常怀逸念，奇造幽致，所得往往超拔孤秀，度越常情，与高适风骨颇同，读之令人慷慨感怀，每篇绝笔，人辄传咏。"人们把他与高适并列，合称"高岑"，同为盛唐时期边塞诗派的代表人物。

公元749年至756年，岑参先后两次从军，在西域长达六年之久。第二次出塞，他来到北庭，三年的时间里有不少时日是驻守在"唐轮台"（今乌鲁木齐乌拉泊古城）的。那个时候的轮台城，是"走马川行雪海边，平沙莽莽黄入天。轮台九月风夜吼，一川碎石大如斗"；是"轮台风物异，地是古单于。三月无青草，千家尽白榆"；是"穷荒绝漠鸟不飞，万碛千山梦犹懒"；是"剑河风急雪片阔，沙口石冻马蹄脱"；是"将军金甲夜不脱，半夜军行戈相拨"……虽然大漠气候多变，环境恶劣，生活艰苦，戍守边关更是困难重重，险象环生，但对于生性豪迈、浪漫豁达的岑参来说，他的报国热情、他的诗人情怀，终究占了上风。面对独特的地理环境，面对沙漠、雪峰、火山等光怪陆离、绚丽多姿的自然风光，以及浓郁的边疆特色和人文风情，他用不同于常人的视角和饱蘸激情的笔触，写下了一首首妙趣横生、脍炙人口的诗篇。

"北风卷地白草折，胡天八月即飞雪。忽如一夜春风来，千树万树梨花开。"这是天宝十三载（754 年），岑参到轮台时写下的一首千古绝唱。对于生活在乌鲁木齐的人来说，谁没有见过八月飞雪？就在今年立夏的前一天，归隐不久的雪花又洋洋洒洒了一整天呢。在岑参眼里，洁白的雪花，如同梨花一样轻盈美丽，一夜春风便绽满了所有枝头。读到这样清新灵动、惟妙惟肖的诗句，即便是立于冰天雪地的严冬，谁还能感受到一丝丝寒意呢？恐怕早被空气中飘散的缕缕花香和春天的气息所陶醉了。

"回裾转袖若飞雪，左铤右铤生旋风。琵琶横笛和未匝，花门山头黄云合。忽作出塞入塞声，白草胡沙寒飒飒。"自古以来，在西域这块版图上就盛行着精妙绝伦的舞蹈。观赏之人不在少数，赞美之声也不绝于耳。可是，又有谁能像岑参这样，将它用富有边塞特色的自然风光进行完美的呈现与解读呢？

还有"交河城边鸟飞绝，轮台路上马蹄滑。晻霭寒氛万里凝，阑干阴崖千丈冰"。

还有"异域阴山外，孤城雪海边。秋来唯有雁，夏尽不闻蝉。雨拂毡墙湿，风摇毳幕膻。轮台万里地，无事历三年"。

还有"功名只向马上取""一生大笑能几回"……

可以说，大漠的苍茫与辽阔，拓宽了他的胸襟；异域的独特与奇绝，滋养了他的诗情；报国的雄心与壮志，更是令他慷慨激昂。综观岑参留存于世的

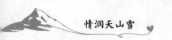

400多首诗篇，真正让他名垂青史的，还是其中的70多首边塞诗，尤其是写于唐轮台的那些诗。

1000多年的风雪，让乌鲁木齐乌拉泊古城早已变成了一堆废墟。然而，站在唐轮台那几道残留的土墙前，我依然能感触到诗人胸中喷涌的那股豪气，依然能寻觅到《白雪歌》《轮台歌》《走马川》等描摹的那些场景与画面。

雅玛里克山

21世纪初，我从北门青年路搬到西北路的一个小区，住进了一套三室两厅的新楼房。看着宽敞明亮、洒满阳光的屋子，别提多开心了。从曾经的仰望到实实在在的拥有，我感觉自己的根在这座城市算是扎稳了。

小区周边，坐落着红山市场、红山邮局、青年文化宫、红十月影剧院、红山公园和西公园，还有大型商场，属于比较繁华的黄金地段。前后左右还建了四五个公交站点，出行非常方便。唯一不爽的是，小区斜对面的雅玛里克山，从山脚到山顶，整个一面山坡被低矮破旧、随意乱盖的自建房占据，又脏又乱。远远望去，就像一块凹凸不平的疮疤，贴在了一张洁净光滑的脸上，特别刺眼。不仅如此，遇到刮风，破纸片、废塑料袋和山上的黄土沙尘一起，在空中翻飞飘舞，兴风作浪。

好在没过几年，那片违章乱建的棚户区被政府拆除了。疮疤抚平后，山顶上建起了一幢幢漂亮的小别墅，取名半山湾畔。小区里几个退休老干部，每天早晨去山上锻炼身体。他们说，山上的树越来越多，空气越来越好，早已不是原来的样子，也不再是过去的妖魔山了。

闲暇的时候，我也去爬过几次雅山。确实，茂密的树林，绿色的植被，五颜六色的花朵，安装了健身器材的小广场……不仅养眼，而且舒心。每次我从半山湾畔入口开始，沿浓荫翠盖的人行道上山，都要爬到雅山的最高处——久久世纪亭才肯罢休。从那里鸟瞰整个雅山以及乌鲁木齐的全貌，真是别有风味。

然而，让我真正认识雅山，饱览到它秀美、深邃、壮阔的一面，却是在去年夏季的一天。

那是一个炎炎夏日，从塞外江南伊犁退休到乌鲁木齐定居的女诗人江雪，邀请我们几个诗友去她雅山的别墅避暑。我以为就是半山湾畔的那个别墅区，就说："好啊，走路十几分钟就到你家了。没想到咱俩离得这么近。"江雪一听哈哈大笑，说她家在山的最里面，离我还有十几公里路呢。我一听蒙了。她告诉我，雅山大得很，现在里面可热闹了，公交车早都通了，来回非常方便。

第二天，我乘坐531路公交车去雅山。车子在市区七绕八拐后上了一条坡道。望着愈来愈茂密的树林，我知道，车子已进入雅山地界。随后，建筑物开始出现。等上到坡顶，大片大片的楼房早已淹没了我的视线。社区、医院、超市，一应俱全。这哪里还是原来的雅山，简直就是另一座闹市。

车子最后停在了兰乔圣菲终点站。这里是别墅区，美国南加州风格的别墅连成排，缀成片。不过，这里却幽静、雅致得多。江雪的四层别墅就坐落在鲜花、草坪、景观带与绿水青山的怀抱中。真可谓人间胜地，仙境也。

在高大气派的别墅里用完餐，江雪说带我们去旁边的公园转转。这里还有公园？江雪不语，只得意地笑笑。

别墅区与公园只隔着一排铁栏杆，穿过去就到了。

踏上公园的那一刻，我感觉到了词穷。一望无际、密密实实的植被、林海，用繁茂、浓郁这样的字眼显得太轻。我想到了绿浪滔天，想到了遮天蔽日，仍然觉得不够分量。原始森林！对，它给我的感觉就是原始森林的厚重与浩瀚。所有的土地被植物覆盖，所有的空间为生命而歌。只留下一条黑油油的马路，只留下几个诗人惊诧的目光。

更为惊诧的还在后面。当我们走到路的尽头时，一池清波赫然在目。江雪说，这是莲花湖，和雅山一样，都是人工打造的。只见宽阔的湖面上，碧绿的湖水顺着一层一层的石阶往下流动，发出哗哗的声响。湖中盛开着大片大片的莲花，红的、白的、黄的，娇艳无比。顺着弯弯曲曲的木栈道前行，可以清

楚地看见一群群鲤鱼在水中穿梭嬉戏，悠然自得。

莲花湖的旁边，是一个花房。偌大的玻璃房内，秋海棠、蝴蝶兰、滴水观音、红掌、金狐狸等许多从未见过的花卉摆满了一屋子，还有木瓜、火龙果、香蕉、菠萝、柚子等南方水果，真是让人大开眼界，长了见识。

莲花湖周围，还有几条大道，向山的更深处延伸开去……

那一天，我恍如在梦中。那一天，我几次问自己，这还是从前那个坟冢遍地的荒山野岭吗？这还是 20 年前我认识的雅玛里克山吗？

是，也不是。

这就是乌鲁木齐，一座魅力之城，一座令我永远眷恋的城市。

2023 年 5 月 18 日完稿，入选《聆听亚洲的心跳》一书

林则徐垦荒开渠造福新疆

只要去伊犁，无论是出差还是游玩，我都要到惠远城（今霍城县惠远镇）内的伊犁将军府去转一圈。在这座清代建的四合院里，看一看参天的古榆和葱郁的白杨，嗅一嗅花草的芳香，再打捞一段旧时光里的岁月。最后，默默伫立于那两门森严的大炮前。不知为什么，每当这个时候，我的思绪就像是张开了翅膀的小鸟，总会穿越千山万水飞往 100 多年前的那片海滩，去感受虎门销烟的恢宏气势，一睹民族英雄林则徐的凛然正气和他震惊世界的伟大壮举。

说实在的，这两门大炮与虎门销烟之间有没有内在的联系，我不清楚。但它见证过这位大名鼎鼎的民族英雄在新疆的三年谪戍生涯，却是事实。因为，这座古城有林公挥洒的辛勤汗水，这座庭院也有他留下的深深足印。

一、初到新疆

1842 年 12 月 10 日（道光二十二年十一月初九），伊犁惠远。

12 月的新疆，已是冰天雪地、寒风凛冽的严冬时节。然而，这一天的惠远城却异常晴朗，阳光照在身上还有一点暖暖的感觉。经过了四个月的艰苦跋涉，走过了上万里路途的林则徐和他的两个儿子，终于从古都西安来到了他的遣戍之地。望着蓝蓝的天，感受着明媚的阳光，他的心里泛起了一丝暖意和感动。一路的劳顿和疲惫似乎也消解了不少。

也许，从那一刻起，他就爱上了惠远，爱上了它的蔚蓝与明净，爱上了它的苍茫与辽阔，更爱上了它的纯朴与热情，心里就有了想为这里的老百姓做点什么的愿望，全然忘记了自己是一个被革职流放的"罪臣"。

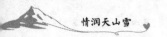

二、伊犁垦荒

一开始，林则徐只负责掌管将军府的粮饷事务。工作比较单一、轻松。这是伊犁将军布彦泰对他的体恤和照顾，也是敬重他人品的一种方式。但是，一向以忠贞报国为己任的他岂能安享这份清闲？尽管被冤屈，被贬谪，被流放。

于是，他自己给自己加码。他开始查阅资料，想尽快了解新疆，熟悉新疆当时的现状，尤其是屯田戍边这一块。那段时间，他每次与好友黄冕见面，所谈"皆御夷之事……及塞上屯田水利，中外地形，南北水土之胜，往往至夜分始散"。

林则徐一向视农业为根本，早在任湖广总督时就已经开始研究屯务问题了。1838年（道光十八年），他在上奏朝廷的《清查苗疆屯防事宜酌议条款折》中，就从清屯田、清佃欠、清支销、清借款、筹归补、申边禁、移屯员等方面系统阐述了他对整顿湘西苗疆屯务的主张和建议。湘西屯务的实践，为他在新疆屯田备边积累了一定的经验。尽管如此，他在手辑《衙斋杂录》一书时，还是详尽摘录了清代尤其是道光年间新疆屯田的成案资料，为日后的屯垦事业做了较为充分的准备。

1843年（道光二十三年）春，在林则徐的倡议下，刚刚开始化冻的伊犁荒郊迎来了浩浩荡荡的开垦大军。经过一年的艰苦奋战，在惠远城附近三棵树、红柳湾开垦土地33350亩，安置汉民570户；在阿勒卜斯开垦土地161000千亩，安置维吾尔农民500余户。

此次垦荒成绩显著，极大地改善了自嘉庆以后耕田面积不断缩小的现象，不仅提高了粮食产量，解决了兵粮不足的问题，还增加了人口数量。道光皇帝闻讯后龙颜大悦："西陲地面辽阔，隙地必多。果能将开垦事宜实心筹办，当可以岁入之数，供兵粮之需，实为经久有益。"随后强调："伊犁地处极边，兵粮民食，必当计及久远，当以开垦为第一要务。"

初战告捷，林则徐立下了汗马功劳。《清史稿》记载："布彦泰新疆开垦，胥赖林则徐之擘画。"

接着，林则徐将目光对准了下一个目标——惠远城东的阿齐乌苏（今兵团四师可克达拉市六十六团至伊宁市巴彦岱镇附近），那里有十万余亩废弃的荒地。前任伊犁将军松筠曾调拨八旗兵丁屯种，但因缺乏水源而废弃。重新开垦，首先要做的就是开渠引水。此前，我与许多人一样，只知道林则徐是我国历史上一位伟大的民族英雄，却并不清楚他还是一位出色的治水专家。他曾主持治理过长江、黄河、吴淞江、黄浦江、娄河、白茆河和海塘等水系工程，在治水方面颇有自己独到的见解和建树。

此次拓荒，他认真勘察，仔细筹划，拟引哈什河水进行灌溉。哈什河是伊犁河的支流，水流丰沛，若能引进，将一劳永逸，福泽后世。不过，工程浩大。林则徐采用"分段承修"的施工原则，并亲自认领了其中最艰巨的龙口首段工程。当时，清廷没有经费投入，他就与当地官员士绅共同捐资。1844 年（道光二十四年）5 月，他和众人一起开凿引水道，钉桩抛石，建坝筑堤，历时四个月，用工十万余，至当年 9 月，一条宽三丈到七八丈，深五六尺到一丈多，长六里的渠首宣告完成。接着，其他渠道也相继完工，并与之相连。当滚滚的哈什河水流入那片废弃了多年的荒地时，我好像听到了干渴的土地张开大口"咕嘟咕嘟"喝水的声音，也仿佛看到了绿浪滔天、稻菽飘香的壮丽景象。

这条渠，被当地百姓亲切地称为"林公渠"。在后人的不断扩建中，它已延伸到如今的 400 余里，流经之处，100 多万亩良田得到灌溉，得到滋润。林公渠已实实在在成为人们眼中的生命渠。

短短两年时间，林则徐在伊犁就展现出了非凡的才能和卓越的才干。布彦泰对他倍加赏识，倍加钦佩。他上奏道光皇帝："赋性聪明而不浮，学问渊博而不泥，诚实明爽，历练老成……平生所见之人，实无出其右者。"道光帝称赞："所办甚属可嘉。"

三、南疆勘地

伊犁垦荒的成功效应很快辐射到了天山以南，各地纷纷奏请开垦。为了核准可开垦地亩，林则徐被派往南疆进行实地勘察。

1844年（道光二十四年）10月，从龙口工程下来还没顾上喘口气的林则徐，匆匆离开生活了两年的惠远城，取道乌鲁木齐转赴南疆，在喀喇沙尔（今新疆焉耆回族自治县）与办事大臣全庆会合后，开始了他们的履勘历程。本着就近顺道的原则，从库车开始，一路向西，至乌什、阿克苏、英吉沙、和阗、叶尔羌、喀什噶尔，最后向东折返，勘察喀喇沙尔。

新疆地域辽阔，各处荒地大多距城较远，有些甚至远在200里之外，往返一次就需要三四天时间。遇到这样的情况，林则徐就携带帐篷、粮食、被褥，白天丈量土地，勘验土质，夜晚留宿漠野，谛听风声。这样的风餐露宿，这样的勘测之旅，对于一个花甲老人来说，不可谓不苦，不可谓不难。然而，在林则徐的眼里，这样的生活并不全是苦难。从他写给全庆的诗中就能一观端倪："蓬山俦侣赋西征，累月边庭并辔行。荒碛长驱回鹘马，惊沙乱扑曼胡缨。但期绣陇成千顷，敢惮锋车历八城……"字里行间有诸多的艰难，也有他为开发西部的一腔豪情。

新疆干旱少雨，坐落在沙漠边缘的南疆更是如此。为了使开垦的土地得以长久耕种，林则徐每到一处，都坚持勘地与勘水并举，甚至把水列为先决条件。勘察中不管遇到什么问题，他都悉心指导，帮助完善。叶尔羌新垦地和尔罕，土地肥沃，但与西北、东南两条大渠相隔五道沙梁。林则徐查看了试挖的渠道后指出，这里的渠身为沙土质地，恐有阻遏渗漏之虞，应"于沙梁冲要之处砌护块石，挖钉排桩，则沙土自不至坍卸入渠，而渠道亦愈刷愈深，良田足资灌溉。"喀什噶尔垦地所引用的锐列普曲克河之水，水量充足，"惟水性浑浊，日久不免停淤"。林则徐及时提醒相关人员："所有渠工坝座，尚须加以岁修，乃可永资利用。"在喀喇沙尔查勘时，林则徐发现其中一处支渠"漏未估计"，便帮助重新规划，不仅完善了渠道网系，还大大节省了工费支出。

一年的时间里，林则徐与全庆二人，行程三万里，足迹遍布南疆八城，勘地 60 余万亩。

在林则徐的推动下，南疆垦荒呈现出前所未有的良好局面，原来荒无人烟的地方，出现了新的绿洲和村落。比如和阗达瓦克，开垦一年后，除沙碛冈梁之外，均已搭建房屋，大片的农田被庄稼覆盖，俨然一蓬勃兴旺的大村落。比如叶尔羌的巴尔楚克，原本死寂一片的戈壁荒漠，通过"纠工筑城，开渠引水，招民种地"，"不数月而成街市，……穷民携眷安家，以为乐土"。

林则徐以戴"罪"之身，遣戍新疆三年，竭尽全力开荒造田，才有了"大漠广野，悉成沃衍，烟户相望，耕作皆满，为百余年入版图未有之盛"。

本文原载于 2023 年 7 月 27 日《粮油市场报》

王震将军与新疆屯垦

31年前的那个清明节，刚刚骤降过一场大雪的乌鲁木齐，被厚厚的一层白雪覆盖，显得异常清新、洁净。上午11时30分，一架载有王震将军骨灰的专机从乌鲁木齐机场腾空而起，朝着巍峨挺拔、银装素裹的天山山脉一路飞去。12时整，王震将军的子女及其身边工作人员，手捧骨灰，骨灰伴着玫瑰、月季和黄菊的鲜嫩花瓣，从5000多米的高空徐徐撒落……

彼时，王震将军身居中华人民共和国副主席要职。去世后，为何不将骨灰安放在松柏常青的北京八宝山革命公墓，或是迁回老家湖南浏阳进行安葬，而是远涉千山万水，一把把抛撒在了玉门关外的皑皑雪峰上呢？

还是让我们把目光投向新中国成立初期那段艰苦的岁月中去吧。

一

1949年10月10日，伴随着"白雪罩祁连，乌云盖山巅，草原秋风狂，凯歌进新疆"的诗句，王震率领十万官兵，从酒泉向几千公里外的新疆大举挺进。铁流滚滚，路途漫漫。经过数月的艰苦跋涉，至次年1月20日，部队才全部进驻指定地区。

那时，刚刚和平解放的新疆，经济十分落后。这里不仅粮食产量低，劳动工具更是奇缺。大多数地区平均每户只有一把坎土曼或镰刀，每三户有一头耕畜，每六户有一架土犁，每九户才有木车一辆。在这样的生产条件下，当地普通民众吃饭都很困难，哪里还有能力给突然到来的十万大军提供粮食呢？

面对如此情形，王震想起了南泥湾，想起了那个艰难困苦又激情四射的年代，想起了一个个热火朝天的劳动场面——

1941年3月，在日本侵略者对抗日根据地实行烧光、杀光、抢光的"三光"政策下，在国民党扬言"不让一粒粮、一尺布进入边区"的经济封锁下，王震率领三五九旅的将士们从绥德浩浩荡荡开进了南泥湾，以"一把镢头一支枪，生产自给保卫党中央"的豪迈气概，开始了"背枪上战场，荷锄到田庄"的垦荒屯田新任务。

南泥湾位于延安城区东南方，方圆百里都是山地丘陵，里面野鸡成群，晚上时有豺狼出没，周围更是看不到一户人家。有一首歌谣这样唱道："南泥湾呀烂泥湾，黄山臭水黑泥潭。方圆百里山连山，只见梢林不见天。狼豹黄羊满山窜，一片荒凉少人烟。"可见当时的南泥湾，在人们心目中的形象有多么不堪。

自前线转战归来的三五九旅，初到南泥湾，困难重重。但是，比起炮火连天的前方，比起硝烟弥漫的战场，这又算得了什么呢？没有房子住，他们自己搭草棚、挖窑洞；没有粮食吃，就到百里之外的延长等地去背；没有口袋，就用床单兜或者把裤子扎起来；没有蔬菜吃，就到山里挖野菜、找野鸡蛋、打猎、下河摸鱼；没有取暖的木炭，就上山砍柴、捡树枝；没有生产工具，就收集敌人扔下的弹片打造农具；没有耕牛，就用人力拉……在开发南泥湾的大生产运动中，全旅上下，一律参加劳动，没有一人例外，王震更是身先士卒，率先垂范。

仅仅两年时间，南泥湾就发生了翻天覆地的变化。昔日荒凉的烂泥湾不见了，呈现在人们面前的是一片"到处是庄稼，遍地是牛羊"的新气象、新面貌。

南泥湾的成功开发，成为当时陕甘宁边区及各个抗日根据地"自己动手、丰衣足食"的一面旗帜、一个榜样。

想到这里，王震脸上露出了笑容，紧锁的愁眉也渐渐舒展开来。对，自力更生！依靠自己的双手，没有解决不了的难题，也没有克服不了的困难。何况，新疆比南泥湾大多了，戈壁滩有的是，荒漠有的是，我们一定能在这片占全国六分之一的土地上，再造一个南泥湾，甚至几个、几十个南泥湾！

说干就干。王震一声令下，十万将士放下枪支，拿起坎土曼、锄头、铁

锹，开始垦荒。一场屯垦戍边的历史大幕在天山南北就此拉开。

1950年1月，正是新疆大地最寒冷的时候，小寒、大寒接踵而来，白天气温通常维持在零下20摄氏度左右，夜里最低气温甚至可以达到零下30摄氏度以下。雪花飘飘，北风萧萧，天地一片苍茫。征尘未洗的官兵们，就在这样极寒的天气下，打起背包，扛起农具，迅速向塔里木大沙漠、向准噶尔大戈壁进军。

寂寞了几个世纪的荒野，因为十万大军的到来，一下子热闹了起来。

部队发扬南泥湾精神，在戈壁滩挖地窝子，在旷野上埋锅做饭，在寒风中挥舞铁锹、坎土曼……一眼望过去，茫茫荒原上，到处是劳动的身影，到处是竞赛的号子，到处是火热的场面。

王震和战士们一样，住地窝子，吃窝窝头。刺骨的寒风中，他成了劳动大军中的普通一员。抡起坎土曼，抓起犁头，开荒造田。每天劳动十几个小时，手磨破了继续干，脚冻肿了怕什么，皮肤干裂了又如何？他规定每个人每天完成的任务，自己从不例外，还要超额完成。看到司令员都不怕吃苦受累，战士们的干劲儿更足了。

在王震的带领下，他们只用了一年时间，就开垦出了85万亩荒地！部队粮油、蔬菜基本达到了自给自足，收获的棉花也解决了官兵们过冬被服之所需。

在这片人迹罕至而又浩瀚无边的荒漠上，他们再一次创造了奇迹！的确，历史上垦荒最好的唐朝，在新疆开垦田地也不过50万亩。

两年之后，新疆开荒屯田已经达到了160多万亩，棉花产量直接翻了10倍，足够十万大军的粮饷供给。吃穿不愁外，还有力支援了地方的经济建设。

二

垦荒造田，没有水源不行。进疆后的第一个春天，王震决定修建和平渠。

和平渠是乌鲁木齐唯一南北纵贯市区的输水渠，担负着城市防洪、灌溉、绿化等重要任务。它的水流来源于乌鲁木齐河。彼时的乌鲁木齐河，每到洪水季节，就像一匹脱缰的野马，四处泛滥。流经之处，道路冲毁，房屋倒塌，庄稼淹没，老百姓苦不堪言。而亟待浇灌的下游农田却得不到河水的滋润，久而久之，成了一片无人问津的荒地。

入疆后，王震看到这条解放前修建的和平渠，质量差，渗漏严重，无法满足下游垦荒的需要。为了治理乌鲁木齐河，也为了解决将士们的温饱问题，王震决定重修和平渠。

然而，想要修建这条渠，光是两岸的干砌片石就需要 7000 立方米，如果按每立方米 3000 斤的重量来计算，这些石头就得 2100 万斤。即使动用 100 辆汽车也得运送一个月。这庞大的数字令负责设计的工程师樊宝云对当时新疆的运输条件忧心忡忡。且不说抽调不出汽车，就连马路也没有一条像样的，路面坑坑洼洼，牛车、马车走在上面都十分费劲。

如何运送这些石料？樊宝云着实感到头疼。王震得知后却哈哈大笑："咱们没有汽车，有的是拖拉机嘛！"

樊宝云一头雾水，猜不出王震所说的"拖拉机"究竟是个什么东西。

1950 年 2 月 21 日，博格达峰下的迪化（今乌鲁木齐）下了一天一夜的大雪。厚厚的白雪，笼罩了一切。天微微亮，樊宝云就急匆匆地赶去施工现场。在路上，他看到三甬碑通往红山嘴 20 多公里的马路上，人山人海。人们往爬犁上装石头，拉着爬犁在冰雪上奔跑，而跑在最前面的，就是王震。这位在战场上负过八次伤的老兵，穿了一身破旧的棉军衣，肩膀上套着绳子，正干劲十足地和大伙儿一起拉运石头呢。樊宝云快速走上前去，见王震脸冻得通红，头上还冒着一股股热气，被汗水浸湿的棉袄在寒风中已凝结成了一层薄薄的冰霜……这位老知识分子眼眶一热，泪水差点滚落下来。他明白了，这就是王震嘴里的"拖拉机"。

用 100 辆汽车也得运送一个月的片石，在王震司令员的带头作用和示范效应下，各族群众纷纷上阵，没过几天，修建和平渠所需的全部石料，就整整齐

齐地码放在了施工现场。

新疆的冬天是漫长的。然而，这一年的冬天却离去得格外早。刚刚 3 月初，大地就从冰雪的桎梏中解脱出来。冻僵的地面，变得柔软而疏松。开挖土方，砌片石，渡槽、跌水、闸门全面开工……很快，原本 43 公里长的和平渠，被整修扩建成了 70 公里长、防渗漏的大水渠，有力地保障了下游几十万亩土地的灌溉任务。

和平渠竣工那天，王震站在渠坝上，望着翻滚的渠水，听着喧天的锣鼓声和噼噼啪啪的鞭炮声，抑制不住激动的心情，大声说道："广大指战员一手拿镐，一手拿枪，用他们战斗的双手，在天山脚下的准噶尔边缘，打了一个大胜仗。"

清澈的渠水也好似听懂了司令员的话一样，翻滚着，奔涌着，朝着戈壁荒滩一路狂泻……

就这样，仅 1950 年一年，王震带领进疆部队，就在天山南北修建水渠 32 条，总长 1235 公里，可灌溉耕地 127 万亩。

三

耕地有了，灌溉的水源有了，吃穿基本不愁了之后，王震开始实施他的下一步计划——他要给这些西出玉门屯垦戍边的军人们搭一座"鹊桥"，牵一根"红线"，做一次"红娘"。

王震深知，屯垦戍边绝不是一朝一夕的事情，要想守住这六分之一的国土和近 6000 公里的国境线，十万大军必须扎下根来，否则，又将是一代而终的结局。

这绝不是危言耸听。纵观历史，"屯垦戍边"这种治理模式早在汉代就已经出现，唐朝更是一度成为新疆屯垦事业最繁荣、最鼎盛的时期。然而，各朝各代最终都无法逃脱"一代而终"的结局。究其原因，最主要的一个因素就是，屯兵戍卒们不能安下心来，不能扎根边疆。也难怪，这些单身的汉子们，远离故土亲人，时间久了，谁不思乡？谁不想念自己的父母家人？谁又不想回到故乡的怀抱呢？

当年，入驻新疆的十万大军中，团以下指战员几乎是清一色的光棍汉。为尊重少数民族风俗习惯，部队明确规定："汉族军人不允许与少数民族妇女结婚。"官兵们的婚姻问题，随着战争的结束，渐成燃眉之急。

"没有老婆安不了心，没有儿子扎不了根。"王震一句最通俗的话语，道出了无数男儿羞于言说的心事。

是的，只有让他们在这里成家立业，才能稳定人心，才能把根子彻底扎下来，才能让新疆的屯垦事业后继有人，而不是半途而废或一代而终。

1950年秋，王震委派熊晃去湖南招收一批女兵。他对熊晃说："我们湖南妹子打得赤脚吃得苦，现在不打仗了，女同志越多越好。"王震还给家乡的黄克诚、王首道写信，请他们帮忙。

从1950年到1952年三年之间，约有8000名湘女分批参军入伍。这些风华正茂的湘妹子们，怀揣建设边疆的伟大理想，身穿草绿色军装，高唱着《共青团之歌》，登上了西行的列车。

她们的到来，给荒漠戈壁注入了鲜活的气息，给这个地地道道的"男儿国"增添了喜悦。"男儿国"的"居民们"干劲更足了，也更加注重自己的形象了。

荒原野地，无遮无拦，每逢夏季，酷热难耐。劳作时，常常大汗淋漓，汗流浃背。许多人便会脱去外衣，光着膀子干活。湘妹子到来后，他们不仅穿戴得整整齐齐，连说话也文明多了。女教员教唱歌曲时，大家的嗓音一个比一个洪亮；女护士要打防疫针了，一个个把手臂洗得干干净净；分配女兵们干的活儿，早早就被人抢着干完了；连盖地窝子，女兵们也只有当小工的份……

慢慢地，这些可爱的官兵赢得了湘妹子的好感。再后来，一对对有情人牵起了手，挽起了胳膊……

荒凉的戈壁从此不再荒凉。随着喜事一桩接着一桩，一个个小家庭诞生了，一个个婴儿出生了……

不止湘女，还有山东、河南、四川等地的女兵们。女兵们越来越多，大大改变了部队的性别比例，也让这些远离故乡的战士们看到了希望，安下了心，扎下了根。

后来，他们中的许多人，不仅自己在这块土地上安居乐业，还把父母、兄弟姐妹从其他省市接到了新疆，共同生活，共同描绘祖国的蓝图。

《孟子》曰："天下之本在国，国之本在家，家之本在身。"此话一点不假，无论过去、现在还是将来，都同样是亘古不变的真理。

四

为了巩固战果，为了边疆的长治久安，1954年10月，在王震的提倡和建议下，新疆军区生产建设兵团正式创建成立。随他一起进疆的十万大军集体就地转业，一并编入生产建设兵团序列。

这些曾经在战火中出生入死的军人们，这些在戈壁大漠垦荒造田的官兵们，从此有了一个共同的名字——兵团人。他们终身的任务和职责：屯垦戍边。

脱下军装的他们，按照新的建制，开始向戈壁深处挺进，向塔克拉玛干大沙漠挺进，向5600多公里的边境线挺进……

随着新疆生产建设兵团的成立，全国各地的有志青年、复转军人、知识分子和科技人员也纷纷加入兵团行列。众人拾柴火焰高。这片亘古荒原仿佛插上了腾飞的翅膀，日新月异，突飞猛进。

看，这里开垦了万亩农田，那里新修了百里大渠；这里筑起了绿色长城，那里涌出了片片绿洲；这里盖起了高楼，那里架起了电网……

听，这里书声琅琅，那里机声隆隆；这里麦浪翻涌，那里花海澎湃；这里牧歌悠扬，那里百鸟翔集；这里高歌猛进，那里捷报频传……

曾经肆虐了几个世纪的风沙，终于偃旗息鼓不再扯着喉咙咆哮；曾经渺无人烟的荒漠，被一座座新城取代。沙漠在萎缩，戈壁在呻吟……

面对翻天覆地的变化，兵团人无比自豪。因为，这里翻着麦浪、飘着稻香的土地，每三亩半就有一亩是他们开垦出来的。

兵团成立 40 周年前夕，17 位老兵从和田出发，历经 1800 多公里的路程来到石河子。在这座"戈壁明珠"新城的广场上，面对王震将军雕像，他们自动列队，庄严地举起右手，向将军行了一个标准的军礼。肃立在最前面的李炳清大声说道："报告司令员，我们是原五师 15 团的战士，您交给我们的任务已经完成。"

是的，作为最早进疆的那批老兵，作为第一代兵团人，他们不辱使命，不负众望，圆满完成了将军赋予的屯垦戍边的光荣任务。

如今，他们中的许多人，带着对这片土地的无限深情，带着对将军的无限热爱，永远长眠在了天山脚下、大漠深处。他们活着恪尽职守，百年之后也要与将军一起守候这片自己开垦的沃土，这片愈加繁荣的国土。

如今，他们中的第二代、第三代、第四代，依然踏着父辈的足迹，在这片广袤的疆域上，一代一代地接力着，奋斗着……

新疆生产建设兵团第一任司令员陶峙岳晚年曾写过一首诗赠予王震："改造大自然，开发戈壁滩。挥锄为富国，执戈以防边。"并在诗的"小序"中写道："今日新疆建设之成就，实有赖于王司令员植其始基。"这是对王震进疆以后狠抓大生产，为新疆的农垦事业以及生产建设兵团的成立奠定坚实基础的真实写照。

五

可以说，王震将军对新疆这片热土倾注了毕生的精力与心血。他在，是这样；他调离之后，依然如此。

在军垦新城阿拉尔市市区内，有一所以农科为优势的大学——塔里木大学。校园内红色文化广场的正中央，矗立着王震将军的雕像。高高的石基上，

将军右手拄杖，神情淡定，目光投向远方。

每年梨花风起时，师生们都会聚集在这里，给将军敬献花篮，缅怀将军的丰功伟绩。

是的，无论过去多少年多少代，师生们都不会忘记王震这个缔造者，不会忘记他对这所大学的恩情与厚爱。

其实，早在进疆初期，王震就意识到，没有一大批懂农业的科技人才，要想办机械化大农场就是天方夜谭，农业生产就不会有大的发展，而这些人才的取得，最好的办法和途径就是办教育。

1952年8月1日，在王震将军的运筹帷幄下，八一农学院（今天的新疆农业大学）在乌鲁木齐市老满城宣告成立。王震还从其他省市聘请了几位农林牧方面的教授、副教授，以及苏联植棉、农机、农业栽培等专家到学院任教并指导部队生产。在"理论联系实际，教学结合生产"的办学方针指导下，学院试种的棉花，不但打破了北疆不能种植棉花的传统束缚，还获得了亩产籽棉402斤的好成绩。很快，学院为生产部队输送了一批又一批农业科技人才，这些人才对屯垦戍边起到了积极的推动作用。

八一农学院的成功创办，让王震开心不已。他想，南疆也应该办一所农垦大学才是。新疆地域辽阔，南北疆相距遥远，远水难解近渴，何况那里还有50万平方公里的塔里木盆地等待大开发呢。然而，一道命令，他又急匆匆地转战铁道部队，移山填海、筑路架桥去了。

虽然王震离开了新疆，他的心却没有离开。1958年10月，在他的倡导和关怀下，由农一师具体承办的"塔里木河农业大学"应运而生。1960年3月，王震来校视察，提议把农业大学改为农垦大学，并挥毫题写了"塔里木农垦大学"几个遒劲有力的大字。他说："我们的农垦事业是综合性的事业，应该培养多方面的人才。"

1962年，正值三年困难时期，塔里木农垦大学一度面临调整下马的险境。此时，正好王震二进塔里木。他安慰师生们："不要怕，我来帮助你们解决困难！"在危难之际，是王震伸出援手，挽救了这所大学。

这座从沙漠中崛起的高等学府，在半耕半教、半耕半读的模式下，为塔里木培养了大批优秀人才，成为南疆农垦事业重要的人才输出库。

我认识一位水稻育种专家，他叫马国珍，今年94岁，是随王震最早进疆的一名老兵，也是塔里木农垦大学的第一届毕业生。在校期间，他学习了农作物栽培技术。毕业后，他把水稻栽培育种作为自己的主攻方向，并立志要让生活在这片贫瘠土地上的人们吃上自己亲手培育的大米。

功夫不负有心人。在一次次的对比试验、筛选、论证后，他培育的中稻"沙字129号"在1966年通过了自治区品种委员会的审定，并在南疆地区大面积推广应用；1978年，他的"沙交五号"再一次培育成功；1988年，他育成晚熟糯稻"阿稻2号"，糯稻新品种82-9的选育也于当年大获成功。

在《中国当代科技发明家大辞典》里有这样一段话：马国珍同志培育的水稻品种在南疆推广后，增产显著，仅在农一师垦区就累计推广面积762万亩，增产稻谷7.62亿公斤，为解决那个年代突出的粮食短缺问题做出了很大贡献。

半个多世纪过去了，从最初的"塔里木河农业大学"到今天的"塔里木大学"（2004年正式更名），这所建在沙漠中的大学，培养了无数像马国珍一样的农业科技人才，他们如夜晚的星星，明亮了这方土地，福佑了这方人民。

1991年，83岁高龄的王震最后一次来到新疆。当他得知，兵团已有57万余人分布在塔里木盆地边缘的阿克苏、喀什、和田、库尔勒等地，塔里木周边已开垦出数百万亩农田，农田附近已建起了多个国家级粮棉基地时，他的脸上露出了欣慰的笑容。

王震对新疆的热爱，对这片土地的眷恋，最终让他与天山融为了一体，与祖国最西部的这块版图融为了一体。

2024年1月5日完稿

后　记

爱上读书，爱上文学，缘于父亲。

在我年幼之时，父亲就买来一本本小人书让我看。虽然还认不了几个字，但那一页页生动有趣的画面，却深深地吸引了我。许多年过去，许多往事已成为云烟，但《鸡毛信》《半夜鸡叫》《草原英雄小姐妹》《济公传》《西游记》里的故事，我至今都还清楚地记得。通过画面，我慢慢认识了一些方块字。这算是我最早接触到的书籍和文学启蒙。

后来，我进了学堂。每次开学报完名领到新书后，最先翻看的必定是语文书。随着认识的汉字越来越多，父亲又给我买来了《安徒生童话》《格林童话》和《一千零一夜》。我记住了《卖火柴的小女孩》，记住了《青蛙王子》，记住了《阿拉丁和神灯》。那些童话、那些故事，像一块块磁铁吸引着我；那些书，带我走进一个个奇妙的世界。再后来，父亲开始给我订阅《儿童文学》和《少年文艺》，我对这些课外读物产生了浓厚的兴趣，我的业余时间基本都耗费在这些书籍上了。

现在回想起来，父亲是在有意识地培养我的读书兴趣。父亲本身就热爱文学，酷爱读书。在他看来，读书是一件非常有趣的事情，也是一种最愉悦的精神享受。那个年代，物资匮乏，生活清贫，但父亲买起书来，不是一本两本，而是一摞一摞的。在我们家里，最不缺的就是书籍，就是精神食粮。

升入中学，我对读书简直着了迷。书柜里的《人民文学》《当代》《十月》《简·爱》《红与黑》《静静的顿河》等书籍，一一进入了我的视线。

看得多了，我已不满足沉迷在别人的故事里，我也有了倾吐的欲望和冲动。幸运的是，初次练笔的几篇小文都被印成了铅字，刊登在地区和省级的几本文学杂志上。

尽管后来因生活琐事一度中断,一度迷茫,但对文学的挚爱一直深藏于心。2014 年一个夜深人静的晚上,那支被我闲置在一旁许久许久的笔终于又回到了我的手中。

自此,我的文学之梦又开启了一段新的航程。

终于,文学的花园里有了属于我的一朵小花。

一朵花的绽放,需要土壤的培植、养分的滋补和水源的浇灌。在我笔耕的这些年里,就遇到了很多令我感动的人和事。他们中有给予我谆谆教导的文学前辈,有从繁星似的稿件堆里把我打捞出来的报刊编辑,有带我走上文学家园的引路人,也有相互鼓励、相互鞭策的文友们。我深切地感到,跋涉的路上,有这么多贵人相助和扶持,真是我天大的福分。为此,请允许我由衷地向他们道一声感谢。

另外,我还要特别感谢两位在文学界德高望重、卓有建树的作家。一位是中国作家协会全国委员会委员、中国金融文联副主席、中国金融作家协会主席阎雪君先生,另一位是中国作家协会会员、中国散文学会会员郝贵平先生。他们在繁忙的工作和创作之余,专门抽出时间为我的散文集《情润天山雪》挥毫作序,深感荣幸之至。在此,向二位先生致以诚挚的谢意。

还需要说明一点,《情润天山雪》在结集的过程中,基本按照行文的时间或发表的先后顺序进行排列。

由于本人水平有限,真诚希望读到此书的朋友们,批评指正,不吝赐教。

华　丽

2024 年 12 月付印之际